中医文化系列丛书

贵生诗词巡礼

薛公忱 编著

东南大学出版社
·南京·

图书在版编目(CIP)数据

贵生诗词巡礼/薛公忱编著. —南京:东南大学出版社,2016.6

ISBN 978-7-5641-6547-5

Ⅰ.①贵… Ⅱ.①薛… Ⅲ.①古典诗歌–诗集–中国②养生(中医) Ⅳ.①I222②R212

中国版本图书馆CIP数据核字(2016)第115822号

贵生诗词巡礼

出版发行:东南大学出版社
社　　址:南京四牌楼2号　邮编:210096
出 版 人:江建中
网　　址:http://www.seupress.com
经　　销:全国各地新华书店
印　　刷:南京玉河印刷厂
开　　本:787 mm×960 mm　1/16
印　　张:25.75
字　　数:490千字
版　　次:2016年6月第1版
印　　次:2016年6月第1次印刷
书　　号:ISBN 978-7-5641-6547-5
定　　价:48.00元

本社图书若有印装质量问题,请直接与营销部联系。电话:025-83791830

目　录

绪 言

世上何为贵？古往今来，有人贵金钱，有人贵权势，有人贵道义，有人贵真理，有人贵才干，有人贵亲情，有人贵爱情，有人贵美貌，有人贵友谊，等等，不一而足，可谓仁者见仁，智者见智。但有一“贵”则是普遍赞同的，即人的生命。《吕氏春秋》第二卷有言：“圣人深虑天下，莫贵于生。”汉末医圣张仲景在其名著《伤寒杂病论》之《序》中，认为“荣势”、“名利”等是“末”，生命才是“至贵”之“本”。晋代葛洪在其《抱朴子·内篇·至理》中则言：“圆首（人）含气，孰不乐生而畏死哉!”除去舍生取义、生不如死等特殊境遇外，人们都有求生的本能。隋唐名医孙思邈在其《备急千金要方》之《序》中亦认为：“人命至重，有贵千金。”可见“人命”不是一般意义上的贵重，而是“至重”、“至贵”，比“千金”还要贵重。在古代，“千金”代表最大量的财富。贵于“千金”，意即人命之贵是金钱不可比拟的。所以历代良医对待人的生命，无不秉持敬畏、珍重、爱惜的态度，并倾注其全部心血进行救死扶伤，济困解危，故被世人尊为“苍生大医”。他们谆谆教导人们珍爱生命，积极养生防病，延年益寿。而历代的诗人们，也满怀激情，“歌以咏志”，讴赞生命，抒发对于长寿的期盼，并以形象、生动、凝练的语言记录和总结历代养生防病的感悟和经验，宣传诸多有效的方式、方法，从而留下一笔丰厚的文化遗产，其中富含合理成分。这是传统文化中的重要一部分，是历代贤哲贵生思想、智慧、情感的结晶，不可等闲视之，值得后人怀着虔诚、感恩、崇敬之心，顶礼拜读，认真研究和借鉴。今天吟诵这些诗词，只要不持偏见，任何人均能受到强烈的感染、深刻的启迪。正是怀有这样的感受，笔者不揣浅陋，编撰这本《贵生诗词巡礼》，以满足当前各阶层人士，特别是中老年人的需要，希望有所裨益。

这里所谓“贵生诗词”，乃指以珍爱生命、积极养生防病、延年益寿为主题思想的韵文。其句式大致整齐，基本押韵，有节奏感，朗朗上口，具有一定的合理成分和真情实感。历史上出现的各种诗词，如诗经、楚辞，两汉乐府古诗，隋唐以后的格律诗以及宋词、元曲等，其中均有贵生的内容。但笔者遗憾发现，现时研究、整理古代医药卫生遗产者，都着眼于流传至今的医药论著和史传记载，尚未注意贵生诗词，大概认为这是文学工作者的研究对象；而古典诗词研究者和爱好者，一看到贵生篇章，就将其排除在文学之外，认为那是医家研究的问题。这种两不管的待遇使历代大量的贵生诗词陷入无人问津的境地。其实，古代医家多通文学，文学家多懂医药，二者相互为用，相得益彰。逮至现代，文学属于艺术，医学属于科学，二者之间横亘一条鸿沟，难以跨越。诗词罕有涉及医药，医药难入诗词，致使贵生诗词受到空前的冷遇，知音甚少。

如从历代贵生诗词的作者来看，其中至少包括两大部分：一是医家，他们在研究医药、为人治病的同时，也常常运用诗词形式，概括和描写自己的生命观和养生体会、临证经验，宣传医药卫生知识。其特点是，医药的专业性即理论性、技术性、实践性均较强，内容深刻而全面，如托名南朝道教理论家、医药学家陶弘景和隋唐大医家孙思邈的长篇《卫生歌》，就是如此，可以看作精炼、浓缩的贵生全书。其不足是，艺术性欠佳。二是文学家，特别是诗人，他们在贵生防病方面有了深切体会之后，往往情不自禁地诉诸诗词。历史上这样的作者甚多，他们是创作贵生诗词的主力军。如曹操、李白、白居易、邵雍、苏轼、陆游、元好问、高启、文征明、袁枚、赵翼等。这些诗人的此类作品，具有真情实感，体会深切，富有艺术性和科学性。由于他们文学成就甚大，知名度很高，所以影响深远。特别是白居易、邵雍、陆游、袁枚、赵翼五人，留下的此类作品最多。其中除邵雍仅享寿六十七岁外，其他四人均年过古稀，乃至耄耋，在古代是少有的高寿之人，故对后世影响最大。上述两部分人的作品，在诗词盛行的历史条件下，曾经起到良好、积极的普及医药卫生知识的作用。除此两部分作者外，还有一些隐逸、僧人、道士，也创作了大量的贵生诗词。撇开其中的成佛、成仙思想而不论，他们大多强调清净；倡导贴近乃至融入自然，与自然万物友好相处；按照生命自身的本性度过一生。如此对待生命，也有一定的合理性。

古代贵生诗词的内容，是非常丰富多彩的，涉及人生的诸多领域和演变阶段。从不同的视角，可以得出不同的结论。本书将所选诗词，按其思想内容，大致归并为七个方面，即：

一、珍爱生命

自觉树立以生命为贵的思想，这是进行养生的前提和内在动力。诸如："天地之间人为贵。""对酒当歌，人生几何！譬如朝露，去日苦多。""幼童轻岁月，谓言可久长。一朝见零悴，叹息向秋霜。""白日何短短，百年苦易满。""黄河清有日,白发黑无缘。”“莫道桑榆晚,微霞尚满天。”“黄金入手还能散,白雪盈头不肯飞。”“少年不知老可悲,衰老却忆少年时。”

二、我命在我

高扬生命主体的能动性,努力把握生命,千方百计护养生命。这一思想是道教提出来的。晋代著名道教理论家、医药学家葛洪在其《抱朴子内篇·黄白》中引述《龟甲文》之语,提出“我命在我不在天”,发挥了先秦荀子“制天命而用之”的精神,对后世养生防病的理论和实践,曾起到积极的推动作用。反映在诗词中,诸如:“吾身本无患,卫养在得宜。一毫不加谨,百疾所由滋。”“孽不患天作,戚惟忧自诒(贻)。”“瓶里花难谢,灰中火易储。虽然同一尽,终竟缓须臾。”“医老将何如,随时自节宣。”南宋陆游可视为这一思想倾向的代表诗人。

至于如何发挥主观能动性,采取什么具体方式、方法进行养生,这就是以下第三、四、五、六部分的内容。可以说,第二部分具有综合性,三、四、五、六部分实为“我命在我”思想的展开和具体化。

三、养气调神

突出养护的重点:精、气、神。历代医家、养生家均视精、气、神为生命之“三宝”,而“三宝”无不与形(身)相互依存。故强调在养精、养气、养神的同时,又重视养形。如:“息精息气养精神,精养丹田气养身。有人学得这般术,便是长生不死人。”“心安身自安,心安室自宽。心与身俱安,何事能相干!”“大都心足身还足,只恐身闲心未闲。但得心闲随处乐,不须朝市与云烟。”“冥钧(万物主宰者,喻心神)深养灵根(身)固,四体调和血气平。”“弥(珍)惜无先吾气浩,坐忘深识道心微。客来客去俱恬静,克己存诚恐庶几。”“涤除玄览(心)归安静,宰制心君入杳冥。”有些思想向佛的诗人,如白居易等,尤其看重调伏身心,如“复借大因缘,勉以深回向。心路资调伏,于焉念实相。”“信矣大医王,兹力诚难量。”“不须忧老病,心是自医王。”

养心方法较多,但不同思想倾向的医家和诗人都非常重视思想道德修养。特别是儒家提倡行仁修义,影响深远,亦反映在养生诗词中,诸如:“我闻洙泗(孔子)言,唯仁静而寿。”“还吾性之仁,万善此其首。但存达德三,可卜与龄九。”“行义纯洁,谓之内修”;“行义不修,谓之内惰”。“言不失仁,行不失义,自天佑之,吉无不利。言与仁背,行与义乖,天且不佑,人能行哉?”“始知行仁修义者,便是延年益寿人。”“为人须是要公平,不可胡为肆不仁”。“万类之中人最贵,但行好事莫相轻。”“身安寿永事如何，胸次平夷积善多。”这一主张的代表诗人当推北宋邵雍。

四、节欲防伤

提醒世人贵生要适当，否则伤生。竭尽全力满足身心之欲，固然也是一种贵生，若为之失当，非但不能养生，反而害生。前人的经验非常丰富，如：“卫生切要知三戒，大怒大欲并大醉。”“酢酱胎卵兼油腻，陈臭腌菹尽阴类。老衰若欲更食之，是借寇兵无以异。”“欲求长生先戒性，火不出兮神自定。”“太饱伤神饥伤胃，太渴伤血并伤气。饥餐渴饮勿太过，免致膨脝伤心肺。”“衣巾视寒燠，饮食节饱饥。”“视听行坐不必久，五劳七伤从此有。人体亦欲得小劳，譬如户枢终不朽。”“名行显患滋，位高势重祸基。美色伐性不疑，厚味腊毒难治。如何贪人不思?”“冶容命之斧，妖声性之寇。腊毒由厚味，乱德本醇酎。”“一醉几于死，人疑呕出肝。渴烧唇舌破，毒搅胃肠酸。”“爱酒令人狂，爱官令人鄙。肠烂饮不休，漏尽官不止。嗜酒与贪官，皆可令人死。”“爽口物多终作疾，快心事过必为殃。休言病后能求药，孰若病前能预防。”总之，人们各种嗜欲，包括权、利、名、味、色、乐、戏、赌等，如不加节制，势必违道伤生。历史和现实的教训太多、太甚，足令人们警醒。

五、赏物乐游

借助外在美好事物，活动肢体，娱乐身心。关键在于适度走出家门，饱览山河美景，开阔胸襟，增长见识。如果说前面几方面大致属于静态，此则偏重于动态。前人对此方面的养生功效，亦有深切体会。诸如：“登高一游目，始觉柳条新。”“一遣樊笼累，唯余松桂心。”“山水本自佳，游人已忘虑。”“相看两不厌，只有敬亭山。”“云淡风轻近午天，傍花随柳过前川。时人不知余心乐，将谓偷闲学少年。”“病除一事还堪笑，脚力轻松倍去年。”“习静三十年，忽然爱山游。一年得游趣，三年游不休。”“自觉山人胆足夸，行年七十走天涯。公然一万三千里，听水听风笑到家。”“同此光阴似水流，与其枯坐不如游。”这些均为经验之谈。

六、逍遥闲适

端正心态，淡化生命过程中的贫富、贵贱、荣辱、恩怨，提倡达观人生，快乐人生。在任何境遇下，都能发掘出愉悦点。特别是中老年人，保持良好心态，十分重要。前人在此方面也有丰富的经验和深切教训。诗人写道：“达人与物化，无俗不可安?”“语笑且为乐，吾将达此生。”“心足即为富，身闲乃当贵。富贵在此中，何必居高位？”“止足安生理，悠闲乐性场。是非一以遣，动静百无妨。岂有物相累，兼无情可忘。不须忧老病，心是自医王。”“放歌卧为春日伴，趁欢行入少年丛。”“流水不回休叹息，白云无迹莫追寻。闲身自有闲消处，黄叶清风蝉一林。”“和气四时均，何时不是春。都将无事乐，变作有形春。静把诗评物，闲将理告人。虽然无鼓吹，此乐世难伦。”“冬看山林萧疏净，春来地润花浓。”“世间争名利，富贵与贫穷。荣贵非关长生药，清闲是不死门风。”“得闲一何乐，佳处先徜徉。”“残书读罢午餐余，信步徐行当泽车。”“占尽世间闲事业，任渠千载笑迂疏。”“本意归来老故丘，闭门饭足尚何求。闲云一片自舒卷，幽鸟数声相应酬。但得有书时到眼，正令无酒亦忘忧。东篱偪仄才寻丈，已敌征西万户侯。”这些深切体会，值得当今离休、退休的中老年人认真研读和借鉴。

七、道法自然

人们主动积极的养生活动，必须遵循生命的自然规律。因为人的生命源于自然，自有其生、长、壮、老、已的规律，任何养生的方式、方法，都不可违背之，切勿“劳生之所无以为”，强迫生命达到其力所不及的目标，否则只能以失败告终。先哲言之谆谆，岂可遗忘？诗人写道：“万物兴歇皆自然。”“学道不须奇，无为胜有为。”“富贵不可求，寿亦岂汝私。万事付自然，孰为乐与悲。”“大钧（大自然）无私力，万物自森著。”“借问多寿翁，何方自修育？惟云顺所然，忘情学草木。”“白日下骎骎，青天高浩浩。人生在其中，适时即为好。劳我以少壮，息我以衰老，顺之多吉寿，违之或凶夭。”“吾惟任自然，不迎亦不拒。”“养生妙理本平平，未可常谈笑老生。”“气散则归原顺事，老夫心早契蒙庄。”

先秦方士和汉魏以后的众多道士，无限夸大人的主观作用，违背生命规律，企图通过修炼和服食金丹仙药，达到长生不死而成仙的目的，从而陷入荒谬和迷信的泥坑。这一思想受到隋唐以来众多思想家和诗人的批判：“自古无长生，生者何戚戚。”“朝吞太阳精，夕食秋石髓。徼（邀）福反成灾，药误者多矣。”特别是对于秦始皇、汉武帝花费巨大代价的求仙活动，诗人们进行了无情的揭露和嘲讽：“汉皇欲作飞仙子，年年采药东海里。蓬莱无路海无边，方士舟中相枕死。招摇在天回白日，甘泉玉树无仙实。九皇真人终不下，空向离宫祠太乙。”“汉武秦皇漫苦心，那思俗骨本含真。不知流水潜催老，未悟三山也是尘。牢落沙丘终古恨，寂寥函谷万年春。”现今仍不时有人宣扬超自然的特异功法、药物，骗钱害人。切勿上当！

上述七项内容，分别突出一个层面的主题思想，合起来则比较全面地揭示了养生防病、延年益寿的理念和方法。大体上不外乎三大原则，即：珍爱生命、我命在我、道法自然。不难理解，这三大原则之间，既相互依存，又相互制约。“珍爱生命”是“我命在我”、“道法自然”的思想基础和前提条件；“我命在我”、“道法自然”则是“珍爱生命”思想的具体贯彻和实现途径；而“我命在我”与“道法自然”既相互补充，又相互限制。如不“道法自然”，“我命在我”就会变成盲目地任意妄为；如不强调“我命在我”，则“道法自然”就会变为消极地听天由命。即是说，在强调“我命在我”时，不可违背自然规律；在遵循自然规律时，不可放弃生命主体的能动作用。由此可见先贤贵生、养生思想智慧之一斑，值得今人深入思考和体味。这里亦有必要指出：先贤的这些贵生、养生思想智慧，无疑具有一定的科学性，但又与科学养生有所区别。科学养生偏重于具体的技术层面；而先贤的这些贵生、养生思想显然偏重于思想文化层面，大体上属于世界观、人生观、生命观范畴，特别凸显心态的重要作用。这两个层面关系密切，缺一不可，必须紧密结合，但也不可混为一谈，或彼此相代。

根据上述先贤的贵生、养生思想，本书总共精选 200 题、实有 224 首有关诗词，并对每首诗词分【题解】、【注释】、【简析】三项进行评介，提供有关历史背景、思想资料，加以简要注释和分析，帮助读者理解其本义及现代积极意义，在欣赏这些诗词的过程中，了解传统的贵生、爱生、尊生、养生的思想、理论和方法。凡有中等文化水平的人，均可读得懂，用得上；亦可供有关专家进行研讨，可谓雅俗共赏。在出版、发行之前，笔者曾经将此书稿中的部分内容，做成若干单篇文章，先后发表于几家报刊，反响尚佳，表明古人贵生思想还是适应现时人们需求的。

除上述诗词外，还有不少锻炼肢体、防治疾病的功法、方药歌诀，因其分别属于体育、医药类，各有大量专著，本书未设专题予以采录。另外，凡是内容神秘、不易理解、无从运用的贵生、养生诗词，概不选载。

至于本书所选作品的形式，甚为多样。凡历史上出现的诗歌样式，如古体诗、近体诗、宋词、元曲等，均有选录。但绝大部分为五、七言的古、近体诗，其他甚少。所谓古体诗，乃相对于近体诗而言，形成较古，在句数、每句字数、押韵、平仄等方面，不甚严格，比较自由。特别是其中的“歌行体”，它由汉魏乐府诗演化而来，句式灵活，多以五、七言为主，可插入三、四、六、八、九乃至十言以上之句，平仄不严格，自由换韵，便于记事、议论、抒情。所谓近体诗，即萌芽于南北朝，盛行于隋唐的格律诗，包括五、七言的律诗和绝句。在句数、字数、平仄、对仗、韵脚、粘对等方面，均有严格的规定，难免束缚思想情感的表达，不易做到内容与形式的自然和谐统一。但千余年来，诗人们仍然勇于创作，出现许多脍炙人口、传诵不息的精品名诗、名句。本书所选诗歌中，也有不少佳作。由于此编的主旨在贵生、养生，故对诗词艺术形式，很少涉及，尽量从略。

中国传统诗词浩如烟海，其中蕴藏丰富的具有科学、实践意义的贵生、养生内容，不是一本小书所能完全发掘和囊括的。此书充其量只能作为引玉之砖，期盼有志于此者，把兴趣和精力投入到这一领域，大家共同努力，发扬光大这一份文化瑰宝，使之继续为人类的身心健康服务。

惟愿广大读者咸跻寿域，充分享受当今经济繁荣、社会发展、科技进步所赋予人生的快乐和幸福！

一、珍爱生命

人们缘何要以生命为贵，珍爱生命？

先秦思想家荀子在《王制》一文中指出："水火有气而无生，草木有生而无知，禽兽有知而无义；人有气、有生、有知亦且有义，故最为天下贵也。"意谓人是世界上进化程度最高、富有思想道德的社会存在物，所以最为可贵，值得珍爱。

唐初大医孙思邈在其《备急千金要方》卷第二十七《养性序》中，引述魏武帝曹操与皇甫隆的问对："闻卿年出百岁，而体力不衰，耳目聪明，颜色和悦，此盛事也。所服食、施行、导引，可得闻乎？若有可传，想可密示封内。"隆上书对曰："臣闻天地之性，唯人为贵；人之所贵，莫贵于生。唐荒无始，劫运无穷，人生其间，忽如电过。每一思此，罔然心热。生不再来，逝不可追，何不抑情养性以自保惜？今四海垂定，太平之际，又当须展才布德，当由万年；万年无穷，当由修道；道甚易知，但莫能行。"由此段答问，可见人的生命之所以可贵：一是"天地之性，唯人为贵"。人是万物之灵，三才之一，无人则无精神智慧，世界就是不完整、无意义的。二是人之个体生命只有一次，"生不再来，逝不可追"。三是人生短暂，"忽如电过"。正如《庄子·知北游》所言："人生天地之间，如白驹之过隙，忽然而已。"四是社会历史需要人们"展才布德"，作出奉献，创造美好的人的世界。总之，正如孙思邈在上书之《序》中所言："人命至重，有贵千金。"

历代诗人则从不同的视角，观察生命之进程，描绘生命之可爱，歌颂生命之难得和宝贵；呼吁人们敬畏生命，珍惜生命，热爱生命，卫护生命，养育生命。晋代大诗人陶渊明《杂诗》之一曰："盛年不再来，一日难再晨，及时当勉励，岁月不待人。"今人吟诵古人的此类诗词，必能从中获得教益。

人生享年有几何

——曹操慨叹生命短

古语有谓:“人生七十古来稀。”历史经验亦证明,人类个体生命,大多只有几十年。能够享年八十、九十之人很少,寿至百岁者,更是凤毛麟角。所以许多志士,往往担心壮志未酬而身先亡。汉末曹操就是典型,他赋诗言志曰:

短歌行

汉·曹操

对酒当歌,人生几何![1]
譬如朝露,去日苦多。[2]

慨当以慷,忧思难忘。[3]
何以解忧,唯有杜康。[4]

青青子衿,悠悠我心。[5]
但为君故,沉吟至今。[6]

呦呦鹿鸣,食野之苹。
我有嘉宾,鼓瑟吹笙。[7]

明明如月,何时可掇![8]
忧从中来,不可断绝。

越陌度阡,枉用相存。[9]
契阔谈讌,心念旧恩。[10]

月明星稀，乌鹊南飞。
绕树三匝，何枝可依？[11]

山不厌高，海不厌深。[12]
周公吐哺，天下归心。[13]

【题解】

此诗选自中华书局1959年编辑出版的《曹操集》，并参校有关诗集、选集。原题《短歌行》，是汉乐府的曲调名，此题下原有二首，此为其一，乃作者按旧题所写的新诗。

作者曹操（公元155—220年，以下标明公元纪年皆略“公元”和“年”），字孟德，沛国谯郡（今安徽省阜阳地区亳州市）人，是三国时期杰出的政治家、军事家和诗人。曾镇压黄巾起义，起兵讨伐董卓，迎汉献帝（190—220在位），迁都许昌，削平军阀、豪强等割据势力，统一北中国。官至丞相、大将军，封魏王。其子曹丕称帝代汉，建立魏朝，追尊其为武帝。*

【注释】

[1]“当”：与“对”义同。“几何”：多少。此二句意为，面对酒筵和歌舞，深感生命短暂。

[2]“朝露”：早晨的露水。“去日”：过去的日子。“苦多”：苦于太多。人生就像早晨的露水一样短暂，苦于已经过去的日子又太多了，意即来日短少。

[3]“慨当以慷”：即“慷慨”一词的间隔用法，意指由于某种理想未能实现而产生的激昂情绪。“忧思难忘”：仍不能忘怀所忧所思之事业。

[4]“何以解忧”：用什么排解忧愁思虑？“唯有杜康”：只有用杜康。杜康是传说中的古代最初酿酒者，故常以之代酒。

[5]“衿”：衣襟，此处指衣领。“青衿”：周代青年学子穿的衣服，后世亦用来指代文士。“悠悠我心”：我长久不断地思念你们。此二句原为《诗经·郑风·子衿》开头之语，曹操用来表示对贤才的思慕和渴求。

---

* 诗词作者介绍，本书只在该作者首次出现时，对其生平作一简介，下文再次出现时，不再说明。

[6]“但”:只是。“君”:您,指所渴求的贤才。“沉吟”:沉思,吟咏,体味。

[7]“呦呦”:鹿鸣声。“苹”:艾蒿,嫩叶有香气,可食。“瑟”、“笙”:均为乐器名。以上四句出自《诗经·小雅·鹿鸣》,此处借用,表白自己礼贤下士的态度。

[8]“明明如月”:比喻人之贤明如月。“掇”(duō):拾取,获得。

[9]“阡”、“陌”:均为田间小路。“枉”:枉驾,敬词。称对方远走曲折之路前来造访、问候自己。“存”:存问、问候。

[10]“契(qiè)阔”:聚散,久别重逢。“谈讌”:谈笑宴饮。

[11]“月明”四句:以乌鹊比喻处于乱世的贤才,无奈地流离飘零。“匝”:圈、周。“何枝可依”:无枝可以依托,寻找不到归宿。

[12]“山不”二句:表明自己的胸怀比山高,比海深,渴望广纳众多贤才。

[13]“周公”:姓姬,名旦,周武王之弟。武王逝世后,其子成王年幼,由周公辅佐。传说他“一沐三握发,一饭三吐哺,犹恐失天下之士”。“握发”、“吐哺”:将正在洗涤的头发拧干,把口中咀嚼的食物吐出来,即立刻停止沐浴、吃饭,以便接待来访之士。诗人在此自比周公,表示一定要像周公那样善待前来归附的贤士,以期共同建立伟业。

【简析】

作为政治家、军事家兼诗人的曹操,其诗歌作品与事业紧密关联。他的事业需要众多贤才,这首《短歌行》,就是抒发其渴望贤才的迫切心境和获得贤才的喜悦之情。此诗表明,曹操雄心勃勃,怀有宏大的军政理想,这就是扫平群雄,统一全中国。但深感时不我待,壮志未酬,羽翼未丰,心忧如焚,乃发之为诗。

此诗共有三十二句,每四句为一章(节),分为八章。每章分别表达相对完整的一层意思。首章四句,亦如平常人一样,慨叹人生苦短,似无奇特之处。第二章表面上是主张以酒解忧,亦未免俗。但通观全诗,对此处的“忧思难忘”不可轻轻放过。诗人所忧所思之事并不寻常。第三章抒发对“青青子衿”即完成军政大业所急需贤才的苦思、渴望之情。第四章借用《诗经》原句,申述自己对待“嘉宾”即贤才的礼遇态度。以周公吐、握自比,表明其广揽贤才的谦恭态度。由此章开始,以下各章均仿效《诗经》手法,前二句以形象起兴,后二句从中引出作者的思想。第五章把贤才比喻为明月,可望而不可得。所以“忧”从中来,并且“不可断绝”,以此表白对贤才的渴求是何等迫切!第六章写贤才终于前来。双方犹如久别重逢,谈笑欢宴,非常投机。第七章以乌鹊南飞,无枝可依,比喻贤才飘零于乱世，没有归宿。意思是，贤才只有归我，才有广阔用武之地。此处也有得到贤才后，踌躇志满之意。第八章以周公的态度礼遇贤才，志在完成统一天下的军政大业。

综观全诗，作者谋篇巧妙，寓意深广。起始于平常之事，落实在伟业之上。虽然分为八层意思，但层层递进。每章之间，语虽断而意相连。既有含蓄的形象，又有明白的申述，淋漓尽致地抒发了诗人的丰富感情和宏伟抱负。如果配以乐谱，一唱三叹，反复曲折，定能令人荡气回肠。

就思想内容而言，此诗属于政治范畴。但作者感叹人生苦短而积极建立伟业的思想，无疑也表明了其珍爱生命的强烈愿望。这是一种积极养生的态度，对后人具有启迪作用。

少壮面泽老粗丑

——应璩警醒年轻人

人的生命是一个过程。在不同的阶段，面貌也随之发生变化。不论男女，一般而言，少壮之时，面貌鲜美；及至老年，颜色粗丑。老年人对此最有深切体会。而青壮年人，对生命的流逝和容颜的改变，往往体会不深。所以诗人提醒他们，曰：

百一诗

三国·魏·应璩

少壮面目泽，长大色丑粗。[1]
丑粗人所恶，拔白自洗苏。[2]
平生发完全，变化似浮屠。[3]
醉酒巾帻落，秃顶赤如壶。[4]

【题解】

此诗选自逯钦立辑校、中华书局1983年出版的《先秦汉魏晋南北朝诗》中册《魏诗》卷八(下选此集之诗,只标书名、册数、卷次),乃三国魏·应璩的《百一诗》之一。

作者应璩(190—252),字休琏,汝南(今河南省驻马店地区汝南县)人。魏明帝(227—239在位)时历官散骑常侍。齐王(240—249在位)时迁侍中,为大将军曹爽长史,作百一诗以讽规治道,盖有诗人之旨焉。《百一诗·序》云:时谓曹爽曰:"公今闻周公巍巍之称,安知百虑有一失乎?"《百一》之名,盖由此。其语多切时要。至南朝萧梁时,《百一诗》已经散佚,后人仅辑录十数首,此首即其一。

【注释】

[1]"面目泽":面目有光泽。"色丑粗":面色又丑又粗。此二句是说,少年人容光焕发,长大特别是年老之后,就越来越丑陋了。

[2]"拔白":拔去白发。"洗苏":通过梳洗,恢复青春容颜。

[3]"浮屠":亦作"佛图"、"佛陀"、"浮头",乃梵文Buddha的音译,这里指和尚。因和尚光头,故以之比喻人老发落。魏晋南北朝时期,佛教大发展,出家僧人渐多,才有此喻。

[4]"巾帻":头巾。"赤如壶":头发掉光,犹如圆壶。

【简析】

这是一首慨叹人生衰老之诗。少壮之时,青春焕发,面目光鲜,为人所喜。一旦衰老,面色黯淡,皮肤粗糙,丑陋难看,为人所恶。即使拔掉白发,进行梳洗打扮,也不可能恢复已经逝去的青春。诗人通过"少壮"与"长大"两副容颜的对比,特别是衰老心态的描写,昭示人们,要爱惜少年时代的美好容颜和青春。同时也提醒世人,人人都要衰老,不要厌恶人的老态。

幼童误认岁月长

——珍爱生命要趁早

世人对于生命短长的认识，一般都有一个体验过程。但不可临到老年才知道自己会患病、衰老，而应该尽早预知生命进程的曲折和趋向，早作准备，才能避免“穷年空悲伤”。晋人伍辑之歌曰：

劳　歌

晋·伍辑之

幼童轻岁月，谓言可久长。
一朝见零悴，叹息向秋霜。
迍邅已穷极，疢痾复不康。[1]
每恐先朝露，不见白日光。[2]
庶及盛年时，暂遂情所望。[3]
吉辰既乖越，来期眇未央。[4]
促促岁月尽，穷年空悲伤。

【题解】

此诗选自《先秦汉魏晋南北朝诗》中册《宋诗》卷一。原题《劳歌》，共有二首，此为其一。本为劳作者之歌，因其声哀切，后遂以为送终之挽歌。作者是按调作诗。

作者伍辑之，仕于晋，官爵未详。刘宋代晋后，为奉朝请。有《从征记》若干卷、诗文集十二卷。

【注释】

[1]“迍邅”(zhūn zhān)：遭遇困难。“疢痾(chèn é)”：“疢”为热病；“痾”义同“疴”，病。

[2]“先朝露”：先于朝露而死。惟恐一睡不醒，再也看不到升起的太阳。此二句又作“每恐死及我，朝露见日光”。

[3]“庶及”二句：期望盛年时，能够满足情感上的需求。

[4]“吉辰”：吉日良辰，盖指青少年时期的美好时光。“乖越”：过得不顺心，事与心违。“来期”，未来的岁月。“眇”：眼瞎。“未央”：未尽，未完。

【简析】

这也是一首叹息人生美好、岁月短暂的诗。年幼的时候，不知珍惜时光，以为未来长得很。岂知青少年时期在不知不觉中过去了，转眼之间人到中年，这才猛然发现自己已经憔悴，就像秋霜一样，预示年终将近，一生已过大半，来日无多了。况且此时多灾多难，疾病接踵而至，往时的健康一去不复返。过完一天，往往担心看不到第二天的太阳，此时的最大期望就是平安度过盛年。至于未来就更加渺茫难测了。既然盛年如此的不顺利，暮年可以想见。日月匆匆，年岁流逝，徒有悲伤而已。全诗的基本情绪是后悔和哀伤。但作者所描写的人生身心变化大体符合实际，既可以警示少年人，要尽早认识生命的进程，爱惜自己的美好岁月；又能启发中老年人，考虑如何平安度过余下的岁月。

白日百年苦易满

——李白为人驻颜光

人生短暂，极少享年百岁。即使百岁，在“浩茫茫”的“苍穹”之中也是“何短短”的一瞬。能否延长生命呢？不爱富贵而爱生命的唐代浪漫诗人李白，提出一个奇特而大胆的设想，并诉诸其诗，曰：

短歌行

唐·李白

白日何短短，百年苦易满。[1]

苍穹浩茫茫，万劫太极长。[2]
麻姑垂两鬓，一半已成霜。[3]
天公见玉女，大笑亿千场。[4]
吾欲揽六龙，回车挂扶桑。[5]
北斗酌美酒，劝龙各一觞。[6]
富贵非所愿，为人驻颜光。[7]

【题解】

此诗选自中华书局1960年版《全唐诗》卷十九（下引该书，只注书名、卷次）。原题《短歌行》，乃乐府曲调名。

作者李白（？—762），字太白，号青莲居士，唐代伟大诗人。祖籍陇西成纪（今甘肃天水附近），或曰蜀人。据郭沫若《李白与杜甫》一书考证：李白出生于中亚碎叶城。五岁时随叔父迁居绵州彰明（今四川省江油县）青莲乡。从小受到良好的文化教育，博览群书，志气宏放，飘然有超世之心。初隐岷山，州长史苏颋见而异之，曰："是子天才英特，可比相如。"二十五岁时，他怀抱远大的政治理想，走出蜀地，希图大有作为。他先后漫游长江南北、黄河上下，饱览祖国大好河山，考察民间疾苦。天宝（742—755）初至长安。贺知章见之，叹曰："子谪仙人也。"言于玄宗，召见于金銮殿。白奏颂一篇，帝大悦，赐食，亲为调羹，封为供奉翰林。此时之玄宗，沉溺于声色。李白不但不能实现其政治抱负，还受宦官和权贵们的中伤、排挤，次年即离开长安，开始了新的漫游。安史之乱发生的第二年（756），永王李璘率水师东下，邀白入其幕府。不料受到肃宗（756—761在位）李亨的围击。李白也因附逆之罪下狱，被流放夜郎，后遇赦放归。族人李阳冰为当涂令，白往依之。代宗（762—779在位）登基，召之以左拾遗，而白已卒，享年六十二岁。文宗（827—840在位）时，诏以李白歌诗、裴旻剑舞、张旭草书为"三绝"。李白留下诗文集三十卷。《旧唐书》卷一百九十下、《新唐书》卷二百二有其传。

【注释】

[1]"白日何短短"：白天多么短促！"百年苦易满"：人生苦于百年很快过去。

[2]"苍穹"：宇宙空间。"浩茫茫"：无穷无尽。"万劫"：佛教的说法。"劫"为梵语"劫波（Kaipa）"的省略，指世界成坏一次，引伸为长时间。"万劫"，世界成坏万次，言时间极长。"太极"：中国古代哲学范畴，见于《易·系辞上》："易有太

极”。一般指世界万物的本原。

[3]“麻姑”：仙人，见葛洪《神仙传·王远》：麻姑至，“是好女子，年十八九许，于项中作髻，余发散垂至腰。”此二句是说，像麻姑这样长生不老的仙人，经历了如此之长的时间后，其鬓发亦已半白。

[4]“天公”：当指玉皇大帝，道教最高之神。“玉女”：仙女。“大笑亿千场”：大笑次数多达亿千，盖言时间之长。

[5]“六龙”：传说中为太阳神拉车的六条龙。“扶桑”，本为传说中的树名。《山海经·海外东经》：“汤谷上有扶桑，十日（太阳）所浴，在黑齿北。”晋·郭璞注：“扶桑，木也。”日出于扶桑之下，拂其树梢而升，故曰“扶桑”，并指代日出之处，后人附会为日本。

[6]“北斗”：指北斗七星组成的勺子形。“觞”：酒器，犹酒杯。

[7]“为人”一作“与人”。“颜光”一作“流光”、“颓光”。此二句申述诗人的愿望，不求富贵，只想使人们青春永驻。

【简析】

此诗开头两句直言人生短促。白日太短，百年易满，何况人生难得百岁。紧接六句，借用儒、道、佛的语言，慨叹宇宙无穷，深化人生短促之意。从第九句至末句，诗人发挥巨大的想象力，借助神话传说，表达自己的愿望：为人驻颜光，即帮助人们长生不老。其具体手段有二：一是揽六龙，即控制为太阳拉车的六条龙，并把它们挂（即拴）在扶桑之上，使太阳之车停止运行，时间不流，人们就可以青春长驻了；二是借用北斗七星构成的巨大勺子，为六龙斟酒，使之醉倒，从而达到停止太阳运行和使人驻颜光的目的。

诗人的愿望是美好的，也是积极的，但可惜只能在想象中实现。生活于现实中的人们，仍然不能停止日月的穿梭和时间的飞逝，所以更显得生命的短促和可贵。

昨日健于今日时

——成长缓慢衰老速

人的成长和衰老都是一个过程，各有其一定的进展速度。一般而言，成长快于衰老。但人们的感觉却因种种原因而反之。如唐代诗人王建的感受是：成长缓慢，衰老极快，乃至每过一天，都要比前一天衰老。其诗曰：

短歌行

唐·王建

人初生，日初出，上山迟，下山疾。[1]
百年三万六千朝，夜里分将强半日。[2]
有歌有舞须早为，昨日健于今日时。[3]
人家见生男女好，不知男女催人老。[4]

【题解】

此诗选自《全唐诗》卷二百九十八。原题《短歌行》，亦乐府曲调名。

作者王建（约751—835），字仲初，颍川（今河南省许昌市）人。贞元（785—804）间从军燕赵十余年。后任县丞、太府寺丞、秘书丞等。大和（827—835）中出为陕州司马。晚年卜居咸阳，家境贫困。王建一生坎坷，官位始终不高，比较了解民间疾苦。在诗歌创作上，喜用乐府形式反映社会现实，描写细致，富有思想韵味。此外，还写了不少五、七言诗。他与张籍是挚友，均为新乐府运动的倡导者。在此方面，王建成就突出，为当时和后世所称道。有《王司马集》传世。

【注释】

[1]“迟”：缓慢。“疾”：迅速。此二句以上山缓慢，比喻初生小儿之成长和初生太阳之上升均较慢；以下山迅速，比喻人之衰老和太阳之降落皆较快。

[2]此二句约略计算人的一生所能拥有的时间。假定享年百岁，也只有三万

六千日，每日有一半多是黑夜。

[3]“须”：一作“间”。“须早为”：一定要及早进行。此二句乃是对前四句的总结。既然人的衰老如此之快，“昨日健于今日时”，今日则比昨日衰，所以就应该及时享受生命，能歌则歌，能舞则舞。

[4]此二句慨叹生儿育女催人老。生儿育女是乐事，但儿女长大了，自己则老了。

【简析】

此诗八句，表达四层意思，层层递进。

第一、二句运用比喻，指出人成长慢，衰老快。其实，成长比衰老的速度要快，只是诗人的感受衰老快罢了。

第三、四句通过计算，揭示人的生命有限。这一思想源于道家。两晋之际的葛洪，曾在《抱朴子·内篇·勤求》中详细计算人之一生所能拥有的时间。百年之中，除去疾病、年幼无知和年老昏聩等占有的时间，真正“喜笑平和”的美好岁月“不过五六十年”。实际上“全百年者，万未有一”。所以人们不可讥笑“夏虫朝菌”生命之短。“人在世间，日失一日，如牵牛羊以诣屠所，每进一步而去死转近。此譬虽丑，而实理也。”把人生之短，揭示得淋漓尽致。

第五、六句在前两层意思的基础上，坦率表白自己的人生态度，即及时行乐。这一态度无疑是消极的，但对养生而言，却有一定的积极意义。适度歌舞，可以健身娱心，有益健康。

第七、八句，将思绪转到生儿育女上，似乎与前面的意思脱节，实则换一个角度继续揭示人生易老，儿女催促父母衰老，紧扣和深化了此诗的主题思想。

孩稚健羡成人列

——老大苦感日月飞

处于不同年龄段的人们，对于岁月的感受和期盼是不同的。年少无知，往往不觉时间之可贵，恣意浪费大好光阴。待到真正成人乃至中年，心境完全不同，甚至讳言自己的年龄。诗人元稹对此深有体验，其诗曰：

遣　病

唐·元稹

忆作孩稚初，健羡成人列。[1]
倦学怨日长，嬉游念佳节。
今来渐讳年，顿与前心别。[2]
白日速如飞，佳晨亦骚屑。[3]

【题解】

此诗选自《全唐诗》卷四百二。原题《遣病》，意谓排遣、防治疾病。此题下原有诗二十首，此为其三。

作者元稹(779—831)，字微之，河南河内(今河南省焦作市沁阳县)人。幼孤，其母郑氏贤惠而有文化，亲授书传。元和(806—820)初，稹应制策第一，除左拾遗，历监察御史、江陵士曹参军、通州司马、虢州长史、膳部员外郎、祠部郎中、知制诰、中书令、承旨学士、工部侍郎平章事等。后又出为同州刺史、越州刺史兼御史大夫、浙东观察使，入为尚书左丞、检校户部尚书兼鄂州刺史、武昌节度使。年五十二卒，赠尚书右仆射。稹自少时与白居易唱和，理论主张也一致，当时言诗者称元白。二人诗集同名《长庆》。

【注释】

[1]“健羡”：强烈羡慕。“成人列”：成年人的行列。

[2]“讳年”：讳言自己的实际年纪。

[3]“骚屑”：忧愁，凄凉。

【简析】

这也是一首感叹人生易老的诗。

作者按照年岁和心境，把人生大致分为前后两个阶段：

一是孩童时期。此时幼小无知，不懂岁月为何物，少年时光之可贵，非常羡慕成年人，急切盼望自己立即长大。并且毫不珍惜大好的年华，厌倦读书，埋怨白天太长，嬉戏玩耍，巴望过节。

二是成人以后，人的生理、心理立即发生质的变化。此时趋老，社会压力增大，深感二者不相称，故往往讳言自己的实际年纪，以免被人耻笑老大无成。然而岁月无情，越怕年老，日月飞逝越快。在这种心境下，即使良辰佳节来临，也难免忧愁和凄凉。

作者把人生过程中的成人前后两个阶段的心理状态刻画得十分贴切，并进行强烈对比，具有较大的震撼力和感染力。尤其可以教育未成年人，不可贪玩厌学，虚度年华。诗人对待人生的这一态度，基本上是积极的。

少壮荣华如寒焕

——从古对此无奈何

在皇权制度下，许多世人为了追求富贵，往往需要付出青春年华，艰苦苦斗大半生乃至一生。及至富贵到来之时，却无力享受。应该如何衡量其中的得与失？大诗人白居易对此颇感困惑，并发之为诗，曰：

短歌行

唐·白居易

世人求富贵，多为身嗜欲。
盛衰不自由，得失常相逐。[1]
问君少年日，苦学将干禄。[2]
负笈尘中游，抱书雪前宿。[3]
布衾不周体，藜茹才充腹。[4]
三十登宦途，五十被朝服。[5]
奴温已挟纩，马肥初食粟。[6]

未敢议欢游，尚为名检束。[7]
耳目聋暗后，堂上调丝竹。[8]
牙齿缺落时，盘中堆酒肉。[9]
彼来此已去，外余中不足。[10]
少壮与荣华，相避如寒燠。[11]
青云去地远，白日经天速。[12]
从古无奈何，短歌听一曲。

【题解】

此诗选自《全唐诗》卷十九。原题《短歌行》，乃乐府曲调名，诗人依调作诗。

作者白居易(772—846)，字乐天。其先太原人，后迁居下邽(今陕西省渭南地区渭南市)。少年时曾避乱越中(今浙江)。唐德宗贞元十六年(800)举进士，擢甲科，授秘书省校书郎。由此跻身仕途。元和二年(807)授翰林学士。以后历任左拾遗，左赞善大夫，江州司马，忠州、杭州、苏州刺史，秘书监，河南尹，太子少傅，刑部尚书等职。晚年寓居洛阳，与好友刘禹锡等以诗酒为乐。捐资修缮香山寺，自号香山居士。会昌六年(846)卒，享年 75 岁(实龄 74)。《旧唐书》卷一百六十六、《新唐书》卷一百一十九有其传。

白氏是中唐伟大诗人。他一生关注民众疾苦，为官清廉。在文学理论上倡导现实主义，并在诗歌创作中加以贯彻，力主"不务文字奇，惟歌生民疾"，反对南朝齐、梁的"嘲风雪弄花草"的脱离社会实际的形式主义文风，在文学发展史上占有重要地位。在养生方面，主张知足，自然，达观，亦有诸多可取之处。这里选录的《短歌行》，意在提醒人们珍爱生命，不要为追求富贵而损害健康。等到富贵来临时，生命已经衰老。这是耐人寻味的。

【注释】

[1]以上四句指出世人求富贵的目的和得失。目的是满足嗜欲，但能否达到目的，却不能由自己决定。即使有所得，也必定有所失。这是此诗的主题思想。

[2]"干禄"：求取官位和俸禄。语出《论语·为政》："子张学干禄。"

[3]"负笈"：背着书籍到远处求学。"雪前宿"：居住条件简陋，不蔽风雪，意指从师学习，非常艰苦。

[4]"布衾"：粗布被子。"不周体"：不能遮盖全身。"藜茹"：野菜，指粗恶的

食物。

[5]“宦途”:做官的道路。“被(pī)朝服”:穿上朝士之服,指在朝廷做官。

[6]“纩”:丝绵。此二句是说,由于做了官,奴仆和马匹的待遇也跟着改善。

[7]“尚为名检束”:还要受到名位的约束,不敢尽情寻欢游乐。

[8]“耳目”句:目暗耳聋,堂上却有歌舞演奏。

[9]“牙齿”句:牙齿脱落时,盘中则堆满酒肉。

[10]“彼”:指荣华富贵。“此”:指青春健康。“外”:外在物质生活条件。“中”:内在健康。

[11]“寒燠(yù)”:寒冷与炎热

[12]“青云”:喻指青春健康。“白日”:指岁月时光。

【简析】

可将此诗大致分为四节:

一是前四句,概述主旨,并开启下文。以下三节就是表现求取富贵的得与失这一主旨的。

二是第五至十句,描写年轻时为求取富贵而负笈求学,傍雪而宿,衾不周体,食不果腹,可谓备尝艰辛。

三是第十一至二十句,运用对比手法,表现和揭示达到目的后的得与失。经过多年的努力奋斗,在三十岁的时候终于走上仕途,五十岁穿上朝服,即做了位尊权重的高官。此时也拥有财富了,连奴仆也衣食饱暖了,甚至连所用的马匹也开始食用精饲料了,可谓今非昔比。但事物难能十全十美,既有所得,必有所失。此时所失就是自由和健康,所得则是官位和财富。得失相较,孰重孰轻?读者自然各有结论。诗人的态度还是比较清楚的。求富贵的目的既然是满足嗜欲,而此时的嗜欲却大大减退,有酒肉而齿落味减,有歌舞而目暗耳聋。原来的目的达到了,又未达到。从根本上看,并未达到。

最后八句为第四节,作者对上述现象进行总结,提醒世人:少壮健康与荣华富贵往往如同寒燠一样不能并存,彼去此来,外余内亏。待到此时,即使想改变,也不可能了。因为青春一去不复返,余下的岁月飞逝更快。对此,“从古无奈何”,只能聊听此短歌。诗人虽未作出结论,其实结论是比较明确的,一言以蔽之:青春健康远比荣华富贵重要,千万不要为满足嗜欲而牺牲无比宝贵的青春健康去求取荣华富贵。

扁鹊亦无治老药

——乐天诗人也叹老

白居易字“乐天”，其人的生活态度亦如其字，甚为乐观，大体能够平静对待挫折、困苦。但他对待自己生命的衰老，也与常人一样，亦甚感失望和无奈，并将这种情绪屡屡诉诸诗作。

叹老　三首

唐·白居易

晨兴照青镜，形影两寂寞。[1]
少年辞我去，白发随梳落。
万化成于渐，渐衰看不觉。[2]
但恐镜中颜，今朝老于昨。
人年少满百，不得长欢乐。
谁会天地心，千龄与龟鹤。[3]
吾闻善医者，今古称扁鹊。
万病皆可治，唯无治老药。[4]

我有一握发，梳理何稠直！
昔似玄云光，今如素丝色。[5]
匣中有旧镜，欲照先叹息。
自从头白来，不欲明磨拭。
鸦头与鹤颈，至老常如墨。[6]
独有人鬓毛，不得终身黑。

前年种核桃，今岁成花树。
去岁新婴儿，今年已学步。
但惊物长成，不觉身衰暮。[7]

去矣欲可知，少年留不住。
因书近日意，遍寄诸亲故。
壮岁不欢娱，长岁当悔悟。

【题解】

这三首古体诗，选自《全唐诗》卷四百三十三。约作于元和六年（811），作者时年四十岁，已开始感到老之已至了。从诗中描写的老态来看，如已生白发，面颜失鲜等，也是符合人的生理规律的。诗人见一叶而知秋，所以有此《叹老》之作。

【注释】

[1]“晨兴”：早晨起来。“青镜”：青铜镜。“寂寞”：孤独，冷清，无聊。

[2]“万化”：万事万物的生长变化。“成于渐”：在渐变中生成。“渐衰看不觉”：人的衰老也是逐渐发生的，所以并不察觉。

[3]“天地心”：天地的用意，此指自然规律。“龟鹤”：传说龟、鹤长寿，可至千龄以上。

[4]“扁鹊”：传说黄帝时代的神医名曰扁鹊。又据司马迁《史记·扁鹊仓公列传》，春秋战国时代的名医秦越人，技术高明，医德高尚，被时人称为扁鹊。但他纵然能治万病，却无治老之药。

[5]“玄云光”：像黑云一样闪着光彩。“素丝色”：未经染色的丝的本色。此二句说，头发已逐渐褪去黑的本色，变成花白了。

[6]“至老常如墨”：鸦头与鹤颈的颜色，自始至终不变，像墨一样黑。诗人很羡慕。

[7]“但惊”二句：人们往往对事物的长成，即从无到有，从小到大，感到吃惊，但并不觉得身体已渐渐衰老，走向晚年。

【简析】

这三首诗，表现同一主题思想，只是具体内容各有侧重。

第一首由早晨照镜，梳头，看到白发随梳而掉落，引发衰老之叹，感到少年青春辞我而去，镜中之颜面今老于昨，感慨生命太短，不能长欢乐，还不如龟鹤等动物长寿。纵有能治万病的神医扁鹊，却无治老之药，令人面对衰老，无可奈何。

第二首从回忆昔日黑发起笔，再回到现实的白发，以致欲照镜而先叹息，连镜子也不愿照，更懒得磨镜了。非常羡慕鸦头与鹤颈，自始至终黑如墨。

第三首侧重申述渐老不觉，提醒人们关注自身变化，及时欢娱，以免老而后悔。

诗人感受深切，真实动人；语言通俗，明白如话，对老、少均有警醒作用。

桑榆微霞尚满天

——诗人庆幸度老年

大诗人刘禹锡与白居易同龄，晚年亦定居洛阳，二人过从甚密，一同游玩，互相宴饮、唱和，度过一段美好时光，留下佳话。他读到白氏的咏老诗后，感触良深，即回赠一诗曰：

酬乐天咏老见示

唐·刘禹锡

人谁不顾老，老去有谁怜？[1]
身瘦带频减，发稀冠自偏。[2]
废书缘惜眼，多炙为随年。[3]
经事还暗事，阅人如阅川。[4]
细思皆幸矣，下此便翛然。[5]
莫道桑榆晚，微霞尚满天。[6]

【题解】

此诗选自《全唐诗》卷三百五十五。原题中“见示”，表敬词，意即让我看到。

作者刘禹锡(772—842)，字梦得，彭城(今江苏省徐州市)人。贞元九年(793)进士，后又登博学宏词科。从事淮南幕府，入为监察御史。永贞元年

(805)，他和柳宗元辅佐王叔文执政，推行革新措施。不久，王叔文失败，刘被贬为朗州(今湖南常德市)司马。时年三十三岁。十年后召还，以作玄都观看花诗涉嫌讥忿，触犯执政者，又被发落到连州(今广东连州市)，徙夔、和二州。久之，征入为主客郎中。又以作重游玄都观诗，出分司东都，苏州刺史，徙汝、同二州，迁太子宾客分司。晚年定居洛阳，与白居易酬唱颇多。白氏称之为“诗豪”。会昌(841—846)初加检校礼部尚书。卒后赠户部尚书。有《刘宾客文集》四十卷传世。《旧唐书》卷一百六十、《新唐书》卷一百六十八有其传。

【注释】

[1]“不顾老”：不顾及年老。又作“不顾(愿)老”。

[2]“身瘦”句：人到老年，身体逐渐消瘦，以致原来的腰带就显得长了，不得不一次次变短；头发越来越稀，帽子就显得大了，所以易偏。

[3]“废书”：不看书。“缘惜眼”：为了爱惜眼力。“多炙”：把饭菜烧得烂一些。“为随年”：因为随着衰老，咀嚼、消化功能下降，所以要“多炙”。此处之“炙”一作“灸”，经常针灸，以调节生理功能，亦通。

[4]“暗事”：不明事理。“阅川”：观看江河。表面上似乎明白江河的面貌和走向，实际上并未明白其运动规律。“阅人”亦似此。认识人的外貌易，看出人的本质难。

[5]“细思”句：细细思量，应感到幸运，因为我们已经明白以上道理。“下此”：除此。“翛(xiāo)然”：原指羽毛败坏的样子，喻萧然、空寂之意，此指不必计较的小事。意谓懂得上述道理最为重要，其他则轻如羽毛，均可放下。

[6]“莫道”：不要说。“桑榆晚”：原指太阳西落，挂在树端，喻人之老年。“微霞”，微弱的霞光。“微”，一作“为”，“为霞”盖指人之老年仍可焕发光彩，意义更积极。

【简析】

此诗由白居易的咏老诗而引发。白氏还有一首咏老诗，曰：“与君俱老矣，自问老何如。眼涩夜先卧，头慵朝未梳。有时扶杖出，尽日闭门居。懒照新磨镜，休看小字书。情于故人重，迹共少年疏。唯是闲谈兴，相逢尚有余。”诗中写尽老态，有些消极。而刘氏的和诗则思想格调甚高。

此诗前六句与白诗有同感。人一老，各方面的生理功能均大不如前。身体明显消瘦，所以腰带一次又一次减短；头发日益稀疏，原来帽子就显得较大，往往偏戴着；为了保护眼睛，书也不能多看；为了适应咀嚼、消化功能的减退，食物也要制作得比较软烂。这些均与白诗之旨一致。

从第七句开始，诗人笔锋一转，谈论如何对待年老的问题。“经事还暗事，阅人如阅川”，这是诗人总结的人生哲理。意思是说，我们虽届晚年，阅历丰富，好象对人生和事物认识清楚了。其实，无论对人对事，往往仅看到表面，其本质和规律尚未把握。“细思皆幸矣”，如果仔细思考一下，我们很幸运了。这句话的具体内涵，大概指刘、白二人晚年致仕后，寓居于洛阳，以诗酒为乐，人称刘白二狂翁。此语出自刘氏之口，是符合其坎坷的经历的。晚年能得善终，较之柳宗元，确实“幸矣”。除此之外，其他都不算什么了。诗的最后两句非常形象、鲜明地表现了诗人对待晚年的乐观态度，意谓：不要因为年老就消极悲观，仍然可以活得有滋有味，大放光彩。

总起来看，此诗以鲜明生动的形象，真挚深厚的情感，积极乐观的态度，安慰和鼓励老友，足可成为世人特别是老年人养生的座右铭。

学道全真在此生

——个人生命仅一次

按照佛教灵魂投胎、生死轮回之说，人之个体有上世、今世、来世；有的道教教派认为，人经过修炼，可以尸解成仙；儒家则认为，圣人生而有知。唐代隐士徐灵府，则不信这些说法。其诗曰：

自　咏

唐·徐灵府

学道全真在此生，何须待死更求生。[1]
今生不了无生理，纵复生知那知生。[2]

【题解】

此诗选自《全唐诗》卷八百五十二。题下原有二首，此为其一。

作者徐灵府，生卒年不详，自号默希子。唐代钱塘（今浙江省杭州市）人，居天台虎头岩上，以修炼自乐。武宗（841—846 在位）诏邀之，力辞免。尝撰《天台山记》、《三洞要略》、《玄鉴》等书。留诗三首。《全唐诗续补遗》卷十九载有侯台《闲吟》一诗，旨意与此诗近似。其诗曰："学道全真在此生，愚人待死更求生。此生不在今生度，纵有生从何处生？"意思更加明白。可将二诗互相参照。

【注释】

[1]"学道"：学习长生之道，即道教之道。"全真"：保全生命之本真。"待死更求生"：佛教追求肉体死后精神超脱生死轮回而永生。有的道教教派则认为，人经过修炼、服食丹药，尸解后可以成仙。

[2]"不了"：不明了，没有认识到。"无生理"：死后没有再生的可能。"生知"：生而知之。语出《论语・季氏》："生而知之者，上也"。"那知生"：哪里知道生命的奥秘呢？即不了解生命。

【简析】

这是一首议论诗，抽象性甚强，但并不令人生厌，主要以其思想的尖锐性取胜。在仅仅四句二十八字之中，作者左右开弓，既批佛、道，又刺儒家，可谓锋芒毕露。诗人鼓吹和坚持的观点就是：人的个体的生命只有一次，养生，全真，只能从今生开始，并为了今生。不懂今生，就是不懂生命。因为今生之外，别无所谓生。由此出发，必然得出一个结论：不可为了所谓来生，而牺牲今生。这样的生命观十分现实和理性，值得今人借鉴。

一叶报秋归树难

——人老不可返童年

世界万物多有循环现象，如四季轮转，昼夜交替，潮汐涨退等。而个人的生命过程中，少与老则绝无逆转之可能。就此而言，人们只能理性地接受，任何颠覆的想法和做法，都是注定失败的。唐人鲍溶有诗曰：

始见二毛

唐·鲍溶

玄发迎忧光色阑，衰华因镜强相看。[1]
百川赴海返潮易，一叶报秋归树难。[2]
初弄藕丝牵欲断，又惊机素翦仍残。[3]
颜生岂是光阴晚，余亦何人不自宽?[4]

【题解】

此诗选自《全唐诗》卷四百八十六，原题中“二毛”，语出《左传》僖公二十二年：“君子不重伤，不擒二毛。”杜预注：“二毛，头白有二色。”乃指黑、白两种颜色的头发。

作者鲍溶，字德源，生卒年及里居均不详。初隐江南山中，后游四方。工诗，与诗人韩愈、孟郊等友善。元和四年(809)举进士。但仕途不得志，客死三川。有集五卷。

【注释】

[1]“玄发”：黑色的头发。“光色阑”：颜色很深而光亮。“衰华”：减退了光华，即头发变白。此二句描写黑白头发并存情景。

[2]“返潮”：入海的河水还可以通过涨潮返回。“归树难”：秋天落下的树叶再也不能返回树上。

[3]“牵欲断”：藕丝虽连，实际弱不能牵。“机素”，几(机、几通)案上的或织布机上的白色生绢。“翦仍残”：“翦”通剪；“仍”，因此就；“残”，作废，无用。

[4]“颜生”：指颜回，孔子得意的学生。贫穷好学，短寿早亡。“自宽”：自我宽心，安慰。

【简析】

这是一首七言律诗。诗人由镜中看到黑发中出现的“衰华”，联想到自然现象中的“百川赴海”和“一叶报秋”，前者尚可“返潮”，后者则永远不能“归树”；再联想到日常生活中的藕丝虽连实为断，机素剪过即为残，不能不慨叹青春逝而不复。颜回的早亡，更使诗人警醒。末句“余亦何人不自宽”，意思比较含蓄，经历不同的人当有不同的理解，但会得出一个共同的结论：应该自我宽慰，无比珍惜余下的岁月。这也是此诗对读者的启迪。

可怜红颜成老翁

——日月穿梭催人老

少年朋友分别时，青春焕发。一晃若干年后再见，未免大吃一惊。因为双方面貌大变，甚至不相认识。这是世上常见的现象。诗人施肩吾对此感触良深，情不自禁而诉诸诗，曰：

喜友再相逢

唐·施肩吾

三十年前与君别，可怜容色夺花红。[1]
谁知日月相催促，此度见君成老翁。[2]

【题解】

此诗选自《全唐诗》卷四百九十四。

作者施肩吾，生卒年不详，约活动于唐宪宗（806—820 在位）、穆宗（821—824 在位）前后。字希圣，洪州（今江西省南昌市）人。元和十年（815）登进士第，其后隐居洪州之西山，以修道、吟诗为务。其诗奇丽。有《西山集》十卷。

【注释】

[1]“可怜”：可爱。“容色”：面貌和气色。“夺花红”：胜过鲜花的艳丽。

[2]“日月相催促”：太阳和月亮在运行过程中，你追我赶。即日月如梭，时光流逝很快。

【简析】

此诗仅有四句二十八个字，抓住三十年前后截然不同的两副面貌，进行强烈对比，从而产生震撼人心的效果。人们面貌的渐变过程往往不易察觉。但积多年之渐变而成突变，乍一相见，未免吃惊。当年的“夺花红”的翩翩美少年，如今变成皓首老翁。应该“喜”还是忧？诗人以题中的“喜”字开头，揭示生命过程的“忧”。从而提醒人们，生命何其短促！要倍加珍惜。

白发无缘变黑时

——黄河尚有变清日

人世间的许多现象，是可以逆转的。如穷与富，贱与贵，弱与强，等等。但由黑发演变而成白发，则永远不可再变黑。尽管有人采取染色的方法，能暂时使白变黑，这终究未改变其变白的本质。唐代女子刘采春为此赋诗，曰：

啰唝曲

唐·刘采春

昨日胜今日，今年老去年。[1]
黄河清有日，白发黑无缘。[2]

【题解】

此诗选自《全唐诗》卷八百二。原题意即罗唝之曲。罗唝，楼名，陈后主(583—589在位)建。其曲动人，中唐时仍然流行于浙东。

作者刘采春，越中(现属浙江)女子。此题原为《望夫歌》，题下共有六首，此为其五。

【注释】

[1]"昨日"二句：言生命变化之速。上句一个"胜"字，深刻地揭示了隔日之不同；下句一个"老"字生动地描绘了隔年之衰变。虽有夸张之意，确能警醒世人。

[2]"黄河"二句：言生命的衰变不可逆转。黄河之水流经黄土高原，携带大量泥沙，历来把"黄河清"视为不可能之难事。但此诗作者却认为，黄河之浊是可能逆转的，终有变清之日。今天看来，此说有理。而"白发黑无缘"，人的头发一旦由黑变白，意即人由少变老，则是不可逆转的。

【简析】

此诗仅有四句，二十字，极为凝炼，其思想内容却颇为丰富和深刻。作为女诗人，其本意或许是慨叹自身年华易凋，时逝不回，实则有普遍的意义。人的一生，大多不过几十年，能享寿百年者极为稀少。在此几十年内，真正美好的年华，就是从十七八到三十岁左右，不过十多年，确如"白驹过隙"。从三十岁开始，人在生理上就日渐衰变。此诗作者抓住衰变过程的迅速和不可逆转这两个特征，用明白如话的诗句，加以揭示和表现。一个"胜"字，足以震撼人心。黄河变清，已经很难，但还有可能性；而白发复黑，连一点可能性也没有了。即使个别人白发变黑，也只是生命的回光返照而已。作者构思精巧，颇有创意。只是思想格调不高，容易引发消极情绪。当代读者定能化除消极情绪，正确对待自己生命衰变过程的迅速和不可逆转，更加珍爱生命，享受美好生活，提高工作效率，充实生命内容，使之富有积极意义。

昨日花灼今花落

——惜花当在花开时

世人往往把青春比作花朵。正当青春之年，通体美好；恰值花朵开放之时，艳丽喜人。然而一旦花萎蒂落，有些赏花的青春少年，自然联想到自己的美好年华亦有消尽之日，特别是青年女子常会睹花生情，有诗为证：

惜花吟

唐·鲍君徽

枝上花，花下人。可怜颜色俱青春。[1]
昨日看花花灼灼，今朝看花花欲落。[2]
不如尽此花下欢，莫待春风总吹却。[3]
莺歌蝶舞韶光长，红楼煮茗松花香。[4]
妆成吟罢恣游乐，独把芳枝归洞房。[5]

【题解】

此诗选自《全唐诗》卷六。原题意谓抒发惜花的情绪，实为借花喻人，慨叹青春易逝。

此诗作者鲍君徽，中唐人，字文姬，生卒年及里居均不详。早寡，无兄弟，奉母以生。善诗，与当时著名才女宋氏五姐妹（唐初诗人宋之问裔孙宋廷芬之女）齐名。德宗（780—804 在位）尝召入宫，与侍臣赓和，赏赍甚厚。存诗四首，此为其一。

【注释】

[1]“可怜”:可爱。“俱青春”:即花当盛开、人当年少之时。

[2]“灼灼”:花盛开貌。“欲落”:就要衰萎,凋落。

[3]“莫待”:不要等待。“吹却”:被风吹掉。

[4]“莺歌蝶舞”:黄莺唱歌,蝴蝶飞舞。“韶光”:美好的时光。“煮茗”:煮茶。“松花香”:盖指煮茶所用松枝燃烧时散发出的香味。

[5]“妆成”:完成修饰、打扮。“吟罢”:吟诗之后,又作“曲罢”,指唱曲之后。“姿”:当作“恣”,尽情游乐。“芳枝”:又作花枝。“洞房”:新婚之室,亦泛指卧室。

【简析】

此诗以花喻人,感叹青春易逝。第一、二句以“枝上花”和“花下人”对比,揭示二者共同的特征是“俱青春”。可是,仅仅过了一天,情况就发生了变化:昨天盛开之花,今天就衰萎了。看花人由花及己,自己的青春也是不能长久的。与其让花白白地凋落,让人白白地衰老,不如在“俱青春”之际,尽情享受欢乐。若等到花残人老,就没有意义了。诗的最后四句,就是写“看花人”如何尽情“花下欢”的。无非游赏春光,红楼品茗,吟诗作乐,乃至洞房花烛之类,即及时享受人生的欢乐。从思想倾向来看,无疑格调不高。但也提醒人们,生命短促,十分宝贵,务必珍爱,不可虚掷。

天下太平花烂漫

——安乐之日应开眉

北宋理学家邵雍(1011—1078)生活的年代,赵宋政权相对稳定,社会经济繁荣,人们生活安定,衣食大体无忧。故邵氏作诗表达其人生态度。对于当今的人们,特别中老年人,可从中获得一定启示。其诗曰:

太平吟

宋·邵雍

天下太平日，人生安乐时。[1]
更逢花烂漫，争忍不开眉。[2]

【题解】

此诗选自北京大学古典文献研究所编、北京大学出版社 1991 年版《全宋诗》第七册，卷三七〇（下引该书只注书名和册、卷次）。

原题《太平吟》，意即吟咏太平生活。

作者邵雍，祖籍范阳（今河北省涿州市），早年随父移居共城（今河南省辉县）苏门山下，筑室百源上读书，学者称为百源先生。与理学家周敦颐、程颢、程颐齐名，治《易》尤力，以先天象数之学著称。皇祐元年（1049）定居洛阳，教授生徒。嘉祐七年（1062），地方官为其建新居，名之为"安乐窝"，自号安乐先生。曾两度被举荐，均称疾不起。与退居洛阳的富弼、司马光、吕公著等相从游。卒年六十七。元祐（1086—1094）中谥康节。遗著《伊川击壤集》、《皇极经世》、《观物内外篇》、《渔樵问对》等传世。《宋史》卷四二七有其传。

【注释】

[1]"太平日"：没有战争、动乱，社会安定、和平的年代。"安乐"：安全、快乐。

[2]"烂漫"：灿烂，鲜艳，美丽。"争忍"：即怎忍，怎么可以忍住。"开眉"：眉开眼笑。内心快乐，情不自禁地表现于面部。

【简析】

此诗仅有四句，20 个字。歌颂和平生活，抒发愉快心情。启迪人们享受和平幸福生活，珍爱生命。

作者这一思想情绪比较适合当今时代。中国今天的社会，政通人和，经济繁荣，并且高速、稳定发展。生活质量之高是过去任何时代所不可比拟的。生活于当今时代，是莫大的幸运。应当珍惜来之不易的幸福，善待自己的生命，尽可能地提高生活和生命质量，应活得自在、开心，既不必为身边一些琐事破坏自己的美好心境，更无必要做出一些危害健康乃至生命的蠢事、坏事。“更逢花烂漫，争忍不开眉。”让我们每个中国人，都能天天眉开眼笑，幸福安康！

如果全面考虑社会的发展和生命的进程，还应看到困难和不足，具有忧患意识。但写诗不是作政治报告，也不是总结生活、工作的经验教训，不必面面俱到。此诗从一个侧面，抒发内心感受，对他人有所启迪，就足够了。当今读者对此，应能理解。

人老应当享安乐

——诗人力主戒三惑

人到老年，应该享受生活，闲适、愉快地度过余下的岁月。但历史上和现实中的一些老人，受到种种条件的限制，并非都能如此；即使具备条件，有的受观念、习惯的束缚，缺乏自觉性。诗人邵雍甚感困惑，情不自禁诉诸诗，曰：

三　惑

宋・邵雍

老而不歇是一惑，安而不乐是一惑。[1]
闲而不清是一惑，三者之惑自戕贼。[2]

【题解】

此诗选自《全宋诗》第七册，卷三七〇。原题“三惑”即三个困惑，迷误。

【注释】

[1]“老而不歇”：年已老迈，可以休息而不愿休息。“安而不乐”：生活安逸，理应愉快而不觉愉快。

[2]“闲而不清”：闲暇自在，本应心神清净，却心事重重。“自戕贼”：自己伤

害自己。

【简析】

此诗告诫老人们，不要自找麻烦，自我伤害，应该善待自己的生命。

人到老年，已经劳作几十年。如果条件允许，可以休息，就应该休息。再继续忙碌下去，就有些对不起自己了。《庄子·大宗师》有言："夫大块（天地自然）载我以形，劳我以生，佚（逸）我以老，息我以死。"现代社会普遍实行退休制度，让老年人休息。如果退休了，仍然拼命工作，自找苦吃，就违背了生命规律。假若有人把工作看作最好的休息，或不得已而继续工作，只能算作特例，另当别论。同样的道理，如果已经获得安逸、清闲的生活，理应心情愉快，清净，但却郁闷不乐，满腹心事，也是不明智的，是思想迷惑的表现，有害于生命。

此诗作者谆谆奉劝老人们：当休息时就休息，当快乐时就快乐，当清闲时则清闲。千万别糊涂，自找苦吃。看来作者是主张明智人生、快乐人生的。

金乌玉兔最无情

——灭除妄想养天真

世人面对日月穿梭飞行，时间流逝不复，一般都会深切体验到生命快速消磨。如何应对呢？可谓五花八门。及时行乐，乃至秉烛夜游者有之；礼神拜佛，乞求神灵延命者有之；重金收买仙丹神药者亦有之，等等，不一而足。词人张抡的态度是：

阮郎归·咏夏

宋·张抡

金乌玉兔最无情，驱驰不暂停。[1]
春光才去又朱明，年华只暗惊。[2]

须醒悟，莫劳神，朱颜不再新。[3]

灭除妄想养天真，管无寒暑侵。[4]

【题解】

此词选自唐圭璋编纂、王仲闻参订、孔凡礼补辑的中华书局1999年版《全宋词》第三册（下引该书，只标书名和册次）。“阮郎归”是词牌名，“咏夏”是题目。此词牌下原有十首，此为其六。

作者张抡，字才甫，生卒年不详。开封（今河南省开封市）人。绍兴（1131—1162）间知阁门事。淳熙五年（1178）为宁武军承军使，后又知阁门事兼客省四方馆事。自号莲社居士，有《莲社词》一卷。

【注释】

[1]“金乌”：太阳。传说太阳中有三足乌，故称。“玉兔”：月亮。传说月亮中有玉兔，故称。

[2]“朱明”：指夏季。《尸子》卷上：“春为青阳，夏为朱明，秋为白藏，冬为玄英。”

[3]“醒悟”：从睡梦中醒来，觉悟。“朱颜”：红颜，年轻的容颜。

[4]“天真”：语出《庄子·渔父》：“礼者，世俗之所为也。真者所以受于天也，自然不可易也。故圣人法天贵真，不拘于俗。”后以“天真”指天赋的品性，即事物的天然性质或本来面目，引申为单纯、朴实、幼稚的品格。医家则指人得以维持生命的真气、元气。

【简析】

此词作者由日月“驱驰不暂停”，春去夏来，联想到“年华”也处在不断消逝之中，怎能不“暗惊”？所以告诫自己“须醒悟，莫劳神，朱颜不再新”。

应当怎样对待青春的消逝呢？作者提出：“灭除妄想养天真，管无寒暑侵。”即自觉地进行养生，抛掉一切不切实际的妄想，保养天赋于己的生命。不管自然界如何变化，有病无病，都要坚持不懈地进行下去。无疑，这一积极的生命观对后世乃至当今读者都有启迪作用。

人生难保鬓长绿

——赢得清闲即是福

世人无不期盼长寿，安享幸福，这是人的本性使然。但寿命短暂，客观条件有限，如何度过一生才是幸福呢？有人孜孜亟亟争荣辱，企图获得身体和精神的高度满足。词人张抡认为：满足无限量，清闲才是福。其词曰：

醉落魄·咏秋

宋·张抡

流年迅速，君看败叶初辞木。[1]
若非寿有金丹续，[2]
石火光中，难保鬓长绿。[3]
区区何用争荣辱，百年一梦黄粱熟。[4]
人生要足何时足？[5]
赢得清闲，即是世间福。[6]

【题解】

此词出处、作者同前词。原题"醉落魄"是词牌名，"咏秋"是题目。此词牌下原有十首，此为其五。作者借咏秋景，抒发其对人生幸福的思考。

【注释】

[1]"流年"：形容岁月一年接一年，像水流一样逝去。"辞木"：败叶从树枝上落下来。"辞"字把败叶拟人化。"金丹"：道教金丹派认为，服食金丹，可以令人不死长生。这里乃借用，作比喻。实际上令人不死长生的金丹是没有的。

[2]"石火"：石头相撞击迸发出的火星。这里比喻时间极短。

[3]"鬓长绿"：鬓发永远是黑色，指不衰败。

[4]"区区"：(一生年月)数量少。"黄粱熟"：据唐·沈既济《枕中记》：卢生在

邯郸旅店,梦中享尽荣华富贵。一觉醒来,店家为客人煮的小米饭尚未熟透。这里借喻一生如一梦。

[5]“何时足”:什么时候能够完全满足呢?意即任何时候都不能完全满足。

[6]“赢取”:赢得,博取。“世间福”:人世间的幸福。

【简析】

此词采取比兴手法,由“败叶初辞木”,联想到“难保鬓长绿”。这一结论有一个前提,即“若非寿有金丹续”。实际上,能令人长生不老的“金丹”是没有的。因而人的青春犹如石火电光,一闪即逝,并且逝而不返。

下阕告诫人们,不要争什么“荣辱”。即使获得一时的荣耀,也不过是一枕黄粱美梦而已。欲望无边,何时满足?不如“赢得清闲,即是世间福”。作者认为这是珍爱生命的最好方式。可供那些为争一时的荣辱而忙碌不休、损害生命的人们参考。

白雪盈头不肯飞

——人不喜老老缠人

在人生过程中,有的东西或状态招人喜欢,但却不易保存,难于持久;有的不招人喜欢,却挥之不去。前者如金玉、青春等,后者如老态、衰弱等。虽然无奈,但必须面对。有诗为证:曰:

和家弟诚之社燕之作

金·段克己

黄金入手还能散,白雪盈头不肯飞。[1]
试问春来愁几许,长江滚滚日晖晖。[2]

【题解】

此诗选自康熙壬午(1702)顾侠君(嗣立)诠次、秀野草堂藏版《元诗选》二集,原题下有二首,此为其二。题中“和(hè)”,应和,按照别人已有诗词的体裁、韵脚作诗填词。“家弟”,自己的弟弟即段成己。“诚之”,段成己的字。“社燕之作”,在乡社宴会上所作的诗。“燕”通“宴”。

作者段克己(1196—1254)字复之,世居河东稷山(今属山西省运城地区)。幼与弟成己并以才名,当时文坛领袖赵秉文目之曰“二妙”,特书“双飞”二字名其里。金·正大七年(1230)进士。金亡,与弟成己避地龙门山中,结社赋诗,优游林泉,人称遯庵先生。元·泰定(1324—1328)间,裔孙段辅为礼部侍郎,合克己、成己遗文刻之家塾,名《二妙集》八卷,今存。

【注释】

[1]“白雪盈头”:白发满头。“雪”一作“发”。“不肯飞”:不愿飞走。把白发拟人化。

[2]“几许”:多少。“日晖晖”:太阳不断地散发光热。

【简析】

此诗以形象说话,蕴涵深广。前两句分别描述两个客观现象,进行强烈对比,使人从中领悟到一个不以人的意志为转移的规律,即人的青春一去不复返。第三句进行设问,第四句作答,意思是劝人不要为身外、身上的某些变化发愁,滚滚长江和晖晖太阳不会为此而停止运作。究竟应当如何,由读者自己作出结论。颇有启发式的意味。

人非金石难百年

——当知事必奚嗟叹

人们期盼健康长寿,但无不有病有老有死,能享百年之寿者极为罕见。有人为此长嘘短叹，悲观消极。明初著名大儒宋濂认为，人身非金石，病、老、死是必然现象。“当知事必尔，奚以嗟叹为！”应当忘掉这种烦忧，好自为之，愉快度过一生。其诗曰：

病　怀

明・宋濂

人生老须至，在我不敢辞。
老人多寿康，我胡病扰之？[1]
一从婴弱疴，筋力渐告疲。[2]
凌晨频揽镜，且复伤鬓丝。
固知非金石，难可百年期。
如何未五十，摧塌已不支。[3]
岂非蒲柳质，望秋辄先萎。[4]
历观宇宙内，汽化相推移。[5]
试求古贤豪，存者今为谁？
当知事必尔，奚以嗟叹为！[6]
儿童种旅葵，芳叶正参差。[7]
南风一披拂，流光一生辉。[8]
玩之百忘忧，浊醪聊自持。[9]

【题解】

此诗选自清・康熙四十八年（1709）新镌《宋学士全集》卷三十一。原题意谓抒发患病所感。

作者宋濂（1310—1381），字景廉，浦江（今浙江省金华市）人。幼年英敏强记，先后就学于梦吉、吴莱、柳贯、黄晋等。元・至正（1341—1368）中，荐授翰林院编修，以亲老，辞不赴。隐东明山著书，历十余年。明初除江南儒学提举，命授太子经，主修元史。累官至翰林学士承旨，知制诰，以老致仕。因其长孙坐法，举家谪茂山，道中病卒。正统（1436—1449）中，追谥“文宪”。濂博极群书，为文醇深演迤。著有《宋学士集》三十六卷，未刻集二卷，又有《洪武圣政记》、《浦阳人物集》等，并传于世。《明史》卷一百二十八有其传。

【注释】

[1]“胡”:疑问词,何故,为什么。“扰”:扰乱。

[2]“婴弱疴”:染上小毛病。“疲”:疲惫,衰弱。

[3]“摧塌”:衰颓不振。“支”:支持,支撑。

[4]“蒲柳”:即水杨,一种入秋就凋零的树木。用以比喻未老先衰或体质衰弱。“望秋”;接近秋天的时候。

[5]“宇宙”:整个客观世界的实在内容及其存在形式的总和,涵盖全部空间和时间。“汽化”:指世界万物的本原“气”化生万物及万物复化为“气”的演化过程。

[6]“必尔”:必然如此。“奚”:疑问词,为什么。

[7]“旅葵”:野生的葵菜。“参差[cēncī]”:长短不齐。

[8]“披拂”:吹拂,飘动。“生辉”:焕发出光辉。

[9]“玩”:体味。“浊醪(láo)”:浑浊的酒,亦指醇酒。

【简析】

此诗直抒胸臆。作者深知:“人生老须至,在我不敢辞”,“固知非金石,难可百年期”,“试求古贤豪,存者今为谁?”但自己毕竟年未五十,正当壮年,然而却因一场疾病而感老之已至。由此益发觉得人生易老,并且老之到来如此之早,由此更感生命之可贵,应当倍加珍惜。

至于如何珍惜生命,诗人并未给以答案。但其对待生命的态度是明确、积极的。即不必悲叹,过好每一天,做好每件事,应像“儿童种旅葵”那样,满怀憧憬,“玩之百忘忧”,争取“流光一生辉”的前景。

少年不知老可悲

——衰老却忆少年时

人的一生,大致经历婴幼儿、少年、青年、壮年、老年等几个阶段。除婴幼儿阶段无知外，其他四个阶段对人生过程的感受是不同的，特别是少年和老年，反差极大。明初刘基(1311—1375)有诗曰：

长安道

明·刘基

来日苦短，去日苦长。
日长不自觉，日短令人伤。
君不见，望后月；又不见，霜中芷，[1]
清光纵好魄已亏，芳心欲动根先死。[2]
少年不知老可悲，衰老却忆少年时。

【题解】

此诗选自清·雍正八年(1730)补刻《诚意伯文集》第九卷，原题“长安道”，是古乐府曲调名。诗人借调作诗，抒发人生感受。

刘基，字伯温，青田(今福建省丽水地区青田县)人。元末进士，官高安县丞，有廉直声。后弃官归。明太祖朱元璋聘至金陵，陈时务十八策，建礼贤馆处之。佑太祖灭陈友谅，执张士诚，降方国珍，北伐中原，攻克元大都(今北京市)，遂成帝业。授太史令，累迁御史中丞。诸大典制，皆基参与制定。封诚意伯，以弘文馆学士致仕。正德(1506—1521)中追谥文成。基博通经史，尤精象纬之学。其文闳深肃括，其诗沉郁顿挫，自成一家。著有《诚意伯文集》二十卷，又有《国初礼贤录》，并行于世。《明史》卷一百二十八有其传。

【注释】

[1]“望”：阴历每月十五或十六日，月亮最圆，称“望”。十五或十六日之后，月亮日残。“芷”：白芷，香草名。

[2]“清光”：清亮的光辉。“魄”：月亮之体。“亏”：减少，受损失。此指月体的明亮部分越来越少。“芳心”：比喻白芷的生机。

【简析】

刘基堪称成功的政治家，竟然也有“来日苦短，去日苦长”的悲叹。可悲在于

“日长不自觉”，在不知不觉中度过以往的岁月，并不知其可贵。及至老境，不觉大吃一惊。来日无多，屈指可数，未免悲从中来。诗人在此以“望后月”、“霜中芷”比喻人的暮年，“清光纵好魄已亏，芳心欲动根先死”，令人警醒。一般人都是“少年不知老可悲，衰老却忆少年时”。此诗意在提醒人们，应从少年之时就要珍惜宝贵的时光，不要等到年老而悲叹。

寸阴不惜将安追

——一生少壮能几时

自古以来，有志者无不深知光阴之可贵，哲人墨客多有咏叹，类似警句颇多。明初著名儒臣王祎（1321—1372）亦有专诗咏之，用语甚为别致、深刻，有力唤起人们警醒。其诗曰：

杂　诗

明·王祎

一日复一日，一月复一月。
坐看明镜中，颜色晓夜别。[1]
日夜不我与，少壮能几时。[2]
寸阴倘不惜，后悔将安追！[3]

【题解】

此诗选自清·嘉庆己巳年（1809）重刊《王忠文公文集》卷之一。其内容非常集中，即抒发对岁月流逝的感叹。原题下共有十首，此为其二。

作者王祎（yī），字子充，义乌（今浙江省义乌市）人，家近华川，因以为号。青少年时与宋濂同学，学成而元政不纲，天下大乱，遂隐居青岩山中。明初出仕，为中书省掾吏，历官至翰林待制。受到礼遇，明太祖朱元璋称其字而不呼名。曾曰："江南有二儒，卿与宋濂耳。学问之博，卿不如濂；才思之雄，濂不如卿。"洪武二年(1369)修《元史》，命祎与濂为总裁。祎擅长史事，裁烦剔秽，力任笔削。洪武五年(1372)，王祎奉命前往云南谕招元朝地方残余势力，不幸遇害。建文(1399—1402)初诏赠翰林学士，谥"文节"。正统(1436—1449)中，改谥"忠文"。成化(1465—1488)中，建祠祀之。有诗文集二十五卷，传世。《明史》卷二百八十九有其传。

【注释】

[1]"颜色"句：面色早晚就有区别，即发生变化。

[2]"日夜"句：每一白天和黑夜都弃我而逝。"不我与"，不与我友好，指不为我停留。

[3]"寸阴"二句：倘若不珍惜较短的光阴，后悔时哪里能够追回失去的时间呢？"安"，疑问词，表反诘。

【简析】

这是诗人的早年作品。全诗词语通俗，含义清晰明白，几乎不加修饰地袒露胸怀。

作者是一位有志者，不是浑浑噩噩之人，所以对自己的青春和流逝的时光特别珍惜。时刻提醒自己，不可虚度每一寸光阴。"少壮能几时，寸阴倘不惜，后悔将安追！"今人特别是青壮年，应当从中汲取教益，倍加珍惜自己的青春年华，不要为老大之后埋下懊悔的种子。

追思年少忽成呆

——珍惜生命自少年

人自少年时，就会不停地听到关于时间可贵的教导，但总是当作耳边风，罕有入耳入心而认真践行者。一旦年老力衰，蓦然回首，难免大吃一惊，甚至呆若木鸡。为什么？虚抛时间太多了。明代著名江南才子唐寅对此感慨颇深，其诗曰：

警世

明·唐寅

去岁残花今又开，追思年少忽成呆。[1]
数茎白发催将去，万两黄金买不回。[2]
有药驻颜真是妄，无绳系日转堪哀。[3]
此情莫与儿郎说，直待儿郎自老来。[4]

【题解】

此诗选自《六如居士全集》卷之二。原题“警世”即向世人发出警诫，提醒他们关注自己生命的进程。此题下共有八首，本书选其三首。此为其八，其它两首见后。

作者唐寅(1470—1523)，初字伯虎，后更字子畏，自号六如。吴县(今江苏省苏州市吴县)人，举弘治十一年(1498)乡试第一，座主梁储奇其文，还朝示学士程敏正，敏正亦奇之。未几，敏正总裁会试，江阴富人徐经贿其家僮，得试题。事露，言者劾敏正，语连寅，下诏狱，谪为吏。寅耻不就，归家，放浪。宁王朱宸濠厚币聘之，寅察其有异志，佯狂使酒，露其丑秽，宸濠不能堪，放还。遂筑室桃花坞，与客日饮其中，致力诗词书画创作。嘉靖癸未(1523)卒，年五十三。《明史》卷二百八十六有其传。

【注释】

[1]“忽成呆”：忽然变成呆子，即被惊呆，一时失去正常的思维反应能力。

[2]“催将去”：催促自己日渐衰老，直到离世。

[3]“驻颜”：停止容颜的衰老，永葆青春。“妄”：妄想，无根据、不可能实现的愿望。“无绳系日”：古人幻想用一根长绳将太阳系住，不让它移动，以保证人们不老。

[4]“儿郎”：少年、青年人。“自老”：自己变老。

【简析】

诗人由“去岁残花今又开”这一年复一年的自然现象，联想到自己却“年少”不再，以致惊而“成呆”。青春逝去不返，发白不可再黑，纵有万两黄金也无济于事。驻颜之药、系日之绳，都是虚妄的。自己的生命当由自己把握。但少年却不能体会这种心境，即使听说，也不在意。“此情莫与儿郎说，直待儿郎自老来。”诗人明言不告诉而实际上已经告诉青壮年人，等到你们能体会这种心境之时，就无力挽回了。珍惜生命，从少年开始吧！

岁去勿学痴翁悲

——故吾努力庆未衰

在旧岁、新年交替之际，每个人的感受是不同的。对于少年而言，一般是喜，喜在自己又长大一岁；对于中老年而言，一般是叹，感叹自己又少了一岁，来日不多了。明代中期著名诗人、朝官李东阳的态度是：

别　岁

明·李东阳

暮闻岁将别，去矣不复还。[1]
呼酒持饯之，可饯不可追。[2]
岁来莽何从，岁去茫无涯。[3]
但恐慷慨颜，不如少年时。[4]
谁谓岁去留，不与我瘠肥？[5]
聊同騃竖喜，勿学痴翁悲。[6]
岁去固莫留，岁至亦莫辞。[7]
回看故吾在，努力庆未衰。[8]

【题解】

此诗选自清·康熙二十一年(1682)刊刻《怀麓堂全集》卷之五。原题意谓告别旧岁,迎接新年。在新、旧年交替之际,诗人深为感慨,情不自禁援笔而作此诗。

作者李东阳(1447—1516),字宾之,号西涯,茶陵(今湖南茶陵县)人。四岁能作径尺书,天顺八年(1464),年十八,成进士。在朝五十年,官至礼部尚书兼文渊阁大学士。明武宗(1506—1521 在位)即位后,加少傅兼太子太傅。是时大宦官刘谨当政,摧抑缙绅,忠直之士放逐殆尽。东阳悒悒不得志,只能委蛇(wēi yí)避祸。凡瑾所为乱政,东阳亦设法予以补救。在此期间曾数次上书辞位,不准。这种心情,在其送别一类的诗作中有所流露。正德九年(1514)致仕。二年后,卒。赠太师,谥文正。李氏为文典雅流丽,工篆隶书,碑版篇翰流播四裔。罢政居家之时,请诗文书篆者,填塞户限。在诗歌创作上宗法杜甫,是当时"茶陵派"之代表人物,开明朝中叶前、后七子复古运动之先河。著有《怀麓堂集》九十卷,传世。《明史》卷一百八十一有其传。

【注释】

[1]"暮闻"句:诗人将"岁"拟人化,故言"暮闻"、"将别"。"不复还":不再回来。走得决绝,无留恋余地。

[2]"饯之":设酒席为其送行。"不可追":不可能追回来。

[3]"岁来"句:年岁来临时,迷茫不知其从何来。"岁去"句:年岁离去时,渺茫无际,不知其去向何处。

[4]"慷慨颜":为正义而激动的面貌。

[5]"谁谓"二句:何人能说年岁的离去和留下,与我身体的瘦弱和肥壮没有关系呢?"瘠":(人体)瘦弱。

[6]"騃(ái)竖":不懂事的小孩。"痴翁":痴迷、愚蠢的老头。刘基《诚意伯文集》第九卷载《痴悲翁》诗,描写一个"弱龄轻日月,迈景想神仙"的痴翁,为了长生不死而"劬(qú)心炼丹铅"。最后仍不免"吞声赴黄泉"。

[7]"固莫留":本来就不须挽留。"亦莫辞":也不要拒斥。

[8]"故吾":原来的我。"庆未衰":庆幸自己尚未衰败。

【简析】

诗人将“岁”拟人化。在旧岁即将离去之时,特设酒宴为之饯行,可见其留恋之情。但“可饯不可追”,不免深感失落和渺茫,“岁来莽何从,岁去茫无涯。”诗人何以如此呢?凡成年人均知,年岁与己利害相关。每辞一次旧岁,即意味着自己余下的寿命减少一年。这是不容讨价还价的,非常残酷。从颜面上看,每过一年,特别中年以后,往往发生一些明显的变化。“但恐慷慨颜,不如少年时。谁谓岁去留,不与我瘠肥?”因而诗人此时的心情非常复杂。可贵在于,他并未因此而消极悲观,而是“聊同騃竖喜,勿学痴翁悲”,积极面向现实和未来。“岁去固莫留,岁至亦莫辞。”对岁之去留采取顺其自然的态度。“回看故吾在,努力庆未衰。”只要“故吾在”而且“未衰”,这就值得庆贺,并应继续努力,争取延年益寿,完成未竟事业。

寄语故人多自爱

——聊保天年即神仙

明末清初顾炎武(1613—1682),是著名的抗清义士和具有进步思想的启蒙学者。一生经历复杂,艰苦危殆备尝,学识渊博,著作宏富,竟能年至古稀,堪称生命奇迹。他以诗总结自己的养生经验,曰:

友人来坐中口占一绝

清·顾炎武

不材聊得保天年,便可长栖一壑边。[1]
寄语故人多自爱,但辞青紫即神仙。[2]

【题解】

此诗选自中华书局1983年版《顾亭林诗文集》卷之五,原题中“友人”,诗人的朋友，不详何人。“坐中”：与友人坐着交谈。“口占”：作诗不起草而口吐其文。

顾炎武本名绛，清兵占领南京后，更名炎武，字宁人。学者尊称为亭林先生。昆山（今江苏省昆山市）人，曾避兵常熟。十四岁时即加入当时知识分子的进步组织复社。清兵渡江后，参加抗清战争。失败后，只身北上，来往于山东、河北、山西、陕西一带。自负用世之略，所至之处辄小试之，曾垦田于山东，牧畜于山西，累致千金。遍历关塞，四谒孝陵，六谒思陵，最后卜居陕西之华阴。生平精力绝人，主张“读万卷书，行万里路”。自少至老，无一刻离书。旅行途中，以二骡二马载书。遇峰塞亭障，呼老兵卒询问曲折，有与平日所闻不合者，即发书对勘；过平原大野，则于鞍上默诵诸经注疏。凡国家典刑，郡邑掌故，天文仪象，河漕兵农之属，莫不穷究原委，考正得失。撰《天下郡国利病书》百二十卷，别有《肇域志》一编。精音韵学，在地理、历史、考古等诸多领域，均有可观建树，撰《金石文字记》、《求古录》、《日知录》、《二十一史年表》、《历代帝王宅京记》、《譎觚》、《亭林文集》、《诗集》等，多达几十种。清初学有根柢者，以顾氏为最。康熙十七年(1678)，诏举博学鸿儒科，又修《明史》，大臣争荐之，顾氏以死自誓。二十一年(1682)卒。《清史稿》卷四百八十一有其传。

【注释】

[1]“不材”：谦词，自称无才干之人。“材”通“才”。“天年”：天然赋予的寿限，按《黄帝内经》为一百岁。“壑”：山沟或大水坑。

[2]“故人”：原来的亲戚、相识、朋友。“青紫”：功名。“青紫”犹“紫青”。汉制，丞相、太尉皆金印紫绶，御使大夫青绶。唐以金紫光禄大夫、银紫光禄大夫为官阶。后以“紫青”为高官尊位的代称。苏轼“次韵子由”诗句：“当时功名意，岂止拾紫青！”

【简析】

这是作者向来访友人介绍自己养生经验的短诗。仅用四句二十八个字，就深刻总结、高度概括了几十年的养生经验。亦可说，这是一生养生体会的结晶。其主要内容不外乎三点：一是自爱。他行万里路，读万卷书，垦田于山东，牧畜于山西，是爱国也是自爱的表现。不仅爱身体，更爱精神。二是辞青紫，即不做官。在当时的满清贵族统治之下，做官就违背了诗人一贯坚持的民族大义，这是其绝对不能接受的，所以宁愿一死，也决不折腰。三是对个人生死处之泰然。前二句

“不材聊得保天年，便可长栖一壑边”就含有此义，辞青紫亦然。在当时的社会条件下，他竟然年至古稀，实属不易。能如此，诗人自认为就是“神仙”了。

桑榆晚景休嫌少

——袁枚潇洒度老年

清代雍乾年间著名文人袁枚(1716—1797)，年过七十时，曾经听信相士之语，断言其七十六岁将逝。他不但不忧惧，反而愉快生活，年至八十，仍然健在。他大喜过望，信心满怀，写诗庆贺，曰：

八十自寿

清·袁枚

自笑将开九秩筵，挽诗翻在寿诗先。[1]
刚修禊事倾三雅，再宴琼林欠四年。[2]
潇洒一生无我相，逢迎到处有人缘。[3]
桑榆晚景休嫌少，日落红霞尚满天。[4]

【题解】

此诗选自上海古籍出版社1988年版《小仓山房诗文集》卷三十六，原题中“八十”，作此诗时诗人八十(虚)岁，是年为乾隆六十年(1795)。“自寿”，给自己祝寿。

袁枚，字子才，号简斋，又号随园老人，浙江仁和(今杭州市)人。幼有异禀，十二岁为诸生，命作《铜鼓赋》，立就，甚瑰丽。乾隆四年(1739)中进士，授翰林庶吉士，出知溧水、江浦、沭阳、江宁等县，并著能声。枚不以吏能自善，年甫四十即告归。再起，发陕西。不久，丁父忧而归。卜筑随园于江宁之小仓山(在今南京市五台山体育场北侧)，以诗文为事。性通脱，颇放情于声色，尤好宾客，四方之士，投诗文无虚日。备林泉之清福、享文章之盛名数十年。世称随园先生。在文学上，袁枚认为诗主性灵，务从才力所至。文章横逸，不可方物。最工骈体，深得六朝体格。著有《小仓山房诗文集》七十余卷及《随园诗话》、《随园笔记》等三十余种，并行于世。《清史稿》卷四百八十五有其传。

【注释】

[1]“九秩”：九旬。十年为一秩。“挽诗”：悼念逝者之诗。“翻”：反。诗人年至七十六岁时，向各方征求挽诗，竟得数百首。当时知名文士，如赵翼、姚鼐等均有诗来。袁氏将其一一张挂起来，进行欣赏，喜不自胜。

[2]“修禊(xì)事”：古代民俗，于农历三月三日到水边嬉戏、聚会或祭祀，以祓(fú)除不祥。“三雅”：容量不同的三种酒杯。《太平御览》卷八四五引《典论》：汉末刘表有酒爵三：大曰伯雅，次曰仲雅，小曰季雅。分别容七升、六升、五升。后以“三雅”泛指酒器。“琼林宴”：皇帝赐新科进士的宴会。宋初，太平兴国二年(977)赐宴新科进士于琼林苑，因此得名。明清沿此，以致成为惯例。袁枚于二十四(虚)岁中进士，喜赴琼林宴。按清制，六十年后可再赴。他已写好《拟重赴琼林宴诗》，惜乎仅过两年即离世。

[3]“潇洒”：自然大方，无拘无束，自由自在。“无我相”：佛教语，谓不执着于自我之相。认为人乃四大(地、水、火、风)假和，因缘而生，故如此言。“人缘”：本指尘世之缘，此谓人与人的良好关系。

[4]“桑榆晚景”：喻人的暮年。详见前《桑榆微霞尚满天》诗【注释】之[6]。

【简析】

这是一首七言律诗。诗人年至八十，实出乎意料之外，作此诗以自寿。特别是收到数以百计的挽诗后，观览玩赏，更是乐在其中。回忆自己的一生，非常满意：“潇洒一生无我相，逢迎到处有人缘。”直到目前，仍然游乐不已，并憧憬未来：“刚修禊事倾三雅，再宴琼林欠四年。”他已做好“再宴琼林”的准备。并且，他不嫌余下岁月之少，对桑榆晚景十分满足，“桑榆晚景休嫌少，日落红霞尚满天”，可见其对生命的珍爱。值得当今中老年人仔细品味，从中汲取启迪和教益。

龙钟吾身即为宝

——任凭他人去笑倒

老年之人，反应迟缓，动作笨拙，显现龙钟之态，本是正常现象。但有些青壮年不理解，觉得可笑。而有些老年人对自己的身体状态亦颇为伤感。诗人袁枚则认为，龙钟之体正是值得珍爱之宝。其诗曰：

喜　老

清・袁枚

嫫母不知丑，西施不知好。[1]
我亦将毋问，八十不知老。
宴客必张灯，吟诗尚留稿。
或栽雨后花，或刬风中草。[2]
一起百事生，一眠万事了。
眠起即轮回，无喜亦无恼。[3]
何物是真吾，身在即为宝。[4]
就使再龙钟，凭人去笑倒。[5]
试问北邙山，年少埋多少。[6]

【题解】

此诗出处、作者同前诗。原题意谓至老年而喜，较常人伤老相反，有新意。此题下原有诗七首，此为其六。

【注释】

[1]“嫫(mó)母”：亦作“嫫姆”。传说为黄帝的第四妃，其貌甚丑。“西施”：春秋时越国美女，亦称西子。越王勾践败于会稽，大夫范蠡取西施献于吴王夫差，使其迷惑忘政。越遂亡吴。后西施归范蠡，同泛五湖。

[2]“刬(chǎn)”：同铲，铲除。

[3]“轮回”：佛教语，原谓生与死交替，循环。此指起来与卧眠交替，循环。

[4]“真吾”：真正的我。佛教将灵魂视为生死轮回的主体，即“真吾”。“身为宝”：这是唯物主义者和医家的看法。身为生命之根基。有身才有生命、灵魂。身死则无生命、灵魂。

[5]“龙钟”：指年老体衰，行动艰难、不灵便的样子。

[6]“北邙山”：山名，在洛阳之北。东汉、魏、晋的王侯公卿多葬于此，后世往往借指墓地或坟墓。晋·陶潜《拟古》诗之四：“一旦百岁后，相与还北邙。”

【简析】

诗人年至八十，不但不伤老，反而喜老。这是自信和乐观的心理状态。在日常生活中，他仍然像以前一样，保持“宴客必张灯，吟诗尚留稿”和“或栽雨后花，或刬风中草”的习惯。并且理智而豁达地对待必然到来的生命终点。既不忧心忡忡，也不百无聊赖，而是轻松、平和地过好每一天。“一起百事生，一眠万事了。眠起即轮回，无喜亦无恼。”虽然珍爱生命，但不执着生命，这一思想境界实属难得。虽有佛教影响的痕迹，却未全面接受生死轮回思想，而是坚持唯物主义的形神观，将“身”视为生命的至宝。“就使再龙钟，凭人去笑倒。”因为有身才有神，才有生命。“试问北邙山，年少埋多少”。较之前人，能活到八十岁，诗人已经大喜过望。如此看来，诗人之喜老，合情合理。这样的心态，对老年人十分可贵。

二、我命在我

两晋之际的著名医药学家、道教理论家葛洪，曾在其传世之作《抱朴子·内篇·黄白》中引述《龟甲文》曰：“我命在我不在天。”这一论断高扬人的主观能动性，鼓励人们自觉、积极地把握自己的命运。此句中的“天”，盖指“天命”之“天”或自然之“天”。先秦以来的儒家，提倡“天命”论。《论语·为政》记孔子之言：吾“五十而知天命”。《颜渊》篇载子夏之言：“商闻之矣：‘死生有命，富贵在天。’”照此说法，人的死生富贵，均由天命安排，只能听天由命了。先秦道家则提倡自然之天。《老子》二十五章曰：“人法地，地法天，天法道，道法自然。”所谓“道法自然”，即自然而然，反对以人力改变自然。《庄子·应帝王》极力主张“顺应自然而无容私”，《大宗师》、《德充符》等篇则将这一思想发展为自然宿命论：“死生，命也；其有旦夜之常，天也。”“死生、存亡、穷达、富贵、贤与不肖、毁誉、饥渴、寒暑，是事之变，命之行也。”此与儒家的“天命”论，已经没有原则区别了。而《荀子·天论》则在强调天地自然之道不可违背的同时，主张：“大天而思之，孰与物畜而制之？从天而颂之，孰与制天命而用之？”这一“制天命而用之”的主张，历来是鼓舞人们与疾病作斗争的强大思想力量。“我命在我不在天”的论断，显然是这一思想的发扬光大。在生产力和科学技术仍然落后的古代，人们尚且积极地预防疾病，力求把握自己的命运；在生产力和科学技术高度发达的今天，人们更应有信心和能力战胜疾病，延年益寿。认真诵读古人这一方面内容的诗词，无疑可以激发今人积极养生防病、争取健康长寿的信心和勇气。

这一部分的养生内容比较全面，几乎涉及养生的所有具体途径、方法和手段。特别是《卫生歌》，更值得人们仔细研读和揣摩，定能获益匪浅。

养怡之福可永年

——寿命在天亦在人

世界上的事物，包括人，有生必有死，连长寿的神龟也不能例外。这是古代贤哲发现的客观规律。有人据此得出人之寿命由“宿命”决定的悲观消极的结论。也有人不信所谓“宿命”，认为人对自己的寿命也能有所作为，如曹操，其诗曰：

步出夏门行

汉·曹操

神龟虽寿，犹有竟时。[1]
腾蛇乘雾，终为土灰。[2]
老骥伏枥，志在千里。[3]
烈士暮年，壮心不已。[4]
盈缩之期，不但在天。[5]
养怡之福，可得永年。[6]
幸甚至哉，歌以咏志。[7]

【题解】

此诗选自中华书局1959年编辑出版的《曹操集》，并参校《先秦汉魏晋南北朝诗》上册《魏诗》卷一。原题《步出夏门行》，又作《碣石篇》，乃乐府曲调名。

【注释】

[1]“神龟”：传说龟能活千年以上，故称之为神龟。“竟”：终极，终了。

[2]“腾蛇”：传说中的神物，与龙同类，能兴云驾雾。“终为土灰”：死后变成泥土。

[3]“骥(jì)”：良马。“老骥”又作“骥老”。“枥”：马棚。

[4]“烈士”：有宏大抱负和卓越才干的人。

[5]“盈缩”：伸长、缩短。此处指人的生命延长或减短。

[6]“养怡”：调养身心，平和、愉悦。

[7]“幸甚”：希冀之甚，非常期盼。“至”：极点。

【简析】

此诗共十四句，可分为四章（节）。每章表达一层意思。开头四句认为生命有限。“神龟”、“腾蛇”这些长寿的神物，尚且终有一死，何况其他！人也不能例外。似乎这是汉代诗歌中哀叹生命短暂，主张及时行乐的思想情绪的继续。但诗人笔锋一转，跳出了这一老套。在接下一章，以“老骥”、“烈士”自比，形象、鲜明地抒发了积极进取的人生态度。认为年纪虽老，但雄心壮志不可丢。仍应老当益壮，争取干一番轰轰烈烈的大事业。这一态度是不养生的养生。较之徒然哀叹，消极等死，要有积极意义。作者进而认为：“盈缩之期，不但在天；养怡之福，可得永年。”此处所谓“天”，有两层意思：一指天命之“天”；二指自然之“天”。无论何种意义上的“天”，都不能完全决定人的寿命长短。表明作者既不相信天命，也不屈从自然之力，而是看重人为的作用。人通过积极调养，也可以健康长寿。可见诗人的积极进取精神，不仅体现在事业上，而且贯穿于养生过程中。

总起来看，全诗格调高昂，情感激越，语言凝炼，节奏铿锵，抒发了诗人老当益壮、积极进取的英雄气概。是汉代同类诗歌中的上乘之作。

灾病常从细处始

——逆耳忠言最可贵

在历史上和现实中，人们总是习惯于抓大放小，重著轻微；喜闻顺心之语，恶听逆耳之言。应璩《百一诗》则提醒人们：事物发展的结果，往往由微小之变引起的；逆耳之言常常富含善意和真理。其诗曰：

百一诗

三国·魏·应璩

细微可不慎，堤溃自蚁穴。[1]
腠理早从事，安复劳针石！[2]
哲人睹未形，愚夫闇明白。[3]
曲突不见宾，燋烂为上客。[4]
思愿献良规，江海倘不逆。[5]
狂言虽寡善，犹有如鸡跖。[6]
鸡跖食不已，齐王为肥泽。[7]

【题解】

此诗亦选自三国·魏·应璩《百一诗》，提醒人们警惕细小、轻微的变化和过失、毛病。

【注释】

[1]"可不慎"：意即不可不慎，一定要慎。"堤溃"句：千里长堤由于蚁穴渗水而崩溃。前句是普遍性的结论，后一句是典型例证。

[2]"腠理"：人体表皮及皮下肌肉之间的纹理，空隙。"针石"：上古医者给人治病的骨针和砭石，后世用来指代医药手段。此二句是说，如果病在腠理之时，就加以调节，何必还要运用针灸药物进行治疗呢？

[3]"哲人"：明白事理的聪明人。"睹"：看，观察。"未形"：处于萌芽状态，尚未成形。"愚夫"：愚昧之人。"闇明白"：对明明白白的事情或道理，也看不清楚。"闇"、"暗"通。

[4]"曲突"："曲"，弯曲；"突"，烟囱。"曲突"，把烟囱建成弯曲的。"燋烂"：被火烧得焦头烂额。此二句出自《汉书·霍光传》："客有过主人者，见其灶直突，旁有积薪。客谓主人，更为曲突，远徙其薪，不者且有火患。主人嘿然不应。俄而家里失火，邻里共救之，幸而得息。于是，杀牛置酒，谢其邻人，灼烂者在于上行，余各以功次坐，而不录言曲突者。人谓主人曰：'乡(向)使听客之言，不费牛酒，终亡火患。今论功而请宾，曲突徙薪亡恩泽，焦头烂额为上客耶？'主人乃悟

而请之。”此乃重视防患于未然之义。

[5]“不逆”：不倒流。

[6]“鸡跖”：亦称鸡蹠、鸡足踵。古代视为美味。语出《吕氏春秋·用众》：“善学者若齐王之食鸡也，必食其跖数千而后足。”高诱注：“跖，鸡足踵。”

[7]“齐王”：具体指谁，已难确考。诗人引此，意思是说，鸡跖虽小，但吃多了，也会肥胖。仍是慎微之意。

【简析】

这是一首哲理诗。诗人以蚁穴溃堤、直突失火等事实，揭示事物量变引起质变的规律。事物细微的变化，极易被人们忽略，往往视而不见，听而不闻，岂料最终导致灾难性的后果，此时后悔已晚。人们生理、病理上的变化亦是如此。开始细微，难以察觉；即使有所察觉，也不在意，及至发展为无可救药的重症。《史记·扁鹊仓公列传》所记载的齐桓侯讳疾忌医事件，就是典型例证。名医扁鹊指出他“有疾在腠理，不治将深”。他断然否认：“寡人无疾。”以后又相继指出他有疾“在血脉”、“在肠胃间”，均不听。以至病入骨髓，不治而死。诗人可能受到这一事件的启发，而写出这首哲理诗。今天读来，仍然令人警醒。《黄帝内经·素问·四气调神大论》指出：“圣人不治已病治未病，不治已乱治未乱，此之谓也。夫病已成而后药之，乱已成而后治之，譬犹渴而穿井，斗而铸锥，不亦晚乎！”这段经典论述，应当成为人们防治疾病的座右铭。

身安寿永大有为

——世人当知卫生道

世人无不希望平安度尽天年，如何才能实现这一美好的愿望呢？隋唐大医、养生大家孙思邈在其名著《千金要方》、《千金翼方》中已有详细论述，足可借鉴。世传其歌曰：

孙真人卫生歌

唐·孙思邈

天地之间人为贵，头象天兮足象地。[1]
父母遗体宜保之，箕畴五福寿为最。[2]

卫生切要知三戒，大怒大欲并大醉。
三者若还有一焉，须防损失真元气。[3]

欲求长生先戒性，火不出兮神自定。
木远去火不成灰，人能戒性方延命。[4]

贪欲无穷忘却精，用心不已走元神。
劳形散尽中和气，更仗何能保此身。[5]

心若太费费则竭，形若太劳劳则歇。
神若太伤伤则虚，气若太损损则绝。[6]

世人欲知卫生道，喜乐有常嗔怒少。
心诚意正思虑除，顺理修身去烦恼。[7]

春嘘明目木扶肝，夏至呵心火自闲，
秋呬定收金肺润，冬吹肾水得平安。

三焦嘻却除烦热，四季长呼脾化餐。
切忌出声闻口耳，其功尤胜保神丹。[8]

发宜常梳气宜炼，齿宜频扣津宜咽。
子欲不死修昆仑，双手揩摩常在面。[9]

春月少酸宜食甘，冬月宜苦不宜咸。
夏要增辛减却苦，秋辛可省便加酸。

季月可咸甘略戒，自然五脏保平安。
若能全减身康健，滋味偏多无病难。[10]

春寒莫放绵衣薄，夏月多汗须换着。
秋冬衣冷渐加添。莫待病生才服药。[11]

惟有夏月难调理，内有伏阴忌凉水。
瓜桃生冷宜少餐，免至秋来生疟痢。[12]

君子之人守斋戒，心旺肾衰宜切记。
常令充实勿空虚，日食须当去油腻。[13]

太饱伤神饥伤胃，太渴伤血并伤气。
饥餐渴饮勿太过，免致膨脝伤心肺。[14]

醉后强饮饱强食，未有此生不成疾。
人资饮食以养生，去其甚者自安适。[15]

食后徐行百步多，手摩脐腹食消磨。
夜半灵根濯清水，丹田浊气切须呵。[16]

饮酒可以陶性情，大饮过多防有病。
肺为华盖倘受伤，咳嗽劳精能损命。[17]

慎勿将盐去点茶，分明引贼入其家。
下焦虚冷令人瘦，伤肾伤脾防病加。[18]

坐卧切防脑后风，脑内入风人不寿。
更兼醉饱卧风中，风才一入成灾咎。[19]

雁有序兮犬有义，黑鲤朝北知臣礼。
人无礼义反食之，天地神明俱不喜。[20]

养体须当节五辛，五辛不节损元神。
莫教引动虚阳发，精竭神枯定丧身。[21]

不问在家并在外，若遇迅雷风雨至，
急须端肃敬天地，静室收心须少避。[22]

恩爱牵缠不自由，利名萦绊几时休。
放宽些子自家福，免至中年早白头。[23]

顶天立地非容易，饱食暖衣宁不愧？
思量无以报洪恩，早暮焚香谢天地。

身安寿永事如何，胸次平夷积善多。
惜命惜身兼惜气，请君熟玩卫生歌。[24]

【题解】

此诗选自明·吴正伦所辑《养生类要》前集。但在孙氏传世名著《千金要方》和《千金翼方》中，不见此诗，显系后人据其某些观点写成的托名之作，所以此诗内容与其思想比较契合。清代尤乘《寿世青编》卷上亦载有此诗，题目相同。另据北京大学古典文献研究所编辑的《全宋诗》，此诗收在南宋理学家真德秀的名下。究竟其作者为谁，尚须考定。将吴正伦、尤乘版本与《全宋诗》进行比较，基本一致，仅有少数字句相互出入，各有短长。今择其善者而从之。

题中“卫生”，指保养，爱护自己及他人的生命。

孙思邈(581—682)，京兆华原(今陕西省铜川市耀县孙家塬)人。终生矢志为医，一心治病救人，不慕权势。他把道家、道教思想和方术运用于医药卫生及自身修养，享年百余岁，被后世称为“真人”。他也吸收了儒、佛思想，此诗中亦有表现。《旧唐书》一百九十一、《新唐书》一百九十六有其传。

【注释】

[1]“人为贵”：《素问·保命全形论》言：“天覆地载，万物悉备，莫贵于人。”人为万物之灵，最为天下之贵。“头象天”：头圆象天。“足象地”：足方象地。古人认为人与天地相应，故有此说。语见《灵枢·邪客》：“天圆地方，人头圆足方以应之。”

[2]“父母遗体”：语出《孝经·开宗明义》：“身体发肤，受之父母，不敢毁伤。”诗人引此论证爱护身体的道义根据。“箕畴五福寿为最”：据《尚书·洪范》，周武王灭商后，访问纣王之叔箕子，讨论商朝所以灭亡之原因。箕子讲述了体现天意的“洪范九畴”。其九就是“五福”、“六极”。“五福”是：“一曰寿，二曰富，三曰康宁，四曰攸好德，五曰考终命。”把“寿”列于“五福”之首。

[3]“三戒”：借鉴佛教的五戒、八戒、十戒等戒律的说法，意即禁止大怒、大欲（房事）、大醉这三个方面的律条。“大”：过分之意。孙思邈《千金翼方》卷第十二《养性禁忌第一》引“彭祖”之言曰：“一日之忌者，暮无饱食；一月之忌者，暮无大醉；一岁之忌者，暮须远内；终身之忌者暮常护气。夜饱损一日之寿，夜醉损一月之寿，一接损一岁之寿。”“真元气”：哲学中的“元气”乃指世界的本原，即万物未生、天地未分之前的混沌状态。中医学所谓“元气”，则指人的生命活动赖以进行的基本物质、机能、动力，有时亦指与邪气相对的正气。“真气”，即指元气，故又称“真元气”。

[4]“戒性”：防止性情出格。孙思邈在其《备急千金要方》卷二十七《道林养性第二》中指出：“善摄生者常少思、少念、少欲、少事、少语、少笑、少愁、少乐、少喜、少怒、少好、少恶。行此十二少者，养性之都契也。”孙氏在此强调“少”，不是“无”，意在节制。他接着还说：“多思则神殆，多念则志散，多欲则志昏，多事则形劳，多语则气乏，多笑则脏伤，多愁则心慑，多乐则意溢，多喜则亡错昏乱，多怒则百脉不定，多好则专迷不理，多恶则憔悴无欢。”

[5]“元神”：道家指人的灵魂为元神。有的道士则将元神视为先于人身而存在的。

[6]“心若太费”：思虑过度，耗费心力。

[7]“卫生道”：维护生命之道。“喜乐有常”：不要大喜大乐，暴喜暴乐，要喜

乐有节。"嗔怒少":怒则伤肝损气,有害健康,故要尽量少怒。"心诚意正":心地诚实善良,端正无邪,即《素问·上古天真论》所言"淫邪不能惑其心",如此心态有利于健康。

[8]以上八句所述为"六气"养生法。南朝著名道士、医药学家陶弘景和隋代高僧智顗对此均曾有所论述,只是六气的顺序有所不同。《全宋诗》仅有四句,即:"春嘘明目夏呵心,秋呬冬吹肺肾宁。四季长呼脾化食,三焦嘻却热难停。"可见"六气"即指嘘、呵、呬、吹、呼、嘻六种出气动作。

[9]"修昆仑":修炼脑神。"昆仑"原指昆仑山,位于新疆与西藏之间。因其崇高磅礴,被人们神化,传说其上有瑶池、增(一作曾)城、县甫(悬圃)等仙境,西王母居之。道教认为脑为人身诸神所居,故借用昆仑喻脑。《黄庭外景经》有"子欲不死修昆仑"之说。

[10]按五行、五脏、五时、五味的对应及其生克关系进行调节,以保持各方面的平衡。木、肝、春、酸对应,水、肾、冬、咸对应,火、心、夏、苦对应,金、肺、秋、辛对应,土、脾、长夏、甘对应。春食甘,意在防止肝木太盛而乘脾土;冬宜苦,防肾水太盛而乘心火;夏增辛减苦,防心火太盛而乘肺金;省辛加酸乃补土生金。"季月":当指夏季第三月,即长夏,此时"可咸甘略戒",以防脾土太盛而乘肾水。孙思邈《备急千金要方》卷二十七《养性序第一》指出:"五味不欲偏多,故酸多则伤脾(木克土),苦多则伤肺(火克金),辛多则伤肝(金克木),咸多则伤心(水克火),甘多则伤肾(土克水)。此五味刻(克)五脏五行,自然之理也。"

[11]此言随季节气温变化而着衣,以防冷暖骤变而致病。

[12]夏季调理之难有二:一是酷暑炎热,伏阴在内,人们为消暑,往往饮冷食凉,易使阴阳失衡;二是瓜桃水果甚多,人们过量贪食,易生疾病。

[13]"斋戒":信仰宗教人士表示虔诚,清心寡欲,沐浴忌荤,禁行房事。此处乃指养生者也应控制性欲,以防肾虚。

[14]"膨脝"(péng héng):腹部膨胀的样子。

[15]"醉后强饮饱强食":孙思邈在《备急千金要方》卷二十七《道林养性第二》中,反复强调"节饮食",指出:"善养性者,先饥而食,先渴而饮;食欲数而少,不欲顿而多,(多)则难消也。常欲令如饱中饥,饥中饱耳。""又饮酒不欲使多,多则速吐之为佳。勿令至醉,即终身百病不除。久饮酒者,腐烂肠胃,渍髓蒸筋,伤神损寿。"并言:醉不可当风,不可令人扇之,不可露卧,不可强食,不可交接等。

[16]"灵根":道教指舌根。原为"云根",据《全宋诗》改。"丹田":道家、道教

指人的生命根本奥秘所在之处，有上、中、下三丹田，分别在脑中、心中、肾中。据葛洪《抱朴子·内篇·地真》："脐下二寸四分，下丹田"；"心下绛宫金阙，中丹田"；"人两眉间，却行……三寸为上丹田"。

[17]"饮酒可以陶性情，大饮过多防有病"：(日本)《医心方》卷第廿九《醉酒禁》引《养生要集》之语，指出："酒者，五谷之华，味之至也，故能益人，亦能损人。节其分剂而饮之，宣和百脉，消邪却冷也。若升量转久，饮之失度，体气使弱，精神侵昏。物之交(效)验，无过于酒也。宜慎，无失节度。"强调节制。"肺为华盖"：此说出自《黄帝内经》。《素问·痿论》："肺者，脏之长也，为心之盖也。"《灵枢·师传》："五脏六腑者，肺为之盖。"后世在"盖"上加"华"字，乃据肺属金，金色光耀华丽。

[18]"慎勿"四句：饮茶加盐，破坏茶的物质结构及其清火利尿作用，能引起水液潴留，损害脾脏、肾脏。

[19]"脑后风"：传说彭祖享寿八百岁。有人学道于彭祖，而苦患头痛。彭祖视其寝处有穴，当其脑户，遂塞之，后即无患。

[20]"雁有"四句：主要认为这些动物有情义，人不应食之。作者意在教人知义理，遵礼仪。从保护动物和养生的观点来看，有其积极意义。但论据不足。"雁有序"是事实，"犬有义"已经有所拔高，"黑鲤知臣礼"则纯属附会。

[21]"五辛"：五种辛味的蔬菜，也称五荤。佛教按戒律不准僧人食五荤。具体指葱、薤、韭、蒜、兴渠(阿魏)。

[22]"不问"四句：孙思邈《备急千金要方》卷第二十七《居处法第三》指出："凡在家及外行，卒逢大飘风暴雨、震电昏暗、大雾，此皆是诸龙鬼神行动经过所致。宜入室闭户，烧香静坐，安心以避之，待过后乃出，不耳(尔)损人。或当时虽未苦，于后不佳也。又阴雾中不可远行。"此处"诸龙鬼神"之说虽无稽，但可警戒世人，可供今人参考。恶劣天气确实伤人，应当躲避。

[23]"恩爱"四句：沉溺于恩爱之情和一味追求名利，都是有害于健康的。

[24]"胸次平夷"：心胸开阔，对人和事态度平和，多做善事，亦有益于健康。"夷"：平，平坦。

【简析】

这首《卫生歌》，就其内容而言，堪称养生纲要，比较全面地总结、概括了前人的经验和方法，涉及人生态度、天人关系、生活起居、衣食调摄、炼气修心等诸多方面。既有深刻的哲理和医理，也有具体的态度和方法；既有严格的科学性，也有切实的可行性；既适合于古人，也有利于今人。值得仔细研读，深入思考，认真践履。如能切实贯彻于日常生活中，一定有利于防病愈疾，延年益寿。

若就此歌的形式而言，七字为句，四句一韵，朗朗上口，语言流畅，雅俗共赏，无须多加解释，今人大都能懂。这是普及传统养生知识的典范之作。

勿庸讳言，从今天的眼光来看，其中难免具有局限。【注释】已有解说。如敬天忠君、鬼神迷信思想等，虽不妨害养生，总是封建社会的意识形态。还有个别方法，也不一定适合今人。读者自能鉴别，不必赘言。

道在自身不亏少

——不必向外去寻讨

养生大道即生命的根本在哪里？各家各派都有其说法，可谓众说纷纭，仅道教就有内丹、外丹等说法。唐代著名道士吕岩认为道在人身之内，世传其《曲江秋》一词，就强调这一观点。其词曰：

曲江秋

唐·吕岩

如何是道，这一点古今寻求颠倒。
人人有分，个个不亏少。[1]
皆因动念错，染着处便生烦恼。[2]
若也般般放下，有何微妙！[3]
随分随缘且过，究本来面目，直须分晓。[4]
寒炉冷灶，对虎龙吟啸。[5]
目前便是了，更不向外边寻讨。
不问神仙与佛，共同觉照。[6]

【题解】

此词选自张璋、黄畲编，上海古籍出版社1986年出版的《全唐五代词》卷八《仙鬼词》。《曲江秋》为词牌名。

作者吕岩，生卒年不详。字洞宾，一名岩客，唐朝礼部侍郎吕渭之孙，河中府永乐县(今山西省运城地区永济市)人。咸通(860—874)中举进士不第，游长安酒肆，遇钟离权，受其道，后不知所终，为传说中的"八仙"之一。其传世之词约有百余首，大都为后人托名之作。此词提醒世人：长生之道就在自身，不必向身外寻讨。

【注释】

[1]"古今寻求颠倒"：关于什么是道，古往今来的探索和得出的结论都是颠倒的，即错误的，错就错在向外寻找。词作者认为，道不在身外，而在身内。人人身内皆有道，而且并不亏少即具有完整的道。这一说法颇有新意。

[2]"动念错"：产生(这样)的念头是错误的。"染着"：相信、执着，不愿放弃。

[3]"般般放下"："般般"，种种；"般般放下"，将此类念头全部放弃。

[4]"随分"：随其本分，当为则为，不当为则不为。"随缘"：佛家语，随其机缘，无成心，无执着。

[5]"虎龙吟啸"：道教炼丹语。铅、汞在炉鼎中发生强烈反应，如龙吟虎啸一般。后世内丹术亦借用此语。

[6]"觉照"：觉察、观照、体验。此句是说，且把道教、佛教的说法放到一边，在自己身上认真观察和体验这个道。

【简析】

此词为说理诗。一开头就直截了当地提出"如何是道"这一根本的问题。说它根本，因为它决定养生功法的方向；说它重要，因为它决定养生功法的成败。大方向错了，一切皆错。作者提出这一问题，是对历史经验教训的总结。魏晋以来几百年内，以葛洪为代表的外丹术流传甚广。道士们千方百计地炼制和服食金丹大药，结果非但未能长生成仙，反而相继中毒而死。这一血的教训，使许多道士和世人清醒起来了。及至唐末五代，内丹术应运而兴起，宋代形成主流。这一功法以人身为炉鼎，以精、气、神为药物，在自身之内炼制金丹。此词的作者就是这一理论的积极倡导者和力行者之一。他以词说理，宣扬其内丹功法，也算是一种发明创造。

综观此词，几乎句句不离一个“内”字。强调道在身内，自身俱足，人人皆有。同时，着力破一个“外”字，要人们不要向外边寻讨，把有关道在身外的理论和功法，不论是仙是佛，统统抛掉。作者的目的很明确，即破“外”论，立“内”论。强调道在身内，确实有利于破除迷信，提高人们把握自身生命的自信心和主动性。就此而言，是有积极意义的。但也不必完全否定外丹说。其借外物自固的思想还是具有一定的合理性的。事实证明，有些外物有利于人们延年益寿。完全不借助外物，是不可能自存的，更谈不上养生了。

如就艺术性而论，此词以说理见长，语言比较通俗，音节铿锵，朗朗上口，易于诵读和记忆。但比较抽象，形象性、生动性欠佳，这无疑影响了其感染力。

莫言大道人难得

——养生工夫须到头

从先秦老聃开始，世人喜言道，道家、道教尤其如此。以长生成仙为其根本目标的道士，总希望抓住生命之大道。但如何才能抓住大道？无论外丹说还是内丹说，均主张要下工夫。著名道士吕岩有绝句曰：

绝　句

唐·吕岩

不用梯媒向外求，还丹只在体中收。[1]
莫言大道人难得，自是功夫不到头。[2]

【题解】

此诗选自清·李调元编、道光五年(1825)修补乾隆刊函海本《全五代诗》第十四卷。原题《绝句》，仅标明此诗的体裁。在此题下共有十二首，此为其一。

【注释】

[1]“梯媒”：荐引；媒介。人们与外界联系的工具、途径和关节。“还丹”：又称大还丹、九还金丹，道教的丹药名。据称炼成还丹后，人就可成为长生不死的神仙。这里只是借用，意谓长生的奥秘。“体中收”：在体内收获，收藏。

[2]“大道”：世界的最根本规律。这里指长生、养生的根本规律。“不到头”：未到火候。

【简析】

此诗前两句和后两句，分别揭示一个道理，即：能令人长生不老的大还丹，不在人的体外，而在人的体内；支配人们生命的大道是客观存在，也是可以把握的，人们所以未能把握它，只是因为工夫不足。这里所谓“大还丹”，即道教外丹派所谓金丹大药，其炼制过程非常复杂，须经过多次循环反应，才有可能成功。此诗作者显然是不承认其有神奇功效的。他是内丹派，认为还丹存在于人的体内，只要依法修炼，下足工夫，就能获得。虽然能令人不死成仙的大还丹，从未有人炼成。但“工夫”之说，强调人的主观能动性，具有鼓励人们努力探索养生规律的作用，其积极意义也是不言而喻的。

平日当为华氏戏

——体羸气虚易生疾

《素问·刺法论》有言：“正气存内，邪不可干。”此书《评热病论》又言：“邪之所凑，其气必虚。”据此可知，人之患病，不外乎内因、外因及其结合。内因是关键，强内固本非常重要。其方法之一就是体育锻炼。宋代诗文大家梅尧臣的体会是：

秋日属疾

宋·梅尧臣

体羸易生疾，况乃凌秋阴。[1]
微寒薄肤腠，饮药增衣衾。[2]
一日失所治，百骸将不任。[3]
当从华氏学，聊欲为戏禽。[4]

【题解】

此诗选自《全宋诗》第五册，卷二四一。原题中“秋日”，指秋季。此时天气由热转凉，人们稍不注意，易生疾病。“属(zhǔ)疾”，嘱咐(预防)疾病。“属”通“嘱”。

作者梅尧臣(1002—1061)，字圣俞，又称梅二十五。宣城(今安徽省宣州市)人。初以从父梅询荫，为太庙斋郎，历桐城、河南、河阳三县主簿，以德兴县令知建德，监湖盐税，签署忠武、镇安两军节度判官，监永济仓。仁宗皇祐三年(1051)赐同进士出身，为国子直讲。累迁至尚书都官员外郎。嘉祐五年(1061)卒，年五十九。有《宛陵先生集》六十卷。《宋史》卷四百四十三有其传。

【注释】

[1]“体羸(léi)”：身体瘦弱。“凌”：迫近，遭逢。“秋阴”：秋季的阴凉之气。根据一年四时季节的阴阳转换，春夏属阳，秋冬属阴。

[2]“薄”：逼近，侵袭。“肤腠”：皮肉及其文理。“衣衾”：衣服、被褥。

[3]“百骸”：人身所有骨骼或全身。“不任”：失去正常功能。

[4]“华氏学”：汉末名医华佗的思想理论和技术。“聊欲”：姑且，必须。“戏禽”：指华佗创立的“五禽戏”，即模仿虎、鹿、熊、猿、鸟五种禽兽的动作，以养生防病，并传之于弟子吴普。普施行之，年九十余，耳目聪明，齿牙完整。事见《后汉书》卷八十二下《方术列传·华佗传》。

【简析】

从内容和语气来看，此诗是写给家人或亲友看的。嘱咐他们在秋阴来临之际，一定要注意保养身体，加强体育锻炼，预防疾病。此诗实有广泛的意义，启示人们在衣食起居方面如何应对季节转换。

诗人何以要特别重视这一问题呢？大概是其亲身经验教训的总结，并且有其医理根据。在一般情况下，经过漫长的酷热难耐的炎夏，人们的体力和精力消耗较大，抵御寒凉的能力较差。一旦秋阴骤然袭来，易生疾病，“体羸”者往往首当其冲。所以作者提醒人们：“微寒薄肤腠，饮药增衣衾。”当“微寒”出现之时，就要增加衣被，并适当服用药物，不可一味贪图凉爽。“一日失所治，百骸将不任。”如果掉以轻心，感受风寒，全身每一器官的功能就可能失常，疾病立即发生。这不是耸人听闻，而是事物发展的常规。

如何避免入秋患病呢？除上述服药、加衣而外，诗人还建议人们：“当从华氏学，聊欲为戏禽。”即积极从事体育锻炼，以增强体质，这是避免“体羸易生疾”的有效方法。由此看来，诗人对传统医药学的养生理论和功法是很有研究和体会的。

稍不自珍旧病发

——苏轼谆谆嘱爱弟

在人们生活的自然和社会两种环境中，存在许多致病因素，稍有疏忽，就会遭到侵害，或生新疾，或旧病复发。北宋著名诗人苏辙因饮酒引起肺病复发的教训足可令世人警醒。其兄苏轼以诗告诫之，曰：

次韵子由病酒肺疾发

宋·苏轼

忆子少年时，肺病疲坐卧。
喊呀或终日，势若风雨过。[1]
虚阳作浮涨，客冷仍下堕。[2]

妻孥恐怅望，脍炙不登坐。[3]
终年禁晚食，半夜发清饿。[4]
胃强鬲苦满，肺敛腹辄破。[5]
三彭恣啖啮，二竖肯逋播？[6]
寸田可治生，谁劝耕黄糯？[7]
探怀得真药，不待君臣佐。[8]
初如雪花积，渐作樱珠大。[9]
隔墙闻三嚥，隐隐如转磨。[10]
自兹失故疾，阳唱阴辄和。[11]
神仙多历试，中路几坎坷。[12]
平生不尽器，痛饮知无奈。[13]
旧人眼看尽，老伴余几个！[14]
残年一斗粟，待子同舂簸。[15]
云何不自珍，醉病又一挫。[16]
真源结梨枣，世味等糠莝。[17]
耕耘当待获，愿子勤自课。[18]
相将赋《远游》，仙语不用些。[19]

【题解】

此诗选自清代王文诰辑注的《苏轼诗集》卷二十。原题中“次韵子由”，即按照子由来诗之韵而作此诗，亦称步韵。“子由”，作者之弟苏辙的字，《宋史》卷三百三十九有其传。“病酒肺疾发”，因饮酒而使肺病复发。

作者苏轼(1037—1101)，字子瞻，号东坡居士。眉州眉山(今四川省峨眉山市)人。自幼聪慧，七岁知书，十岁能文，嘉祐元年(1056)举进士，时年二十岁(虚)。其父苏洵，弟辙，均有文名，连同轼，世称“三苏”，以轼成就最大。但在政治上，屡屡受挫，多次遭贬，亦曾被捕入狱。一生中做过几任京官，如礼部郎官、起居舍人、中书舍人、翰林学士、兵部尚书等，但时间较短。以外任为多，如凤翔签判、开封府推官、黄州团练副使、汝州团练副使，曾知登州、杭州、徐州、颍州、定州、惠州、扬州、苏州、常州等，最后死于常州。他在任地方官期间，比较关心民间疾苦，多有政绩。在文学上，苏轼主张诗文皆应有为而作，有事于中而发于咏叹。由于他“身行万里半天下”(《苏轼诗集》卷六《龟山》)，所以反映的生活层面比较深广。其中关于养生的诗作，占有一定比例。此与其长期被贬，生活无定，常患疾病有关。他好道术，喜参禅，均为疗治身心疾患。这一类诗作对于今人，仍有一定的借鉴意义。他与弟辙（子由）之间多有唱和。《宋史》卷三百三十八有其传。

【注释】

[1]“肺病”，一作“肺喘”。苏辙年轻时曾患肺病。“喊呀”：呼喊呻吟之声。

[2]“虚阳”：这里指虚热。肺病患者有时也发虚热。“客冷”：外来之冷，即感受风寒。“下堕”：言受冷之后，气坠于下。

[3]“妻孥”：妻儿。“怅望”：盼望的失落。“脍炙”：细切精烧的肉，当时人们大概认为，肺病患者不能吃肉，或不能多吃，所以才不把肉食放到餐桌上，以免患者见肉失望。《左传》隐公五年：“鸟兽之肉，不登于俎。”

[4]“终年”二句：一年到头不吃晚饭，以致半夜感觉饥饿。

[5]“鬲”：通膈，膈膜，分隔胸、腹腔的肌肉膜。此二句乃言；如果让胃进食太多，就要压迫膈膜；处于胸腔的肺一收敛，腹部就要发胀。

[6]“三彭”：道教认定的三种致病因素。《宣室志》：“僧契虚遇人导游稚川仙府，真人问曰：‘尔绝三彭之仇乎？’对以未能。令速归去。”“二竖”：《左传》成公十年，“（晋景）公疾病，求医于秦，秦伯使医缓为之。未至，公梦疾为二竖子，曰：‘彼良医也，惧伤我，焉逃之？’其一曰：‘居肓之下，膏之上，若我何？’医至，曰：‘药不至焉，不可为也。’”“逋播（bū bō）”：逃亡，迁移。

[7]“寸田”：面积狭小的田块。这里借喻人身“丹田”。“谁劝”句下作者自注：“新法方田谓黄糯为上腴。”“新法”，指王安石实行的新法，其内容之一“方田”法。“黄糯”，即黏性的稻米或高粱，可酿酒。“腴”，肥，肥沃。诗人对王安石的新法不满。

[8]“真药”：真正能够治病疗疾的药物。“君臣佐”：中医处方配伍有君臣佐使之规，一般宜一君二臣，三佐五使。但也不必拘泥如此。

[9]“初如”二句：这里所言乃指口中聚液咽漱之法，始少后多。道家认为，唾液为醴泉，聚为玉浆，流为华池，散为津液，降为甘露，漱以咽之，既藏润身，以流百脉，化养精神，支节毛发，坚固长春。

[10]“隔墙”二句：咽液的声音可令隔墙听到，就像隐隐约约转磨的咕噜咕噜之声。

[11]“自兹”二句：从此之后，老病治愈，全身阴阳调和。

[12]“神仙”：道教所谓长生不死之人。“历试”：亲自体验。“中路”：半道上。此二句说，即使是神仙，他们也行此咽漱之法。有的中途不能坚持，往往发生挫折，即患病。

[13]“不尽器”：不饮满杯。“器”：酒器，饮酒之器具。“无奈”：无可奈何，不得已而为之。

[14]“旧人”；老同僚，老同事。“老伴”：老朋友，老伙伴。

[15]“一斗粟”：反引《汉书·淮南王传》中的民谣：“一尺布，尚可缝；一斗粟，尚可舂。兄弟二人不相容！”此指淮南王刘长谋反，被汉文帝（前179—157年在位）黜免遣蜀，不食而死。

[16]“不自珍”：不自爱惜。此二句批评苏辙有肺病却醉酒，引起老病复发。

[17]“结梨枣”：据陶弘景《真诰》，右英王夫人授许长史曰：“火枣交梨之树，已生君心中。犹有荆棘相杂，是以二树不见。可剪荆棘，出此树单生。”这里的火枣、交梨，暗指男女相交。诗人引此，乃指人身内的水火、阴阳通过相交而平衡、协调。“糠茎”：糠核，牲畜的饲料。此句意为，要把世上的美味看作糠核，即要节制嗜欲，不要放纵自己。

[18]“耕耘”二句：只要勤于耕耘，一定会有收获。希望你加强自身的修炼。

[19]“远游”：屈原有《远游》篇，其中说：“悲时俗之迫厄兮，愿轻举以远游。”引此意即期待苏辙身体越来越好。“仙语”：道教长生成仙之言。此句意思是，期待“远游”，不是要成仙。

【简析】

此诗是兄长写给爱弟的，其中既有深切的关怀，也有诚挚的训诫。情理交融，富有感染力和说服力。

通观全诗，可大致分为三个部分。一是起始至“二竖肯逋播”，回忆青少年子由染患肺病的痛苦情形及对饮食的节制。这一回忆非常重要，提醒子由不可好了疮疤忘了痛。那时为了治病，“脍炙不登坐”，“终年禁晚食”，生活很有节制。二是从“寸田可治生”至“老伴余几个”，介绍自己的养生经验。主要就是实行道家之法，聚、咽华池之水，灌注丹田，获益良多。此法治愈了多年老病，使全身阴阳和畅。其次就是节制饮酒，“平生不尽器”，有时痛饮也是无奈。这两条经验有利于防病，使自己虽经历坎坷，却生活至今。而“旧人”、“老伴”则不多了。三是最后十句，对子由提出殷切的期待。希望他爱惜自己的生命，好让兄弟俩共度晚年。再也不能不自珍了，这一次因酒发病，就是血的教训，一定要聚、咽华池之水，一定要节制嗜欲。只要做到，就会有收获。不求成仙轻举，但求健康长寿。反复叮嘱，拳拳之心，殷殷之情，跃然纸上。非常符合兄长的身份，并且比一般兄长更富有爱意和理性，使千载以下的读者也能从中获得教益。

苏氏兄弟的治病养生的体验，表明一条经验或道理，就是我命在我，自己可以把握自己的生命。只要积极正确地对待自己的生活和生命，就能防治疾病，健康长寿。

卫养得宜身无患

——一毫不谨百疾滋

人们能否身心健康，诗人陆游认为，关键在于正确“卫养”。此处所谓“卫”，乃保护、捍卫之义，即抵御侵害身心的“邪气”；“养”即滋养身心，培植体内“正气”，使之强大，足以战胜内外之邪。倘能如此，病由何来？陆氏有诗曰：

铭　座

宋·陆游

天下本无事，庸人实扰之。[1]
吾身本无患，卫养在得宜。[2]
一毫不加谨，百疾所由滋。[3]
人生快意事，噬脐莫能追。[4]
汝顾不少忍，杀身常在斯。[5]
深居不妄动，一动当百思。[6]
每食视本草，此意未可嗤。[7]
赋诗置座右，终身作元龟。[8]

【题解】

此诗选自《全宋诗》第四〇册，卷二一九三。原题《铭座》，谓铭刻于座右的诗，意即提醒自己始终践履，时刻不可违背之。

作者陆游(1125—1209)，字务观，自号放翁，越山山阴(今浙江绍兴)人。少年早慧，年十二能诗文。以荫补登仕郎。高宗绍兴二十三年(1153)，两浙转运司镇厅试第一，以秦桧孙居其次，被抑置为末。明年礼部试，主司前列，为桧黜落。桧死，始为福州宁德主簿、枢密院编修官，赐进士出身。先后出判建康府，通判隆兴府、夔州，四川宣抚使干办公事，通判蜀州，知惠州、荣州，成都路宣抚使参议官，提举江南西路，知严州，礼部郎中兼实录院检讨官，诏同修国史、实录院同修撰，兼秘书监。开禧三年(1207)进爵渭南县伯。游才气超逸，尤长于诗。有《渭南文集》五十卷，《剑南诗稿》八十五卷传世。《宋史》卷三百九十五有其传。

【注释】

[1]“庸人”：平常的人。

[2]“卫养”：保护和调养。“得宜”：适当。

[3]“加谨”：特别小心、谨慎。“所由滋”：因此滋生。

[4]“噬脐”：自咬腹脐。喻后悔莫及。语出《左传》庄公六年：“亡邓国者，必此人也。若不早图，后君噬脐。”杜预注：“若噬腹脐，喻不可及也。”后世所谓“噬脐无及”或“噬脐莫及”，意即无可能自咬腹脐，比喻后悔莫及。

[5]“顾”：却，反而。“斯”：这里。

[6]“深居”：幽居，藏身于隐密之处，不跟外界接触。

[7]“本草”：药物学著作。中药以草木药占多数，故称本草。“嗤”：讥笑。

[8]“座右”：座位的右边。古人常把珍视的文词、书、画置此，表示重视，时刻可见。“座右铭”，置于座右用以自警的铭文。此诗就是作者的座右铭。“元龟”：大龟，古人用龟占卜吉凶，故往往用以比喻可资借鉴的往事。

【简析】

诗人何以置此诗于座右？因为其中的道理是他经历许多世事才悟出来的，能够指导今后的行为，不可违背。说出来似乎极其简单，但往往被人们忽略，更谈不上实行。“天下本无事，庸人实扰之。”天下的许多麻烦事，是人们自己造成的。所以麻烦的根源就是人们自己。“吾身本无患，卫养在得宜。一毫不加谨，百疾所由滋。”人们身上的疾患，本来也是可以预防和避免的。只要卫养得宜，事事时时谨慎，就可以不患病。事实上，人们很难做到。原因就在于人们在“快意”之时，不会顾及其可能产生的险恶后果。等到险恶后果出现，就来不及挽救了，甚至招来杀身之祸。诗人有感于此，提醒、建议人们：“深居不妄动，一动当百思。每食视本草，此意未可嗤。”意即慎思而后行，就连吃什么这样的平常事，也不可掉以轻心，有必要事前翻阅有关的医药书籍，不要怕别人的嗤笑。倘能如此，就可避免许多祸害的发生。

爱身不患天作孽

——陆游老赋养生诗

古语有谓：天作孽，犹可活；自作孽，不可活。认为人在一定意义上，决定了自己的死亡；在此方面，人比无所不能的“天”还有作为。很显然，这是强调“人可胜天”的精神。诗人陆游对此很有体会。其诗曰：

养　生

宋·陆游

禀赋本不强，四十已遽衰。[1]
药裹不离手，对酒盘无梨。[2]
岂料今八十，白间犹黑丝。[3]
咀嚼虽小艰，幸未如牛呞。[4]
昔虽学长生，所遇少硕师。[5]
金丹既茫昧，鸾鹤安可期？[6]
惟有庖丁篇，可信端不疑。[7]
爱身过拱璧，奉以无缺亏。[8]
孽不患天作，戚惟忧自诒。[9]

李躄岂不苦，害犹在四支。[10]
二竖伏膏肓，良医所不治。[11]
衣巾视寒燠，饮食节饱饥。[12]
虎兕虽在傍，牙爪何由施。[13]
老人不妄语，聊赋养生诗。[14]

【题解】

此诗选自《全宋诗》第四〇册，卷二二〇七。原题《养生》，标明此诗是总结自己的养生体会的。

【注释】

[1]“禀赋”：个人从父母那里禀受的自然属性。“遽(jù)”：匆忙，迅速。

[2]“药裹”：药包。“盘无梨”：盘中没有梨子。诗人可能患消渴病(糖尿病)，不宜食用梨一类含糖分较多的水果。

[3]“白间”句：白发中间夹杂黑发。

[4]“小艰”：有一点困难。表明诗人虽年届八十，牙齿尚存，能够咀嚼食物，只是不甚锋利而已。这样的状态，当属健康老人。“牛呞(shī)”：牛食后反刍。

[5]“硕师”：大师，这里指真正的养生专家。

[6]“金丹”：道士以丹砂等物为原料而炼制的药物，据说服之可以长生不老而成仙，实际上服者中毒而亡。“茫昧”：迷茫暗昧。“鸾鹤”：鸾和鹤，传说为仙人所乘，所以也借指神仙。“安可期”：哪里可以期待，即不可相信和指望。

[7]“庖丁篇”：即指《庄子·养生主》。此篇借庖丁自述解牛十九年而不更刀的体会，指出养生有道，此“道”即自然规律。“端不疑”：应当不要怀疑。

[8]“拱璧”：大的玉石。“拱”，合两手拱抱。如此大的玉，乃为至宝。故往往以喻非常珍贵之物。这里以之衬托生命之宝贵。“无缺亏”：不要亏待(生命)。

[9]“孽不”二句：引述古语之意。“孽”，罪孽。“不患”，不怕。“戚”，忧戚，忧愁痛苦。“诒”，通“贻”，遗留。

[10]“挛躄”：手脚屈曲，不能行动。《素问·痿论》：“肺热叶焦，则皮毛虚弱急薄著，则生痿躄也。”唐·王冰注：“躄，谓挛躄，足不得伸以行也。”“支”：同肢。

[11]“二竖”：两种作祟致病的因素。“膏肓”：汤药、针灸等治疗手段所达不到的生理部位。语出《左传》成公十年(前581)。详见前《稍不自珍旧病发》诗

【注释】之[6]。

[12]“寒燠(yù)”:冷与热。“节”:节制,调控。

[13]“兕(sì)”:古代兽名。《说文解字》:“兕如野牛,青毛,其皮坚厚,可制铠。”“虎兕”,泛指猛兽。《老子》五十章:“善摄生者,陆行不避虎兕”,“兕无所投其角,虎无所措其爪”。意谓避开虎兕。

[14]“不妄语”:不说无根据的话。“聊”:姑且。

【简析】

作者此诗总结自己养生的经验和体会。

据此可知,诗人先天“禀赋本不强,四十已遽衰”。早年疾病不断,“药裹不离手”,特别是患有消渴(糖尿)病,对健康危害极大。连梨一类的水果也不能吃。不料竟然年至八十,仍有黑发,咀嚼亦不困难。何以获得如此良好的结果?就是进行养生。在此方面,诗人曾经走过弯路,学过长生术。实际上,所谓金丹、神仙之说,都是虚妄不实的。只有按照生命的规律进行生活,才能预防疾病。

诗中所写的养生经验至少包括:一是爱身,视身“过拱璧,奉以无缺亏”,不要使身体受到亏损。二是不要作孽,即干坏事,自贻祸患。“戚惟忧自诒”,疾患的忧愁和痛苦往往是自己的过失造成的。三是调寒燠、节饱饥,在日常生活中养成良好的卫生习惯,特别在饮食方面不可放纵自己。四是躲避足以危害自己的外在因素。既要躲开虎兕,也要避免邪风。古人强调避风如避箭,即是此意。全诗强调人在防治疾病方面能够胜过“天”的作用。

造化无心不汝私

——寿命长短在啬惜

历史和现实反复证明,在一般情况下,人与人的天然禀赋和寿命长度是大体一致的。何以终结时的年岁差别甚大呢?主要由于后天的境遇和态度不同造成的。陆游受到道家思想的影响,非常重视人的主观作用。有诗曰:

道室杂咏

宋·陆游

精神有限唯当啬，造化无心不汝私。[1]

此事安须知决择，鸡鸣勿后老人期。[2]

【题解】

此诗选自《全宋诗》第四〇册，卷二二一〇，原题中“道室”，修炼道术之室。诗人晚年向道，信仰道家的一些养生理论和功法，但他不炼制、服食金丹。“杂咏”，随感而发，没有固定内容和形式的诗歌。此题下共有六首，此为其一。

【注释】

[1]“精神”：此指精、气、神。“啬”：吝啬，爱惜。“造化”：天地万物的创造者，此指大自然。“无心”：没有主观意志。“不汝私”：对你没有偏爱，即对谁都一样。

[2]“安须”：岂须，哪里一定要，即不必要。“决择”：决定和选择。“鸡鸣”：公鸡啼叫的时候，大约四更之时，天将亮。“勿后老人期”：不要迟于与老人约定的时间。此指秦汉之际的张良与黄石公的故事。据《史记·留侯世家》和《汉书·张良传》：张良年轻时，曾游下邳，遇一老父，相约次日平明见面，张良一而再迟到，最后张良提早赶到约定地点。老人即黄石公，教以兵法。张良功成身退后，即习养生之道，从赤松子（黄石公）游。

【简析】

此诗言简而意赅，仅以四句二十八个字指出一个养生大道理，即要尽量节约人身之三宝：精、气、神。因为造化即大自然是无私的，并不特别偏向谁。人们的先天禀赋都是差不多的。谁加速耗费其精、气、神，他就提早结束生命。《老子》五十九章所谓“治人事天莫若啬”，就含有这层意思。对此不可讨价还价，只能老老实实地遵循，就像张良不可迟到一样。但“啬”的主体是人，归根到底仍须发挥人的主观能动作用。

养生亦如和羹汤

——抑举泻补辅适平

爱生就要积极养生，养生就要探索、运用正确的养生理论和方法。诗人陆游晚年在此方面下了不少工夫，取得一定成效，体会甚深，并在诗中加以总结，让人们分享他的经验。无疑，这亦是利他行为，值得赞赏。其诗曰：

养　生

宋・陆游

武丁命傅说，治国如和羹。[1]
天亦命放翁，用此以养生。[2]
抑过补不足，辅相其适平。[3]
千岁汝自有，不必师广成。[4]

【题解】

此诗选自《全宋诗》第四〇册，卷二二〇一。题目《养生》，表明此诗就是总结自己养生的体会的。

【注释】

[1]“武丁”：商（殷）代国君名，后世称为高宗。盘庚弟小乙之子。相传少时生活于民间，即位后，重用傅说，力求巩固统治地位。在位五十九年。“傅说（yuè）”：本为奴隶，版筑于傅岩。很有才能，被武丁发现，擢于高位。《楚辞・离骚》谓：“说操筑于傅岩兮，武丁用而不疑。”《尚书・说命上》、《史记・殷本纪》均有记载。“和羹”：将不同味的材料，相互调和而做羹汤。《尚书・说命下》：“若作和羹，尔惟梅盐。”后以比喻大臣辅助国君综理政务，亦以喻宰辅之职。

[2]“天”：天神，实指自然界。

[3]“抑过”二句：根据《黄帝内经・素问》“阴平阳秘”、“以平为期”的思想，在

防治上实行泻有余而补不足的法则，变病态的不平为平。

[4]"自有"：自己本来就有。"师广成"：以广成为师。"广成"，广成子，传说中的古代仙人。《庄子·在宥》："黄帝立为天子十九年，令行天下，闻广成子在于空同之山，欲往见之。"葛洪《神仙传·广成子》："广成子者，古之仙人也。"

【简析】

这是一首说理诗。诗人总结历史上的养生经验和自己的体会，得出一条契合医理的结论："抑过补不足。"传说商代早期的宰相伊尹本为厨师，他根据烹羹的经验，用多种药物相互配合，发明了治病的汤液。中期的宰相傅说，将烹羹的原则用于治国。诗人则将这一原则用于养生。此与《黄帝内经》一再申述的"以平为期"的防治原则是一致的。《素问·至真要大论》指出："谨察阴阳所在而调之，以平为期，正者正治，反者反治。""高者抑之，下者举之；有余折之，不足补之。""盛者泻之，虚者补之。"所谓"平"就是使人体各方面相互协调、和谐，以保持和发挥正常的生理功能，维护机体健康。诗人认为能如此，则"千岁汝自有，不必师广成。"这是夸张的说法。实际上虽不能活到千岁，成为神仙，但可以健康长寿，愉快地度尽或接近天年。

要使此身如琢涤

——力避嫌疑免祸殃

养生的要义之一是保生，保护自己的身心不受无端、意外的伤害。在此方面，古人拥有许多经验，留下不少箴言要语，可供后人借鉴。宋末元初诗人杜濬之终生信奉并认真践履前哲之言，亦值得后人效法。其诗曰：

述　志

元·杜濬之

宁枉百里步，曲木不可息。[1]

宁忍三日饥，邪蒿不可食。[2]
虽云食息顷，便分淑与慝。[3]
志士当暮年，闻道转历历。[4]
要使此一身，如琢复如涤。[5]
整冠与纳履，微嫌贵疏别。[6]
未若瓜李地，绝不见吾迹。[7]

【题解】

此诗选自长洲（今江苏省苏州市吴县）顾侠君（嗣立）诠次、康熙庚子（1720）秀野草堂刊本《元诗选》三集。原题意谓申述自己的志向。

作者杜濬之，字若川，婺州（今浙江省金华市）人。其生卒年不详。宋咸淳（1265—1274）间，以春秋领乡贡。丙子（1276）南宋亡后，不与元朝牵连，矫行晦迹，寄食西峰僧寺以终。

【注释】

[1]“枉”：绕道。“曲木”：倾斜、弯曲之树木。

[2]“邪蒿”：野生植物名。高二三尺，复叶，叶纹皆斜，夏开小白花，根叶可食，古以为蔬。但此菜有不正之名，为人所忌讳。

[3]“顷”：顷刻，时间极短。“淑”：吉祥。“慝(tè)”：灾难。

[4]“暮年”：晚年。“历历”：清晰。

[5]“如琢”：就像磨治玉石一样，比喻修德养性。“如涤”：就像洗涤物品一样，比喻洁身自好，远离污垢（坏事）。

[6]“整冠”：将歪了的帽子戴正。“纳履”：将掉了的鞋子穿上。“微嫌”：无嫌疑。“贵疏别”：贵在疏远和区别。

[7]“未若”：不如。“瓜李地”：瓜田和李树之下。“吾迹”：我的足迹。

【简析】

诗人之“志”是什么？以此诗而言，就是避免灾祸，洁身自好。既指政治、道德修养，也有养生的重要意义。暂息于“曲木”之下，就可能受伤；饥食“邪蒿”，就可能中毒；李树下“整冠”，就可能被疑偷李；瓜田“纳履”，就可能被疑偷瓜。一旦惹上此类麻烦事，或伤身，或伤心，还谈何做人、养生？所以诗人之志就是远离这些可能带来麻烦的事情，求得身安心宁。实际上，这些认识并非诗人的首创，而是历史经验的总结。诗人在生活实践中，有所体会，才吟咏成诗。值得养生者玩味。在这几种情况下，一个正常人的是非观念和智力水平完全可以作出正确抉择，何必惹火烧身，自找麻烦？

花甲惊怖过往失

——王恽晚年重养生

古语有谓：亡羊补牢，犹未为晚。此语用于老年养生，亦甚为适当。元代著名儒生和朝士王恽，花甲之年才深感养生之紧迫和重要，遂检讨过往所失，力求有所补救，并作诗鞭策自己，警醒他人。其诗及序曰：

老境六适　并序

元・王恽

夫人生百岁，如驰驷过隙，能七十者又复几人？[1]所谓倘来外物，犹浮云过目，亦何足道哉？[2]因感壮年所行多轻生之事：趋前太猛，一也；读书过分，二也；饮酒无量，三也；妄虚坐驰，四也；喜谈耗气，五也；战艺多劳，六也。[3]不肖今年已逾六旬，念此六失，觉五十九年之间，何翅是而惊而愕且畏且怖，岂胜慨哉！[4]故养生之念，蹶然生于中。盖其势有不得不然者。[5]因作《老境六适》，庶几与吾同疢者，无不少有所戒，亦老者安之之意也。[6]至于直达性情以救往失，初不以工与拙为计也。幸观者无诮。[7]至元二十四年冬十一月一日秋涧老人谨白。[8]

饭饱即步

残书读罢午餐余，信步徐行当泽车。[9]
接武径过通德里，谈玄时到故人庐。[10]

老便步稳靴无袜，静爱声璆佩有琚。[11]
相送归时灯已上，到床一枕即华胥。[12]

目倦忘书

辛苦双目六十强，满眼花黑理应常。[13]
酒盃纵对甘无分，书卷相看任久忘。[14]
虚室靖深便默坐，午牕晴烂怯余光。[15]
悠悠未了三千牍，吟讽从今付窟郎。[16]

言慎养气

聚首闲谈足是非，到头赢得人小归。[17]
属垣有耳尝扪舌，守口如瓶慎动机。[18]
珎惜无先吾气浩，坐忘深识道心微。[19]
客来客去俱恬静，克己存诚恐庶几。[20]

食甘戒饱

食前方丈肉如陵，莫遣分毫胃气胜。[21]
百斛尽从中所过，微躯能不病相仍![22]
已饥便饫甘能止，过软虽鲜热即乘。[23]
此是老坡真圣乐，免教携杖去腾腾。[24]

寤寐绝思

精神依例到残更，目似鳏鱼了不瞑。[25]
正为胆寒增辗转，不缘身老惜伶俜。[26]
涤除玄览归安静，宰制心君入杳冥。[27]
昨旦早兴襟韵足，不知青镜鬓星星。[28]

息艺修心

辞笔纵横更老成，只来虚誉不根经。[29]
风云满眼嗟何有，月露盈箱笑未停。[30]
肆口成章终妄作，忘言休思是颐龄。[31]
子渊直在心斋妙，一字何尝及性灵。[32]

【题解】

此六首七言律诗构成一组，选自元·王恽《秋涧先生大全文集》卷第十九。

原题《老境六适》，意即人至老年应当遵循六个方面比较适宜的养生原则。

作者王恽(1227—1304)，字仲谋，卫州汲县(今河南省卫辉市)人。早年勤学，声播缙绅间。中统元年(1260)辟充东平详议官，召入为翰林修撰。一时诏制辞命皆出其手。至元五年(1268)，拜监察御史。后历官闽海道提刑、福建按察使、翰林学士等。大德五年(1301)请老归，八年(1304)卒，年七十七，谥文定。著作繁多，其子编为《秋涧先生大全文集》一百卷，传世。

【注释】

[1]“驰驷过隙”：从缝隙中看驷马快车飞驰而过。喻时间飞逝，生命短促。《史记·留侯世家》：“人生一世间，如白驹过隙。”

[2]“倘来外物”：亦作“倘来之物”。指无意中得到的或本不应得而得到的财宝、权位、荣誉等。“何足道哉”：哪里值得说道呢?

[3]“妄虑坐驰”：身无举动而妄想不息，好高骛远。语出《庄子·人间世》。“战艺”：指参加科举考试。“多劳”：付出许多辛劳，消耗较多的精力。

[4]“不肖”：谦辞，不如前辈贤明，例如“不肖子孙”。“何翅”：何啻，不仅，不止。“而惊而愕”：惊愕，吃惊，发愣。“且畏且怖”：害怕，恐怖。“而”、“且”，表递进的连词。“岂胜慨哉”：实在不胜感慨啊。

[5]“蹶然”：“崛然”，兴起的样子。“生于中”：产生于胸中。“盖其势有不得不然”：从人生的发展趋势来看，不得不如此。

[6]“庶几”：希望，大概可以。“疢(chèn)”：疾病。

[7]“直达性情”：直接表达自己的真实思想和情感。“以救往失”：以便补救

以前的失误。“不以工与拙为计”：不考虑诗句的工巧和拙劣。“幸观者无诮(qiào)”：希望此诗的读者不要嘲笑。

[8]“至元二十四年”：公元1287年。“秋涧”：作者之号。“白”：陈说。

[9]“信步”：随便走动。“泽车”：下泽车，一种便于沼泽地行驶的短毂轻便车，亦用于田间运载。

[10]“接武”：步行。“武”，足迹。“通德里”：里巷名。“谈玄”：本指魏晋何晏、王弼等人的玄学空谈。他们将老子、庄子的道家思想与儒家经义相糅合而形成的以“空无”为本的一种哲学思潮，即所谓“玄学”。此处“谈玄”，盖指朋友之间的清谈，闲聊。“故人庐”：老朋友的宅舍。

[11]“璆(qiú)”：同“球”，美玉，可制磬。亦指佩玉相击声。“琚(jū)”：佩玉。

[12]“华胥”：即传说中的国名。据《列子·黄帝》：此为黄帝梦游所到之国。“非舟车足力之所及，神游而已。”此处“一枕即华胥”，意谓一睡倒便入梦。

[13]“满眼花黑”：老年白内障的症状。因眼中玻璃体浑浊，总觉眼前有苍蝇一样的黑影在晃动。

[14]“盃”：即“杯”。“甘无分”：甘心自己没有(饮酒)的分。即心甘情愿不再饮酒。“任久忘”：听任(自己)长久忘却(书卷的内容)，即不再苦读书籍。

[15]“靖深”：十分安定。“牕”：同“窗”。“怯余光”：怕见仅有的亮光。

[16]“牍”：写字用的木牍；书信。这里当指书籍。“窟郎”：败家子，盖指自己的儿子，谦称。

[17]“足是非”：会产生很多是非纠纷。“赢得人小归”：获得小人的名声而回来。

[18]“垣”：墙。“扪舌”：按住正在说话的舌头，表示不说话，不发声。语本《诗·大雅·抑》：“莫扪朕舌。”“守口如瓶”：管住嘴巴，像塞紧的瓶口一样。形容说话谨慎，严守秘密。“慎动机”：对推动言行的某种念头、愿望，要严格控制。

[19]“珎惜”句：我的浩然正气是最值得珍惜的。“无先吾气浩”：不要先于我的浩然正气。《孟子·公孙丑上》：“我善养吾浩然之气。”“珎”即“珍”。“无”，“勿”。“坐忘”：指端坐而浑忘一切物我、是非的精神状态。语出《庄子·大宗师》：“堕枝(肢)体，黜聪明，离形去知(智)，同于大道，此谓坐忘。”“坐忘”就是物我两忘，忘掉一切，包括自己的肢体、智慧、欲望、是非，这样才能与大道一致。“道心微”：指天理、义理。语出《尚书·大禹谟》：“人心惟危，道心惟微。”“微”，微妙，精微。

[20]“恬静”：恬淡而安静。“克己”：克制私欲，严以律己。“存诚”：谓心怀坦诚。语本《易·乾·文言》：“庸言之信，庸行之谨，闲邪存其诚。”孔颖达疏：“言防闲邪恶，当自存其诚也。”

[21]“方丈”：一丈见方。“方丈之食”，极言肴馔之丰盛，列于前，方一丈。语出《孟子·尽心下》：“食前方丈，侍妾数百人，我得志，弗为也。”“陵”：山陵。“胃气”：脾胃的生理功能。

[22]“百斛”：“斛”是古代的量器和量度单位，十斗为斛。南宋末改为五斗为一斛。“百斛”，极言其量多。“病相仍”：疾病频繁出现。

[23]“饫(yù)”：饱食，饱而饮酒。

[24]“老坡”：指苏轼，其号东坡居士，故称。“圣乐”：最美妙的快乐。“腾腾”：象声词，形容鼓声或心跳声。这里形容抬脚高、落地重的脚步声。

[25]“残更”：五更之时，即将天亮。古代一夜分为五更，每更约二时。“鳏鱼”：郁悒不寐。据《释名·释亲属》：“无妻曰鳏。……鱼目恒不闭者也。”后因以“鳏鱼”谓郁悒不寐。

[26]“辗转”：辗转反侧，翻来覆去，不能成眠。“伶俜(líng pīng)”：孤单的样子。

[27]“涤除玄览”：语出《老子》十章：“涤除玄览，能无疵乎?”意谓除去心中的各种杂念，将内心打扫得干干净净，使之就像一面清澈幽深的镜子一样，不沾一点灰尘。“览”，即鉴，镜子。“宰制心君”：控制精神意识，不胡思乱想。古人以“心”为全身神经精神中枢，犹如一国之君，故称“心君”。“杳冥”：深远幽暗的样子。

[28]“襟韵”：胸怀，气度。“青镜”：铜镜。“鬓星星”：两鬓出现白发，如星星点点。

[29]“辞笔”：即辞笔，写文章之笔。“纵横”：挥洒自如。“更老成”：年老之时，文章更成熟。“虚誉”：虚假不实的美誉。“不根经”：不见于经传。

[30]“嗟何有”：慨叹一无所有。“月露”：月光下的露滴。“盈箱”：充满箱子。

[31]“肆口成章”：毫无顾忌说出的话就是文章。“妄作”：虚妄无据之作。“忘言休思”：忘掉说过的话，停止思考。“颐龄”：即颐养年寿。

[32]“子渊”：孔子弟子，姓颜，名回，字子渊，又称颜渊。“心斋”：精神上的斋戒，是一种排除思虑和欲望的精神修养方法。语出《庄子·人间世》，此篇虚拟颜回与孔子对话，引出“心斋”之说：“惟道集虚。虚者，心斋也。”郭象注：“虚其心则

至道集其怀也。”这一思想被宋儒吸收，成为心性修养功夫。

【简析】

诗人总结自己几十年的养生经验教训，并笔之于诗，公诸世人，值得赞赏。

此六诗及序的内容，确为养生的重要方面。

序言重在总结教训。其中所述壮年“轻生之事”，都是一般人难以避免的。人们行之之时，往往仅看其必要，不思其过则为害。及至老年，其害暴露，悔之已迟，只能亡羊补牢。应从青少年时，就要力求避免过度的思想作为。如阅读是必要的，若不知保护视力，就会带来损害。成年人适当饮酒有益于健康，过量则伤生。

六首诗则重在总结经验。诗人“饭后即步”、“寤寐绝思”已成习惯，行之愉快而有效。“目倦忘书”、“言慎养气”、“食甘戒饱”、“息艺修心”乃严防过度而伤害身心，以矫正壮年“轻生”的做法，值得今人借鉴。但必须结合自身情况，不要机械仿效。

世代高寿必有因

——天与下民寿百岁

据《黄帝内经·素问》：人的个体“天年”为百岁。但在漫长封建社会中，能够享尽天年者，实为凤毛麟角。一般能活到七十岁，就是所谓“古稀”。但也有特例，如明初诗人高启记述的一家几代人均获高寿。其诗及序曰：

京口张氏世寿堂

明·高启

《一统志》：“三国吴初都镇江，因置京口镇。”郑元祐《世寿堂铭序》：“金坛张德常寓吴中，扁其室曰‘世寿’。其父天民先生年八十岁；大父爱山先生年七十五；曾大父定轩先生年九十三；伯父叔刚先生年七十八；其两老姑年皆望九十。”[1]

天与下民寿，各有百岁期。[2]
行年不能满，人自伤折之。[3]
鸡鸣晨关开，众车起交驰。[4]
茫茫欲海中，神化那能知。[5]
酡鲜荐广席，妖妍贮深帏。[6]
白日未及终，红英忽先萎。[7]
春风北邙原，青草冢累累。[8]
借问其下人，得老还与谁？[9]
翁家鹤溪阳，先朝业诗书。[10]
一门四叶来，俱闻享期颐。[11]
世寿何独特？世德尤不亏。[12]
翁今眉生毫，益以道自怡。[13]
浮荣等飞烟，昏旦从变移。[14]
不咽华池浆，宁餐古柏脂？[15]
澄观息内想，心闲自难衰。[16]
一床坐松阴，风巾夕披披。[17]
垂鱼立侍侧，亦有白发儿。[18]
嗟我生甚晚，况复直乱离。[19]
故老不复亲，犹及翁在兹。[20]
愿言拜堂下，听说承平时。[21]

【题解】

此诗选自清·雍正年间刻印、文瑞楼藏板《高青丘诗集注》卷五。原题中“京口”，即今江苏省镇江市。“世寿堂”，堂号名，实为住宅名称。意谓世代高寿之家。

作者高启(1336—1374)，字季迪，号槎轩，又号青邱(一作丘)子，长洲(今江苏省苏州市吴县)人。二十岁时已有诗名，是“吴中四杰(高启、张羽、徐贲、杨基)”之一。元末农民起义军领袖张士诚据吴称王，用饶介为淮南行省参政，高启为所物色，担任幕僚。入明后，召其参修《元史》，完稿后，授翰林国史编修，不久擢户部侍郎，他以“逾越进用”为由而坚决推辞。这一不合作的态度激怒了朱元璋。洪武六年(1373)，因苏州太守魏观改修府治，把府衙建在张士诚的宫殿遗址上，高启作上梁文，其中有“龙蟠虎踞”之句，被人告发。次年，连坐腰斩，死时年仅38岁。有《青丘高季迪诗文集》二十五卷传世。清《四库全书提要》认为，“高启诗才高逸，实踞明一代诗人之上”。《明史》卷三百八十五有其传。

【注释】

[1]此段为序，引述两个文献，交代“世寿堂”的方位和缘起。其中“三国吴”：即汉末三国时，孙策、孙权兄弟在东吴建立的政权。“金坛”：今江苏省金坛市。“吴中”：今江苏省苏州市。“扁”：即匾。“大父”：祖父。“曾大父”：曾祖父。“伯父”：父之兄。“老姑”：父之姐妹。“望九十”：八十多岁，接近九十。

[2]“天”：上天，实为大自然。“与”：予，给予。“百岁期”：百年为期，即所谓天年。

[3]“行年”：经历的年岁。“伤折之”：伤害自身而使寿命打折扣。

[4]“鸡鸣”：古人靠鸡鸣报晓。“交驰”：交互驰驱，即各自奔向目标。

[5]“茫茫”：广阔模糊，看不清边际。“欲海”：世人欲望之大海。“神化”：神妙的变化。

[6]“酴鲜”：味道浓烈、鲜美的酒、肴。“酴”，酒味厚。“荐”：进献。“广席”：宽广的席面(上摆满酒肴)。“妖妍”：妖冶、美貌的女子。“贮”：藏。“深帏”：深广的帏屋居室。此句乃“金屋藏娇”之义。

[7]“白日”二句：白天尚未过完，红花就枯萎了。比喻人尚未活到天年，生命之花就凋谢了。

[8]“北邙原”：北邙山，今河南省洛阳市郊区北部。后汉城阳王祉葬于此山，其后王侯公卿多葬于此处。“冢累累”：坟墓连接成串。

[9]“借问”二句：请问墓中的人们，有谁能与你们一起得以活到天年呢？

[10]“翁”：对老年男子的尊称，犹老先生、老人家。“家”：此处作动词，家于，住在。“鹤溪阳”：鹤溪的北岸。原注：“郑元祐《张吴令像赞·序》：得常奉其父天民先生，家荆溪。淮甸兵起，避地来吴。《武进县志》：白鹤溪在鸣凤乡北，接直渎，南流入钦风乡。旧传以丁令威化鹤得名。丁令威，传说是汉末辽东人，在灵虚山学道成仙，后化鹤归来。事见陶潜《搜神后记》一。“先朝”：指元朝。

[11]“四叶”：四世。“期颐”：百岁。

[12]“何独特”：为什么惟独（翁家）这么奇特呢？“世德”：累世的功德。“尤”：尤其，特别。“不亏”：不亏于心。平心而言，对得起他人和社会，即累世积德深厚。

[13]“眉生毫”：眉上生出寿毫，这是高寿的标志。“益”：并且，更加。“以道自怡”：按照规律、道德行事，自我愉悦。

[14]“浮荣”二句：将虚浮不实的荣誉，看作过眼云烟，不实在。“昏旦”：傍晚和早晨。“从变移”：跟着一起变化。

[15]“华池浆”：口中的唾液。《黄庭外景经》：“饥食自然之气，渴饮华池之浆。”“古柏脂”：古老柏树渗出的膏脂。道士认为服柏脂可长生。

[16]“澄观”：犹澄视，洗涤外来的印象。“息内想”：使内在的各种杂念得以止息。“心闲”：心灵清净闲适。

[17]“床”：坐床，犹似躺椅。“风巾”：挡风防凉的头巾。

[18]“垂鱼”：佩带鱼袋。从唐朝始，朝官佩带鱼袋，以别等级贵贱。有金、玉、银三等。这里显然指作官的儿子立于身边。“白发儿”：头发斑白的儿子。表明父辈高寿。

[19]“嗟”：可叹。“直乱离”：恰逢战乱，民众流离失所。“直”通“值”。

[20]“故老”：年高多识、有德之人。“犹及”句：还波及老人家，不得已来此避乱。

[21]“愿言”：愿望，希望。“言”：语助词，这里无实在意义。“承平”：治平相承，太平。

【简析】

可将全诗大致分为三节：

一是前十六句，描写世人的生活方式，导致短寿。他们为名利奔驰，纵欲无度，自我伤害。

二是中间二十句，赞叹张氏四世高寿，并揭示其奥秘。主要就是：世业诗书，积德行善，以道自怡，不慕浮荣，适时而衣，服食有度，修心养性，孝悌传家。

三是最后六句，抒发崇敬之情。

作者将世人的自伤短寿与张氏的自养长寿进行强烈对比，突出家族传统、生活习惯、个人心性修养、道德品质等对于寿命长短的重要意义，具有启迪、震撼作用，值得借鉴。

病后求药孰若防

——卫生贵在思有常

人们期望度过天年，至于能否达到目的，不仅取决于医药的功效，还与生命主体的智慧特别是防治思路是否正常、合理，具有很大关系。比如，许多人非常重视、依赖治疗，而轻视预防，往往受到伤害。明代著名才子唐寅的体会是：

警　世

明·唐寅

仁者难逢思有常，平居慎勿恃无伤。[1]
争先径地机关恶，退后语言滋味长。[2]
爽口物多终作疾，快心事过必为殃。[3]
休言病后能求药，孰若病前能预防。[4]

【题解】

此诗出处、作者、题义见前《追思年少忽成呆》诗【题解】。原题下共有八首，此为其七。《全宋诗》卷三六六，亦载此诗，题为《仁者吟》，置于邵雍名下。二者相校，仅有个别字句之差。其真正作者为谁，有待确考。

【注释】

[1]"思有常"：思想符合常理。"恃无伤"：依仗没有伤害。

[2]"争先径地"：争先恐后，一直前进。"机关恶"：计谋险恶。"退后"：向后退，即退让。

[3]"爽口"：清爽可口。"快心"：使心中爽快，愉快。

[4]"休言"：不要说，不要以为。"孰若"：何若，哪有如……好，表选择、反诘，实为肯定。

【简析】

此诗具有哲理意味，指出世人思想上往往忽视或认识不清隐藏在事物背后的危害，所以提醒人们“平居慎勿恃无伤”，否则，就要受到伤害。一是人们只知“争先”为荣，而不知前途险恶。二是人们只知“退后”为耻，而不知海阔天空。三是有些人只满足于一时“爽口”，而不曾想到“终作疾”。四是有些人一味追求“快心”，不曾想到“事过必为殃”。这是古人生活经验教训的总结，可直接指导养生。所以诗人最后说：“休言病后能求药，孰若病前能预防。”认为预防胜过治疗，与医家“治未病”思想一致。

养生必须师良知

——游方道士徒有慕

先秦以降，历代都有热中养生之人。但通过什么路径实现目的，则分歧极大。战国秦汉的方士和东汉以后的一些道士，千方百计寻求仙药或炼制所谓“金丹”，幻想服食之后就可长生。明代哲学家王阳明以诗批之，曰：

长　生

明・王守仁

长生徒有慕，苦乏大药资。[1]
名山遍探历，悠悠鬓生丝。[2]
微躯一系念，去道日远而。[3]
中岁忽有觉，九还乃在兹。[4]
非炉亦非鼎，何坎复何离？[5]
本无终始究，宁有死生期？[6]
彼哉游方士，诡辞反增疑。[7]
纷然诸老翁，自传故多歧。[8]

乾坤由我在，焉用他求为。[9]

千圣皆过影，良知乃吾师。[10]

【题解】

此诗选自上海大一统书局民国十六年(1927)印行的《王文成公全集》卷之二十。原题《长生》，意在揭明道士追求长生的荒谬，指出自我才是生命的主宰。

作者王守仁(1472—1528)，字伯安，浙江余姚(今浙江省余姚市)人。弘治六年(1493)中进士，走上仕途。开始并不顺利，曾得罪大宦官刘瑾，被廷杖下狱，贬到人迹罕至的贵州龙场当驿丞，后移卢陵知县。刘瑾垮台后，王氏地位节节上升。历刑部主事、兵部主事、右佥都御史，南赣、汀漳等地巡抚，曾先后镇压了江西、福建、广东等地的农民起义，活捉反叛朝庭的宁王朱辰濠，战功赫赫。但他又是明代著名儒家学者，集心学之大成。他曾在浙江绍兴的阳明洞隐居读书，又曾创办阳明书院，从事学术研究和讲学活动，所以后人称为阳明先生。其学说称为“王学”或“心学”，与程朱理学并峙。卒后谥“文成”。其文博大畅达，诗秀逸有致，世称姚江派。著有《王文成公全书》三十八卷，与《阳明乡约法》等，并行于世。《明史》卷一百九十五有其传。

【注释】

[1]“长生”二句：有人徒然羡慕长生，但苦于缺乏炼制金丹大药的金钱。道士认为服食金丹大药，就一定长生不老。诗人否定此说。

[2]“探历”：探访和经历。“悠悠”句：在不知不觉中，鬓上长出白发。

[3]“微躯”句：微小的身躯系于一个念头，指长生愿望。“去道”句：离开大道一天远一天。

[4]“中岁”句：中年时忽然有所觉悟。“九还”：指金丹在炉鼎内的变化要经过九个阶段。“乃在兹”：就在这里，指炉鼎内。

[5]“炉鼎”：古代烹食之器，道士用来炼制金丹。将材料置入后，不断燃火加热。到了一定火候，丹即炼成。“坎、离”：八卦中的两卦，卦形分别为☵、☲，代表水、火。

[6]“本无”句：本来就没有开始、终结可以探究。“宁有”句：哪有什么死生之期。

[7]“彼哉”二句：那些游方的道士啊，以诡辩之辞为炼丹作论证，反倒使人更

加怀疑(炼丹的合理性)。

[8]“纷然”二句:此前许多炼丹的老道士,各自传授下来的炼丹理论和方法,存在许多分歧。

[9]“乾坤”二句:天地万物是由于我而存在的,何必要到我之外寻求长生之道呢?作者以“心”为世界的本原,认为“心外无物”,“心外无理”,故有此说。

[10]“千圣”二句:以往的千百个圣人,都是过去的影子,“良知”才是我真正的老师。“良知”,孟子用语,本指天赋的道德观念,并不是从外面学得的。王守仁据此提出“致良知”说,认为“心”中具备一切,不假外求。

【简析】

此诗前十六句批判道士炼制、服食金丹的思想行为,是虚妄和违道伤生的,很有深度和说服力。最后四句提出自己的观点和主张,突出“良知”的作用,强调自己把握自己的命运,具有积极意义。在此可将“良知”看作合理的思想。养生之道必须符合事理,方有成功可能。但诗人是以心本论看待长生问题的,具有明显的主观唯心主义色彩。

诗人还有两首短诗,也突出这一思想。如《答人问道》诗:“饥来吃饭倦来眠,只此修行玄更玄。说与世人浑不信,却从身外觅神仙。”《寄题玉芝庵》诗:“尘途骏马劳千里,月树鷦鹩足一枝。身既了时心亦了,不须多羡碧霞池。”也值得玩味和借鉴。

防病应当时自爱

——病魔何以敢太横

人人皆知,疾病伤人,甚至致命。但许多疾病的根源就在人们自己身上。防病首先要时时自爱、自保,不给自己埋下患病的种子。明代中后期著名诗人王世贞,患了疟疾后,深悟“时自爱”的重要。其诗曰:

病疟作

明·王世贞

今年气候恶，疟鬼何太横。[1]
三家两家泣，十人九人病。[2]
延医医伏枕，呼觋觋不竟。[3]
余方侍师次，骤热如就甑。[4]
仗剑斥此鬼，幺魔当敬听：[5]
速各归其所，毋为索余荣。[6]
鬼拜前致词，小邪敢干正？[7]
唯是旦夕间，往往远相侦。[8]
坐卧必当风，果饵非食饤。[9]
四大不自持，三尸转成横。[10]
不然吾曹力，焉能操公柄。[11]
公但时自爱，鬼当奉公命。[12]
洒然梦初觉，摄念入清净。[13]
从此尼连河，尽作四禅境。[14]

【题解】

此诗选自明·崇祯(1628—1644)年间刊本《弇州山人续稿》卷之六。原题《病疟作》，谓因患疟疾而作此诗，意在表述对病因的看法，提醒世人自爱。

作者王世贞(1526—1590)，字元美，号凤洲，晚号弇州山人。太仓(今江苏省太仓市)人，嘉靖二十六年(1547)进士，官至南京刑部尚书。在文学上成名较早，力主复古，是诗坛后七子(其他六人是李攀龙、谢榛、宗臣、梁有誉、徐中行、吴国伦)的领袖，主导当时文坛二十余年。一时士大夫及词客等，纷纷奔走门下，得其片言褒赏，声价骤起。著有《弇州山人四部稿》、《弇州山人续稿》、《弇山堂别集》、《鸣凤记》(传奇)等。《明史》卷二百八十八有其传。

【注释】

[1]“疟鬼”：迷信说法，谓疟疾是疟鬼作祟的结果。“横”：横行，暴虐。

[2]“三家”二句:患疟疾者很多,占居民中的大多数。

[3]“延医”:延请医生。“伏枕”:患病卧床。“觋”:为人祝祷鬼神的男巫,后亦称巫师。“不竞”:不能(与疟鬼)较量。

[4]“侍师次”:侍立在老师的身边。“骤然”:突然,猛然。“如就甑(zèng)”:就像在甑里熏蒸一样(热)。“甑”,古代蒸煮饭菜的瓦器。后代将木制桶状器物置于金属锅上,用来蒸饭,亦称为甑。

[5]“仗剑”:手中持剑。“叱”:呵斥。“幺魔”:小魔鬼。

[6]“毋”:不要。“索余荣”:索取我的美好气色和生机。“荣”,亦专指血。

[7]“小邪”:疟鬼自谓,谦辞。“干正”:进犯正气。

[8]“旦夕间”:早晚之时。“侦”:暗中察看,测度。

[9]“饤(dìng)”:贮食,堆放食品于器皿中。引申为准备安排食品,这里指食品。

[10]“四大”:佛教带入中国的古印度哲学,认为世界及万物均由地、水、风、火构成。“三尸”:道教称人体内有作祟的三尸神,每于庚申日向天帝奏呈人的过恶。

[11]“吾曹”:我辈,我们这一类。“操公柄”:操持您的身体权柄。“公”,对成年男子的敬称。

[12]“但”:只要。“时自爱”:时时刻刻爱护自己。“奉公命”:听从您的命令。

[13]“洒然”:寒冷貌。《素问·风论》:“风者善行而数变,腠理开则洒然寒”。“摄念”:收敛心神,即控制住自己的意念活动。

[14]“尼连河”:印度地名,又作尼连禅河。佛将成道,先浴于此河。“四禅”:佛教术语,即观、练、熏、修四种禅法。

【简析】

此诗构思精巧,别出心裁。诗人将迷信说法“疟鬼”即疟疾的病因拟人化,通过它与患者的对话,揭示发病的根本原因在于人们不讲卫生。“坐卧必当风,果饵非食饤。四大不自持,三尸转成横。”只要人们“时自爱”,疟鬼就无能为力。“不然吾曹力,焉能操公柄。”即是说,患病与否的主动权,完全掌握在人们自己手中。在当时,对读者具有震撼作用。

王氏在诗文写作上主张复古,而此诗却如此生动活泼,通俗晓畅。显然是有感而发,而非仿古之作的无病呻吟。

寒暑变化宜周防

——衰年不可恃聪强

身体强壮的老人，往往“忘掉年龄”，仍然延续少壮之时的习惯行为。不料有一天竟被病伤，此时才明白自身已老，青壮不再，必须时时处处防病防伤。清代雍乾年间著名诗人袁枚对此体会甚深。其诗曰：

病后作

清·袁枚

天不轻作秋，一雨一回凉。
人不容易老，一病一颓唐。[1]
我年六十四，今春犹聪强。[2]
上山不嫌高，坐夜不厌长。
有时逸兴发，跳跃如生麞。[3]
人皆笑此翁，童心犹未忘。
无端秋一疟，吾精竟消亡。[4]
揽镜不相识，栾栾瘦异常。[5]
加餐辄腹闷，多言复气伤。
仿佛傅玄言，欲舍形高翔。[6]
回思春日健，并未隔千霜。
如何我羡我，已作两人望。[7]
始知将尽灯，不可使扇飏。[8]
又如将落叶，何堪风再戕。[9]
寄语衰年人，寒暑宜周防。[10]

【题解】

此诗选自上海古籍出版社1988年版《小仓山房诗文集》卷二十六。原题《病后作》,意谓患病之后有所感悟,遂写下此诗。实为总结养生的经验教训。

【注释】

[1]"颓唐":肢体衰微、精神萎靡不振的样子。

[2]"聪强":听觉灵敏,身体强健。

[3]"逸兴":超过一般的豪放兴致。"生麞":即獐子。哺乳动物,状似鹿而小,行动敏捷,善跳,能游泳。

[4]"无端":没有原由。"疟":疟疾。"精":此指精气,人的生命活力。

[5]"栾栾":身体瘦瘠的样子。

[6]"傅":接近,达到。"玄言":本指魏晋间崇尚老庄玄理的言论或言谈,此指道教长生成仙的玄妙义理。不可将"傅玄"看作人名。傅氏奉儒,无成仙高翔思想。

[7]"我羡我":意谓目前的我羡慕春天的我。

[8]"飏":扬,飞扬,飘扬。

[9]"戕(qiāng)":伤害。

[10]"周防":谨慎、周密地预防病患。

【简析】

六十四岁的诗人将患疟前后的身体状况进行对比,无限感叹,非常吃惊。患疟前,"今春犹聪强。上山不嫌高,坐夜不厌长。有时逸兴发,跳跃如生麞。人皆笑此翁,童心犹未忘。"岂料一场疟疾,身体健康状况大受损害。"无端秋一疟,吾精竟消亡。揽镜不相识,栾栾瘦异常。加餐辄腹闷,多言复气伤。仿佛傅玄言,欲舍形高翔。"一年之内,前后判若两人。以致"我羡我",秋天之我羡慕春天之我。诗人得出的结论就是:"始知将尽灯,不可使扇飏。又如将落叶,何堪风再戕。"意即人到老年,犹如"将尽灯"和"将落叶",经不起波折和伤害,应特别谨慎,不可因暂时健康而不服老。这是经验之谈,对今人仍有教益。

适当摄生可延寿

——神药不如慎眠食

人们后天的摄生即养生活动有无作用？道家、道教一般夸大其作用，认为可使人长生，不死成仙；而佛教只承认“业”的作用；儒家则强调“天命”的决定作用。医家则认为，正确的养生可使人有限延年益寿。诗人袁枚的看法与医家一致。其诗曰：

摄　生

清·袁枚

瓶里花难谢，灰中火易储。[1]
虽然同一尽，终竟缓须臾。[2]
徐福蓬莱药，轩辕罔象珠，[3]
何如慎眠食，春梦自蘧蘧。[4]

【题解】

此诗出处、作者与前诗同。原题意谓保养身体，即养生。

【注释】

[1]“谢”：凋谢，脱落。“储”：储藏，保存。

[2]“同一尽”：最后都要结束。“须臾”：很短时间。

[3]“徐福”：亦名徐市，秦代方士。奉秦始皇之命，率领童男女数千人入海，寻求仙人、仙药，一去不复还。事见《史记·秦始皇本纪》。“蓬莱”：传说海中三仙山之一，其上有仙人、仙药。“轩辕”：传说上古帝王黄帝，姓公孙，居于轩辕之丘，故名曰轩辕。后人以之为中华民族的始祖。“罔象”：亦作“罔像”，古代传说中的水怪或木石之怪。《国语·鲁语下》：“水之怪曰龙、罔象。”《庄子·达生》亦言：“水有罔象。”“罔象珠”：传说可使人长生的宝珠。

[4]"慎眠食":谨慎睡眠和饮食。"蘧蘧(qū)":悠然自得的样子。

【简析】

此诗运用比喻,揭示摄生的作用。"瓶里花难谢,灰中火易储。虽然同一尽,终竟缓须臾。"通过适当的摄生,虽然不能长生不死,成为神仙,但终究可使年寿有所延长。这一看法是生活经验的总结,实事求是,恰如其分。诗人否认传说中的蓬莱仙药和罔象珠的神奇功效,而只相信谨慎饮食起居的积极作用。表明他在摄生方面,不迷信,亦不幻想,而是立足于实际,总结生活实践经验,是现实主义的无神论者。结论可靠,能够重复,经得起检验。

当眠则眠利于生

——勿为圣言违生理

在漫长的封建社会中,思想家孔子、孟子被神圣化,人们一切言行必须遵循其教导,不可违背,连吃饭、睡眠也不能例外。清代乾嘉年间著名诗人赵翼,曾作午睡一诗,描述其对待圣言的前后态度,曰:

午　睡

清·赵翼

少小读鲁论,昼夜惩昏颓。[1]
每当午欲睡,解以苦茗杯。[2]
岂知老而衰,渐与睡为媒。[3]
饭罢辄交睫,两目撑不开。[4]
初犹悉力拒,继乃应候来。[5]
中有一片甜,其味美于回。[6]
早知有此乐,何嫌朽木材![7]

窃疑孔圣人，先生欺我哉？[8]

【题解】

此诗选自清·嘉庆壬申(1812)刻板《瓯北集》卷二十六。原题《午睡》，乃关于午睡的感想。

作者赵翼(1727—1814)，清代乾嘉年间著名诗人，与袁枚、蒋士铨并称“三大家”。翼字耘松(一作云松、云崧)，号瓯北，江苏阳湖(今常州市境内)人。生三岁，日识数十字。十二岁时，为文一日成七篇，人皆奇之。乾隆十九年(1754)，由举人中明通榜，用内阁中书，入直军机处。二十六年，复成进士。殿试拟一甲第一，王杰第三。乾隆皇帝谓陕西自国朝以来，未有以一甲一名及第者，遂拔杰第一而移翼第三。授翰林院编修，以母老乞归。后出知云南镇安府，减轻民众负担，民众感激。每出行，争肩舆过其村。朝廷用兵缅甸，命翼赴军赞画，出奇策有功。寻调守广州，擢贵西兵备道。以事降级，遂乞归，不复出。五十二年(1787)平台湾，又命翼随军，翼赞画之力最多。事平，辞归，以著述自娱。晚岁主讲安定书院。家居数十年，手不释卷。嘉庆十九年(1814)，重宴鹿鸣，赐三品衔。享寿八十七。

翼性倜傥，才调纵横，善诗文，精史学。著有《瓯北诗集》五十三卷，《檐曝杂记》六卷，《唐宋十家诗话》十二卷，《皇朝武功记盛》四卷，《陔余丛考》四十二卷，《廿史劄记》三十六卷，并行于世。《清史稿》卷四百八十五有其传。

【注释】

[1]“鲁论”：即《鲁论语》，《论语》的汉代传本之一，相传为鲁国人传授，是今本《论语》的来源之一。据《汉书·艺文志》：“传《鲁论语》者”，先后有龚奋、夏侯胜、韦贤、鲁扶卿、萧望之、张禹等，“皆名家，张氏最后而行于世”。“昏颓”：头脑昏沉，精神萎靡不振。

[2]“苦茗”：苦茶。早采者为茶，晚采者为茗。

[3]“媒”：媒介，向导。

[4]“交睫”：上下眼睑交合，即要闭眼。“睫(jié)”：眼睑边缘的细毛。

[5]“悉力拒”：全力抗拒。“应候”：(睡意)应时表现出来。

[6]“回”：回甘。回味甜美。谓滋味由涩变甜。

[7]“朽木”：朽烂的木头。比喻不可造就的人。《论语·公冶长》：“宰予(孔

子弟子)昼寝,子曰:'朽木不可雕也,粪土之墙不可杇(wū)也。'"

[8]"窃疑":私下怀疑。"孔圣人":指孔子,被儒家奉为圣人。"欺我":欺骗我。

【简析】

此诗立意较新。因《论语》中记载孔子反对宰予午睡,并斥其为不可雕的"朽木"和不可杇的"粪土之墙",两千多年来,已成定论。诗人从小受此思想熏陶,想睡而不敢睡。到了老年,难以抗拒睡意,干脆睡去。"岂知老而衰,渐与睡为媒。饭罢辄交睫,两目撑不开。初犹悉力拒,继乃应候来。"睡的结果是感觉特别良好,"中有一片甜,其味美于回。"由此懊悔觉悟太迟,大有被骗之感。"早知有此乐,何嫌朽木材!窃疑孔圣人,先生欺我哉?"诗人以此表明:在养生方面必须从身体生理的实际情况出发,不能教条主义地理解圣人的一些言论,当眠则眠,当食则食。否则不利于养生。

随时节宣自医老

——老年生活有节律

人到老年,生理、心理均发生很大变化,与青壮年的差异日益扩大,反应迟钝,动作缓慢,力量趋小,兴趣淡化。因此,生活态度和节律必须加以调整。清代诗人赵翼对此很有体验,并笔之于诗,曰:

老　态

清·赵翼

医老将何如,随时自节宣。[1]
书惟看大字,诗不鬥长篇。[2]
少待饥才食,多劳倦始眠。[3]

精神私自恃，尚可两三年。[4]

【题解】

此诗选自嘉庆壬申(1812)刻板《瓯北集》卷五十。原题意谓衰老之体态。题下共有二首，此为其二。

【注释】

[1]“医老”：医治年老。“节宣”：节制，宣泄。此指人们通过调节饮食起居，使体内气血不散漫，不壅闭。

[2]“鬥(dòu)”：拼凑，凑合。

[3]“少待饥”：要等到少感饥饿之时。“多劳”：多进行一些适宜的活动。

[4]“精神”句：思想意识上要树立依靠自己的信念。

【简析】

此诗介绍老年养生经验。总的原则是注重自我调节，以适应年老的生理变化。至于具体如何调节，诗人强调三点：一是凡事不可强求，量力而行。“书惟看大字，诗不斗长篇。”不能再像年轻人那样作为了。二是适当调整饮食起居，以适应身心变化。“少待饥才食，多劳倦始眠”。三是“精神私自恃”，即保持思想上的自信和主导作用，不可因老而消极颓唐，听天由命。倘能如此，则可延年益寿。

作此诗时，诗人年已八十一岁。又过六年逝世，超过了其预言的“尚可两三年”。可见，积极主动的养生，效果显著。今人由此可获教益。

三、养气调神

古代道家、道教、儒家和医家，均重视人之精、气、神，视之为人身“三宝”。佛教虽罕言精和气，但特别重神。具体言论，不胜枚举。通晓儒、道并涉猎佛理的明代大医家张景岳，在此方面尤有独到见解，在其《类经》、《景岳全书》等著作中，论之甚详。他认为，“修真诸书，千言万语，无非发明精、气、神三字。”“三者精、气、神，其名曰三宝”。分言之，则：“三者之中，尤先于气”，故古歌曰：“气是添年药，津为续命方；世人慢忙兼慢走，不知求我要求谁。”“精不可竭，竭则真散。盖精能生气，气能生神，营卫一身，莫大乎此。故养生者，必宝其精。精盈则气盛，气盛则神全。神全则身健，身健则病少。神气坚强，老当益壮。”“虽神由精、气而生，然所以统驭精、气而为运用之主者，则又在吾心之神。三者合一，可言道矣。”意谓，“三宝”各有各的作用，不可相互代替，但又相互依存，相互制约，不可或缺。这一思想，颇有辩证法色彩。按此“三宝”之说，所谓养生，主要就是炼养精、气、神。只要精盈、气盛、神全，必然身健心乐，年延寿益。

历代贵生诗词亦反映了“三宝”的重要性及其相互依存关系。特别是道家，在此方面留下了大量的文化遗产。可惜，由于其中宗教暗语甚多，神秘性较强，寻常人难以理解和体验。本书选录的有关养护“三宝”的诗词，除其中常有的艺术夸张外，多为理性之作，经验之谈，比较贴近一般世人的经历和生活实际，容易理解，可以学习和借鉴。尤其是阅历丰富的中老年人，更易把握。在“三宝”之中，心神居于主导地位，养精、养气必须以养神为前提，并且最难养护，其内涵也最丰富，具体养护途径和方法较多，体现于一切言行中，包括养心、修性、修德等。故选录养心调神的诗词较多，望读者留意焉。

圣人重生首贵精

——养生必须抓根本

什么是人生的根本？现实社会中的人们，由于地位、职业、经历、人生目标、兴趣爱好、文化水平、心性修养等诸方面的不同，对此问题的回答是相互迥异的，很难判断孰是孰非，并形成统一的答案。

野　语

周·佚名

众人重利，廉士重名，[1]
贤士尚志，圣人贵精。[2]

【题解】

此诗选自《庄子·刻意》，是该书所引的“野语”。

【注释】

[1]“众人”：一般人，社会上大多数人。“廉士”：清廉高洁之人。

[2]“贤士”：才德兼备之人。“尚志”：重视思想抱负，有远大理想。“圣人”：圣明之人，通晓客观规律、具有最高思想境界之人。《庄子·逍遥游》：“圣人无名。”晋·郭象注：“圣人者，得物性之名耳，未足以名其所得也。”意即无论用什么名称都不能标明圣人(知识、智慧和修养)所达到的境界。“贵精”：重视、爱惜人之精。精即气的特殊形态，是精微之气，包括津、液等带有遗传密码的精微生命物质，是人类个体生命的初始状态，生命的根本。

【简析】

这四句“野语”，分别列举四个类型的人，各有其所重。“众人重利”，这是考虑实际生活需要，无利则不能生存，就此而言，也可理解。“廉士重名”，这是将名声看得高于一切的人，思想境界高出“重利”者。“贤士尚志”，这些人追求理想、志向的实现，其境界又高于“重名”者。与此三种类型的人相比，“圣人”，有别于“重利”、“重名”、“尚志”，即已超越了世俗之气，而是“贵精”，即看重生命的根本。因为无精即无生命，无生命即无世俗的一切。这则“野语”的作者置“圣人贵精”于最后，即认为圣人抓住了生命的根本。

怡乐心志养精神

——养神方式亦多途

神是人的生命的标志和主导因素，失去神志，就意味着死亡。因此，养生必须养神，并且要先于养身。至于如何养神，方式、方法甚多。魏晋之际的嵇康(223—262)认为，弹琴、吟诗、远游等均有养神的功效。其诗曰：

四言赠兄秀才入军诗

三国·魏·嵇康

琴诗自乐，远游可珍。[1]
含道独往，弃智遗身。[2]
寂乎无累，何求于人。[3]
长寄灵岳，怡志养神。[4]

【题解】

此诗选自《先秦汉魏晋南北朝诗》上册《魏诗》卷九，原题下共有十八章，此为其十七。

作者嵇康，字叔夜，谯郡铚(今安徽省淮北市濉溪县临涣镇)人。好言老庄而尚奇任侠。寓居山阳，锻铁以自给。精于音律，善长弹琴。娶魏沛王曹林之女为妻，拜中散大夫。嵇康对权臣司马氏极为不满，长期不仕，与竹林名士往来，是

“竹林七贤”之一。景元二年(261),其《与山巨源绝交书》一文,非薄汤武周孔,指斥流俗,忤司马昭之旨,被谮害谋杀。《晋书》卷四十九有其传。鲁迅曾辑校《嵇康集》。

【注释】

[1]“琴诗”:弹琴、作诗。“远游”:原为游仙,也可看作广泛游览山水。此二句表明,诗人把弹琴、作诗、远游当作养心娱神的方式。

[2]“含道”:守道。“独往”:单独前行。此句暗引《庄子·在宥》的“独往独来,是谓独有”之意。“弃智”:丢掉智慧。此引老子“绝圣去智”之意。“遗身”:忘却自身存在,即与自然融为一体。

[3]“寂乎无累”:清静而无世俗功名利禄的拖累。

[4]“灵岳”:灵山,神仙的圣地。此句意为;把自己的心神长久寄存于灵山之上。“怡志养神”:使情志舒展,心神愉悦。

【简析】

此诗引用老、庄的绝圣去智、含道独往之说,表述重养神的思想。诗人生当乱世,面对复杂多变、残酷无情的政治斗争,深感无能为力,并且不幸身陷其中,受到伤害,只能在精神世界自由翱翔。他看重生命,有《养生论》传世。尤其重视怡养心神。弹琴、作诗、远游等,都是其养神的途径和方式、方法。这是符合人的生理规律的。当今仍有借鉴价值。

结庐人境心悠然

——欲辨真意已忘言

晋代大诗人陶渊明(365—427),早先为了改变贫困面貌,出仕为官。但官场的腐败和等级礼节令他非常不快,难以忍受,于是弃官回乡,与乡民为伍,与自然融和,反而活得怡然自得。于是笔之于诗,曰:

饮 酒

晋·陶渊明

结庐在人境，而无车马喧。[1]
问君何能尔，心远地自偏。[2]
采菊东篱下，悠然见南山。[3]
山气日夕佳，飞鸟相与还。[4]
此中有真意，欲辨已忘言。[5]

【题解】

此诗选自《先秦汉魏晋南北朝诗》中册《晋诗》卷十七。原题下共二十首，此为其五，抒发归隐生活的感想。

陶渊明，一名潜，字元亮，号靖节先生，浔阳柴桑(今江西省九江市)人。少有高趣，因亲老家贫，早年曾任祭酒、参军之类小官。后为彭泽令，在官八十余日，因政治黑暗，辞官回乡隐居，是时四十一岁。此后一直不仕，生活于田园之中，躬耕自资，诗酒自娱。其诗格调清新，简洁含蓄，具有特殊的艺术风格，对后世影响较大。元嘉四年(427)卒，享年六十二。有诗文集八卷。《晋书》卷九十四有其传。

【注释】

[1]“结庐”：建造住房，此指居住。“人境”：世俗社会，此指民间。“车马喧”：世人乘车骑马、相互往来的喧闹。

[2]“问君”：问您，此指问自己。“尔”：如此，这般。“心远”：内心高远，纯洁。“地自偏”：自然觉得居住地偏僻、安静。

[3]“东篱”：居室东面的篱笆墙。“悠然”：闲适、舒展、自得的神态。“南山”：住宅南面的山岭。“东篱”、“南山”当为泛指，不一定是确指其方位。

[4]“山气”二句：每到傍晚之时，山中的景象越发美丽；此时在外觅食的飞鸟也结伴返巢。

[5]“此中”二句：生活在这样的环境中，可以领略真正的人生意义。至于这里蕴涵的人生意义是什么，虽想仔细辨说，但又找不出适当的言辞。其实，既然

已经领略，就不必再用什么言辞来表达了。“忘言”，魏晋王弼根据庄子“得鱼忘筌（捕鱼器具）”之说，在《周易略例·明象》中提出：“言者所以明象，得象而忘言；象者所以存意，得意而忘象。”

【简析】

此诗表现作者悠然自得的心境，这是辞官归隐者才能拥有的。前人认为此诗已达“无我之境”。其实此诗既“无我”，又有我。“无我”，乃指忘掉权位和名利，返朴归真，与周围万物融为一体。“有我”，乃指我的身心仍在感受美妙和愉悦。身处人境而心自静，采菊菊自笑，望山山自佳，见鸟鸟自亲。处于这样的境界之中，怎能不心旷神怡呢？这是最好的养神途径和方法之一，是不特意养生的养生。

共赏奇文析疑义

——晨夕乐与素心人

世人快乐与否，与居住环境特别是人际交往大有关系。陶渊明不习惯于官场的送往迎来，隐居乡村后与“素心人”为邻为友，晨夕见面，襟怀坦白，无话不谈，共饮共读，相与登高赋诗，好不快乐。其诗曰：

移居诗　二首

晋·陶渊明

昔欲居南村，非为卜其宅。[1]
闻多素心人，乐与数晨夕。[2]
怀此颇有年，今日从兹役。[3]
弊庐何必广，取足蔽床席。[4]
邻曲时时来，抗言谈在昔。[5]

奇文共欣赏，疑义相与析。[6]

春秋多佳日，登高赋新诗。[7]
过门更相呼，有酒斟酌之。[8]
农务各自归，闲暇辄相思。[9]
相思则披衣，言笑无厌时。[10]
此理将不胜，无为忽去兹。[11]
衣食当须纪，力耕不吾欺。[12]

【题解】

此诗选自《先秦汉魏晋南北朝诗集》中册《晋诗》卷十七。诗人四十六岁时，旧宅不幸失火被焚，遂移居南村。此二首诗即描写移居南村后的生活感受。

【注释】

[1]“南村”：位于旧宅之南，故称。“卜宅”：占卜选宅之吉凶。诗人并不信卜，仅为选定新宅之意。

[2]“素心人”：心地朴实、善良之人。“数晨夕”：度过早晨和傍晚的时光。“数(shǔ)”，逐一清点。此指一天一天地过下去。

[3]“兹役”：指移居南村这一烦劳过程。

[4]“弊(敝)庐”：破草屋。此乃谦辞，指自己的住房。“蔽”：遮蔽。

[5]“邻曲”：邻居，邻人。“抗言”：高声说话；无拘束、平等地对面交谈。“谈在昔”：评论以往的人和事。

[6]“奇文”：奇妙的诗文。“疑义”：不明确的含义。“相与析”：互相讨论、分析。

[7]“佳日”：美好的天气。“赋”：写作，吟咏。

[8]“斟酌”：倒酒，饮酒。可引申为考量实情，处理问题。

[9]“辄相思”：就相互思念。

[10]“披衣”：披上衣服(去找人聊天谈心)。“无厌时”：不怕时间长。意谓相互之间有说不完的话。既要倾心诉说，又乐于倾听对方言谈。故话虽多，却乐而不厌。

[11]“此理”二句：这样的生活情趣难道不美好？再也没有必要离开这里了。

[12]“当须纪”：应当努力治理、经营。“纪”，本指丝缕的头绪，引申为治理、综理。“不吾欺”：不会欺骗我。指只要努力耕种，就有收获。

【简析】

这两首诗主要描写移居南村后的愉快心情。所以如此愉快，并非因为新居的宽敞豪华，亦非衣食丰足，而是与素心人的友好相处。大家敞开胸怀，无拘无束，谈古论今，欣赏诗文，讨论疑义。春秋佳日，则登高览景，放歌赋诗。平时则过门相呼，有酒共饮。农忙虽暂分而相思，相思辄披衣相访，谈笑无厌时。毫无官场的礼节、猜忌、隔阂、倾轧。生活在这样的环境中，如鱼入渊，如鸟入林。“此理将不胜，无为忽去兹！”难怪诗人安之若素，留恋不已。这是一个绝好的居住环境，是未特意养生而有益于身心健康的人际关系，令人羡慕和向往。

调伏身心愈疲恙

——僧医治病重治心

自东汉以降，随着佛教的传入和扩展，医家队伍中出现一个特殊的群体，史称“僧医”或“医僧”。他们在防治疾病方面具有明显的特征和优势，这就是调服身心，相当于当今“心理疗法”。由隋朝王胄的自述之诗，可见其疗效之一斑。其诗及序曰：

卧疾闽越述净名意诗并序

隋·王胄

余卧疾闽海，弥留旬朔。[1]善友颙法师，劝余以净名妙典调伏身心，力疾粗陈其意。[2]敬简法师云尔。[3]

客行万余里，眇然沧海上。[4]
五岭常炎郁，百越多山瘴。[5]

兼以劳形神，遂此婴疲恙。[6]
桐雷邈已远，砭石良难访。[7]
抱影私自怜，霑襟独惆怅。[8]
毗城有长者，生平夙所尚。[9]
复借大因缘，勉以深回向。[10]
心路资调伏，于焉念实相。[11]
水沫本难摩，乾城空有壮。[12]
是生非至理，是我皆虚妄。[13]
求之不可得，谁其受业障！[14]
信矣大医王，兹力诚难量。[15]

【题解】

此诗选自《先秦汉魏晋南北朝诗》下册《隋诗》卷五，原题中“卧疾”，养病。静养身心以愈疾。“闽越”，今福建、两广、越南北部地区。“净名”，梵语 vimalakirti 维摩罗诘，略称维摩诘、维摩，意译无垢，亦曰净名。本为人名，古印度著名佛教居士。有《维摩诘经》译入汉文。

作者王胄(558—613)，字承基。早年仕于陈，历鄱阳王法曹参军、太子舍人、东阳王文学。陈灭入隋，晋王杨广引为学士。大业(605—618)初，为著作佐郎。从征辽东，授朝散大夫。大业九年(613)，杨玄感谋反失败，胄坐交游，徙边，亡匿江左，后被捕，受诛，时年五十五。此诗显系亡匿期间所作，请僧医调伏身心以养生治病。胄著有文集十卷，行于世。《隋书》卷七十六有其传。

【注释】

[1]“弥留”：亦作“弥流”。久病不愈，后多指病重濒死。此处指因病滞留。

[2]“善友”：好朋友。佛教谓教友为善友。“法师”：佛家语，指精通佛经并能讲解佛法的高僧。亦用以尊称比丘。隋唐以后，有些道士、方士也称法师。“调伏身心”：通过意念活动，使身心转入正常安定状态。这是佛教愈疾养生的重要方法，实即精神(心理)疗法。

[3]“敬简”：敬，恭敬；简，信柬，此处指以诗代信。

[4]“眇然”：遥远貌。“沧海”：大海。古时称东海为沧海。

[5]“五岭”：盖指绵延于闽赣湖广的山脉，有大庾岭、骑田岭、都庞岭、萌渚

岭、越城岭等。“炎郁”:气候炎热,潮湿。“百越”:泛指岭南一带。“山瘴”:山中的瘴气,能使人生病。

[6]“劳形神”:劳动身体和心神,指过多用体用脑。“婴”:感染,患。“恙”:疾病。

[7]“桐雷”:盖指桐君和雷公。桐君,传说中为黄帝时的医师,曾采药于浙江桐庐县的东山,结庐桐树下。人问其姓名,则指桐树示意,遂被称为桐君。南朝梁·陶弘景《本草序》云:“有桐君《采药录》,说其花叶形色。”一说为古代的仙人。“雷公”:传说中黄帝时的医者。见《黄帝内经·素问》之第七十五至八十一篇。“砭石”:古代治病疗疾的外用工具,可割、刺、熨。

[8]“抱影”:搂抱自己的身躯。“自怜”:自己怜惜自己。“霑襟”:泪水浸湿衣襟。“惆怅”:失意、难过的心情。

[9]“毗(pí)城”:即昆耶离城,维摩诘居士居之。这里乃指“善友颙法师”的居所。“夙所尚”:平素所推崇。

[10]“因缘”:佛教术语,乃指事物生成的条件。如植物之生,种子为因,雨露、农夫等为缘。因缘和合而生物,实指内因为因,外因为缘。“回向”:转变方向、思想。

[11]“实相”:佛教术语,非虚妄之义。乃指万物的本体,又曰法性、真如等。就其为万法体性之义而言之,则为法性;就其真实常住之义而言之,则为真如;就其真实常住为万法实相之义而言之,则为实相。其他还有一实、一如、一相、法身、法体、真谛、实性、实谛等,皆是异名。

[12]“水沫”:水流产生的泡沫。比喻世间事物之虚假不实。“乾城”:乾闼婆城的略称,别名鬼城。“乾闼婆”,印度乐人之异名。乐人巧幻楼阁,使空中出现蜃楼景观,名曰乾闼婆城。喻事物之幻有实无。

[13]“非至理”:不是最高的真理。“虚妄”:虚幻不真实。

[14]“业障”:恶业,障碍。恶业妨碍正道。

[15]“大医王”:喻佛菩萨善疗众生之病。《无量经》曰:“大医王分别病相,晓了药性,随病授药,令众乐服。”

【简析】

可将此诗分为前十六句、后十四句两节。前节描述染病原因及无奈,良医难遇,良方难访。“抱影私自怜,霑襟独惆怅”,只能听天由命了。后节叙写法师治病方法及其奇效。其法即“心路资调伏”，运用佛教四大皆空思想调伏患者的心理，使之意识到自身及世间的一切均非实相。“是生非至理，是我皆虚妄。”既然如此，何必要念念不忘过去的荣华富贵和当前的灾难呢？经过如此调伏，诗人内心释然。此病本来就是因“劳形神”而起。现在神既被“调伏”，形亦不劳，自然向愈。作者最后感叹：“信矣大医王，兹力诚难量”。对法师表示崇高敬意。

调伏心神是佛教养生愈疾的重要方法和途径。此即现时所谓心理疗法，有其一定功效。

原颜乐志忘饥寒

——人生有忧贵达观

富贵与贫贱，是迄今社会对立的两极。孰不向往富贵而摆脱贫贱？但不问富贵与贫贱，均有其忧患与欢乐。关键在于主观上是否通达。大诗人白居易仕途坎坷，处于逆境也能自得其乐。这样的人生态度值得借鉴。其诗及序曰：

效陶潜体诗　并序

唐·白居易

余退居渭上，杜门不出。[1]时属多雨，无以自娱。会家酝新熟，雨中独饮，往往酣醉，终日不醒。[2]懒放之心弥觉自得。[3]故得于此而有以忘于彼者。因咏陶渊明诗，适与会意。[4]遂效其体，成十六篇。醉中狂言，醒辄自哂。[5]然知我者亦无隐焉。

原生衣百结，颜子食一箪。[6]
欢然乐其志，有以忘饥寒。[7]
今我何人哉？德不及先贤。[8]
衣食幸相属，胡为不自安？[9]
况兹清渭曲，居处安且闲。[10]

榆柳百余树，茅茨十数间。[11]
寒负檐下日，热濯涧底泉。[12]
日出犹未起，日入已复眠。[13]
西风满村巷，清凉八月天。[14]
但有鸡犬声，不闻车马喧。[15]
时倾一尊酒，坐望东南山。[16]
稚侄初学步，牵衣戏我前。[17]
即此自可乐，庶几颜与原。[18]

南巷有贵人，高盖四马车。[19]
我问何所苦，四十垂白发。[20]
答云君不知，位重多忧虞。[21]
北里有寒士，甕牖绳为枢。[22]
出扶桑枣杖，入卧蜗牛庐。[23]
散贱无忧患，心安体亦舒。[24]
东邻有富翁，藏货遍五都。[25]
东京收粟帛，西市鬻金珠。[26]
朝营暮计算，昼夜不安居。[27]
西舍有贫者，匹妇配匹夫。[28]
布裙行赁舂，短褐坐傭书。[29]
以此求口食，一饱欣有余。[30]
贵贱与贫富，高下虽有殊，[31]
忧乐与利害，彼此不相逾。[32]
是以达人观，万化同一途。[33]
但未知生死，胜负两何如？[34]
迟疑未知间，且以酒为乐。[35]

【题解】

此诗选自《全唐诗》卷四百二十四，原题中“效陶体”，即仿效晋代陶渊明的诗作风格。此题下共有十六首，现选其第九、十六两首。

【注释】

[1]“渭上”:渭河边侧。白居易之故乡即下邽(guī)金氏村,地处渭河边上。“杜门”:闭门,不与人往来。

[2]“家酝新熟”:自家酿造的酒刚刚成功。“酝(yùn)”,酿造,多指酿酒。

[3]“弥觉自得”:自觉很满足。

[4]“得于此”:指在家清闲自在,心情舒畅。“忘于彼”:盖指为官暂时失意,失去权位。

[5]“哂(shěn)”:微笑;讥笑。《论语·先进》:“夫子哂之。”

[6]“原生”:原宪,孔子弟子,著名清高贫寒之士。“衣百结”:衣服蓝缕,破烂,补丁接补丁。据《史记·仲尼弟子列传》:“原宪字子思。”“孔子卒,原宪遂亡,在草泽中。子贡(孔子弟子)相卫(为卫国宰相),而结驷连骑,排藜藿入穷阎,过谢原宪。宪摄蔽衣冠见子贡。子贡耻之,曰:‘夫子岂病乎?’原宪曰:‘吾闻之,无财者谓之贫,学道而不能行者谓之病。若宪,贫也,非病也。’子贡惭,不怿而去,终身耻其言之过也。”后以“原宪贫”为文士清贫之典故。“颜子”:孔子弟子颜渊。“箪”:用竹或苇等编制成的器皿,可盛食物。《论语·雍也》记孔子之言:“贤哉,回也。一箪食,一瓢饮,在陋巷,人不堪其忧,回也不改其乐。”颜回也是安贫乐道的好学之士。

[7]“乐其志”:以其志向为乐。

[8]“先贤”:先世的贤人,即有德行、才能之士。

[9]“衣食相属(zhǔ)”:衣食前后相连续,即衣食没有缺乏之时。

[10]“兹”:这里。“渭曲”:地名,在陕西省大荔县东南,渭河流经之处。渭河有一支流曰泾水,古人认为泾浊渭清,故有“泾渭分明”之说。此处“清渭曲”,暗引这一成语。

[11]“茅茨”:本指茅草盖的屋顶,亦指茅屋。引申为简陋的居室,贫民住房。

[12]“负日”:晒太阳。“濯”:洗涤。

[13]“日出”二句:古人日出而作,日入而息。这里说日出未起,日入已眠,表现诗人此时生活自在、清闲。

[14]“西风”二句:诗人尽享自然天气带来的乐趣。

[15]“但有”:仅有。“车马喧”:车马经过时的嘈杂声音。

[16]“尊”:通“樽”,酒杯。

[17]“稚侄”:幼小的侄子。

[18]“庶几”：差不多；近似。

[19]“四马车”：四匹马拉的车，为富贵者所乘。

[20]“何所苦”：所苦者是什么，为什么如此辛苦。

[21]“位重”：地位高，权力大。

[22]“寒士”：贫寒的知识分子。“甕(wèng)牖绳枢”：用破甕口做窗户，用绳子拉着门枢。指房屋简陋，家境贫寒。“甕”，即“瓮”。

[23]“蜗牛庐”：形容似蜗牛那样小的简易庐舍，亦泛指简陋的房屋。“蜗牛”，软体动物，有螺旋形的黄褐色外壳，头部有两对触角。

[24]“散贱”：行为散漫，地位低下。“心安体舒”：内心安于目前的生活状态，身体亦感到舒展。

[25]“藏货”：储藏财货。“五都”：泛指京都及其他大都市。

[26]“东京”：盖指洛阳。“粟帛”：粮食和丝织品。“西市”：长安有西市、东市。这里泛指市场。“鬻”：售，卖。“金珠”：金银宝珠。

[27]“朝营暮算”：早上经营货物，晚上计算收益。

[28]“匹夫”：贫民中的男子。“匹妇”：平民妇女。

[29]“赁舂”：出卖劳力，为人舂米。“短褐”：短的粗布衣。“傭书”：受雇为人抄书，亦指为人做笔札工作。

[30]“欣有余”：有一点节余就非常高兴。

[31]“殊”：悬殊，差别。

[32]“不相逾”：不能超越。

[33]“达人”：通达事理或豁达豪放的人。“达观”：对不如意的事情看得开，一切听任自然，随遇而安。“万化”：万物生灭变化。“同一途”：遵循同一规律。

[34]“但未”二句：但不知(上述几类人)生死先后(寿命长短)，究竟谁胜谁负。

[35]“迟疑”：看法游移不定。实际上诗人已经表明了自己的看法。

【简析】

此二诗表现诗人的人生态度，即对穷、达、富、贵、贫、贱及生、死、忧、乐的看法。

前诗描写失官后的闲散生活。作者不以此忧郁不乐，而是从思想上自找乐趣。一是与先贤原宪、颜回相比，无理由不乐；二是审视目前的生活状态，衣食无忧,居处安闲,享尽自然、天伦之清福。如此一想,顿觉“即此自可乐,庶几颜与原”。这一态度可供今人借鉴。

后诗叙写贵、贱、富、贫的典型人物。虽然各自的地位、生活状态悬殊很大,但均有其各自的忧与乐。至于他们的生死年寿,更不知谁胜、谁负。由此,作者想要告诉人们:人生贵在达观。能达观,无所不乐。

以上二诗均言如何养心。

我身虽穷心不穷

——外貌寂寞中冲融

封建社会的官吏,大多数仕途坎坷,有贬谪、外放甚至牢狱之灾的经历,一帆风顺者甚为少见。如何对待穷达,就成为大多数官员必须面对的实际问题。大诗人白居易从政大半生,深有体验,其态度是:

我　身

唐·白居易

我身何所似,似彼孤生蓬。[1]
秋霜剪根断,浩浩随长风。[2]
昔游秦雍间,今落巴蛮中。[3]
昔为意气郎,今作寂寞翁。[4]
外貌虽寂寞,中怀颇冲融。[5]
赋命有厚薄,委心任穷通。[6]
通当为大鹏,举翅摩苍穹。[7]
穷则为鹪鹩,一枝足自容。[8]
苟知此道者,身穷心不穷。[9]

【题解】

此诗选自《全唐诗》卷四百三十四，抒写怀抱，表述自己对穷与通的体会和看法。其中的关键是心性修养问题。

【注释】

[1]“蓬”：飞蓬，多年生草本植物，易被风吹起。

[2]“秋霜”二句：秋霜使蓬枯萎，茎叶离根，被风吹起，在广大无际的空中飘荡。

[3]“秦雍”：秦、雍乃古国名，大致位于今陕西、甘肃一带。“巴蛮”：“巴”为古国名，大致位于四川东部；“蛮”指南方欠文明民族居住区。

[4]“意气郎”：意气风发的男子。“郎”，亦是古代官名，如侍郎、郎中等。“寂寞翁”：冷落、无聊的老头。

[5]“冲融”：融合、调和，即不喜不忧的心态。

[6]“赋命”：先天禀受。“委心任穷通”：使自己的心情适应穷通变化。“穷”：不得志的处境。“通”：志得意满的境地。

[7]“大鹏”：大鹏鸟。“苍穹”：天空。此二句引述《庄子·逍遥游》中的大鹏鸟形象，表达了诗人“通”则展翅高飞的宏伟抱负。

[8]“鹪鹩”：一种短尾小鸟，飞得很低。此二句借用鹪鹩鸟，表明诗人身处“穷”境也能生存的思想情怀。

[9]“苟”：假如。“此道”：即指上述通则高飞、穷则自容之道。这与孟子所说的“达则兼济天下，穷则独善其身”的处世原则一致。

【简析】

此诗前四句，把自己的身体比喻为随风飘荡的飞蓬。接下四句概述自己入仕后的起伏动荡：贬谪外放，忽东忽西，忽南忽北，忽上忽下，恰似飞蓬随风飘荡一样。在这种情况下如何养生呢？接下八句，诗人认为，应有安之若素的心态，不要被贬谪、外放所击倒。把“穷”、“通”变化看作仕宦生活的正常现象，既来之，则安之。“通”则举翅摩天，实现自己的宏伟抱负；“穷”则安处于一枝，独善其身。最后两句，对前述之意作出概括性的总结：“苟知此道者，身穷心不穷。”意思是说，只要把握“此道”即具有可“通”可“穷”的心态，即使贬谪、外放，身处“穷”境，内心仍会逸然自得，优游自处，不会为此愤懑、忧愁而伤心，以至伤身。此乃诗人的经验之谈，是“乐天”派的心态，是不养生的养生，是通过治心而治身。能如此，就可以防治一些心理性因素引起的疾患。这对于那些在仕途上遭遇挫折的人们，当有启迪作用。一般人也能从中获取教益。

不畏不忧医老病

——老病既来则安之

人到中年，老病始见。有人难以接受这一生理现象，忧心重重。这样的心态不但无助于阻止、消除老病，反而加速其进展。正确的态度应该是；泰然面对，积极养生，尽量延缓其进程。大诗人白居易在此方面亦有体会，其诗曰：

自　觉

唐・白居易

四十未为老，忧伤早衰恶。[1]
前岁二毛生，今年一齿落。[2]
形骸日损耗，心事同萧索。[3]
夜寝与朝餐，其间味亦薄。[4]
同岁崔舍人，容光方灼灼。[5]
始知年与貌，衰盛随忧乐。[6]
畏老老转迫，忧病病弥缚。[7]
不畏复不忧，是除老病药。[8]

【题解】

此诗选自《全唐诗》卷四百三十三。原题意即有所觉悟，明白某一道理。题下共有二首，此为其一。

【注释】

[1]“衰恶”：衰老之极。

[2]“二毛”：头发有黑白二色，即头发斑白。本指人已至老年。晋·潘岳《秋兴赋序》言：“余春秋三十有二，始见二毛。”后因以“二毛”指人三十余岁。

[3]“萧索”：萧条冷落，凄凉。此指稀疏、稀少。

[4]“味亦薄”：味道淡薄了。指食、眠皆无味。

[5]“崔舍人”：盖指崔群，字敦诗。武城（今山东省德州市武城县）人，十九岁登进士第，授秘书省校书郎。元和初为翰林学士，历中书舍人。太和五年（831）拜检校左仆射，兼吏部尚书。六年八月卒，年六十。《旧唐书》卷一百五十九、《新唐书》卷一百六十五有其传。“灼灼（zhuó）”：明亮，鲜明。

[6]“始知”二句：由此才知道，某年龄段的人，其相貌的盛衰，与其心境的忧愁、快乐有直接关系。

[7]“畏老”二句：害怕老到来，老越来得快；越是忧愁疾病，疾病越是纠缠不放。

[8]“不畏”二句：既不害怕，也不忧愁，这是消除衰老与疾病的良药。

【简析】

此诗揭示“忧伤”对于健康的危害。诗人年届四十已现衰老之态，诸如发白，齿落，寝食无味等，表明“形骸日损耗”，其原因就是忧伤。从人的生理变化规律来看，人年四十，开始衰老。《素问·上古天真论》言：“五八，肾气衰，发堕齿槁。”《灵枢·天年》亦言：“四十岁，五脏六腑、十二经脉皆大盛以平定，腠理始疏，荣华颓落，发颇斑白。”但因人而异，衰的程度大有区别。有人未现老态，有人老态严重。其原因是多方面的。诗人将自己四十衰老归结为忧伤，有一定道理。他将自己与同岁崔舍人相比，崔氏则“容光方灼灼”。盖因此时诗人忧伤过多，故如此。最后得出的结论就是：“始知年与貌，衰盛随忧乐。畏老老转迫，忧病病弥缚。不畏复不忧，是除老病药。”

此说颇有辩证法意味，也是符合人的生理、病理规律的。人在畏惧、忧愁的情绪下，饮食无味，寝眠难安，往往导致营养不良，休息不足，身心疲惫，免疫力降低，易遭病邪侵袭而生疾，加速衰老。反之，如果乐观自信，吃得下，睡得香，精力旺盛，身心健康，抗病能力日益增强，很少患病，势必比同龄人显得年轻一些。所以不畏老，不忧病，在一定程度上确是治疗老、病之良药。

此时不足何时足

——所需有余无多欲

历代官吏，贪赃自害者绵绵不绝。究其主观原因，无不是嗜欲无限，不知满足。知足者自爱，绝不贪污受刑。相对于当时社会生产力的水平和广大民众的生活状况，官吏的俸禄不薄。白居易曾自述，他的俸禄完全能够满足其所需，故很知足。其诗曰：

知足吟

唐·白居易

不种一陇田，仓中有余粟。[1]
不采一株桑，箱中有余服。[2]
官闲离忧责，身泰无羁束。[3]
中人百户税，宾客一年禄。[4]
樽中不乏酒，篱下仍多菊。[5]
是物皆有余，非心无所欲。[6]
吟君未贫作，同歌知足曲。[7]
自问此时心，不足何时足？[8]

【题解】

此诗选自《全唐诗》卷四百四十五。题下原注："和崔十八未贫作。"诗中亦有"吟君未贫作，同歌知足曲"之句。可见二人均以知足为乐。崔十八，在兄弟排行中为第十八，即崔玄亮，字晦叔。山东磁州（今河北省邯郸市磁县）人。贞元十六年（800）与白居易同登进士第，从事诸幕府。性雅淡，好道术，不乐趋竞，久游江湖。至元和（806—814）初，因知己推荐，迁监察御使，后历密、湖、曹三郡刺史，太常少卿，谏议大夫，右散骑常侍等。每一迁秩，谦让辄形于色。以直言敢谏名重于朝。太和七年（833）以疾求外，授检校左骑常侍、虢州刺使。当年七月，卒于郡所，享年六十六岁。有《三州唱和集》，已佚，今存诗三首。《旧唐书》卷一百六十五、《新唐书》卷一百六十四有其传。

【注释】

[1]“陇”：通“垄”，此指畦，田块。“余粟”：一时吃不完的剩余的粮食。

[2]“余服”：一时穿不着的剩余的衣服。

[3]“官闲”：官职上的事情不多，有空闲。“离忧责”：没有忧虑的责任。“身泰”：身体安定。“无羁束”：没有限制和约束。

[4]“中人”：中等之人或中等之家，即不富不贫的人家。“百户税”：一百户（中等之家）所交的税。“宾客”：幕僚，为长官出谋划策之人。“一年禄”：一年的俸禄。

[5]“樽中”二句：既有酒喝，也有花赏。

[6]“是物”二句：生活所需之物，不仅应有尽有，还有节余；并非内心无所欲求。

[7]“未贫作”：未贫时的作品。“知足曲”：知道满足的歌曲。

[8]“自问”二句：自己问自己的心，若这时不知满足，何时才知道满足呢？即此时应该知道满足了。

【简析】

“知足常乐”是古今生活经验的总结。白氏此诗就是抒写知足的体会。作为官员，能满足于现有的物质生活，并以此为乐，古今难得。这是廉洁勤政、拒贿杜贪的思想基础，也是避祸保生的内在动力。一般人也应学习这种心态，不可为了满足物质贪欲而犯法受刑，贻害生命，这也是重要的养生之道。

垂老所要无多物

——心安身泰形神逸

世人习惯于攀比。比什么？地位高低、财产多寡、文化水平、家庭状况，等等，都是比的内容。与谁比？与周围的人、知道的人，特别是不相上下的人比。如自己胜出，则高兴；不如人，则沮丧，甚而耿耿于怀。白居易亦喜欢比，但与众不同。其诗曰：

狂言示诸侄

唐·白居易

世欺不识字，我忝攻文笔。[1]
世欺不得官，我忝居班秩。[2]
人老多病苦，我今幸无疾。[3]
人老多忧累，我今婚嫁毕。[4]
心安不移转，身泰无牵率。[5]
所以十年来，形神闲且逸。[6]
况当垂老岁，所要无多物。[7]
一裘暖过冬，一饭饱终日。[8]
勿言舍宅小，不过寝一室。[9]
何用鞍马多，不能骑两匹。[10]
如我优幸身，人中十有七。[11]
如我知足心，人中百无一。[12]
傍观愚亦见，当己贤多失。[13]
不敢论他人，狂言示诸侄。[14]

【题解】

此诗选自《全唐诗》卷四百五十三。原题中“狂言”，狂妄之言，自高自大、目中无人的话。实为作者自我安慰之语。“示诸侄”：写给侄子看的。“示”，尊对卑、上对下、长对幼之教导、指示。

【注释】

[1]“忝”：羞，辱，有愧于。自谦之词。

[2]“班秩”：官员按品级排成的行列。

[3]“人老”二句：此诗作于无病之年，故如此言。

[4]“婚嫁”：此指办完儿女婚嫁之事。

[5]“牵率(shuài)”：拖累。

[6]“闲且逸”：清闲而且安逸。

[7]“垂老岁”：临近老年的年岁。

[8]“裘”：皮毛制作的外衣。

[9]“舍宅”：房舍，住宅。“寝一室”：睡觉只需一个房间。

[10]“鞍马”：备有鞍鞯，可以骑乘的马匹。

[11]“优幸”：优宠。受到优待和宠爱。

[12]“知足心”：知道满足的心。

[13]“傍观”二句：观察别人的时候，能够发现愚蠢的见解和做法；轮到自己的时候，就失去了贤明。

[14]“不敢”二句：不敢议论他人如何，只能将我的这些狂妄言论写下来，给侄辈看。

【简析】

此诗直陈自满自足之胸臆。从表面看，犹似阿Q精神胜利法，实质则是难得的知足心态。作为知识分子和官员，在权位和享受上，不往上看，而是向下比，所以越比越自足心安；在成就和贡献上，应向上比，越比越有积极上进之心。如果反是，恐怕越比越气馁，必然滋生野心和贪欲，走上窃权敛财之路。无疑，前一态度是有利于养生的，后一态度是损生甚至毁生的。

杲杲冬日融百骸

——负暄和气生肌肤

自古以来，冬天晒太阳是人们特别是老人和儿童保健、养生的有效方式。此时的阳光，不仅给人以温暖，还促进机体吸收钙质，增强免疫能力。白居易晚年特别喜欢“负冬日”，即晒太阳，并在诗中描述其体验，曰：

负冬日

唐·白居易

杲杲冬日出，照我屋南隅。[1]
负暄闭目坐，和气生肌肤。[2]
初似饮醇醪，又为蛰者苏。[3]
外融百骸畅，中适一念无。[4]
旷然忘所在，心与虚空俱。[5]

【题解】

此诗选自《全唐诗》卷四百三十四，原题中“负”，背负；“冬日”，冬天的太阳。“负冬日”，也是养心过程。此题一作《静坐》，无前两句。

【注释】

[1]“杲杲”：明亮。“隅”：角落，边角。

[2]“负暄”：暄，太阳的温暖；负暄，晒太阳。“和气”：阴阳冲和之气。人体阴阳冲和就健康无病，所以生肌肤。

[3]“醇醪”：味道纯厚的酒。“蛰者”：处于冬眠状态者，本指动物，这里指人。

[4]“百骸”：人体的各个部分。“一念”：一个想法。

[5]“旷然”：宽广貌。“虚空”：广阔无边的空间。

【简析】

此诗描写冬天晒太阳的内心感受。在温暖柔和的阳光下闭目养神，全身焕发出阴阳冲和之气，肌肤舒适。此时就像饮了醇酒，又像从冬眠状态下苏醒过来一样。全身的外在肢体无比舒畅，内在的思想已经停止，处于无思无虑的状态。此时不知自己所在何处，似乎身处浩渺无边的虚空之中。

这样的身心感受，实质上就是彻底放松全身，屏除一切思绪，使身心得到最大程度的休息。无疑，这对俗事缠身、心事重重的世人来说，是难得的休养机会。只是一般人不易达到如此境界，其关键在于收拢思绪，真正做到"内适一念无"。这一养心能力和功夫，也是需要锻炼才能具备的。

白氏晚年向佛，善于养心。作为官吏，他又是个儒者。表明他是儒、佛兼修的。

身作医王心是药

——颐养身心胜医药

有病求医，这是古训，也是人们的良好习惯。但任何医生都不能包防、包治百病。并且需要患者主动地配合，否则神医也难取效。故隋唐大医孙思邈在其《备急千金要方》卷二十三中谆谆教导患者："惟须求之于己，不可一仰医药也。"白居易在此方面也有体会，其诗曰：

病中绝句

唐·白居易

目昏思寝即安眠，足软妨行便坐禅。[1]
身作医王心是药，不劳和扁到门前。[2]

【题解】

此诗选自《全唐诗》卷四百五十八,原有五首,此为其一。此诗高度概括了静心养病的过程。

【注释】

[1]"坐禅":佛教语。谓静坐息虑,宁心参穷佛理。可参阅隋·智顗《摩诃止观》卷二。

[2]"医王":最精通医术的人。佛教将佛、菩萨比作医王。"和扁":先秦名医医和、扁鹊(秦越人)。

【简析】

此诗高度概括了休养身心的防病意义。首句提倡欲眠"即安眠"。在身心不佳的状态下,强撑不眠,无益于身心休息。第二句则认为,若肢体不便行走就"坐禅",以调伏心神。诗人信佛,所以如此说。无论安眠还是坐禅,都是休养身心。诗人从实践中体会到,休养身心能防病。所以三、四两句称:"身作医王心是药,不劳和扁到门前。"认为休养身、心就是医药,能够防治自己的病,不劳医者上门诊治。表明诗人把休养身心,尤其是养心,看得比医药还重要,这是深有体会和见地的。

养精养神先养气

——养生应以气为先

中国古代一些唯物主义哲学家倡导气一元论。《黄帝内经·灵枢》认为:"人有精、气、津、液、血、脉,余意以为一气耳。""故血与气异名同类焉。"历代医家、养生家大多以气为生命的本原。无气则无世界万物,更无生命。有词曰:

永遇乐

唐·吕岩

养水养精，养神养血，先须养气。[1]
日月阴阳六爻八卦，细看《参同契》。[2]
灵躯灵宝，千言万语，不过坎离两字。[3]
向昆仑顶上，返本还元，要明终始。[4]
一身虽小，如同天地，八万四千余里。[5]
玄牝之门，千生万化，都在冲和内。[6]
此真真外，别无真谛，方信道一而已。[7]
异时见钟吕，如有未明，请师指示。[8]

【题解】

此词选自《全唐五代词》卷八《仙鬼词》，署名吕岩。原仅标词牌名《永遇乐》，在此词牌下有四首，此为其四。此词亦被今人唐圭璋先生收入《全宋词》，署无名氏。其作者究竟为谁，尚须确考。从最后一句来看，显系后人口气。

【注释】

[1]“精”：人体内产生的携带遗传基因的精微生命物质，它是生命的根本。人而无精，意味着生命枯萎。“神”：生命存在的标志，包括知觉和精神意识。“气”：生命物质的本原，也是人体生命存在的物质基础。

[2]“六爻八卦”：《周易》以“- -”（阴）、“—”（阳）二爻为元素爻，通过排列组合，先构成八卦，每卦三爻；再由八卦构成六十四卦，每卦六爻。“《参同契》”：全名为《周易参同契》，传说为东汉魏伯阳所著，是道家炼丹的经典著作，有“万古丹经王”之称。分上、中、下三篇。上篇十五章，中篇十五章，下篇二章，共三十二章。其中蕴涵丰富的养生思想。

[3]“灵躯灵宝”：人的身躯和生命的三个要素精、气、神。宝精、养神是道教修真之法。“坎离”：《周易》的坎、离卦。坎（☵）为水，离（☲）为火，分别代表阴与阳。

[4]“昆仑”：道教语，指头脑。《黄庭外景经·明堂章》言：“子欲不死修昆

仑。”《云笈七签》卷十七:“眼为日月,发为星辰,眉为华盖,头为昆仑。”认为脑海为人身百骸之颠。“返本还元”:“元”通“源”、“原”。义即返回本原,恢复根本。

[5]“八万四千余里”:形容天地广阔,喻指人身亦如此,是小宇宙。

[6]“玄牝之门”:道家指万物的本原。《老子》六章:“玄牝之门,是谓天地之根。”意谓万物自是而出,天地由此而生。

[7]“真真”:(这是生命)真正的本质、真理。“真谛”:佛教语,泛指最真实的道理和奥秘。

[8]“道一”:道家道教认为,“道”是天地万物唯一的本原。“钟吕”:钟离权、吕洞宾(岩),均为传说中的八仙之一。

【简析】

这是一首说理词。作者先将养生之道归结为养气。因为“气”是天地万物及人的本原,“养气”是“养水养精,养神养血”的前提。有了气,才有水、精、神、血。如何养气呢?作者认为,就是调和阴阳。根据《参同契》,所谓“日月阴阳六爻八卦”,“灵躯灵宝,千言万语,不过坎离两字。”而“坎”、“离”就是阴、阳。而根据《老子》四十二章所言“道生一,一生二,二生三,三生万物,万物负阴而抱阳,冲气以为和”,万物及人都是阴阳冲和之气所生。故曰“千生万化,都在冲和内”。所以养生就是要使阴阳冲和,即调和。这就是养生的“真谛”,是“道”,是“一”。此外无所谓根本之道。

息精息气养精神

——养生就是养三宝

养生的具体内容非常丰富。因为人身的组织结构非常复杂,成分甚多,各有专功,又协调统一。但古代医家、养生家化繁为简,认为人身的构成要素只有精、气、神,这是生命的“三宝”,养生实质上就是养此“三宝”。有诗曰:

绝　　句

唐·吕岩

息精息气养精神，精养丹田气养身。[1]
有人学得这般术，便是长生不死人。[2]

【题解】

此诗选自清·李调元编、道光五年(1825)修补乾隆年间刊函海本《全五代诗》第十四卷。原题《绝句》，仅标明体裁，未涉及内容。

【注释】

[1]“息精”：让精休养生息，不要随便施泻，即宝精之意。“息气”：让气得以滋养、充实，不要随便耗散、损害。“养精神”：涵养精神(知觉、意识)，使之休息，得以健旺。此句实指爱护生命三宝精、气、神。“精养丹田”：养精于丹田，此指下丹田。“气养身”：气支撑人身的生命活动，是人的生命活动的物质基础。有先天气，后天气。这里显然指后天气，来源于营养、水分和大气等。汲取途径主要依靠饮食、呼吸。

[2]“这般术”：指滋养精、气、神之术。“长生不死人”：道教认为，经过修炼，人可以不死长生。事实表明，这是不能实现的宗教幻想。但通过适当修炼，防病愈疾、延年益寿则是确有可能的。

【简析】

此诗思想内容集中，揭示养生的重点就是保养精、气、神。道家、道教及医家均认为精、气、神是人身之三宝，是构成生命的最重要因素。而所谓“息”和“养”，就是让其得以休养生息，不可过分耗费；并给以滋养，使之源泉不竭。简言之，就是开源节流。诗人认为，能如此，“便是长生不死人”。这是道教的说法，除去其中的幻想色彩，其养生意义是不能否认的，今人可以从中获取应有的启迪和教益。

抱元守一在心心

——积行累功强为善

前诗指出养生就是养精、气、神“三宝”。此词又在“三宝”中突出“一”，强调“心”的重要。据此可知，心神是宝中之宝，关键之关键，道中之道。如何养神呢？最主要的途径就是积行累功强为善。有词曰：

促拍满路花

唐·吕岩

抱元能守一，四大自轻安。[1]
心中须返照，几曾闲！[2]
金乌衔耀，飞入烂银盘。[3]
心心心是道，只在心心，[4]
更于何处求丹？[5]

又何须衣冕，燕处欲超然。[6]
荣华能几日，便凋残。[7]
修真甚易，积行累功难。[8]
劝君强为善，五浊三途，[9]
便为云岛神山。[10]

【题解】

此词选自上海古籍出版社1986年出版的张章、黄畲编《全唐五代词》卷八，原署吕岩；又见于《全宋词》第五册，署无名氏。“促拍满路花”是词牌名。在此词牌下，共有七首，此为第二。

【注释】

[1]“抱元能守一”：意谓紧紧抱住元气，毫不放松；控制自己的心神，不使放逸。“一”本指道。《老子》三十九章：“万物得一以生，侯王得一为天下贞(又作式)。”但此词作者又把心看作道。故此“一”实指心。“四大”：佛教带入中国的古印度哲学，认为世界及人身由风、火、地、水构成。人体中四大协调就无病。一大不调，即有一百一病；四大并作，共有四百四病。

[2]“返照”：反观自己内外。

[3]“金乌”：指太阳。神话传说，太阳中有三足乌，故以之指代太阳。“银盘”：本指银质或银饰的盘子，这里比喻明月。唐·卢仝《月蚀》诗：“烂银盘从海底出，出来照我草屋东。”

[4]“心心心”二句：强调大道就在心中，道即心，心即道。

[5]“更于”句：除了心之外，还能在什么地方求得仙丹？意即除了心，就寻求不到仙丹了。“求丹”，一作求仙。

[6]“衣冕(miǎn)”：古代天子、诸侯、卿、大夫等朝会、祭祀时穿的礼服、戴的礼帽。“燕处”：同“宴处”。退朝而处，安闲悠然居处。“超然”：超越，离尘脱俗之貌。

[7]“荣华”：原指草木花叶茂盛，欣欣向荣，比喻人的富贵，日益兴盛和显达。

[8]“修真”：学道修行，涵养性情，保持和修炼自己的本真。“积行累功”：积累善行和功德。

[9]“强为善”：强迫自己为善。意谓由不自觉到自觉。“五浊”：五种恶浊行为。《太平广记》卷三引《汉武帝内传》：“五浊之人，耽湎荣利，嗜味淫色。”佛教则认为尘世烦恼痛苦炽盛，充满五种浑浊不净，即劫浊、见浊、烦恼浊、众生浊和命浊。“三途”：佛教语，即指火途(地狱道)、血途(畜生道)、刀途(饿鬼道)。亦谓三恶道。

[10]“云岛”：云雾笼罩的海岛。“神山”：传说中神仙居住的山。

【简析】

此词上阕强调养心的重要。作者认为，“抱元能守一，四大自轻安”。意谓能保护元气，守住心，就没有疾病。并进而指出，“心心心是道，只在心心，更何处求丹？”仙丹就在心里，守住心，就能长生成仙。下阕则指出如何守住心。主要途径有二：一是超尘脱俗，远离荣华富贵。“又何须衣冕，燕处欲超然。荣华能几日，便凋残。”这是加强主观修养，提高思想境界。二是积行累功。“修真甚易，积行累功难。劝君强为善，五浊三途，便为云岛神山。”若能通过“强为善”，超脱“五浊三途”，就能进入神仙世界。“强为善”，就是修德，践履主观思想，为利他而行动。作者认为，将以上两个方面结合起来，以调控心，养心，就能成仙。以今天的眼光来看，养心修德，确实有利于防病增寿；但成仙之说则是夸张养生效果的说法，是不能实现的幻想。

只要心安身自安

——安身之本在安心

古代医家认为心主神明。《素问·灵兰秘典论》有言：“心者，君主之官也，神明出焉。”《灵枢·邪客》亦说：“心者，五脏六腑之大主也，精神之所舍也。”这一看法成为古代整个社会的共识。北宋理学家邵雍有诗曰：

心安吟

宋·邵雍

心安身自安，心安室自宽。[1]
心与身俱安，何事能相干！[2]
谁谓一身小，其安若泰山。[3]
谁谓一室小，宽如天地间。[4]

【题解】

此诗选自《全宋诗》第七册，卷三七一，原题中“心安”，思想安定。强调精神意识的主导作用。

【注释】

[1]“身自安”：身体自然安宁。“室自宽”：自然觉得居室也宽敞了。

[2]“相干”：相互干扰，干犯。

[3]“安若泰山”：像泰山那样安稳。

[4]“宽如天地间”：像天地之间那样宽敞。

【简析】

此诗通俗，接近口语，含义却很深刻。作者以此告诉人们：在心、身、居室环境三者之间，心起决定作用：“心安身自安，心安室自宽。心与身俱安，何事能相干？”意谓在比较艰苦的环境中，“心安”非常重要。否则，苦上加苦，伤心又伤身。“心安”则身安如泰山，身安则室如天地宽。这是作者的体验，至少启迪人们：在比较艰苦的条件下也可以养生；养心是养身、养生的前提和关键。

心静安分得仙乡

——仙乡乃由心境造

世人谁不向往仙乡？但从无一人觅得真正的仙乡。究竟有无仙乡呢？如果有，它又在何处？北宋理学家、诗人邵雍认为：仙乡的有无，决定于人的心境。只要心静安分，你的房内就是仙乡。其诗曰：

何处是仙乡

宋·邵雍

何处是仙乡，仙乡不离房。[1]
眼前无冗长，心下有清凉。[2]
静处乾坤大，闲中日月长。[3]
若能安得分，都胜别思量。[4]

【题解】

此诗选自《全宋诗》第七册，卷三七三。原题一作《安分》，安于本分。

【注释】

[1]“仙乡”，即神仙居住之地，最美好的所在。

[2]“冗长”：多余，烦多，多而无用。

[3]“乾坤”：天地。

[4]“分”：名分；位分。“思量”：考虑，衡量；向往。

【简析】

自先秦以来，方士、道士及许多世俗之人一直向往美好的仙乡。但“何处是仙乡”？谁也没有亲历，说不清楚。此诗作者自问自答，指出仙乡之所在。它远在天边，近在身边。只要人安其分，不作妄想，自身所处之室就是仙乡。此即佛教所谓“境由心造”。关键是心神的状态。“眼前无冗长，心下有清凉。静处乾坤大，闲中日月长。”身处一室，自得其乐，就是仙乡。不必舍近而求远。很显然，这是诗人心性修养的体会和写照。他多年身处贫困之中而无奢求和怨憎，自名其室为“安乐窝”，故能发而为此诗。《全宋诗》第八册卷五〇八，载有司马光《赠邵尧夫》诗：“家虽在城阙，萧瑟似荒郊。远去名利窟，自称安乐巢。云归白石洞，鹤立碧松梢。得丧非吾事，何须更解嘲。”人能有此心性修养，身处何处而不乐？

灵台何日得从容

——摆脱名利气自冲

世人无不期盼长寿。但长寿必须以身心健康为前提。而心理健康又往往决定身体健康。什么是危害心理健康的因素呢？诗人邵雍认为，名利思想危害最大。只有消除名利思想，才能心神从容，爱恨适度，气血冲融调和。其诗曰：

利名吟

宋·邵雍

利名都不到胸中，由此胸中气自冲。[1]
既爱且憎皆是病，灵台何日得从容？[2]

【题解】

此诗选自《全宋诗》第七册，卷三七六，原题中"名"，虚名，思想地位；"利"，金钱财富，物质利益。

【注释】

[1]"胸中气自冲"：胸中之气自然调和，遇事能够心平气和。

[2]"灵台"：这里指心。《庄子·庚桑楚》："不可内于灵台。"郭象注："灵台者，心也。"

【简析】

此诗旨在屏除名利。从养生的层面看，名利是大害。为了获取名利，就要耗费心力和体力，甚至不择手段地窃取或抢夺，以至违法受刑，身败名裂。而要屏除名利，关键就是心中无名利。"利名都不到胸中，由此胸中气自冲。"心不想名利，自然心平气和，对世事的爱憎，也有分寸，不会过分。否则伤心又伤身。只有心神从容，才能健康长寿。

洗心难于水洗身

——洗心须弹无弦琴

世人皆知身上有垢不可存留，留则贻祸患。有谁能够觉察心上亦有尘垢，并且留则危害更大？身垢可用水洗，心垢当用何洗？诗人邵雍不但揭示心垢的存在，而且指明洗涤心垢的途径和方法。其诗曰：

洗心吟

宋·邵雍

人多求洗身，殊不求洗心。
洗身去尘垢，洗心去邪淫。[1]
尘垢用水洗，邪淫非能淋。
必须去心垢，须弹无弦琴。[2]

【题解】

此诗选自《全宋诗》第七册，卷三七七，原题中“洗心”，犹今之洗脑，改造思想，即去掉不正确的乃至邪恶的思想念头。

【注释】

[1]“邪淫”：不正确的过分的欲望，如好名逐利，趋炎附势，嗜色纵欲等。
[2]“无弦琴”：没有弦的弹不出乐音的琴。

【简析】

此诗将治心比喻为“洗心”，又将“洗心”与“洗身”对举，形象地揭示了二者目的、手段之区别及“洗心”之难。可以用水洗去身上的“尘垢”，但不能除掉心上的尘垢“邪淫”。身上有尘垢，有害健康，这是人所共知的；心上有尘垢，也有害健康，并且为害更大，人们对此则不一定都能认识。这里所谓“邪淫”，显然不仅仅指嗜色成性，还包括贪得无厌、骄矜傲慢、仗势欺人等丑恶思想和行为。这些“心垢”，就是心病，必须以“心药”治之。什么是“心药”呢？诗人没有明说，只以“须弹无弦琴”作答。“无弦琴”是弹不出乐音的，这是启迪人们去体味和深思，必须以无形、无声、无色、无臭的正确思想、高尚情操，才能除掉危害健康的“心垢”。

内外俱修人皆求

——内外俱惰人皆唾

社会生活实践反复证明,一个人的内外修持与其人际关系和身心健康,存在密切的关系。内外兼修之人,容易与人相处,受到欢迎,自己也心情愉快,并有利于身体健康。而内外不修之人,势必得到相反的结果。邵雍有诗曰:

内外吟

宋·邵雍

衣冠严整,谓之外修。[1]
行义纯洁,谓之内修。[2]
内外俱修,何人不求![3]
衣冠不整,谓之外惰。[4]
行义不修,谓之内惰。[5]
内外俱惰,何人不唾?[6]

【题解】

此诗选自《全宋诗》第七册,卷三七八,原题中的"内",指人的思想情感;"外",指人的外在仪表行为。

【注释】

[1]"严整":仪表严肃整齐。"外修":外在修养。

[2]"行义":以实际言行推行某种适宜、高尚的思想道德,如敬老爱幼、扶弱济贫、除恶安良等。"内修":内在修养。

[3]"俱修":都能修持。

[4]"不整":不严整。"外惰":外在懒惰,指行为放纵。

[5]"内惰":内在懒惰,指思想意识不加修持。

[6]“唾”：唾弃，拒斥，不愿与之交往。

【简析】

可将这首四言诗分为前六句、后六句两节。前一节提倡“内修”、“外修”；后一节则反对“内惰”、“外惰”。诗人从正、反两方面强调内外俱修的重要。从养生的层面看，这就是心身兼修即兼养。据此亦可知，内修外惰或内惰外修，则是残缺的。只有内外兼修或兼养，才是完善的。能如此，不仅受到社会的欢迎，更有利于身心健康。

但得心闲随处乐

——只恐身闲心未闲

按照古代医家、哲人的看法，人之心(相当于今之脑)神是身体的主宰，心足则身足，心闲则身闲。倘若身已足而心不足、身已闲而心未闲，又如何呢？北宋诗人李宗易(？—1075)提出这一问题，并给出答案。其诗曰：

静　居

宋·李宗易

大都心足身还足，只恐身闲心未闲。[1]
但得心闲随处乐，不须朝市与云烟。[2]

【题解】

此诗选自《全宋诗》第三册，卷一七八。原题《静居》，揭示心足与身足、心闲与身闲的协调关系。

李宗易字简夫，宛丘(今河南省周口地区淮阳县)人。宋真宗天禧三年(1019)举进士。仁宗庆历(1041—1048)间，以尚书屯田员外郎，知光化军。神宗熙宁八年(1075),卒。有诗集二十卷,已佚,《全宋诗》录其诗三首,《静居》为其中之一首。

【注释】

[1]“大都”:表示大多数、大部分的模糊性量词。此句意谓:在大多数情况下,人们内心知足,身体就满足。“只恐”:只是恐怕。此句是说,只恐怕人们身闲,心却闲不下来。合此两句,诗人认为,心管身,心闲是关键。

[2]“但得”句:只要能够做到心闲,处处快乐。“不须”句:不必一定要到朝廷、市场或山林去寻求快乐。

【简析】

此诗强调心足是身足、心闲是身闲的前提和关键。只有心足身才足,心闲身才闲。同样,心乐则无处不乐,不必一定要到官场、市场上或大自然里寻求快乐。总之,先养心、调心,即加强主观心性修养,树立正确的思想,屏弃庸俗的观念、意识,才能顺利养身,养生。

唯有诗人享至乐

——俗士岂知其中味

人人皆有快乐,但其所乐则千差万别。彼所乐未必此也乐,反之亦然。其中就有高低之别、雅俗之分。如南宋诗人姜特立(1215—?)认为,诗人之至乐,俗士难知其味;反之,俗士之所乐,诗人则耻之。其诗曰:

诗人有至乐

宋·姜特立

诗人有至乐,俗士不知味。[1]

可以安贫贱，可以轻富贵。[2]
可以履忧患，可以散淹滞。[3]
如彼逐臭夫，终日鲍鱼肆。[4]
方其乐其乐，蛭蛆甘所嗜。[5]
天特私吾徒，慎勿泄其秘。[6]

【题解】

此诗选自《全宋诗》第三八册，卷二一四七，原题中"至乐"，最高境界的快乐，是全身心的愉悦。

姜特立，字邦杰，号南山老人。丽水（今浙江省丽水地区）人。以父绶靖康（1226—1227）间殉难恩，补承信郎。累迁福建路兵马副都监。后历阁门舍人，充太子宫左右春坊兼皇孙平阳王侍读，除知阁门事，浙东马步军都总管。姜氏以能诗见称，与陆游、杨万里、范成大等多有唱和。其事见《宋史》卷四七〇。

【注释】

[1]"俗士"：世俗之人。

[2]"安贫贱"：安于贫贱，没有非分之想法和作为。"轻富贵"：看轻富贵，不千方百计地追求富贵。

[3]"履忧患"：经历忧愁和灾难。"淹滞"：本谓有才德而久沦于下位。"散淹滞"：此指消除积压、滞留于胸中的苦恼。

[4]"逐臭夫"：典出《吕氏春秋·遇合》："人有大臭者，其亲戚、兄弟、妻妾、知识（相识者）无能与居者，自苦而居海上。海上人有说（悦）其臭者，昼夜随之而弗能去。"后以"逐臭之夫"喻嗜好怪僻之人。"鲍鱼肆"：销售鲍鱼的店铺。鲍鱼腐臭，令人难闻。往往用以比喻恶人之所或小人聚集之地。语出《大戴礼记·曾子疾病》："与君子游，苾（bì）乎如入兰芷之室，久而不闻，则与之化矣；与小人游，贷乎如入鲍鱼之肆，久而不闻，则与之化矣。"这里"肆"，犹"市亭"，卖货小店。《颜氏家训·慕贤》："与善人居，如入兰芝之室，久而自芳也；与恶人居，如入鲍鱼之肆，久而自臭也。"

[5]"乐其乐"：以其所乐为乐。"蛭蛆"："蛭（zhì）"，环节动物，体略长而扁平，两端各有一个吸盘，生活在淡水或湿润处，能吸人畜之血，俗称蚂蟥。"蛆"，蛆虫，蝇类的幼虫，生于肮脏之所。往往用以比喻令人恶心的脏物或卑鄙无耻

之徒。

[6]“私吾徒”:对我们这些诗人特别偏爱。“泄其秘”:泄露这个秘密。

【简析】

此诗揭示“诗人有至乐”的内在根据,就在于他们的心性修养。他们之所以能够“安贫贱”、“轻富贵”、“履忧患”、“散淹滞”,就是因为他们情操高尚。而“逐臭夫”则与他们相反,“终日鲍鱼肆”。其所乐者,也就是“蛭蛆甘所嗜”,未免令人恶心。“天特私吾徒,甚勿泄其秘。”上天特别偏爱我们这些诗人,所以才有如此心性修养,这个秘密是不可随便泄露的。实际上作者已经泄露无遗了。只要世人也有这样的心性修养和情操,就会获得同样有利于健康长寿的“至乐”。可见,心性修养对于养生何等重要!

随缘自在可期颐

——无为胜过有奇为

道家始祖老聃,提倡无为而治。其后学将此思想用于养生,亦推崇无为,意谓养生之道就在寻常生活过程中,平平常常,并无奇特神秘的奥妙。诗人姜特立亦赞同这一主张,认为自在、无为,可享期颐之寿。其诗曰:

学　　道

宋·姜特立

学道不须奇,无为胜有为。[1]
气平无间断,心静自清夷。[2]
意钓非关饵,行歌不为诗。[3]
随缘皆自在,何患不期颐![4]

【题解】

此诗选自《全宋诗》第三八册，卷二一四八。原题意即学习、把握、践履炼心、养心之道。

【注释】

[1]"不须奇"：不需要奇特的方法或窍门。"无为"：没有特别作为。"有为"；有所作为。此二句体现老子倡导的"无为"养生即"道法自然"思想。

[2]"气平"：呼吸均匀平和。"清夷"：清净恬淡。

[3]"意钓"：以意念钓鱼。"非关饵"：与钓饵没有关系。"行歌"；边行走，边唱歌。

[4]"随缘"：佛教语，意谓一切事物都是因缘和合的结果。人们应随遇而安。"期颐"：一百岁。语本《礼记·曲礼上》："百年曰期颐。"人生以百年为期。"颐"，即养，人老不能自理衣食，孝子要尽赡养之道。

【简析】

此诗提倡无为养生。认为养生之道很平常，没有什么稀奇之处。其关键就是"气平"、"心静"。既不要服食特殊的药饵，也不必大张旗鼓地动作。只要随缘自在，自然而然，就能寿至期颐。很显然，此诗总体上阐扬了老子的"道法自然"思想，也吸收了佛教的随缘之义，将"气平"、"心静"作为养生的根本原则和方法。值得借鉴。

治心要使百念空

——不让秋毫作其间

治身必先治心，这是绝大多数养生者的共识。但如何治心呢？未必人人明白。大诗人陆游的深切体会就是，清除心中各种各样的杂念，使之秋毫无存于心中；假若仍有一念不除，就有可能形成飓风狂浪。其诗曰：

治　心

宋·陆游

治心无他法，要使百念空。[1]
秋毫作其间，有若海飓风。[2]
飓风孰能止，三日力自穷。[3]
我徐蹑其后，杲杲日出东。[4]
向来一噫者，毕竟谁为雄。[5]
万里静海氛，一望开天容。[6]
会从安期生，高会蓬莱宫。[7]

【题解】

此诗选自《全宋诗》第四〇册，卷二二一三。原题意谓通过调控心理状态、思想活动，达到养生的目的。

【注释】

[1]“百念空”：停止各种想法和念头，使思想处于空寂、宁静状态。这是道、佛共同的修性方法。

[2]“秋毫”：鸟兽在秋天生出的细毛，往往比喻微细之物。“海飓风”：海中生成的大风，犹今之所谓“台风”，风力等于或大于十二级，破坏力极大。

[3]“力自穷”：其(飓风)力量自行削弱乃至消除。

[4]“徐蹑其后”：慢慢、轻轻地跟在它的后面。“杲杲”：(日出)明亮的样子。

[5]“一噫者”：意气用事之人。“噫(yī)”，叹词，表示悲愤或叹息。“谁为雄”：谁是胜利者呢?

[6]“海氛”：海上升起的雾气。往往借指海疆动乱的形势。“天容”：天的面貌。

[7]“安期生”：传说中的仙人。据汉·刘向《列仙传·安期先生》：“安期先生者，琅琊阜乡人也。卖药于东海边，时人皆言千岁翁。秦始皇东游，请见与语三日三夜，赐金璧度数千万。出于阜乡亭，皆置去。”曰：“后数年求我于蓬莱山。”“始皇即遣使者徐市、卢生等数百人入海，未至蓬莱山，辄逢风波而还。立祠阜乡

亭，海边十数处云。”“蓬莱宫”：即海中蓬莱山上的仙人所居住的宫殿。

【简析】

此诗揭示治心之法。作者认为，“治心无他法，要使百念空。”唯一的方法，就是使心中不生任何杂念。“秋毫作其间，有若海飓风。”哪怕产生一丝杂念，就要掀起狂风巨浪。如果一旦“狂风”袭来，也不要与之对抗，力图马上制止之，而是避其锋芒，让其“力自穷”。倘若意气用事，争个我高你低，最终是没有胜利者的。只要屏除“百念”，就会出现“万里静海氛，一望开天容”的风平浪静、风和日丽的景象。诗人最后认为，如此治心，“会从安期生，高会蓬莱宫”，即长生成仙。这当然是美好的幻想。今天看来，排除各种有害健康的杂念，虽不能成仙，但可延年益寿。

读书有得觉多味

——老来圣域可坐致

许多世人都有这样的经历：少年时贪玩，不愿读书，甚至厌恶读书。及至中老年，却手不释卷。缘何发生如此转变呢？因为年龄不同，对读书的体会差异甚大。如大诗人陆游就是典型。他曾在诗中自述曰：

读　书

宋·陆游

忆昔年少时，把卷惟引睡。[1]
惰游过日月，自咎辄涕泗。[2]
老来百事废，却觉书多味。[3]
岂惟时有得，圣域可坐致。[4]
譬如入武库，傥恍不暇视。[5]

浅陋安能名，出门但惊喟。[6]
天球及河图，千古所共秘。[7]
幸今发其藏，虽老敢自弃？[8]

【题解】

此诗选自《全宋诗》第四〇册，卷二二一五。原题标明此诗是吟咏读书体会的。诗中凸显老年读书养心的深切感受和心得。

【注释】

[1]“引睡”：引导睡眠，即（以书）催眠。

[2]“过日月”：度过时光。“自咎”：自我责备。

[3]“百事废”：什么事也不能做了。

[4]“岂惟”：岂止，哪里，仅仅。“圣域”：崇高的境界。“坐致”：因此（读书）而达到。

[5]“武库”：储存武器的仓房。“傥（tǎng）恍”：惊异迷离的样子。“不暇视”：目不暇接，无暇一一细看。

[6]“安能名”：哪里能认识到（其妙处）。“惊喟”：惊奇和感叹。

[7]“天球”：天文学家为研究天体的位置和运动，假想天体分布在以观察者为球心的球面上。这个球面，称“天球”。“河图”：古代传说：“（黄）河出图，洛（水）出书。”简称“图书”。语出《周易·系辞上十一章》。

[8]“发其藏”：发现了它们的奥秘。

【简析】

老年读书，也是养心乃至养生的一种有效方式和途径。特别是有读书习惯的人，如果因年老而完全不读书，于心于身均无益而有害，易患老年痴呆症。适当读点自己喜欢的书，可以活跃心神，刺激思维活动，获得欢愉。陆游高寿，与其老年读书、写诗不辍有关。由此诗可知，他从书中获取不少新奇知识和快乐。当然，老年读书，应适可而止，切不能废寝忘食，否则也是不利于健康的。

万法元须一理通

——养心贯穿万法中

养生的具体功法，可谓千条万种，各有不同的机理和作用。是否表明这些功法是各自独立、互不相干的呢？医理和实践证明，功法再多，也是相互联系的。其中存在一以贯之的根本大法或曰道理。陆游认为：

道室杂咏

宋·陆游

万法元须一理通，长生极至本同功。[1]
广成千载无他术，只在唐虞二典中。[2]

【题解】

此诗选自《全宋诗》第四〇册，卷二二一〇。原题下共有六首，此为其四。详见前《造化无心不汝私》之**【题解】**。

【注释】

[1]"万法"：佛教谓一切事物。这里当指各种各样的（养生）功法。"元须"：原须。本来就应该被一理贯通。"极至"：极点，最高境界。"同功"：共同的功夫，功效。

[2]"广成"：广成子，传说黄帝时的长生仙人。据《庄子·在宥》：黄帝立为天子十九年后，曾向广成子请教"治身奈何而可以长久"。"无他术"：没有其他的（养生）方法。"唐虞二典"："唐"，唐尧，名放勋。初封于陶，又封于唐，号陶唐氏。传位于舜。"虞"，虞舜，姓姚，名重华。因先国于虞，故称虞舜。见《史记·五帝本纪》。"二典"：《尚书》载有《尧典》、《舜典》。另据《尚书·大禹谟》：舜年老时禅位于禹，并传授其治国心得，其中有"人心唯危，道心唯微，唯精唯一，允执厥中"。后世视此十六字为尧、舜、禹心法。

【简析】

此诗作者认为:养生纵有数不胜数的具体方法,但其根本原则或大法只有一个,即养心,或曰心法。这一方法既为神人广成子所推崇,又被尧、舜、禹先后依次授受。诗人引此,意在强调养心的重要。但并非提倡幻想,而是教人养好心,勿使伤害;并正确理解、运用其他具体方法。古人认为,心犹身之君,心安则身安。诗人此说,是有其深切体验的。

炼气养形精神生

——心静身健老柏青

按照前述养生理论,精、气、神是人的生命"三宝","形"即身,是生命的整体。四者相互依存。通过息精炼气,形体得以健壮,形健则神旺。神旺则更加积极炼养精、气、形。所以陆游有诗曰:

学　道

宋·陆游

学道知专气,尊生得养形。[1]
精神生尺宅,虚白生中扃。[2]
出岫孤云静,凌霜老柏青。[3]
晨兴取涧水,漱齿读黄庭。[4]

【题解】

此诗选自《全宋诗》第四一册,卷二二二七。原题意谓学习养生之道。

【注释】

[1]"专气":道家语,意为炼养精气。《老子》十章:"载营魄抱一,能无离乎?

专气致柔，能婴儿乎？"河上公注："专宁静气使不乱，则形体应之而柔顺。""专"一作"抟(tuán)"。"抟气"，即炼气，通过调控人体内外之气的交流，达到强健身心的目的。

[2]"精神"：意识，神态。"尺宅"：指眉、眼、口、鼻所在处，即面颜。"虚白"：语本《庄子・人间世》："虚室生白，吉祥止止。"谓心中纯净无欲。"中扃"：闭锁内心，欲望不生。《淮南子・主术训》："中欲不出谓之扃，外邪不入谓之塞。中扃外闭，何事之不节；外闭中扃，何事之不成？"

[3]"岫(xiù)"：山；山洞。"柏"：柏树，与松树一样耐寒。

[4]"涧水"：山涧里的泉水。"黄庭"：即《黄庭经》，道教的重要经典之一，其中蕴涵丰富的养生思想。

【简析】

陆游晚年向道，故其诗中往往流露道家(包括道教)思想，此诗即是如此。所谓"专气"、"养形"、"精神生尺宅，虚白生中扃"、"黄庭"等，都是道家语言。从诗中可见，诗人主要信仰并实行道家以下养生思想和方法：一是"专气"；二是"养形"；三是养心，即养神。合言之，即同时炼养气、形、神。这里未言"精"，实已包含在养气中。"出岫孤云静，凌霜老柏青"，乃借用自然形象比喻炼养的程度和结果。心灵要能够像"出岫孤云"那样安详、恬静，身体要能够像松柏那样凌霜傲雪。"晨兴取涧水，漱齿读黄庭"，是交代上述养生方法的理论根据，就是《黄庭经》，每天早晨都要恭敬、认真地研读。

冥钧深养灵根固

——四体调和血气平

浇花应浇根，养生首养心。因为心主神明，神主全身。养生必须在神明的主导下才可进行。神一乱，言行皆乱，谈何养生？必须在神旺、神清、神正的前提下，才能恰当地选择、运用养生功法，并取得实效。所以南宋诗人罗与之有诗曰：

卫　生

宋·罗与之

屏去鸡壅与豕零，试听我颂卫生经。[1]
两忘宠辱心源静，一扫荣枯眼界明。[2]
鸩毒不令生厚味，奸邪宁使出繁声？[3]
冥钧深养灵根固，四体调和血气平。[4]

【题解】

此诗选自《全宋诗》第六二册，卷三二九七。原题《卫生》，意谓养生，保护生命。《庄子·庚桑楚》："卫生之经，能抱一乎？"郭象注曰："防卫其生，令合道也。"

作者罗与之，字与甫，螺川（今江西省吉安县）人。曾应进士第，不举，遂弃去。浪迹江湖间。其诗为当时诗文大家刘克庄称赏，有《雪坡小稿》二卷传世。

【注释】

[1]"屏去"：抛弃，扔掉。"鸡壅"：中药名，即芡实，为睡莲科植物芡的成熟种仁，一年生水生草本。乃脾肾之药，有补肾去湿等功效。"豕零"：即猪苓，中药名，为多孔菌科植物猪苓的干燥菌核，有利尿渗湿之功，可治疗小便不利、水肿胀满、脚气等病症。

[2]"宠辱"：荣宠与屈辱。"心源"：犹心性。佛教视心为万法之源，故称。"荣枯"：荣华、枯萎。

[3]"鸩"：毒鸟。"鸩毒"：毒酒。"繁声"：浮靡的音乐。

[4]"冥钧"：犹造化，主宰天地万物的神明。此喻人的心神。"灵根"：神木之根，或对植物根苗生命力的美称。道教则指"舌根"，这里借指人身的生命根本。"四体"：四肢。《论语·微子》："四体不勤，五谷不分"。引申指整个身体、身躯。

【简析】

这是一首七言律诗。首联教人不要随便服食什么药物，要从根本上进行养生。什么是养生之根本呢？领联、颈联即给出了答案："两忘宠辱心源静，一扫荣枯眼界明。鸩毒不令生厚味，奸邪宁使出繁声？"能忘掉宠辱，保持心源清静和眼光明亮，就能识别、屏弃害生的“鸩毒”、“厚味”、“奸邪”、“繁声”，此即养生之首要任务，就是养心。尾联则进而指出，“冥钧深养灵根固”，让心神发挥正确的主导作用，巩固生命的根本，就能使“四体调和”，“血气”周流而均平，即身心处于最佳状态。诗人的这一结论，是与医理一致的。

知足乐天常吉祥

——不忮不求何怨伤

古人养心的方法很多，其中一种就是知足知止。此法出自《老子》四十六章：”知足不辱，知止不殆，可以长久。”两千多年来，成为士人修养心性的重要原则和方法。不但汉族传承发扬，其他民族亦认同，有诗曰：

契丹文圆铜镜铭

辽·佚名

知足乐天常吉祥，不忮不求何怨伤。[1]
撩乱情思茧自缚，抛除世网乐未央。[2]

【题解】

此诗选自山西古籍出版社1999年出版的阎凤梧、康金声主编的《全辽金诗》上册，原题中“契丹”，中国古代民族名，居于今辽河上游西拉木伦河一带，以游牧为主。北魏时自号契丹，唐末建立辽国，宋宣和七年(1125)为金所灭。“契丹文”，契丹人创制的文字，分大字和小字两种。一直沿用到金初。金章宗明昌二年(1191)被废止。“圆铜镜铭”：刻在圆铜镜上的文字。

【注释】

[1]“忮(zhì)”：嫉妒；忌恨。《诗·邶风·雄雉》：“不忮不求，何用不臧?”毛

传:"忮,害。"

[2]"茧自缚":作茧自缚,像蚕一样用自己吐出的丝将自身束缚起来。"未央":未尽;无已,无穷无尽。

【简析】

此诗作者认为,能"知足乐天","不忮不求",就可以"常吉祥",无"怨伤"。反之,就是作茧自缚,制造烦恼。倘若能够"抛除世网",即摆脱名利、权位以及恩怨、情仇的束缚,就会获得无限的快乐。所憾人们难以彻底"抛除世网",只能在思想上淡化之,从而获得心灵的舒畅。

为寿莫如德日新

——先正我心寡所欲

世人谁不期盼高寿?但何谓真正的高寿?却鲜有人思考。通常的理解是活得年龄大,如耄耋、期颐之年,就是高寿了。如从道德的层面观察这一问题,仅仅年龄大,不一定就是高寿,必须高龄而有德,才配称之。有诗为证:

广　寿

宋·彭龟年

人孰为寿,寿莫如德。[1]
日新又新,终古不息。[2]
学以明之,先正我心。[3]
所欲既寡,山崇海深。[4]

【题解】

此诗选自《全宋诗》第四八册,卷二五九三。原题《广寿》,意谓拓展"寿"的内涵和外延。

作者彭龟年(1142—1206),字子寿,临江军清江(今为湖北省恩施市,属恩施土家族自治州)人。孝宗乾道五年(1169)进士,官至御史台主簿、中书舍人。开禧二年(1206)卒。谥忠肃。有《止堂集》四十七卷,早已散佚。清人搜辑为十八卷,其中诗八卷。

【注释】

[1]"孰":疑问代词。全句意谓:人们怎样对待(增益)寿命?"莫如德":不如尚德。

[2]"日新":日日更新。语出《易·系辞上》:"富有之谓大业;日新之谓盛德。"孔颖达疏:"其德日日增新。"

[3]"正心":使人心归于正。语出《礼记·大学》:"欲修其身者,先正其心;欲正其心者,先诚其意。"

[4]"寡":少。"山崇":如山一样崇高。"海深":像海一样渊深。

【简析】

此诗明确地将增寿与尚德联系起来,认为寿须有德,并且还要日新其德,即随年龄增长,应不断进步,永不停息。如何才能做到这一点呢?就是先要"正心"。通过学习,节制自己嗜欲,不断加强思想修养,从而达到比山高、比海深的道德境界。这样的"寿",才是真正的"寿"。否则,即使年高,也难称为"寿"。就此而言,无疑提醒一切希望享有高寿的人们,先要正心,做到老而有德,千万不可老而无耻。

锻炼顽心去俗意

——心清气调精自秘

金、元全真道派认为,人的寿命是由精、气、神及其相互关系决定的。养生就要首先锻炼心神，消除世俗不净之意，使人常清净，势必精秘、气调、神喜，从而获得高寿。“七真”之一的马钰(1123—1186)有诗曰：

清净吟

金·马钰

锻炼这顽心，锻炼这俗意。[1]
心死情不生，意灭精自秘。[2]
心清气自调，意净神自喜。[3]
人能常清净，决证神仙位。[4]

【题解】

此诗选自《全辽金诗》上册。原题《清净吟》，即“吟清净”，抒发清净修心养性的体会。题下尚有：“赠华亭县宰明威”，实为副标题。“华亭县”，今上海市。“县宰”，县令。“明威”，人名，生平不详。

作者马钰，初名从义，字宜甫，入道改名钰，字玄宝，号丹阳子。祖本扶风(今陕西省宝鸡市扶风县)人，五代时迁宁海(今山东省烟台市牟平区)。大定七年(1167)遇王重阳，经王点化后，割舍颇巨的家产，随之赴昆仑山烟霞洞修道。十年(1170)重阳卒，马钰扶柩归葬于终南县刘蒋村，庐墓三年后，奔他方传道。二十六年(1186)卒。其妻孙氏亦入道，人称孙仙姑。至元六年(1269)追赠“抱一无为真人”。有《渐悟集》、《洞玄金玉集》等传世。

【注释】

[1]“锻炼”：原指冶炼锻造金属。这里借用，指心性、思想的修养和调控。

[2]“心死”句：消除了某一思想，就不会产生相应的情感。“意灭”句：杜绝了(男女之)意念，精液自然深秘而不泄。

[3]“心清”句：心境清净，内气自然调和。“意净”：意念纯粹，神志自然喜悦。

[4]“人能”二句：人的思想情感经常处于清净的状态，就一定能达到神仙境界。“决证”句：一定参悟、领悟到神仙的奥妙。“决”，此处作副词，表示必然、一定之义。“证”：佛教语，参悟，修行得道。“神仙”，本为神话传说中的人物，有超自然的能力，可以长生不死。道教则认为，世人经过修炼，可使灵魂与肉体永远

结合，成为长生不死的神仙。及至金元时，全真道派的“神仙”概念有了变化，只认为人的灵魂可以不死成仙，肉体必消。

【简析】

此诗揭示“锻炼”心、意与调控精、气、神的关系。作者认为，“顽心”与“俗意”是影响人体精、气、神调和的根本因素，故先要加以“锻炼”，将其纳入正确的轨道，精、气、神自然就会调和。因为“心死情不生，意灭精自秘。心清气自调，意净神自喜”。能使“精自秘”、“气自调”、“神自喜”，即可健康长寿。这里实际上是教人节制世俗的思想情感和欲望，使自己处于清净的状态。诗人认为，“人能常清净，决证神仙位。”这是道教的说法，除去其中的幻想成分，具有明显的合理性。人能如此，必然有利于健康长寿。

道在常人日用间

——服食兴居弗可违

先秦以降，士大夫和知识分子无不喜言大道，包括世界万物演化之道和人身养生防病之道。但大道在何处？说法纷纭，往往很玄妙。元代著名全真道士李道纯给出的答案，却非常明了。其词曰：

沁园春·勉诸门人

元·李道纯

道在常人日用之间，人自不识。[1]
奈从识纷纷，红尘衮衮，
灵源不定，心月无辉。[2]
人我山高，是非海阔，
一切掀翻便造微。[3]

诸贤眷，听清庵设喻，切勿狐疑。[4]

先将清静为基，用静定为庵自住持。[5]
以中为门户，正为床榻，
诚为径路，敬作藩篱。[6]
卑顺和人，谦恭接物，
服食兴居弗可违。[7]
常行此，若工夫不间，直入无为。[8]

【题解】

此词选自《中和集》卷之下。原题中“沁园春”是词牌名，“勉诸门人”是题目。“勉”，勉励。“诸”，众多。“门人”，及门弟子。

作者李道纯，字元素，号清庵，又号莹蟾子，都梁（今湖南省武冈市）人，为全真道士。至元（1264—1294）间居金陵（今江苏省南京市）中和精舍，大德（1297—1307）中卒。著有《中和集》、《道德会元》、《周易尚占》、《莹蟾子语录》、《太上老君说常清净经注》等。其中以《中和集》影响最巨。

【注释】

[1]此句指出“道”在何处。此“道”，既指普遍存在的大道，也指养生修行的根本之道。道并不遥远，就在人们日用之间。

[2]“奈”：无奈。“丛识”：各种各样的认识、看法。“红尘衮衮（滚滚）”：社会上的各种事物层出不穷，连续不断。“灵源”：指心。“心月”：佛教语，谓明净如月的心性。

[3]“人我山高”：人与我之间，隔着高山，难以沟通。“是非海阔”：人间的是非犹如辽阔的大海，难以超越。“一切”句：将这些全部推倒、填平，便进入微妙的境界。

[4]“贤眷”：对弟子的敬称，意谓有才德、我所顾念的人。“清庵”：作者之号，自称。“设喻”：打比方。

[5]“清静为基”：以“清静”为基础。“用静定为庵”：用“静定”为所住之庵。“庵”：僧尼、道士住的小草房。“自住持”：自己当这个庵中的住持。“住持”：主持、负责一个佛寺或道观者。

[6]“中”:中和。“正”:端正。“诚”:诚实。“敬”:恭敬。“藩篱”:篱笆,比喻门户或屏障。

[7]“卑顺”:谦让柔顺。“和人”:和蔼可亲。“谦恭”:谦虚恭敬。“接物”:对待、处理人事关系。

[8]“不间”:不间断。“无为”:与道同体,无为而有为。

【简析】

此词教人以儒、道、佛思想进行修心养性。上阕揭示道在日用之间,却不为人所识的原因。盖在于“丛识纷纷,红尘衮衮,灵源不定,心月无辉。人我山高,是非海阔”。如果能够将这些阻碍人们认识道的东西,“一切掀翻”,即推倒、消除,就能认识和把握大道,“便造微”,进入微妙的境界。

下阕则指出如何才能达到这一目的。诗人给出的配方是:“清静为基”,“静定为庵”,“中为门户”,“正为床榻”,“诚为径路”,“敬作藩篱”,“卑顺和人,谦恭接物,服食兴居弗可违”。这里所列“清静”、“静定”,当属道、佛思想;“中”、“正”、“诚”、“敬”、“卑顺和人”、“谦恭接物”,则为儒家修身门径。作者将这些糅合起来,反映了当时儒、道、佛兼修、合一的发展趋势。诗人认为,“常行此,若工夫不间,直入无为”。意即照此修习,并持之以恒,必能达到“无为”而有为即神妙的境地。这给今人修心养生提供一个借鉴。

书卷多情似故人

——谁知吾庐别有春

古今喜欢读书之人甚多,但感觉书卷犹如多情的故人,从早到晚相亲相爱,连书房中也温暖如春,这样的读书境界则很少有人能够达到。明代著名政治家、军事家于谦(1394—1457),在其一诗中则描绘了这一境界,曰:

观　书

明·于谦

书卷多情似故人，晨昏忧乐每相亲。[1]
眼前直下三千字，胸次全无一点尘。[2]
活水源流随处满，东风花柳逐时新。[3]
金鞍玉勒寻芳客，未信吾庐别有春。[4]

【题解】

此诗选自明·天启元年(1621)刻《于忠肃公集》卷之十一，描写读书的深切感受。

作者于谦，字廷益，钱唐(今浙江省杭州市)人。永乐九年(1421)中进士。宣德(1426—1435)初授御史，以才迁兵部右仕郎，巡抚河南、山西，前后在任十九年，有惠政。正统(1436—1449)末，召为兵部右侍郎，寻迁本部尚书。又因督战有功，加少保，总督军务。但秉性忠孝，不避嫌怨，以致成为皇权争夺战的牺牲品，受到诬陷，被处以极刑而遭弃市。弘治(1489—1505)初，赠太傅，谥肃愍。万历(1573—1620)中，改谥忠肃。于谦一生著作甚多，今仅存《于忠肃集》十三卷。

【注释】

[1]“似故人”：像老朋友。“晨昏”：早晨和晚上。

[2]“直下”：(书中的文字，像瀑布一样)倾泻而下。“一点尘”：微小的杂念。

[3]“活水”：有渊源的流动的水。“逐时新”：按时令呈现新的面貌。

[4]“金鞍”：金饰的马鞍。“玉勒”：玉饰的马衔即马嚼口，骑者控制马的工具。

【简析】

这是一首七言律诗，生动地描述了观书的感受。书卷就像多情的故人一样，朝夕相处，忧乐与共，相亲相爱。情不自禁地一气看下去，胸中的尘世烦恼一扫而光。书里蕴藏的知识，犹如源泉流水，汲取不尽；丰富多彩的思想内容，恰似东风吹拂之下的红花绿柳，令人耳目一新。那些骑着金鞍玉勒宝马外出寻芳的人们，哪里会相信我的书房里别有春天呢？诗人完全被书中的知识、思想所陶醉了，并引以自豪。如此读书，不是艰苦的工作，而是愉快的享受。不但寓学于乐，寓乐于学；而且修心养性，利于健康长寿，真是一举而多得。诗人可谓善观书者也。

为人须是要公平

——但行好事莫相轻

为人处世既是养心修性的必经途径，也是其重要表现。人际关系不好，必然产生诸多麻烦、烦恼，乃至痛苦不堪，损害身心健康。如何处世呢？明代著名江南才子唐寅对此有感而发，其诗曰：

警　世

明・唐寅

为人须是要公平，不可胡为肆不仁。[1]
难得生居中国内，况兼幸作太平民。[2]
交友切莫交无义，做鬼须当做有灵。[3]
万类之中人最贵，但行好事莫相轻。[4]

【题解】

此诗出处同前《病后求药孰若防》诗。原题下共有八首，此为其五。

【注释】

[1]“胡为”：胡作非为。“肆”：放肆，不受任何约束。

[2]“太平民”：太平之世的老百姓。

[3]“无义”：无情无义，不遵循法律、道德规范。“鬼”：迷信说法，人身死后，

灵魂存在，即所谓“鬼”。诗人借用，表示生时行为端正，死后为鬼亦不损人。

[4]“万类”：指各种事物特别是生物。“人最贵”：人为万物之灵。《荀子·王制》：“水火有气而无生，草木有生而无知（知觉），禽兽有知而无义，人有气、有生、有知且有义，故最为天下贵也。”“莫相轻”：不要相互轻视。

【简析】

此诗教人修德尊生，亦为养心。作者提倡为人“公平”。对自己所处的国家和时代很满意，且有自豪感：“难得生居中国内，况兼幸作太平民。”有此思想，必然热爱生活和生命，并反对危害他人和生命的“不仁”、“不义”行径。“万类之中人最贵，但行好事莫相轻。”这对今人当有教益。生在蒸蒸日上的中国和现时代，更应感到幸运和自豪，没有理由不热爱生活和生命，与他人友好相处，和谐共进，“但行好事莫相轻”。有此心性修养和品行道德，必然延年益寿。惜乎作者不幸被诬，以酒浇心，英年早逝。

平生知足淡荣辱

——袁枚所学异干禄

清代雍、乾（1723—1796）年间大诗人袁枚享年八十有余，是古代诗人中的高寿者。他何以如此呢？同时代的大诗人蒋士铨（1725—1785），曾在《寄怀袁丈易斋》二首诗中，总结其养生防病的经验，其诗曰：

寄怀袁丈易斋　二首

清·蒋士铨

先生学道人，情性得天厚。[1]
阅世七十年，物新我仍旧。[2]
太虚转气机，默默欣所受。[3]

但存悲悯心，变灭皆可宥。[4]
心和生理长，不借服食寿。[5]
所以苍松姿，眉同紫芝秀。[6]

知足屏外营，内视知不足。[7]
平生经世心，所学异干禄。[8]
小用获大效，观物亦已熟。[9]
乔林渐回青，芳草忽尽绿。[10]
岂不感迁流，聊且淡荣辱。[11]
止水虽无波，汲静泉始复。[12]

【题解】

此诗选自清·嘉庆丁丑(1817)重镌《忠雅堂诗集》卷二十三。原题中"寄怀"，意谓写此诗寄托怀念之情。"袁丈"，指袁枚。袁比作者年长九岁，成名较早，此时已届晚年，故尊称为"丈"。"丈人"，古代对年长有德者的尊称。"易斋"，即袁枚之号"简斋"，"易"与"简"义相通。此题下共有八首，这里选其一、二。

作者蒋士铨，字心余，一字苕生，号清容藏园。江西铅山(今江西省上饶地区铅山县)人。家故贫，其母钟氏授书，断竹篾为波磔点划，攒簇成字教之。及长，工为文，喜吟咏。乾隆十九年(1754)由举人官内阁中书，二十二年成进士，改翰林庶吉士，继授编修。二十七年充顺天(北京)乡试同考官。旋以养母乞归。乾隆皇帝尝称其为"江右两名士"之一(另一为袁枚)，士铨感激恩眷，力疾入都补官。逾二年，以御史用。未几，仍以病乞休。归后，主绍兴蕺山书院。乾隆五十年(1785)病逝。

蒋氏长身玉立，眉目朗然。志节凛凛有古贤士风。其诗气势雄杰，能拔奇于古人之外，七言尤胜。叙述节烈，读之令人感泣。与袁枚、赵翼并称"三家"。古文亦雅正有法，词更独绝。著有《忠雅堂文集》二十卷，《诗集》二十七卷及《铜弦词》二卷。尤工曲，著有《红雪楼九种曲》、《西江祝嘏》、《采樵图》、《采石图》、《庐山会》等，并传于世。《清史稿》卷四百八十五有其传。

【注释】

[1]“学道人”:学习、践履道义之人。“道”,此指儒家思想,诸如仁、义、礼、知、信之类。“情性”:情意,本性。“得天厚”:天赋丰厚。

[2]“阅世”:经历、体认世事。

[3]“太虚”:语出《庄子·知北游》:“外不观乎宇宙,内不知乎太初。是以不过乎昆仑,不游乎太虚。”从上下文来看,当指宇宙深处。北宋张载在其《正蒙·太和》中提出“太虚即气”的论断,明确气为万物本原。“气机”:谓天地万物有规律运行演化的自然机制。

[4]“悲悯怀”:慈悲、怜悯的胸怀。“宥(yòu)”:宽恕,包容,善待。

[5]“生理”:生长繁育、保养生命之理。此指人体及其各器官生命活动的规律和机能。“服食”:指服用仙丹灵药之类。

[6]“紫芝”:真菌的一种,也称木芝,似灵芝,生于山地枯树根上,可入药。古人以为瑞草,道教视为仙药。参见明·李时珍《本草纲目·菜五·芝》。

[7]“屏(bìng)”:屏弃,除却。“外营”:本指外层营垒,此指经营、谋取外在之物。“内视”:对自己的内在思想、知识、情志进行审视。

[8]“经世”:治理国家社会。“干禄”:追求仕进、俸禄。《论语·为政》:“子张学干禄。”

[9]“小用”:此指袁枚担任知县期间,有政绩。“观物”:观察、审视事物。“熟”:成熟,老练。

[10]“乔林”:乔木构成的森林。“回青”:返青。

[11]“迁流”:谓事物演化、变动不居。

[12]“止水”:静止不流动的水。“汲静”:汲取静止之井水。

【简析】

此诗作者由衷钦佩袁枚的心性修养。首句肯定袁氏是“学道”之人,与任意乱为、自行其是者有原则区别。况且其“情性得天厚”,也与一般人不同。这就决定了袁氏独具特色的思想境界。

一是坚持自己的人生理想,不因外物迁流而改变。“阅世七十年,物新我仍旧。”“但存悲悯心,变灭皆可宥。”始终怀有悲天悯人之心,是一位善良、宽厚长者。

二是知足常乐,淡泊荣辱。他已经走上“学而优则仕”的道路,并已显示出非凡的政治才能，但他并不以此为其人生目标。“平生经世心，所学异干禄”。毅然辞官归隐。这一抉择，时人难以理解。但从其思想根源和一生经历来看，也是顺理成章的。思想决定行为，性格决定命运，袁枚特殊的心性修养决定了其特殊的人生经历。

三是理性对待自己的生命，积极养生，但不抱幻想。“心和生理长，不借服食寿。所以苍松姿，眉同紫芝秀。”袁氏从不服食“仙药”，不相信成仙之说，而是自觉养生，并享有高寿。

以上诸点，与本书所选袁氏之诗的思想内容甚为吻合，可相互参照。

四、节欲防伤

前人有言：摄生之要在去其害生者。害生的具体因素难以枚举，古代医家将其归纳为外因、内因、不内外因三大类。外因即古人所谓风、寒、暑、湿、燥、火“六淫”，包括近现代发现的生物、非生物等各种致病物质；内因即所谓“七情”，喜、怒、忧、思、悲、惊、恐等七种过分的心理情绪；不内外因即外因与内因的结合，诸如饮食饥饱、叫呼伤气、尽神度量、疲极筋力、阴阳违逆以及金石、虫兽致伤等。在此三大病因特别是内因、不内外因之中，实际上贯穿着人的嗜欲之伤，这是除了人们不可抗拒的外因之外，对生命危害最大的敌人，也是人们应该而且可以避免的伤害因素。

所谓嗜欲，包括人的各种物质、精神之欲求，诸如饮食、服饰之欲，房室、男女之欲，游猎、乐音之欲，财货、权势之欲，名气、声誉之欲，等等。这些“欲”，本为人的自然性、社会性的必然要求，无“欲”则不成其为人。在一定的限度之内，“欲”而有益无害；超过一定限度，既害己又害人，甚至致命。特别是富贵之人，往往纵欲无度，为害尤显。正如唐初大医孙思邈在《备急千金要方》卷第二十七《养性序》中所言：“王侯之宫，美女兼千；卿士之家，侍妾数百。昼则以醪酒淋其骨髓，夜则房室输其血气。耳听淫声，目乐邪色，宴内不出，游外不返。”人身非金石，如此纵欲无度，能不多病早衰而亡乎？

不仅王侯、卿士，一般人也有嗜欲无度的倾向。诸如饮食男女之欲，财货权势之欲，好逸恶劳之欲等。每一贪欲，过则成灾。如不加节制，均能损害健康，甚而致人于死命。历代许多诗人在此方面深有体验，他们以诗词为载体，将其危害和盘托出；有的现身说法，记述亲身经历，让世人分享其心得，真切动人，值得玩味。

贪欲过度无不亡

——为政养生同此理

人有欲，是自然本性使然，是正常现象。无欲之人，则不成其为人。但如贪欲无度，穷奢极欲，则往往毁掉其社会地位乃至生命。历史上的此类事例，俯拾即是。如伪古文《尚书·夏书》所载一歌曰：

五子歌

夏·佚名

内作色荒，外作禽荒。[1]
甘酒嗜音，峻宇雕墙。[2]
有一于此，未或不亡。[3]

【题解】

伪古文《尚书·夏书》载："太康尸位，以逸豫灭厥德，黎民咸贰。乃盘游无度，畋于有洛之表。有穷后羿，因民弗忍，距于河。厥弟五人，御其母以从，徯于洛之汭。五子咸怨，述大禹之戒以作歌。"意思是说，夏朝的第三个君主即大禹之孙太康，虽居君位而不为政事，以逸荡失去君德，黎民都有贰心。他离开位于黄河之北的都城到河南的洛水流域田猎，百日不返。有穷氏的善射者后羿，遂以兵拒之于黄河，阻止其返。太康的五个弟弟阻止其母随之过河田猎，待在洛(水)、(黄)河交汇处。五子都很怨恨，于是发而为诗歌，述其祖大禹之训诫。共五首，此为其二。

【注释】

[1]"色荒"："色"，女色；"荒"，迷乱。"色荒"即迷乱于女色。"禽荒"：迷乱于田猎。

[2]"甘酒"：沉湎于酒。"嗜音"：嗜好淫邪之音乐。"峻宇"：高大宏伟的宫

殿。“雕墙”:雕绘的垣墙。

[3]以上五者,色荒、禽荒、甘酒、嗜音、峻宇雕墙,都是违背民意之作为,所以有此五欲未有不亡者。

【简析】

这是一首针砭时事的政治诗,但所述思想内容亦具有养生意义。撇开政治思想不谈,仅就太康所为,都是有害于健康的。其中尤以色荒、甘酒为甚。适当的田猎,无疑可以锻炼肢体,娱乐身心。但沉迷不休,必然过度疲劳和伤害,就无益而有害了。平时听听音乐,亦有娱乐身心的作用,但沉迷于淫邪之音,只能助长色荒和甘酒,也无小益而有大害。至于峻宇雕墙,似乎对身心无害。其实,若联系其人的种种作为,可知这样的宫殿也于健康不利。居于其中,长期不见风日,专事淫乐,必然使之日益虚弱。可见,这既是一首警诫君主的政治诗,也是世人养生的一面镜子,应当从中获得应有的教训。

沉湎女乐可死败

——谏而弗听孔子走

孔子(前551—前479)是春秋末年著名的教育家和思想家。他深知国君沉湎于女色的后果,所以当齐国赠送八十名美艳女乐与鲁国之君时,他毅然进谏,而昏君竟然弗听。孔子无奈出走,并歌曰:

去鲁歌

周·鲁·孔丘

彼妇之口,可以出走;[1]
彼妇之谒,可以死败。[2]
盖优哉游哉,维以卒岁![3]

【题解】

此歌出自《史记·孔子世家》。原题意即离开鲁国之歌。鲁定公十四年(前496年),孔子由大司寇行摄相事,齐人闻而惧。于是选齐国中女子好者八十人,皆衣文而舞《康乐》,文马三十驷,赠送鲁君。陈女乐、文马于鲁城南高门外。鲁君及实际执政者季桓子往观终日,怠于政事。最后接受了女乐。孔子谏之而弗听,遂行,并作此歌。《论语·微子》亦记载此事:“齐人归女乐,季桓子受之,三日不朝,孔子行。”此处未言鲁君,乃为其讳。

孔子名丘,字仲尼,春秋末年鲁国昌平乡陬邑(今山东省曲阜市曲阜镇)人。年十五即志于学,弱冠名闻四方,弟子云集。曾任鲁国中都宰、司空、司寇,行摄相事。在位仅三个月,不得已而离开,周游列国,始终未遇用之者。返鲁后专心著述,整理诗、书、礼、乐、易、春秋等文化遗产,并用以教授弟子。传说他有弟子三千,其中大贤七十二。他是我国历史上影响最大的教育家、思想家。

【注释】

[1]“彼妇”:指齐国女子好者即美女。“出走”:离开鲁国。此二句是说:齐国赠送给鲁君的八十个美女的演唱是不能听的,应该离开这样的鲁国。

[2]“谒”:拜见。“死败”:损害健康,败坏国家大事。此二句是说:如果让齐国美女拜见鲁君,鲁君就会沉迷声色,既损害其健康,又败坏国家政事。从而使齐国的阴谋得逞。

[3]“优哉游哉”:无忧无虑、自由自在的样子。“维以卒岁”:“维”是语气助词,“以”后省掉“此”或“是”等指示代词。此二句意为:鲁君沉迷女乐之后,就不考虑、担忧自身健康和国家大事,如此糊里糊涂地度过时日。

【简析】

春秋时齐、鲁两国相邻,难免有矛盾乃至冲突。孔子行摄相事后,鲁国政事显现起色,齐国统治者害怕鲁国政治清明,国力强大。于是赠送女乐、文马于鲁君,表面上是修好关系,实质另有企图。

孔子是政治思想家,他能一眼看穿齐国赠送女乐的阴谋所在:即让鲁君沉迷声色而怠政,并拒斥孔子之谏,从而逼迫孔子出走,其用心非常险恶。结果不出所料。知其君者莫若孔子。鲁定公是个好色昏君,经不起美女的诱惑,果然被糖衣炮弹击中,三日不朝。从养生的角度上看,孔子所唱之歌也有启迪作用。沉迷于女色，必然损害健康。提示人们应当节制情欲，不可放纵。

生活有节能长久

——应璩借古讽后人

古人寿命一般不高，平均三十岁左右。但也有少数耄耋（八九十岁）、期颐（百岁）老人。他们何以获得高寿呢？三国·魏诗人应璩在诗中告诉人们：行为有节、遵循规律的劳动生活，就能获得高寿。其诗曰：

百一诗

三国·魏·应璩

古有行道人，陌上见三叟。
年各百余岁，相与锄禾莠。
住车问三叟，何以得此寿？
上叟前致词，室内姬貌丑。[1]
中叟前致词，量腹节所受。[2]
下叟前致词，夜卧不覆首。[3]
要哉三叟言，所以能长久。

【题解】

此诗选自《先秦汉魏晋南北朝诗》上册《魏诗》卷八，《百一诗》之一。并参校有关诗集、选集。

《应璩集·百一诗序》有言："时谓曹爽（大将军）曰：公今闻周公巍巍之称，安知百虑有一失乎？"表明此诗寓有政治上的规劝之意。但其主旨则是养生益寿。

【注释】

[1]“妪(yù)”:老年妇女,这里指老妻。

[2]“量腹节所受”:按照自己的食量节制饮食。

[3]“不覆首”:夜里睡觉时,不以被蒙头。

【简析】

此诗构思巧妙,形象生动,语言通俗,道理浅显,贴近生活实际,富有趣味性、启发性。诗人所要告诉人们的,是如何养生长寿的道理和具体做法。但若以说理的形式表达出来,则没有多少感染力和说服力。他以讲故事开头:古代有一位行路之人,在原野上看到三个锄禾莠的老者,他们年纪都在百岁以上。这样的开头,一下子就抓住了读者的心,吸引人们读下去,想知道他们何以如此超乎寻常的健康长寿。因为百岁锄禾莠,现实罕见。接着通过三位老者的现身说法,和盘托出他们健康长寿的秘密。“上叟”即年纪最大者说自己的老妻貌丑。民谚有说:“穷人三件宝:丑媳妇、洼地、破棉袄。”这里的“妪貌丑”和“丑媳妇”含义相近,言外之意是节制了自己的性欲。这对男子非常重要,由此能够保精,故被作者置于首位。“中叟”即年纪次大者说节制了自己的饮食。这对所有的人都很重要,故被置于第二位。“下叟”即年纪最小的百岁老人说睡觉不蒙头。意味着他睡觉时也呼吸新鲜空气,保证机体的氧气供应,特别有利于心脑健康。三叟所说非一,聪明的读者自然明白,健康长寿是综合各种有效养生方法的结果,并非仅行一法而舍弃、违背它法所能取得的。其实,诗人只是提醒人们尊重生理规律,起居、饮食、男女等诸多方面都要适当节制。这对一般人而言,大有教益。

役神酒色令人枯

——诗人警世勿极欲

世人追求嗜欲的极大满足,以强健身心,结果却往往走向愿望的反面。此类事例历史上不胜枚举。魏晋诗人嵇康鉴于历史上和现实的经验教训,大声疾呼:

极欲令人枯。其诗曰：

代秋胡歌诗

三国·魏·嵇康

役神者弊，极欲令人枯。
役神者弊，极欲令人枯。[1]
颜回短折，下及童乌。[2]
纵体淫恣，莫不早徂。[3]
酒色何物，自令不辜。[4]
歌以言之，酒色令人枯！

【题解】

此诗选自《先秦汉魏晋南北朝诗》上册《魏诗》卷九，共七章，此为其四。原题“秋胡歌诗”乃乐府曲调名。

【注释】

[1]“役神”：役使精神。“弊”：疲敝。“极欲”：纵欲至极。“枯”：枯槁。

[2]“颜回”：孔子得意的门弟子，贫而乐道，贤而好学，却不幸短命早夭。“童乌”：西汉文学家扬雄(字子云)之子。《法言·问神》：“育而不苗者，吾家之童乌乎?”注曰：“仲尼悼颜渊苗而不秀，子云伤童乌育而不苗。”此诗作者认为，颜回、童乌的早夭是“役神者弊”的例证。

[3]“纵体”：放纵自己行为。“淫恣”：无限度地恣肆。“早徂”：早死。“徂”通“殂”。作者认为颜回、童乌过度地刻苦学习，也是一种形式的“纵体淫恣”。

[4]“自令不辜”：自令无罪而衰亡。

【简析】

这是一首警世之作。诗人一开头就用复式句法，反复告诫世人“役神者弊，极欲令人枯!”认为无节制地放纵自己，必然枯槁早夭。世人皆知，纵情酒色是一种可令自己无辜衰亡的行为，但不知无节制地役使自己的精神亦是如此。孔子最赏识的弟子颜回安贫乐道，贤而好学，却不幸早夭而亡；扬子云的爱子童乌早慧喜读，九龄就能与其父“论玄”即探讨哲学问题，可惜亦短寿夭亡。一个是“苗而不秀”，一个是“育而不苗”，令人叹息！这两个历史教训足以令世人省悟。诗人最后又回到酒色的危害上：“酒色何物？自令不辜！”酒色是什么东西？它竟能令人无辜而亡，“酒色令人枯！”由此看来，酒色之害甚于虎。其实，“役神”何尝不是如此！“役神者弊”，“酒色令人枯”。总而言之，“极欲令人枯”。真是一唱三叹，反复告诫世人，不可“极欲”。这是作者的切身体验，值得后世养生者省悟。

名位财色招祸咎

——道德为友能不朽

魏晋诗人嵇康，在其短暂的一生中，给后人留下丰厚的思想遗产。关于精神养生就是其中重要一部分。他根据老子思想，结合自己的时代风尚及亲身体会，写下《养生论》等论文，并在诗中反复申述其主张。其诗曰：

六言诗

三国·魏·嵇康

名与身孰亲？哀哉世俗徇荣。[1]
驰骛竭力丧精，得失相纷忧惊。[2]
自贪勤苦不宁。[3]

生生厚招咎，金玉满堂莫守。[4]
古人安此粗丑，独以道德为友，[5]
故能延期不朽。[6]

名行显患滋，位高势重祸基。[7]
美色伐性不疑，厚味腊毒难治。[8]

如何贪人不思?[9]

【题解】

此诗出处、作者与前《役神酒色令人枯》同。原为《六言诗》十章，此三章为其第四、五、六。今人逯欽立先生指出："此诗乃一首十章，不得列为十首。又各篇起句率与本篇为韵，自是诗之本文，不应列为子目。在各起句皆五言，题为六言诗，似亦不合。窃谓此诗起句沿用楚歌形式，上三下二为实字，中间联以兮字，而足为六言。后人逞臆删去兮字，遂致此谬。"(见《先秦汉魏晋南北朝诗》上《魏诗》卷九嵇康《六言诗》案语)此说有理。

【注释】

[1]"名与身"句：此语出自《老子》四十四章，意思是将虚名与身体进行比较，哪一个更亲近？无疑身体更切实际。"哀哉"句：悲哀啊，世俗之人不惜为虚荣而葬送自己的身体。

[2]"驰骛竭力"：为了名誉地位而极力奔走，必然耗散自己的精气。"得失"：名利得失必然使自己的精神高度紧张，忧愁、警惕不休。

[3]"自贪"句：贪图名利也非常勤苦而不得安宁。

[4]"生生"句：一味厚生就会给自己招来许多灾害和罪过。"生生"，以生为生，即厚待生命。"金玉满堂"句：此语出自《老子》四十一章，意思是富贵美名都是暂时的，总有失去的一天，不可能永远占有。

[5]"安此粗丑"：安于贫贱和丑妻。可参见《三叟诗》之义。"以道德为友"二句：按照客观规律和美好品德进行养生。

[6]"故能"句：所以就能够延长自己的寿命，乃至于长生不老。

[7]"名行"句：名誉昭著，灾患就滋生了。"位高"句：地位高，权势大，就是祸害的根基。

[8]"美色"二句：美色砍伐人的性命，美食厚味有腊毒害人，难于医治。"腊(xī)毒"：极毒。《国语·周语下》："高位实疾颠，厚味实腊毒。"韦昭注曰："腊，极也。"

[9]"贪人"：贪得无厌之人。"贪"一作"令"。

【简析】

这也是一首劝诫世人不要追求名利权势的诗。

诗人一开头就引述道家始祖老子的思想和语言，指出虚名与身体不能相提并论。但可悲的是，世人往往为了虚名而葬送自己的身体，这是本末倒置的！接着，诗人一步一步地申述其理由：

首先，要取得名誉包括财富权势，必须驰骛不休，这是一个身心不安、勤苦不休的过程，不知要招来多少灾害和罪过！

其次，即使侥幸达到了目的，获得了名誉、地位，乃至“金玉满堂”，又能长期占有吗？从历史上看，没有能守得住的。所以古人往往甘于贫贱，以粗丑为宝，以道德为友（宗），反而可以长寿。

再次，就名誉财富、权势本身而言，它们对生命无益而有大害。声名显赫就会滋生灾患，位高势重就会奠定祸害的根基，美色则是伐性之斧，美食厚味则含有腊毒，害人而难医。

由此看来，追逐名利富贵的过程和结果，就是对生命的摧残乃至葬送。诗人最后不解地反问道：“如何贪人不思？”这一反问确有震撼人心的作用，令人警醒。

嗜欲伐生损性命

——人生中和为至德

嵇康之子嵇绍（253—304），与其父效忠的朝廷不同，分别为曹魏和司马晋，但均主张道德养生。嵇绍对当时官僚富豪石崇的极度奢靡生活看不下去，就写诗赠石，告诫他嗜欲伐生、仁者安身的道理，其诗曰：

赠石季伦诗

晋·嵇绍

人生禀五常，中和为至德。[1]

嗜欲虽不同,伐生所不识。[2]
仁者安其身,不为外物惑。[3]
事故诚多端,未若酒之贼。[4]
内以损性命,烦词伤轨则。[5]
屡饮致疲怠,清和自否塞。[6]
阳坚败楚军,长夜倾宗国。[7]
诗书著明戒,量体节饮食。[8]
远希彭聃寿,虚心处冲默。[9]
茹芝味礼泉,何为昏酒色?[10]

【题解】

此诗选自《先秦汉魏晋南北朝诗》上册《晋诗》卷七。原题中“石季伦”,即石崇,其字季伦。崇为当时富豪,极奢侈,与贵戚王恺、羊琇等以奢靡相尚。此诗意在规劝,有养生保身之意。

此诗作者嵇绍,字延祖,谯郡銍(今安徽省淮北市濉溪县临涣镇)人,嵇康之子。十岁而孤,事母孝谨。仕于晋,累迁散骑常侍。永兴元年(304),晋惠帝大军败于荡阴,绍以身卫帝,遂见害。有诗文集二卷。

【注释】

[1]“禀”:承受。“五常”:五行,即木、火、土、金、水。“中和”:儒家中庸思想。《四书·中庸》:“喜怒哀乐之未发,谓之中;发而皆中节,谓之和。中也者,天下之大本也;和也者,天下之达道也。致中和,天地位焉,万物育焉。”这里把“中和”看作天地万物的最佳状态。“至德”:《论语·雍也》记孔子之言:“中庸之为德也,其至矣乎!”把中庸看成“至德”,即最高的道德。

[2]“嗜欲”:偏好某一方面欲望的满足。有嗜欲,即违背生命的中和之道,所以就会“伐性”,戕贼生命的本性。

[3]“仁者”:这里指遵循中和之道的人。“外物惑”:外在事物的引诱和迷惑。

[4]“贼”:危害。以嗜酒的危害最大。

[5]“内以”二句:人若嗜酒,内伤自己的身心性命,外违人际之间的应有规则。此指酗酒之后,生理紊乱,神志失控,言行反常,有悖纲常伦理。

[6]“清和自否(pǐ)塞”:嗜酒导致清和之气被阻隔、堵塞。此句借用《易经·

否(pǐ)》卦(☷☰)的卦理,上天(☰)、下地(☷)不交感,喻指嗜酒使体内阴阳之气被阻隔而不相交。

[7]"阳坚":战国时人,见于《战国策》之《东周策》、《韩策》,但无打败楚军及长夜宴饮之事。有学者认为:此"阳坚"并非人名,乃指军人阳刚亢奋,作战勇猛,足以打败强大敌军;若长夜宴饮,纵欲无度,必定败国毁家。此说与全诗戒奢靡的意旨甚为吻合。

[8]"诗书"二句:此处的"诗书",指儒家经典《诗经》、《尚书》,其中明白无误地倡导戒酒。如《尚书·周诰·酒诰》,就是著名的戒酒诰文。"量体":根据自己身体状况而节制饮食。这里由酒扩展到饮食。

[9]"彭聃寿":"彭"指彭铿,后世尊为彭祖,他善养生。刘向《列仙传》谓其历夏至殷末,八百余岁,常食桂芝,善导引、行气。"聃"指老聃,即道家始祖老子,后被道教神化,长生成仙。"虚心":空虚其心,无过分追求。"冲默":淡泊恬静。

[10]"茹芝":服食灵芝。"味醴泉":饮用纯净、甘美泉水。

【简析】

此诗主要劝人戒酒,并及于一切嗜欲。作者的养生思想明显受到其父嵇康《养生论》的影响,主要倾向于道家的养生哲学,其中也有儒家的道德思想。

诗人认为,人的生命过程无不遵循五行规律,以"中和"最为可贵。有嗜欲,即有所偏,偏则违背中和之道,势必戕害生命的根本。所以明智的仁者,能够"安其身",而不被"外物"所诱惑。无论是美酒佳肴,还是艳丽女子,均不为其所动。在所有的嗜欲之中,当以嗜酒之害最大。一旦酗酒,伤性害命,乱神丧志,不但堵塞了体内的清和之气,还破坏了做人的起码规则。为加强说服力、感染力,作者列举儒、道两方面经验教训。在儒家经典中早就有酒诫,凡作长夜之饮者,往往误事。彭祖、老聃倡导寡欲清心,淡泊无为,均得长寿。可见诗人为劝诫石崇,既动之以情,又服之以理,可谓苦口婆心。

可悲的是,这些道理对石崇而言,无异于对牛弹琴。身居高位、富甲天下的石崇,哪里能够听进如此真挚的劝诫呢?继续贪财斗富,嗜酒好色。结果在争权的过程中惨败被杀,爱妾绿珠跳楼而死,巨财散尽。这一结果竟被此诗事先言中,这无疑给诗中所说道理提供了一个强有力的例证,表明嗜欲是养生之大敌。

何必餐霞饵大药

——去甚嗜欲将安乐

东汉出现的道教，以长生成仙为宗旨。其中的金丹派认为，只要炼成并服食金丹大药，就能长生不老。但实践证明，服食金丹大药，非但不能长生成仙，反而暴死。故引起人们的质疑和反对。后世有养生家作歌曰：

陶真人卫生歌

南朝·梁·陶弘景

万物惟人为最贵，百岁光阴如旅寄。
自非留意修养中，未免病苦为心累。[1]

何必餐霞饵大药，妄意延龄等龟鹤。
但于饮食嗜欲间，去其甚者将安乐。[2]

食后徐徐行百步，两手摩胁并腹肚。
须臾转手摩肾堂，谓之运动水与土。[3]

仰面常呵三四呵，自然食毒气消磨。
醉眠饱卧俱无益，渴饮饥餐尤戒多。[4]

食不欲粗并欲速，宁可少餐相接续。
若教一饱顿充肠，损气伤脾非汝福。[5]

生冷粘腻筋韧物，自死牲牢皆勿食。
馒头闭气宜少餐，生脍偏招脾胃疾。[6]

酢酱胎卵兼油腻，陈臭腌菹尽阴类。
老衰若欲更食之，是借寇兵无以异。[7]

炙爆之物须冷吃，不然损齿伤血脉。
晚食常宜申酉前，向夜徒劳滞胸膈。[8]

饮酒莫教令大醉，大醉伤神损心志。
渴来饮水兼啜茶，腰脚自兹成重坠。[9]

尝闻避风如避箭，坐卧须当预防患。
况因食后毛孔开，风才一入成瘫痪。[10]

视听行坐不必久，五劳七伤从此有。
人体亦欲得小劳，譬如户枢终不朽。[11]

卧不厌缩觉贵舒，饱则入浴饥则梳。
梳多浴少益心目，默寝暗眠神宴如。[12]

四时唯夏难将摄，伏阴在内腹冷滑。
补肾汤药不可无，食物稍冷休哺啜。[13]

心旺肾衰何所忌，特忌疏通泄精气。
寝处尤宜绵密间，宴居静虑和心气。[14]

沐浴盥漱皆暖水，卧冷枕凉俱弗宜。
瓜茹生菜不宜食，岂独秋来多疟痢！[15]

伏阳在内三冬月，切忌汗多阳气泄。
阴雾之中无远行，暴雨震雷宜速避。[16]

不问四时俱热酒，太热大冷难入口。
五味偏多不益人，恐随脏腑成灾咎。[17]

道家更有颐生法，第一戒人少嗔恶。
秋冬日出始穿衣，春夏鸡鸣宜早起。[18]

子后寅前寝觉来，瞑目叩齿二七回。
吸新吐故无人悟，咽漱玉泉还养胎。[19]

热手摩心熨两眼，仍更揩擦额与面。
两指时将摩鼻茎，左右耳根筌数遍。[20]

更能干浴遍身间，按陛时须纽两间。
纵有风劳诸冷气，何忧腰背复拘挛！[21]

嘘呵呼嘻吹及呬，行气之人分六字。
果能依用口诀中，新旧有疴皆可治。[22]

声色虽云属少年，稍知撙节乃无衍。
闭精息气宜闻早，莫使羽苞火中燃。[23]

有能操履长方正，于利无贪名不竞。
纵向歌中未尽行，可保周身亦无病。[24]

【题解】

此诗选自明代吴正伦所辑《养生类要》前集。原题下有序曰："世言服灵丹、饵仙药白日而轻举者，但闻而未见也。至于运气之术，甚近养生之道。人禀血气而生，故《摄生论》云：'摄生之要在去其害生者。'此名言也。予所编此歌，盖采诸家养生之要，能依而行之，则获安乐。若尽其妙，亦长生之可觊。"吴氏对此诗作了夹注。从此诗的内容来看，确实大致符合南朝齐梁陶弘景的思想。但此诗不见于陶氏遗著，显系后人托名之作。清代尤乘《寿世青编》卷上亦载有此诗，题为

《真西山卫生歌》。“真西山”是否指南宋真德秀？并未明言。就二者的文字而论，基本一致，略有出入。现相互对勘，择善而从。

陶弘景(452—536)，字通明，丹阳秣陵(今江苏省南京市江宁区)人。少年时即好读书，钻研道术。十岁时得读葛洪《神仙传》，即有仰青云、睹白日之志。永明十年(492)，上书辞官，挂朝服于神虎(一作武)门，隐居于句容茅山，自号“华阳陶隐居”。梁武帝(502—549在位)曾使人赍敕入山，屡加礼聘，欲召其入朝，被婉拒。但每有大事，仍征求陶氏的意见。故其有“山中宰相”之称。享年八十四岁(一说八十二)，无疾而终。传说其仙去。谥贞白先生。他不仅是道教理论家，还是医药学家。著有文集三十卷及《本草经集注》、《帝王年历》、《古今刀剑录》、《真诰》、《梦记》、《养性延命录》等，传于世。《南史》卷七十六、《梁书》卷五十一有其传。

【注释】

[1]“人为最贵”：《荀子·王制》指出：“水火有气而无生，草木有生而无知(知觉)，禽兽有知而无义，人有气、有生、有知亦且有义，故最为天下贵也。”此“义”即思想道德。“旅寄”：喻指人的个体生命很短，来去匆匆，如同行旅之人暂时寄住于客店一样。所以要积极预防疾病的发生。此四句表达作者的爱生思想，这是“卫生”的前提和基础。

[2]“餐霞”：道士的修养术，实为沐浴早晨霞光，呼吸新鲜空气，是融于自然的一种修炼方式。“大药”：指能令人长生不死的金丹。“等龟鹤”：像龟、鹤一样长寿。此四句概括作者的养生目标和途径，强调饮食嗜欲的调控。这是十分现实的。

[3]“肾堂”：下腹部。“水与土”：指肾和脾胃。按五行应五脏，脾胃属土，“肾”、膀胱属水。

[4]此四句提倡食后呵气，反对醉眠饱卧，并指出渴饮饥餐戒多。

[5]此四句提倡细嚼慢咽，少食多餐。

[6]“牲牢”：“牲”泛指牲畜，“牢”为古代祭祀用的牲畜，“大牢”包括牛羊猪三牲，后专指牛。“生脍”：未炙熟的肉。

[7]“酢”：同醋。“陈臭醃(yān)菹(zū)”：“醃”即“腌”；“菹”即酸菜。腌制的咸菜，时间过长，有臭腐之味，不可食。尤其是衰老之人，更不可食之。如食之，与向强盗借兵没有两样，即引狼入室。

[8]“炙爆之物”:油煎爆炒的食物。“冷吃”:等这类食物冷却后再吃。“申、酉”:下午五六、七八点钟。此四句提醒世人不要热食炙爆之物,晚饭不宜太迟。这是经验之谈。

[9]此四句反对醉酒和渴时啜茶。吴氏注释曰:“酒虽可以陶性情,通血脉,自然招风败肾,烂肠腐胁,莫过于此。饱食之后,尤宜戒之。饮酒不宜粗及速,恐伤破肺。肺为五脏之华盖,尤不可伤。当酒未醒大渴之际,不可吃水及啜茶,多被酒引入肾脏为停毒之水,遂令腰脚重坠,膀胱冷痛,兼水肿消渴挛躄之疾。大抵茶之为物,四时皆不可吃,令人下焦虚冷。唯饱食后吃两杯不妨,盖能消食故也。饥则尤宜忌之。”李时珍认为吃茶并非人人所宜。今人认为,饱食、空腹皆不宜饮茶。

[10]“避风如避箭”:此说源于《灵枢·九宫八风》:“圣人日避虚邪之道,如避矢石然,邪弗能害。”《素问·上古天真论》指出:“夫上古圣人之教下也,皆谓之虚邪贼风,避之有时。”传说彭祖享寿八百岁,有人向他学习长生之道,而苦患头痛。彭祖视其寝处,有穴当其脑户。遂塞之,后即无患。

[11]“五劳七伤”:据陶弘景《养性延命录·服气疗病篇》,“五劳”指:“一曰志劳,二曰思劳,三曰心劳,四曰忧劳,五曰疲劳。五劳则生六极:一曰气极,二曰血极,三曰筋极,五曰精极,六曰髓极。六极即为七伤。七伤故变为七痛。七痛为病,令人邪气多,正气少,忽忽喜忘悲伤,不乐饮食,不生肌肤,颜色无泽,发白枯槁。甚者令人得大风偏枯筋缩,四肢拘急挛缩,百关隔塞,羸瘦短气,腰脚疼痛。”

[12]“卧不厌缩”:卧宜右侧身屈膝,如卧佛状,醒即仰卧舒展肢体。“饱则入浴”:此句中“则”当为“勿”。“梳多浴少”:多梳头有益于去风明目,沐浴应适可而止,特别是老年人,要控制洗浴间隔。“默寝暗眠”:就寝时不说话,特别不要高谈阔论;寝处光线应暗,以免精神振奋,难以入睡。

[13]“夏难将摄”:夏季在五行属火,心火旺而肾水衰,人们为了消暑,往往贪凉食冷,易得腹泻诸疾。作者提醒人们要保护肾水和脾土,勿食生冷之物。

[14]“心旺肾衰”二句:夏季心旺肾衰,应该忌什么?特别要防止疏泄精气。“绵密”:细致,周密。“宴居”:平素安居。

[15]“卧冷枕凉”:《寿世青编》作“簟凉枕冷”,意思一致,是说不要睡凉席冷枕。“俱勿喜”:一作“俱弗宜”,意思亦一致,但以“俱勿喜”生动,反映了世人的心态。“瓜茹生菜”:夏季瓜果蔬菜丰富,但不可贪食生冷,以防患病。

[16]“伏阳在内”:冬季“伏阳在内”,与夏季“伏阴在内”相反。不宜出汗,特

别不宜多出汗。“宜速避”：途中若遇暴雨震雷，应赶快躲避，以防伤害，此亦前述避邪如避矢石之义。

[17]“俱热酒”：饮酒当暖，此与前面忌生冷一致。“五味偏多”；酸、苦、辛、咸、甘五味都是人体所需，但必须调和，不可偏多偏少，偏则生疾。据五行学说，酸多伤脾，苦多伤肺，辛多伤肝，咸多伤心，甘多伤肾。初伤不觉，久乃成患。“灾咎”：灾害、凶险。

[18]“道家”：当包括道家、道教。“颐生”：保养身心。“嗔恶（wù）”：愤怒、憎恨。这种情绪不利于养生，属于精神不健康。“日出始穿衣”：日出起身，即晚起之义。“鸡鸣宜早起”：即在日出以前要起身。据《素问·四气调神大论》：春三月和夏三月，夜卧早起；秋三月，早卧早起；冬三月，早卧晚起。但早起忌在鸡鸣前，晚起忌在日出后。此乃四季养生之道。

[19]“子后寅前”：凌晨一时至五时。“叩齿”：上下牙相击，道家养生法之一，可防牙病。“吸新吐故”：吸入新鲜空气，吐出废气。“咽漱玉泉”：玉泉即口中津液，又称华池。道家主张聚积满口津液，然后徐徐咽下，自然灌注五脏，此为气归丹田，可健身防病。《黄庭经》曰：“玉泉清水漧灵根，子若修之命长生。”

[20]此四句乃道家熨眼摩面法。“热手摩心”：两手心相摩，使之发热，以熨两眼。可令眼目无障翳，明目去风，亦能补肾气。“指擦额与面”：频拭额，谓之修天庭，连发际，遍及面部，自然光泽。“摩鼻茎”：鼻茎两边楷摩二三十遍，令表里俱热，所谓灌溉中岳以润肺。因肺开窍于鼻。“筌数遍”：“筌”为捕鱼的竹器，这里指耳轮。“筌数遍”即摩耳轮数遍，可补肾气，防聋聩。因肾开窍于耳。

[21]“干浴遍身间”：指摩全身。“按陛（髀）纽（扭）两间（肩）”：即按腿扭两肩，此为一种健体功法，可防腰背疼痛拘挛。

[22]“六气”治病见前《身安寿永大有为》之[注释][8]。

[23]“声色”：这里主要指色欲，应予节制，并尽早闭精，男子不要迟于64岁。否则就是以羽毛蓄火，以凌（冰）杯盛汤。

[24]“操履”：操持、践履。“长方正”：长期保持言行方正，即按规矩行事。“于利无贪名无竞”：不贪利，不争名，即淡泊名利。“纵向歌中未能行”：纵然未能把卫生歌中所说的全部做到，但只要尽量认真做上百遍，也能使周身无病。这是退一步而言，全部做到不易，能行动起来就有益于健康。

【简析】

从这首《卫生歌》的内容、思路看，与前面的《孙真人卫生歌》有相近之处。开头均歌颂生命之宝贵，劝人爱生，卫生。至于如何卫生，孙歌讲得甚为全面，而陶歌则比较集中于嗜欲方面，其他方面诸如气功和形体锻炼等，虽亦言及，相对较少。作者在第二节就把卫生之道归结为“饮食嗜欲间”。就饮食而论，作者主张食后徐行百步，摩腹，呵气，反对醉眠饱卧和粗食、速食、多食。对所食之物亦有讲究，生冷、粘腻、筋韧、炙爆之物，自死牲牢，醋酱胎卵，陈臭腌菹，要少食或不食。作者还认为要节制饮酒吃茶，夏季不可贪吃生冷瓜果。任何时候，五味不可偏多偏少，等等。在色欲方面，作者提醒世人，要从少壮之时就要进行节制，不可放纵。中年以后要尽早闭精息气。歌的最后一节，作者谆谆告诫人们：要操履方正，淡泊名利，这是卫生的关键。在此前提下，尽量按歌中去做，纵使不能尽行，也可令身“无病”，即不患可以避免的疾病。这些说法、做法，均比较实在，可行而有益。其具体效果，虽偶有夸张，也是为了引人注意，没有神秘性。至于气功、形体锻炼诸如叩齿、熨眼、摩面、梳发、扭肩、六气等方面的功法，也大致可行，有益无害。总之，从思想、理论到方式、功法，均值得今人借鉴。

从诗的艺术形式看，此歌难称真正的文学作品。它只是以诗歌的语言形式，表述科学的内容。较之一般的说明文或论说文，它文字凝练，句式整齐，七字为句，大致四句为一节，押一个韵，节奏有致，朗朗上口，表述一个相对完整的意思。易于诵读和记忆，有利于推广和普及养生知识和功法。此亦值得当今科普作者参考。

定期斋戒断腥膻

——自觉心爽身翩翩

大诗人白居易中晚年向佛，曾拜僧如满为师，虽未正式出家，实为佛弟子。在生活上，按规进行斋戒。经过亲身体验，他对斋戒的效果非常满意，认为有利于健康。遂作一诗，描述其斋戒后的身心状况，曰：

仲夏斋戒月

唐·白居易

仲夏斋戒月，三旬断腥膻。[1]
自觉心骨爽，行起身翩翩。[2]
始知绝粒人，四体更轻便。[3]
初能脱病患，久必成神仙。[4]
御寇驭冷风，赤松游紫烟。[5]
常疑此说谬，今乃知其然。[6]
我年过半百，气衰神不全。
已垂两鬓丝，难补三丹田。[7]
但减荤血味，少结清净缘。[8]
脱巾且修养，聊以终天年。[9]

【题解】

此诗选自《全唐诗》卷四百三十一，描述吃斋的感受。“仲夏”：夏季的第二个月，即阴历五月。“斋戒”：整洁身心。佛教及部分道教信徒素食，称吃斋。

【注释】

[1]“三旬”：一旬十天，三旬即一个月。“腥膻”：腥膻之气，像牛羊肉那样的味道，这里泛指一切动物血肉。

[2]“心骨爽”：精神、身体均感清爽。“翩翩”：鸟儿轻松飞翔的样子。这里指身体轻巧灵便，行动敏捷。

[3]“绝粒人”：不吃五谷而养生的人。道家、道教有一种“辟谷”理论、方法，认为食谷者寿如谷，食气者寿如气，主张不食谷，即不吃植物类食物，只饮水、服气，能够长生。

[4]诗人通过一个月的斋戒，也相信辟谷之说。认为辟谷不但治病，经久必成长生不死的神仙。

[5]“御寇”：列御寇，道家人物，能驭风而行之人，见《庄子·列御寇》、《列子》。“赤松”：赤松子，传说中的仙人。“紫烟”：祥瑞之气，传说神仙所在之处往

往有之。据汉代刘向《列仙传》：赤松子服水玉，能入火自烧，往往至昆仑山，常止于西王母石室中，随风雨上下。

[6]“知其然”：明白上述说法是实在的。

[7]“两鬓丝”：两鬓已变白。“三丹田”：道家、道教认为人有上、中、下三丹田，分别在脑、胸、腹中，是生命根本之所在。具体位置详见前《身安寿永大有为》诗【注释】之[16]。

[8]“荤血味”：动物类食品。白氏不是出家人，虽信佛，但并不完全食素，只是“但减”，仅仅减少肉食。“清净缘”：佛家主张“清净”生活，即守戒素食。作者不能完全如此，只愿稍稍尝试这种生活。

[9]“脱巾”：脱掉官服，清心寡欲，进行修养。作者致仕即退休后，确曾一心向佛，拜僧如满为师，成为佛弟子。“聊”：姑且，凭借。“终天年”：过完自然的寿限。

【简析】

此诗作于杭州刺使任上，诗人时年五十三岁，故诗中称“我今过半百”。此时诗人身居高位，养尊处优，毫无衣食之忧。据作者同期所做《咏怀》诗：“今虽在疏远，竟岁无牵役。饱食坐终朝，长歌醉通夕。”可知诗人过着尽情饮酒食肉的奢侈生活，必然导致高血脂、高血糖、高胆固醇，引发高血压、心脏病等。在此情况下，斋戒一个月，停止食肉饮酒，只吃素食，无疑有利于恢复健康。诗中所说斋戒后的“自觉心骨爽，行起身翩翩”的身心状态，是可信的。这一养生经验对当今衣食无忧的中老年人，尤有借鉴意义。人到中老年，身体代谢功能减退，应适当节制饮食，特别是酒肉，要尽量减少。即使年轻人也不可恣意大吃大喝，否则也会过早地患有上述病症。

但白氏片面夸大了斋戒的作用。适度节食虽有积极作用，但决不能成为神仙。写诗允许夸张，进行养生则要遵循科学。应把诗中的夸张成分与严格的科学区别开来。

断除贪痴戒利名

——学道初从此处修

世界万物万事均有道，养生亦不例外。何谓养生之道？传说为八仙之一的吕岩，以词牌《渔父》的形式，填词十八首，试图给出答案。其中三首明确指出：断绝嗜欲、贪痴、贪爱及贪贵、贪荣、逐利名等，就是修道之始。其词曰：

渔　父

唐·吕岩

方契理

举世人生何所依，不求自己更求谁？[1]
绝嗜欲，断贪痴，莫把神明暗里欺。[2]

自无忧

学道初从此处修，断除贪爱别娇柔。[3]
长守静，处深幽，服气餐霞饱即休。[4]

作甚物

贪贵贪荣逐利名，追游醉后恋欢情。[5]
年不永，代君惊，一报身终那里生？[6]

【题解】

此三词选自《全唐五代词》卷八《仙鬼词》。《方契理》、《自无忧》、《作甚物》分别为《渔父》词牌下第十四、十五、十六之题目。

【注释】

[1]“举”:全。“依”:依靠。此二句意为,世上所有的人,只能依靠自己而生,没有其他可以依靠。此说排除了人以外的有意志的力量,具有无神论倾向。

[2]“绝嗜欲”:断绝身心偏好。“断贪痴”;除去贪欲和愚昧。“神明”:这里当指养生的理性精神。“暗里欺”:暗地里违背养生的理性精神。

[3]“学道”:学习养生之道。“此”指“断除贪爱”。“别娇柔”:告别女色。

[4]“常守静”二句:这是一种养生方法。主要精神是,不为名利而奔波,深居简出,避免世事纷扰,使身心处于相对安宁的状态,适当地进行服气导引。

[5]“贪贵”二句:这里所说都是嗜欲的具体表现。“贪贵”:贪图、贪恋富贵。“贪荣”:贪图荣耀。“逐利名”:追逐财富和声名。“追游”:追求游玩享乐。“恋欢情”:留恋男欢女爱之情。

[6]“年不永”:年岁不可无穷。“代君惊”:替您感到吃惊、担忧。“一报身终”:一旦此身生命终结。“那里生”:哪里还有生命呢?意即此生是唯一的一次生命。

【简析】

这三首词,同一词牌,题目不同,思想主旨各有侧重。“方契理”的意思是,只有如此才符合生命本然之理即规律性。作者提醒世人,只能依靠自己才能维护和延长生命。除了自己,没有其他有意志的力量可以依靠。此即前面所说“我命在我不在天”的意思。自己怎样做才能有益于生命呢?这就是要断绝危害生命的“嗜欲”和“贪痴”。只要“嗜欲”不绝,“贪痴”不除,就违背生命的规律。而要做到这一点,只有依靠自己。只有自己才可把握自己的生命。“自无忧”的意思是,只要如此,自然没有忧虑。这就是“断除贪爱别娇柔”。此亦是一种嗜欲,即性爱之欲,其对生命的戕害甚于其他。所以许多养生家把它列为首害之嗜欲。在断除这一嗜欲的前提下,再守静处幽,服气餐霞,才可延年益寿。只要性爱这一嗜欲不除,任何功法也不能发挥应有的作用。“作甚物”意即做什么,要取得什么结果。这是以反问语气告诫世人,“贪富贪荣逐利名,追游醉后恋欢情”的结果,是毁掉今生这一唯一的一次生命。没有了今生,哪里还有生命?那些一味追求嗜欲满足的人们,何曾想到这一结果呢?总之,这三首词把断绝嗜欲作为养生的极其重要的自主行为，至今仍有警世的积极意义。

佳人仗剑斩丈夫

——贪色定致骨髓枯

古代医家、养生家不惮其烦，苦口婆心，教导世人不要贪色，特别是男人不要贪恋女色。因为贪恋女色，必然耗精过度，超越生理极限，破坏“阴平阳秘”的和谐状态，导致极度衰弱，免疫力下降，疾病接踵而至，最后不治而亡。吕岩警告曰：

警　世

唐·吕岩

二八佳人体如酥，腰间仗剑斩丈夫。[1]
虽然不见人头落，暗里教君骨髓枯。[2]

【题解】

此诗选自清·李调元编、道光五年(1825)修补乾隆刊函海本《全五代诗》第十四卷。原题意谓警醒世人。

【注释】

[1]“二八佳人”：年轻貌美的女子。“二八”：十六岁。“体如酥”：肢体酥软。“仗剑”：持有利剑。“斩丈夫”：砍杀男子。

[2]“暗里”：暗地里，令人不能察觉。“君”：您。“骨髓枯”：骨髓干枯，精气耗尽，生命结束。

【简析】

此诗以生动的形象，夸张的语言，揭示贪恋女色的危害性。贪色者只看到对方的性感和可爱，不曾料到其腰间带有无形的利剑。“虽然不见人头落，暗里教君骨髓枯。”这是不见血的杀人方法，令人没有警惕性。在不知不觉中，骨髓干枯，生命结束。如此揭露，足以令世人警醒，故题曰“警世”。今天看来，此词流露轻视女性的思想。将色欲之恶果归罪于女子，有失公正。

饮酒贵在饮之和

——善饮不在饮之多

“醫”(医)字下部为“酉”，即酒。酒是人类早期创造物，原为药物，用于治疗疾病，也是一种美味，故成为世人“贪”的对象之一。适当饮酒，有益健康；如果贪饮过量，则损害身心。有鉴于此，北宋邵雍提醒世人，曰：

善饮酒吟

宋・邵雍

人不善饮酒，唯喜饮之多。[1]
人或善饮酒，唯喜饮之和。[2]
饮多成酩酊，酩酊身遂疴。[3]
饮和成醺酣，醺酣颜遂酡。[4]

【题解】

此诗选自《全宋诗》第七册，卷三七一。原题中“善饮酒”，即善于饮酒，能够发挥饮酒的益处，而避免其弊端。

【注释】

[1]“唯喜”：一味追求，贪图。“饮之多”：饮酒的数量多。

[2]“饮之和”：饮酒的目的在于调和（身心），即以“和”为度。

[3]“酩酊”：饮酒大醉的样子。“疴”：疾病。

[4]“醺酣”：饮酒始醉欲困的样子。“酡（tuó）”：饮酒后面色发红。

【简析】

古代文人特别是诗人多喜饮酒。此诗作者也是一位诗人，但他对于饮酒的看法则很有见地。即不一概反对，也不无限制地提倡，而是主张“善饮酒”，反对“不善饮酒”。其“善”与“不善”的分界线就是“和”。“和”即调和、和谐，实指饮酒者的欲醉未醉、欲困还醒的身心融和的暖洋洋状态。此时停止饮酒，就是恰到好处；如果继续饮酒，就会导致酩酊大醉，从而患病。作者这一看法，当有自身的深切体会。从今天养生的眼光来看，反对饮酒致醉，无疑是正确的；提倡以“和”为度，也是可取的。只是他视“和”为“醺酣”，显然仍嫌过度。应当少饮，绝不可至醉。少饮能促进血液循环，调和身心，有益健康。

男子须了四般事

——财色名势都应除

在父系社会中，男人承担的责任比较重大，故其自身不仅要有一定的能力，还应具备相当的思想品行。究竟应当具备何种思想品行，说法不一。北宋邵雍认为，首先要戒除财、色、名、势等“四患”。其诗曰：

男子吟

宋·邵雍

欲作一男子，须了四般事。[1]

财能使人贪，色能使人嗜。[2]
名能使人矜，势能使人依。[3]
四患既都除，岂在尘世里。[4]

【题解】

此诗选自《全宋诗》第七册，卷三七一，原题中“男子”，是作者心目中的真正的男人，非平常之辈。

【注释】

[1]“了”：此处作动词，了断，结束，完结。“般”：此处做量词，表示样、种类。“四般”，即四样或四件事情。

[2]“财”：财产，金钱。“色”：此处专指女色。

[3]“名”：虚名，名声。“矜”：自夸，自恃，骄傲。“势”：权势。“倚”：依仗，凭借。

[4]“四患”：四种祸害，即前面所说的“财”、“色”、“名”、“势”。

【简析】

在封建社会里，财、色、名、势四者是世俗男子普遍追求的东西，读书人更以“金榜题名”、“黄金屋”、“颜如玉”等为目标和动力。得之者以为荣，无之者以为耻。此诗作者邵雍却视之为“四患”。因为此四者，分别使人“贪”、“嗜”、“矜”、“依”，即贪得无厌、嗜色成性、骄矜傲慢、仗势欺人，不但害己，而且损人。一个男子有此“四患”，谈何为人和养生？所以邵氏认为“欲作一男子，须了四般事”。意思是说，倘若不除掉这四个病患，就不是一个真正的男人。如能把这些病患全部除掉，“岂在尘世里”，即脱掉世俗之气。这是就如何做人而言的。若从养生层面来说，有此“四患”，亦危害健康。贪色耗精伤气，贪财、名、势，劳心伤身，易招祸害。今人亦当引以为戒。

名利到头非乐事

——前人覆辙岂可蹈

邵雍是一位平民哲人，可能出于对世人名利权势的正反思考，一生不参加科考，并谢绝任何人的举荐，几次放弃出仕为官的机会。这在当时堪称罕见的另类。从其诗中，可以窥见其内心世界之一斑，曰：

名利吟

宋·邵雍

名利到头非乐事，风波终久少安流。[1]
稍邻美誉无多取，才近清欢与賸求。[2]
美誉既多须有患，清欢虽賸且无忧。[3]
滔滔天下曾知否，覆辙相寻卒未休。[4]

【题解】

此诗选自《全宋诗》第七册，卷三六三。原题意在揭示名利对人生命的危害。

【注释】

[1]“非乐事”：不是令人快乐的事情。“风波”：本指水面上的风浪，这里借喻人间纠纷或乱子。“安流”：江河安然流淌，即风平浪静。

[2]“稍邻”：稍稍接近。“美誉”：美好的名声。“清欢”：清雅恬适之乐。“賸求”：（对清欢）多多追求。一作“盛求”。

[3]“须有患”：必有祸患。“须”一作“终”，意亦通。“且无忧”：而且没有忧患。

[4]“滔滔”：本指大水奔流的样子。这里比喻社会生活连续前进。“覆辙”：翻车的轨迹，比喻招致失败的教训。语出《后汉书》卷三十六《范升传》：“今动与时戾，事与道反，驰骛覆车之辙，探汤败事之后，后出益可怪，晚发愈可惧耳。”“相

寻”:相继,接连不断。

【简析】

此诗劝诫人们不要追求名利,因为名利会引起风波,不但不能带来快乐,反而造成伤害,不如享受清欢为好。诗人认为,稍微靠近美誉,就要止步,不要再进一步索取了,因为美誉一多,必定带来祸患。而清欢不同,多取清欢也不会带来忧愁,只会娱乐身心。两相比较,前者有害,后者无害有益。在此方面,前人有许多经验教训,值得汲取。不要重蹈前人的覆辙。从此诗的内容和语气看,显然是作者生活经历的写照和概括。他终生不仕,满足平民“安乐窝”式的生活。可谓“清欢虽賸(剩)且无忧”。实质是避祸取乐的一种人生哲学和养生方式。亦值得养生者借鉴。

麴糵未必高士怜

——全酒未若全于天

高士怜酒之说,流传甚久,前哲言行可证。但北宋著名文学家苏轼对此很不以为然。认为有些前人嗜酒,达到“贪狂嗜怪”的程度,实无足取。应该当饮则饮,饮有深意。而不可滥饮丧志误事。其诗曰:

谢苏自之惠酒

宋·苏轼

高士例须怜麴糵,此语常闻退之说。[1]
我今有说殆不然,麴糵未必高士怜。[2]
醉者坠车庄生言,全酒未若全于天。[3]
达人本是不亏缺,何暇更求全处全![4]
景山沉迷阮籍傲,毕卓盗窃刘伶颠。[5]

贪狂嗜怪无足取，世俗喜异矜其贤。[6]
杜陵诗客尤可笑，罗列八子参群仙。[7]
流涎露顶置不说，为问厄处能逃禅？[8]
我今不饮非不饮，心月皎皎常孤圆。[9]
有时客至亦为酌，琴虽未去聊忘弦。[10]
吾宗先生有深意，百里双罂远将寄。[11]
且言不饮固亦高，举世皆同吾独异。[12]
不如同异两俱冥，得鹿忘羊等嬉戏。[13]
决须饮此勿复辞，何用区区较醒醉！[14]

【题解】

此诗选自清代王文诰辑注的《苏轼诗集》卷五，原题《谢苏自之惠酒》。题中“惠酒”，敬词，惠赠酒，所以首字称“谢”。“苏自之”，与苏轼同宗之人，生平难详。

【注释】

[1]“高士”二句：唐代韩愈，字退之。其《赠崔立之》诗有“高士例须怜麴蘖”。“高士”，高雅之人。“例须”，按惯例，都必然（如此）。“怜”，喜爱。“麴蘖”（qū niè），酿酒的麯，这里指酒。

[2]“我今”二句：诗人在此提出不同于韩愈的见解，认为高士未必全都爱酒。“有说殆不然”，一作“有所独不然”，意思稍有不同。

[3]“庄生言”：见《庄子·达生》：“夫醉者之坠车，虽疾不死。骨节与人同而犯害与人异，其神全也。乘亦不知也，坠亦不知也。”“彼得全于酒而犹若是，况得全于天乎！”意谓凭借酒醉侥幸保全生命，不如依赖生命本身。

[4]“达人”，明智之人。“不亏缺”，自身完善。“本是”，又作“本自”。自身已经完善，何必再求完善。

[5]“景山”：据《三国志·魏志》，徐邈，字景山。为尚书郎时，主持禁酒，而邈却私下饮酒，至于沉醉。据《晋书·阮籍传》：籍傲然独得，任性不羁，嗜酒能啸。另据《晋书》：“毕卓”，字茂世，太兴(318—321)为吏部郎，常饮酒废职。其邻舍酿酒，卓因醉，夜至其瓮间盗饮之，为掌酒者所缚。“刘伶”，字伯伦，与阮籍、嵇康相遇，欣然神解。常乘鹿车，携一壶酒，使人荷锸而随之，谓曰：“死便埋我。”

[6]“贪狂”二句：上述四人，如此贪杯，嗜酒狂傲，行为怪诞，实无足取，只是

由于世人好奇喜异，才怜惜他们之贤。

[7]“杜陵诗客”：指唐代大诗人杜甫，有《饮中八仙歌》。

[8]“流涎”二句：《饮中八仙歌》中有“道逢麴车口流涎”、“脱帽露顶王公前”、“醉中往往爱逃禅”之句。此三句分别描绘贺知章、张旭、苏晋的醉态。苏轼认为，“流涎露顶”之类的丑态，且置之不论，只问如此嗜酒之人，何以不坐禅而获得长生？

[9]“我今”句：我在此反对以上诸人的饮酒，并非说完全不可饮。“心月”句：引述《传灯录》“心月孤圆，光吞万象”之说，意谓：我的看法是光明磊落，能被普遍接受的。

[10]“有时”句：有客来访，也要以酒待客，意不在酒本身，而在酒中之趣。“琴虽”句：据《晋书·陶潜传》，渊明性不解音，而蓄素琴一张，弦徽不具，每朋酒之会，则抚而和之，曰：“但识酒中趣，何劳弦上声？”苏轼以此比喻饮酒，只在酒中趣，不必醉而失态。

[11]“吾宗先生”：指题目中苏自之，与作者均姓苏，年纪较长，故称“吾宗先生”。“有深意”，深悟酒中之趣。“双罂”，两个大腹小口的酒瓮。《晋书·孔岩传》：“饷吾两罂酒”。

[12]“且言”二句：意谓主张不饮酒固然为高，即使举世赞同，我对此仍有异议。

[13]“不如”二句：不若暂把同与异撇开，得鹿亡羊如同儿童嬉戏。《列子·周穆王》：“郑人有薪于野者，遇骇鹿，御而击之，毙之。恐人见之也，遽而藏诸隍（无水之池）中，覆之以蕉（樵），不胜其喜。俄而遗其所藏之处，遂以为梦焉。顺途而咏其事。傍人有闻者，用其言而取之。既归，告其室人曰：向薪者梦得鹿而不得其处，吾今得之，彼真梦者矣。室人曰，若将是梦见薪者之得鹿邪？讵有薪者邪？今真得鹿，是若之梦真邪？夫曰：吾据得鹿，何用知彼梦我梦邪（耶）？”

[14]“决须”二句：一定要饮下此酒，不要推辞，何必分清醒和醉！

【简析】

乍从题目看，此诗既是谢人惠赠美酒的，按常理先要说一些致谢之语，至少对所赠之酒应当说一些赞扬的话。但诗人却出乎人们的意料之外，写成了一首说理诗，驳论诗，驳他论而立己论。而所驳之论恰恰就是赞赏高士爱酒的，所立之论恰恰就是反对高士爱酒的，似乎有些不近情理。如果通读全诗，全面思考，就会认为诗人言之有理、有节而巧妙。

此诗一开头，就把所驳之论列出："高士例须怜麹糵"，并点明此语来头不小，乃唐代政治家、思想家、文学家韩愈所说。作者也毫不含糊，紧接此语之后，就亮出自己的观点："我今有说殆不然，麹糵未必高士怜。"两说针锋相对。接着引述庄子之语，指出一个人应保全自然之生命，这比"全酒"即善饮酒要好。人们不需要以"全酒"使自己"全"上加"全"。为了申述和证明这一观点，诗人引述历史上被人歌咏的"高士怜酒"著名事例。徐邈(景山)、阮藉、毕卓、刘伶等，都是"贪狂嗜怪"之人，贪酒失职，乃至丧失人格，不要性命，均不足取。尤其可笑的是，大诗人杜甫写了一篇《饮中八仙歌》，罗列八个所谓醉中之神仙。其实，这八个所谓神仙，丑态百出，不值得赞赏。如就养生而论，又有何益？诗人在此对杜甫及其所歌咏的醉中八仙提出了异议。所引事实确凿，形象鲜明，说理透彻，情感真挚，令人认识、感悟到高士不应怜"麹糵"，基本上把"高士例须怜麹糵"之说驳倒。在此基础上，作者再从正面明确地阐述自己对饮酒的看法。他反对高士例须怜酒，但不是反对一切饮酒。当心境孤独之时，或有客来访之日，还是要饮酒的。只是，此时醉翁之意不在酒，正如弹琴，"但识琴中趣，何劳弦上声"。诗人的这一看法，比较合情合理，能为一般人所接受。

至此，作者既批驳了他论，又阐明了自己看法，诗的主旨已经表述明白。这才回到题目上即对惠酒者说几句致谢之语。但仅有两句："吾宗先生有深意，百里双罂远将寄。"以下的话仍是表达自己对饮酒的态度。面对百里之外寄来的饱含深意的好酒，岂可不饮？这时就不要辩论该不该饮的问题，一定要痛饮此酒，也不必计较醒和醉。这也算是对惠酒者的尊重和谢意。

总起来看，作者反对无节制地醉酒，但也并非一概反对，堪称既合理又合情。全诗在驳论的过程中进行立论，在议论中叙事和抒情，把理、事、情三者巧妙地糅合在一起，具有很强的说服力和感染力。

四休眉头无点愁

——安乐延年万事休

人们都知道，忧愁凝于心、聚于眉，不是好事。若长期如此，必然损害健康，危及生命。如何消除忧愁呢？北宋太医孙君昉，自称“四休居士”。他通过“四休”之法克服忧愁，保持身心健康。诗人黄庭坚有诗曰：

四休居士诗　并序

宋·黄庭坚

太医孙君昉，字景初，为士大夫发药多不受谢，自号四休居士[1]。山谷问其说，四休笑曰：“粗茶淡饭饱即休，补破遮寒暖即休，三平二满过即休，不贪不妒老即休。”[2]山谷曰：此安乐法也。夫少欲者不伐之家也，知足者极乐之国也。[3]四休家有三亩园，花木郁郁，客来煮茗传酒，谈上都贵游人间可喜事，或茗寒酒冷，宾主皆忘[4]。其居与予相望，暇则步草径相寻，故作小诗遣家僮歌之，以侑酒茗[5]。其诗曰：

富贵何时润髑髅，守财奴与拘官囚。[6]
太医诊得人间病，安乐延年万事休。[7]
无求不着看人面，有酒可以留人嬉。[8]
欲知四休安乐法，听取山谷老人诗。[9]
一病能恼安乐性，四病长作一生愁。[10]
借问四休何所好？不令一点上眉头。[11]

【题解】

此诗选自《全宋诗》第一七册，卷九九七。原题中“四休居士”是太医孙君昉之号。原有三首，此为其一。

作者黄庭坚(1045—1105)，字鲁直，号山谷道人，晚号涪翁，分宁(今江西省九江市修水县)人。宋英宗治平四年(1067)进士，调叶县尉。神宗熙宁五年

(1072)，除北京国子监教授。后历知吉州太和县、监德州德平镇、校书郎、著作佐郎、起居舍人、秘书丞等。绍圣二年(1095)以元祐党人贬涪州别驾，黔州安置。元符三年(1100)召还，旋以文字罪除名，羁管宜州。崇宁四年(1105)，卒于贬所。黄庭坚是“苏门四学士”之一，江西诗派创始人。推崇唐代杜甫。晚年皈依佛教。著有《豫章黄先生文集》、《山谷琴曲外篇》等。《宋史》卷四四四有其传。

此诗作于崇宁二年(1103)。

【注释】

[1]“太医”：任职于太医院、专为皇帝、贵族、达官服务的医者。

[2]“三平二满”：平平稳稳，日子过得快。宋·陈昉《颖川语小》卷下：“俗言‘三平二满’，盖三语平，二语满，皆平稳得过之日。’”“休”：停止，满足之意。

[3]“少欲不伐”：欲望小，不受攻击。“知足极乐”：知道满足，就能获得最大的快乐。

[4]“郁郁”：林木茂盛的样子。“煮茗”：煮茶。“上都”：京都。“贵游”：本指无官职的王公贵族，亦泛指显贵者。

[5]“侑”：助，佐。

[6]“髑髅(dú lóu)”：死人的头骨。“守财奴”：看守自己的钱财而不知运用，成为钱财的奴隶。“拘官囚”：贪恋官位，成为被官位束缚的囚徒。

[7]“安乐”句：除安乐延年外，其他一切事情都不在乎。

[8]“无求”句：无求于人，就不需要看人家的脸色。“有酒”句：请人饮酒，就可以让人快乐。

[9]“山谷老人”：作者黄庭坚自号。

[10]“一病”二句：身患一种病，就能伤害安乐的天性；身患四种病，足以使终生忧愁。

[11]“借问”二句：请问实行“四休”有什么益处？可以消除所有忧愁，不让眉头皱一皱。

【简析】

此诗及序高度赞赏四休居士的生活态度。“四休”的实质是淡泊金钱名位，知足常乐。人们大多羡慕和追求富贵，为此不惜绞尽脑汁，流尽血汗，直至赴汤蹈火，不惜一切，也不一定能够达到目的。即使侥幸取得富贵，对于生命又有什么意义呢？诗人指出："富贵何时润髑髅，守财奴与拘官囚。"意谓富贵不能使髑髅生肉，死人变活；为了守住财物，甘愿做一个拘官囚，这样的富贵不如没有为好。人们如果持有"四休"这一生活态度，就势必不贪不妒，不会劳神拼命攫取财货权势，不会因此而伤生折寿。这是避祸害、取安乐的人生哲学。正如诗人所说："夫少欲者不伐之家也，知足者极乐之国也。"诚能如此，必然有利于延年益寿。

甘餐不必食厚味

——无疾胜过万金药

世人向往富贵生活：衣有锦缎狐裘，食有山珍海味，住有琼楼金屋，行有宝马快车，传呼鼓吹拥部曲，满门宾客多僮仆。以为如此才是福。其实，福祸相依伏。北宋黄庭坚有诗曰：

薄薄酒　并引

宋・黄庭坚

苏密州为赵明叔作《薄薄酒》二章，愤世疾邪，其言甚高。[1]以予观赵君之言，近乎知足不辱，有马少游之余风。[2]故代作二章，以终其意。

薄酒可与忘忧，丑妇可与白头。[3]
徐行不必驷马，称身不必狐裘。[4]
无祸不必受福，甘餐不必食肉。[5]
富贵于我如浮云，小者谴诃大戮辱。[6]
一身畏首复畏尾，门多宾客饱僮仆。[7]
美物必甚恶，厚味生五兵。[8]
匹夫怀璧死，百鬼瞰高明。[9]
丑妇千秋万岁同室，万金良药不如无疾。[10]

薄酒一谈一笑胜茶，万里封侯不如还家。[11]

薄酒终胜饮茶，丑妇不是无家。[12]
醇醪养牛等刀锯，深山大泽生龙蛇。[13]
秦时东陵千户食，何如青门五色瓜。[14]
传呼鼓吹拥部曲，何如春雨一池蛙。[15]
性刚太傅促和药，何如羊裘钓烟沙。[16]
绮席象床琱玉枕，重门夜鼓不停挝，[17]
何如一身无四壁，满船明月卧芦花。[18]
吾闻食人之肉，可随以鞭扑之戮；[19]
乘人之车，可以加铁钺之诛。[20]
不如薄酒醉眠牛背上，丑妇自能搔背痒。[21]

【题解】

此诗选自《全宋诗》第一七册，卷一一〇二，原题中“薄薄酒”，味道淡薄之酒。参见下【注释】之[1]。

【注释】

[1]“苏密州”：苏轼于熙宁四年(1091)知密州，为赵明叔作《薄薄酒》二首并序，见《全宋诗》卷七九七。该诗序中称：“胶西先生赵明叔，家贫，好饮，不择酒而醉。常云：‘薄薄酒，胜茶汤；丑丑妇，胜空房。’其言虽俚，而近于达，故推而广之，以补东州之乐府；既又以为未也。复自和一篇，聊以发览者之一噱云尔。”因苏诗偏于论理，故本书未选。“愤世疾邪”：犹愤世嫉俗，痛恨、憎恶腐朽、黑暗的社会现实。“疾”，亦作“嫉”。

[2]“知足不辱”：自知满足，就不会招致羞辱。语出《老子》第四十四章：“知足不辱，知止不殆，可以长久。”“马少游”：后汉伏波将军马援之从弟。据《后汉书》卷二十四马援传：援“从容谓信属曰，吾从弟少游常哀吾慷慨多大志，曰：‘士生一世，但取衣食裁足，乘下泽车，御款段马，为郡掾吏，守坟墓，乡里称善人，斯可矣。致求盈余，但自苦耳。’”

[3]“可与白头”：可以与之白头偕老。

[4]“驷马”：用四匹马拉的车子，乃富贵者所乘。“狐裘”：用狐皮制成的外

衣。《诗·秦风·终南》:“君子知止,锦衣狐裘。”朱熹集注:“锦衣狐裘,诸侯之服也。”

[5]“甘餐”:以餐为甘,即胃口好,吃得香。

[6]“谴诃”:谴责呵斥。这是轻度的惩罚。“戮辱”:受刑被辱,亦指杀戮污辱。

[7]“宾客”:来宾,客人。这里指幕僚一类人物。

[8]“厚味”:美味。“五兵”:五种兵器。所指非一:车五兵,戈、殳、戟、酋矛、夷矛;步卒五兵,弓矢、矛、戟、剑、戈。亦泛指各种兵器。“生五兵”:引起争斗,武装冲突。

[9]“匹夫怀璧”:语出《左传·桓公十年》:“周谚有之:‘匹夫无罪,怀璧其罪。’”杜预注:“人利其璧,以璧为罪。”后世往往用以比喻多财招祸或怀才遭忌。“百鬼”:各种鬼怪。“瞰(kàn)”:窥视,侦伺。“高明”:才能杰出的人。

[10]“千秋万岁”:形容时间长久。“万金良药”:价值万金的好药。

[11]“薄酒胜茶”:酒虽薄,胜过茶汤。

[12]“丑妇不是无家”:有丑妇,就有家,比无家要好。

[13]“醇醪”(chūn láo):味厚的美酒。“醪”,一指浊酒。“等刀锯”:与刀锯一样,即等于用刀锯(杀牛)。

[14]“秦时东陵”二句:盖指秦汉之际的邵平之事。据《三辅黄图·都城十二门》:“长安城东出南头第一门曰霸城门……或曰青门。门外旧出佳瓜。广陵人邵平为秦东陵侯,秦破,为布衣,种瓜青门外,瓜美,故时人谓之‘东陵瓜’。”后世亦以泛指味美之瓜。“千户”:食邑千户的封君。

[15]“部曲”:古代军队的编制单位,亦借指军队,这里指部属,部下。

[16]“性刚”:性情刚烈,脾气暴躁。“和药”:调制、调和药物。“羊裘”:用羊皮制作的防寒外衣,为平民所穿。“太傅”:官名,周始置,辅弼天子治理天下。《书·周官》:“立太师、太傅、太保,兹惟三公,论道经邦,燮理阴阳。”秦废三公,汉复置。太傅地位略次于太师。此处太傅具体指何人,不详。“烟沙”:云雾迷蒙的水边沙滩。

[17]“绮(qǐ)席”:华美的席具。古人称坐卧之铺垫用具为席。“象床”:镶嵌象牙的床,即豪华的宝床。“琱玉枕”:用玉石制成或装饰的枕头,这里盖为枕头的美称。“琱(diāo)”,治玉,引申为雕刻,刻镂。“挝(wō)”:打。

[18]“无四壁”:没有房屋。“卧芦花”:卧于芦花中的船内。

[19]"鞭扑之戮":(遭受)鞭打的刑罚。

[20]"铁钺之诛":被大斧和砍刀诛杀,即受砍首或腰斩之刑罚。

[21]"搔背痒":搔除背部之痒。

【简析】

此两首诗的主旨与前诗相似。满足于薄酒和丑妇,就是对生活不奢求,淡泊富贵,寡欲避祸,知足为乐。可与前诗互相参看。

在此二首诗中,作者将贫穷者与富贵者的生活状态进行强烈对比,认为前者物质条件虽然简陋,但心安理得、自由自在;后者虽然享有天下宝物,但险象丛生,危机四伏。因而结论就是:"富贵于我如浮云,小者谴诃大戮辱。一身畏首复畏尾,门多宾客饱僮仆。""丑妇千秋万岁同室,万金良药不如无疾。薄酒一谈一笑胜茶,万里封侯不如还家。"作为士大夫,诗人的这一清高情操,无疑是有利于养生的。

此类诗词揭示这样一条真理:养生和快乐,并不是富贵者的专利,贫贱者也能进行养生和获取快乐。关键在于心态。只要心态平和,不贪不妒,在简陋的生活条件下,也可以进行养生,并能取得良好的效果。相比之下,富贵者大多穷奢极欲,伤生害命,往往夭亡,其寿命并不一定长于贫贱者。例如皇帝,富贵甲天下,短命者甚多,只有少数例外。但对此不可走极端,认为越贫贱越有利于养生,亦是片面的,不足取;反之,亦然。

虚心实腹最养生

——腥膻厚味减寿命

世人养生的"真诠"即根本原则是什么?古代各家各派都有自己的解释。先秦老聃有言:"圣人之治(民),虚其心,实其腹"。此语本为政治原则,亦被后人用于养生。南宋林光(1078—1159)有诗曰:

食无肉

宋·林光

养生有真诠，虚心实其腹。[1]
十年海外游，一钵随僧粥。[2]
纳息归丹田，息在火亦伏。[3]
黄河朝昆仑，昼夜自回复。[4]
空肠无滓秽，气转声漉漉。[5]
腥膻减君寿，厚味有腊毒。[6]
颜回称好学，陋巷一瓢足。[7]
何侯日万钱，但取身后辱。[8]
虀盐有余味，何必常食肉。[9]

【题解】

此诗选自《全宋诗》第二十五册，卷一四二二。原题意谓不食或少食肉。

作者林光，字泰发，一作泰定，号转物老人。越州上虞(今浙江省上虞东南)人。崇宁五年(1106)进士，知开化县，移知常熟县。后历官符宝郎、监汀州酒税、右司谏、侍御使、秘书少监，知宣州、临安府、婺州，吏部侍郎、淮西招抚使、江东安抚大使，知建康府兼寿春府，知湖州、平江府、台州、温州，累官至参知政事。因与秦桧不合，出知绍兴府，又贬藤州安置。秦桧死后，复左朝奉大夫。绍兴二十九年卒。孝宗即位(1163)，赐谥庄简。有前后集三十卷，已佚。《四库全书》辑《庄简集》十八卷。《宋史》卷三六三有其传。

【注释】

[1]“真诠”：真正的诠释，即正确理解的根本意义、原则。“虚心”句：语出《老子》三章：“是以圣人之治，虚其心，实其腹”。“虚其心”，使民无过多欲望。“实其腹”，使其能够吃饱肚子。

[2]“海外”：本指国境之外，这里似指远离家乡。“钵”：僧人盛饭食的器皿，犹世人之碗、瓢之类。

[3]“纳息”：吸气。“丹田”：道家认为人的生命之根本所在之处。有上、中、

下三丹田，其具体位置说法不一，一般依据葛洪《抱朴子·内篇·地真》，分别在脑、胸、腹中。详见前《身安寿永大有为》诗【注释】之[16]。

[4]“朝昆仑”：朝向昆仑山。“自回复”：自然循环。古人认为黄河之水是经过昆仑山在天地之间进行循环的。这里借以描述人体内部水液也是如此循环的。人之头，喻为昆仑。

[5]“滓秽”：渣滓、秽物。“漉漉”：象声词，形容人体内气液流动的声音。据汉·张仲景《金匮要略·痰饮咳嗽病脉证》：水饮走肠间不泻，水精留膈间不输，得阳蒸熬成痰，得阴凝聚为饮，凡所在处有声，故在上则喉间有漉漉之声，在下则肠间有沥沥之声。“漉漉”又被用以形容“湿”、“流”的样子。如《灵枢·逆顺》：“无刺漉漉之汗。”

[6]“腥膻”：牛羊肉的气味。此指肉食。“腊(xī)毒”：极毒。

[7]“颜回”：孔子最钟爱的弟子，安贫乐道，好学，然而不幸早夭。其事散见《论语》第二、五、六、七、九、十一、十二、十五各章。“陋巷”：残破的村巷，颜回居于陋巷。《论语·雍也》记孔子赞扬颜回之言：“贤哉，回也！一箪食，一瓢饮，在陋巷，人不堪其忧，回也不改其乐。”

[8]“何侯”：盖指晋·何曾。据《晋书》卷三十三《何曾传》：“何曾字颖考，陈国阳夏人也。父夔，魏太仆，阳武亭侯。曾少袭爵。”“然性奢豪，务在华侈。帏帐车服，穷极绮丽；厨膳滋味，过于王者。”“日食万钱，犹曰无下箸处。”死后，博士秦秀谥之为“缪丑”。刘毅等劾奏曾侈态无度。

[9]“齑盐”：“齑”，细切后用盐酱浸渍的蔬果，如腌菜、酱菜、果酱等。齑盐：腌菜和盐，借指素食；亦指清贫生活。

【简析】

此诗介绍养生的一个“真诠”，即“食无肉”。作者在此列出几个根据：一是道家理论认为，人体内气血循环，“昼夜自回复”最好是“空肠无滓秽”。二是食肉害处多，“腥膻减君寿，厚味有腊毒”。三是前贤颜回不食肉，“陋巷一瓢足”。四是“何侯”的教训，他“日食万钱”的结果，“但取身后辱”。五是事实表明，“齑盐有余味，何必常食肉”？以今天的眼光审视“食肉”问题，结论应是适当食之。不可不食，肉中含有许多人体需要的营养，特别是青少年，需要食肉；但也不可多食，多食会导致许多疾病。老人少食为好。

山蔬果腹万事已

——肉食之徒勿轻鄙

人以食为天，而食有天壤之别。一般而言，食之精美、粗劣取决于贫富。越富者食越精美，越贫者食越粗劣。然而世人的寿命与食之精美、粗劣并不构成正比或反比的关系。美食给人享受，也能致祸；山蔬野菜虽粗劣，但可果腹养人。宋人有诗曰：

撷野蔬示小儿

宋・周紫芝

荒村无鸡豚，何以供刀机？[1]
山蔬杂百种，此物含妙理。[2]
幽居有胜事，一笑随稚子。[3]
朝甑饭凫茨，暮鼎羹马齿。[4]
荀包出土肥，蕨芽含露紫。[5]
试采少陵苣，更撷天随杞。[6]
举杯香覆坐，摇喉滑流匕。[7]
悠然理尘策，果腹万事已。[8]
君看金谷楼，步障五十里。[9]
韭虀及豆粥，为其咄嗟耳。[10]
回观奇祸作，一死致坐此。[11]
寄声肉食徒，吾事勿轻鄙。[12]

【题解】

此诗选自《全宋诗》第二六册，卷一四九九，原题中“撷(xié)”：采摘。“示小儿”：给小儿看。

作者周紫芝(1082—?)：字少隐，号竹城居士、静观老人、蝇馆主人。宣城(今安徽省宣州市)人。早年两次赴礼部试,不第。建炎元年(1127)曾应诏上书。绍兴十二年(1142)以廷对第三释褐(脱下民服),时年六十一。十五年,为右迪功郎,二十一年知兴国军。秩满后定居九江。约卒于绍兴(1131—1162)末,年近八十。紫芝为诗推崇梅尧臣、苏轼,强调先严格律然后及句法。有《太仓稊米集》十七卷,此名取黄庭坚"文章直是太仓一稊米耳"之说。因集中有谄腴秦桧父子之诗,被清代四库馆臣斥为"老而无耻,贻玷汗青"。但也不必因此而废其诗。另有《竹坡诗话》一卷传世。

【注释】

[1]"鸡豚":小鸡和猪。"刀机":宰杀家畜的工具。

[2]"山蔬":山地的蔬菜。"妙理":奇妙的道理,即对人体有意想不到的益处。

[3]"幽居":栖身于隐蔽之处,不与或少与外界接触。"胜事":令人高兴愉快的事情。"稚子":年幼的孩子。

[4]"朝甑":早晨的蒸饭锅。"凫茨":荸荠(bí qí),草本植物,通常栽种于水田内,扁圆形,可以吃。野生者,生长于水边。"暮鼎":晚上的炒肉锅。"鼎",本为古代富贵人家的器皿,这里借用。"羹马齿":用马齿苋做汤。马齿苋,一年生草本植物,茎多分歧,圆柱形,紫红色,常俯伏地面;叶厚多质,并比如马齿,性滑利似苋,故名;花淡黄色。全草可食,入药,有清热解毒的功能。

[5]"笱包":一作"笋苞"。"蕨(jué)芽":蕨菜的嫩芽。蕨为多年生草本植物。生在山野,嫩叶可食,俗称蕨菜。根茎含淀粉,可供食用或酿造,也供药用,有清热利尿的功效。

[6]"少陵":汉宣帝许后之陵,因其规模比宣帝的杜陵小,故名。唐代大诗人杜甫,常以"杜陵"表示其祖籍郡望,并自号"少陵野老",世称"杜少陵"。"苣":莴苣。"天随":盖指唐代诗人陆龟蒙,陆氏自号"天随子",人亦称"天随翁"。"天随"语出《庄子·在宥》:"神动而天随,从容无为而万物炊累焉。"意谓随顺天然。"杞":"枸杞",茄科植物,落叶小乔木。

[7]"香覆坐":馨香覆盖、弥漫席位。"滑流匕":使箸匙润滑,易于运用。

[8]"悠然":不紧不慢、自得自在的样子。"理尘策":处理世俗的事务。"果腹":吃饱肚子。"万事已":将其他的所有事务一概放下。

[9]"金谷楼":东晋富豪石崇于金谷涧建筑的奢华园林。详见前《嗜欲伐生

损性命》之【题解】。“步障”：帷幕。

[10]“韭薤”：韭，韭菜；薤，薤菜，常用于调味。“豆粥”，豆作的稀饭。“咄嗟”：呵斥。

[11]“回观”：回过头来看，犹言反思。“坐此”：因为这个原故。石崇与人斗富，终致死亡。

[12]“寄声”：寄语，让不能见面的人听到这些话语。“肉食徒”：食肉之人。“吾事”：我以上所说之事。“勿轻鄙”：不要轻视它，鄙视它。

【简析】

此诗描写采食野蔬的愉快心情。“幽居有胜事，一笑随稚子。”跟随稚子采撷山蔬，这一过程本身就是令人兴高采烈的；而丰富的收获物更足以让人大饱口福。“朝甑饭兔苋，暮鼎羹马齿。荀包出土肥，蕨芽含露紫。试采少陵苣，更撷天随杞。举杯香覆坐，摇喉滑流匕。”这些“杂百种”的山蔬，看在眼里，赏心悦目；吃在口中，摇喉滑匕。何况“此物含妙理”，即有利于人体健康，胜过鸡豚之类的肥肉厚味。并且，这样的清贫生活，比起石崇之类的富豪来，更安全。作者最后“寄声肉食徒，吾事勿轻鄙”。当时采食山蔬，可能是不得已而为之，所以会遭到肉食者的轻视、嘲笑。但诗人这一欣赏的态度则是难得的。今天山蔬已是人们普遍青睐的稀有之物，它营养丰富，未受污染，是养生的上好食物。

忠敬师古贵清静

——我不自珍辄作病

人们患病，固然有其客观原因，但在很多情况下，是主观原因造成的。诸如日常饮食起居不当，精神负担过重，不知避免外在强大致病因素等，均可引起疾病。南宋大诗人陆游，也是几经疾病后，才认识到主观积极防病的重要。其诗曰：

小疾自警

宋·陆游

老来土弗强，举箸辄作病。[1]
造物盖警之，何啻三下令。[2]
而我不自珍，若与疾竖竞。[3]
岂惟昧摄养，实亦缺忠敬。[4]
颠踣乃自诒，何用死不瞑。[5]
自今师古训，念念贵清静。[6]
羔豚昔所美，放斥如远佞。[7]
淖糜煮石泉，香饭炊瓦甑。[8]
采蔬撷药苗，巾幂相照映。[9]
膨脝亦宜戒，仅饱勿惮剩。[10]
隐书有至理，要使气常胜。[11]
因之戒友朋，苦语君试听。[12]

【题解】

此诗选自《全宋诗》第四〇册，卷二二一二，原题中"小疾"，小毛病。"自警"，自我警戒，警告。

【注释】

[1]"土"：脾胃。按五脏应五行说，脾胃属土。"举箸"：拿起筷子，即进食。

[2]"造物"：世界万物的创造者。这里指大自然。"警之"：警告他，即自己。"啻(chì)"：仅仅。何啻，不仅仅是。

[3]"不自珍"：不自我珍爱身体。"疾竖"：造成疾病的"二竖子"，详见前《稍不自珍旧病发》诗【注释】之[6]。"竞"：竞赛，比试高低。

[4]"昧摄养"：不懂得如何饮食和保养身体。"缺忠敬"：缺乏对生命的忠诚和敬畏之情。

[5]"颠踣(bó)"：跌倒；困顿。"踣"，向前仆倒；倒毙。"自诒"：自己留下(祸患)。"诒"通"贻"。"死不瞑"：到死也不能闭上眼睛，意谓不甘心。

[6]“师古训”：牢记、践履古人的遗训。“念念”：思想上时刻不忘。“贵清静”：以清静为贵，即以“清静”为(养生的)最高原则。意谓免除世务的纷杂，保持身心的安定。这一原则源于《老子》，并为战国、汉初的黄老学派所发扬。汉惠帝(前194—前188在位)时，齐相曹参拜黄老学者盖公为师，实行“贵清静”政策，齐国社会经济很快恢复起来。后曹为汉相，又将这一政策在全国推广。事见《史记·曹相国世家》。道家亦将这一思想应用于养生过程。

[7]“羔豚”：羊羔、猪，均为厚味、美味。“放斥”：疏远和排斥。“远佞”：远离奸佞小人。

[8]“淖(naò)糜”：烂糊粥。陆游另有《穷居》诗：“淖糜均列鼎，徒步当华轩。”又有《书志》诗：“一碗淖糜支日过，数椽破屋著身宽。”可见，淖糜为穷困者的食物。“煮石泉”：以“石泉”即石头缝里流出的泉水煮(淖糜)。“炊瓦甑”；以瓦甑蒸煮香饭。“瓦甑”，用泥土烧制的盆、蒸锅一类器皿，此亦是贫困者所用。此句中的“香饭”，只是食者的感觉，即以饭为香，并不表示饭本身的性味，饿者吃粗食亦香。

[9]“采蔬”：采取蔬菜。“撷药苗”：摘取药苗。“巾幂”：擦拭、包裹或覆盖东西的纺织品、针织品，这里指手巾、头巾。

[10]“膨脝”：腹部胀大的样子。这里指饱食后腹部鼓起。“勿惮剩”：不要怕(饭菜)剩下。

[11]“隐书”：旨意隐秘、秘密流传之书，往往带有神秘色彩。如南朝齐梁·陶弘景《真诰·真命授》称：“道有八类真经，太上之隐书也；道有九真中经，老君之秘言也。”诗人此处所谓“隐书”，显然指载有道家秘旨之书。

[12]“戒友朋”：告诫友朋，提醒他们不要犯此类错误。“苦语”：如良药一样苦的话语。古语谓：良药苦口利于病，忠言逆耳利于行。

【简析】

诗人在此诗中，总结老年生活上的一个教训。即“老来土弗强，举箸辄作病”。这才意识到“造物盖警之，何啻三下令。而我不自珍，若与疾竖竞。岂惟昧摄养，实亦缺忠敬。颠踣乃自诒，何用死不瞑。”如不及时醒悟和矫正，只能是自作自受，怨不得别人。“自今师古训，念念贵清静。”所谓“清静”，原为减少社会事务和麻烦，这里则主要是指饮食清淡，少食或不食肉。诸如远离“昔所美”的“羔豚”，以石泉煮“淖糜”，以“瓦甑”蒸“香饭”，采撷蔬菜、“药苗”等。并且力戒过饱，

"膨脝亦宜戒，仅饱勿惮剩"。今天看来，如此饮食，确是养生良方。作者能够享寿八十五岁，与此大有关系。他将这一养生经验公之于世，也是对社会的一个贡献。

酒祸贼人猛于秦

——贼己贼他其罪均

不知从何时起，形成以酒自虐、虐他的不良风气。或自迫，或他迫，不能饮酒也得饮，直到烂醉。有的醉后胡言乱语，丑态百出；有的僵卧如尸，终日乃至数日不醒；有的留下病残；有的造成事故、悲剧。南宋诗人陈造，对此颇有感触，其诗及序曰：

戒饮二首并序

宋·陈造

予中年病于酒，以饮自誓，谓不当自贼，亦不以贼人，饮客多寡听自酌。[1]人皆笑之。然向病脱然，客亦未始因吾病。[2]臧子子仪独不见笑，且曰："某不能饮，见虐以酒，辄病。"[3]求予言晓客，因信笔申其戒。[4]古人之诗，语工而意婉，使人思而得之。[5]思而得，故得之深，守之固，后山秀骨画眉是也。[6]吾亟欲为臧子益，故直书而详为之言，不暇为前人也。[7]子其识之。[8]

毒痡痡受辛，斩刈憯暴秦。[9]
杜康与仪狄，贼物其罪均。[10]
商毒烈火炎，岐镐方阳春。[11]
秦暴虓虎博，欧粤无颦呻。[12]
二子起酒祸，古今同湛身。[13]
计实乃鸩葛，适口良甘醇。[14]
文锦覆深阱，病媒鬼之邻。[15]

剩杀不遗迹，辛政犹为仁。[16]
今子知所戒，浮俗岂其伦。[17]
生世千金躯，况复富席珍。[18]

自我铭盘盂，覆杯远麴糵。[19]
人或安清修，身亦享黄发。[20]
奈何悠悠者，沉酗无虚日。[21]
言之每逢怒，周诰存若缺。[22]
狂悖贻世戒，气血瞢中竭。[23]
持觞劝客意，彼肯独夭折？[24]
投辖车钤颈，抽肠擢其骨。[25]
交游多若人，自重要勇决。[26]
关须太虚闭，交继叔夜绝。[27]
毋兴圣贤悲，濡首右臂折。[28]

【题解】

此诗选自《全宋诗》第四四册，卷二四二三，原题中“戒饮”，劝诫饮酒。本三首，此为一、三。

作者陈造（1133—1203），字唐卿，高邮（今江苏省高邮市）人。淳熙二年（1175）进士，调太平州繁昌尉。历任平江府教授、知明州定海县、通判房州并权知州事、浙西路安抚司参议、淮南西路安抚司参议等。自以州县参议无补于世，置江湖为宜，遂自号江湖长翁，直至逝世。有《江湖长翁文集》四十卷，已佚。存诗二十卷。

【注释】

[1]“自贼”：自我伤害。“听自酌”：听任其随意饮酒。“酌”，斟酒；考虑，衡量。

[2]“向病”：一向以来的老毛病。“脱然”：（疾病）像脱衣一样离开身体，彻底痊愈。

[3]“臧子子仪”：犹臧君子仪。“臧”，姓；“子仪”，名或字。“臧子”之“子”，尊称，犹孔子之“子”。“见虐以酒”：被人用酒虐待，指逼迫其饮酒。

[4]“晓客”:使客人明白,了解。“信笔”:随便书写。“申其戒”:申述他的劝诫。

[5]“语工而意婉”:语句工整而用意委婉。“思而得之”:经过思索而领会其意蕴。

[6]“得之深,守之固”:思考深刻,坚持牢固。“后山”:后面的山。此指头颅后面的枕骨。《医宗金鉴·正骨心法要旨·后山骨》:“后山,即头后枕骨也。”“秀骨”:不凡的骨相,气质。“画眉”:本指以黛色描饰眉毛,或指描饰过的眉毛。这里盖指美好的眉毛。全句意谓真正领会古人的深意,就能美化自己的形体气质。

[7]“亟欲”:急于要。“直书”:径直书写,意谓来不及修饰。“不暇”:没有充裕的时间。“为前人”:做一个像前人的人,指像前人那样“语工而意婉”。

[8]“子”:您,读者。“识(zhì)之”:记住这一教训。

[9]“毒痛”:(酒)毒令人疼痛。“痛受辛”:痛就痛在受到(酒的)辛辣(刺激)。“斩刈”:斩杀、割除(生命)。“憎暴秦”:令人想起和憎恨残暴的秦朝。

[10]“杜康”:传说中最早造酒的人。“仪狄”:传说为夏禹时善酿酒者。《战国册·魏策二》:“昔者帝女令仪狄作酒而美,进之禹,禹饮而甘之,遂疏仪狄,绝酒旨,曰:‘后世必有以酒亡其国者。’”历来以“杜康”与“仪狄”为酒的代称。“贼物”:残害生命。“其罪均”:他们的罪孽是均等的。

[11]“商毒”:指商纣王酒池肉林,纵欲无度,残害谏诤之臣,最后亡国。“岐镐”:岐山下的镐京,位于今陕西省岐山县境,西周建国于此,故称。《诗·小雅·鱼藻》:“王在在镐,岂乐饮酒?”此二句将商与周对比,一沉溺于酒,一不饮酒。结果一亡一兴,凸显酒的危害。

[12]“秦暴”:秦朝的暴政。“虓(xiào)虎”:咆哮、怒吼之虎。“欧粤”:泛指今福建、两广一带。“颦呻”:头痛呻吟。“颦”:皱眉头。“呻”,呻吟。此二句是说,在秦朝实行暴政之时,还有欧粤未受其害。

[13]“二子”:指杜康和仪狄。“起酒祸”:兴起酒的祸害。“湛(chén)身”:沉身,投水而死。此指沉溺于酒中。

[14]“计实”:考察、审核。“鸩(zhèn)葛”:毒药。鸩,鸩羽浸制的毒酒,能杀人。葛,当指葛上亭长,又名蚝,豆斑蝥全虫,有剧毒,内服宜慎。

[15]“文锦”:织有图案的丝织品。“覆深穽”:覆盖深深的陷穽(阱)。“鬼之邻”:是鬼的邻居。

[16]“剿杀”:即剿杀,剿灭。“剿”同“剿”。“辛政”:商纣王名辛,“辛政”即商

纣王的暴政。“犹为仁”：比起酒的祸害流毒，商纣王的暴政算是仁慈的了。

[17]“知所戒”：知道应当戒除什么，指饮酒。“浮俗”：崇尚浮华的世俗之人。“岂其伦”：哪里是你的一路人呢？

[18]“千金躯”：宝贵的身体，生命。“富席珍”：餐桌上丰富的美味。此二句意谓，生命宝贵，可享用的美味很多，何必要饮酒丧躯呢！

[19]“铭盘盂”：铭刻在盘、盂等器皿上，即经常能见到，犹如座右铭。“覆杯”：将（酒）杯口朝下，意谓戒酒不饮。“远麹糵”：远离酒。“麹糵”（qū niè），酿酒的麯，这里指酒。

[20]“安清修”：安于清淡的生活，以修养身心。“享黄发”：享有高寿。“黄发”，老年人的头发由白转黄。

[21]“悠悠者”：众多的人们。“沉酗”：沉湎于酗酒之中。“无虚日”：没有一天不酗酒。

[22]“言之”：（对这些人）讲不应饮酒的道理。“每逢怒”：往往碰到（对方的）愤怒。“周诰”：《尚书》的篇名，其中劝诫饮酒。“存若阙”：虽然此篇一直存在，但犹如缺失一样，人们并不遵循。

[23]“狂悖”：疯狂背离，违反。“贻世戒”：遗留下对世人的警戒。“瞢中竭”：在懵懵懂懂、迷迷糊糊中枯竭。

[24]“觞”：古代饮酒器皿，犹似现代酒杯。“夭折”：未成年而死，亦泛指年轻而死。

[25]“辖（xiá）”：卡住车轮转动的装置、部件。“钤（qián）”：锁。比喻约束、管制事物的关键。“擢其骨”：拔取他们的骨头。

[26]“自重”：自我珍重。“勇决”：勇敢而果断。

[27]“太虚”：古代哲学范畴，盖指世界的本原、本体状态。此处似指心，关闭、杜绝饮酒之心意。“叔夜”：三国魏·嵇康，字叔夜。时任吏部尚书的山涛，欲举康自代，康非常愤怒，作《绝交书》以拒之。他们同为“竹林七贤”之一，原本友善。

[28]“毋（勿）兴”：不要兴起。“圣贤悲”：圣贤之悲痛。“濡首”：语出《易·未济》：“上九，有孚于饮酒，无咎。濡其首，有孚失是。象曰：‘饮酒濡首，亦不知节也。’”后以“濡首”谓沉湎于酒，而又失其本性、常态之意。“右臂折”：折断右臂。此句下诗人有注：“司马子如饮孙搴，搴即死。高欢谓折我右手。”此事见于《北史》卷五十五《孙搴传》：原文曰“折我右臂”。高欢即北齐高祖、神武帝。

【简析】

此二诗是代人劝诫饮酒的。臧子仪“不能饮”,却被人“虐以酒,辄病”,求诗人“晓客”。此事对诗人亦触动很大,“因信笔申其戒”,有感而发,写成此诗。深入诵读此诗,确实令人警醒。

诗人诫饮的理由主要有四:一是酒能误国。它一问世,就遭到大禹的封杀,认为“后世必有以酒亡其国者”。商纣王的亡国,就与滥饮酒有关。二是酒毒伤身。它比暴秦还毒,使人“气血瞢中竭”,“抽肠擢其骨”,“计实乃鸩葛,适口良甘醇”。犹如文锦覆盖的深阱,是通往鬼域的媒介。它“剿杀不遗迹”,相比之下“辛政犹为仁”。三是生命宝贵,应当享受美好的生命,何必要使“千金躯”因酒而“夭折”呢?四是人有社会历史责任,不可因酒而误事。“毋兴圣贤悲,濡首右臂折。”但能否戒酒,关键在于自己的勇气和决心。应像嵇叔夜与山涛绝交那样,不留回旋余地。否则,仍有圣贤之悲痛。如此劝诫,很有说服力和可行性。

医经谆谆诫多食

——大嚼强身反伤身

万事万物均有度,饮食亦不例外。过多过少皆有害。世人贪恋美食,不知节制,反而受伤。今人为了保持窈窕身材,过度减肥,反而骨瘦如柴,毫无美感可言。两相比较,多食倾向更突出。故《书经》、《内经》早有告诫。南宋诗人陈造亦有诗曰:

病起诗·节食

宋·陈造

医经戒多食,书恶殄天物。[1]
细茹取微足,卫生此其术。[2]
是铭当匕箸,况我已衰疾。[3]

胡为冒所戒，一卧复十日。[4]
恙病不虚生，一一自口实。[5]
大嚼健武事，欲强蒲柳质。[6]
行年逾知命，备历世纤悉。[7]
山肤与水豢，尝味几十七。[8]
梦酣复不已，颐正昧终吉。[9]
昔人议四凶，饕餮乃其一。[10]
不见辟谷翁，曾是汉良弼。[11]

【题解】

此诗出处、作者与前《戒饮二诗》同，原总题《病起四诗》，意谓引起疾病的主观原因有四，并以“节食”、“止酒”、“息念”、“论报”为分题加以议论。本书仅选其一，二、三、四从略。

【注释】

[1]“医经”：医学经典，此指《黄帝内经》。此书《素问·痹论》指出：“饮食自倍，肠胃乃伤。”此即戒多食。“书”：指《尚书》。“恶（wù）”：厌恶，反对。“殄（tiǎn）天物”：糟蹋上天赐予的有用的东西。“天物”，原指大自然的产物，诸如鸟兽草木等。这里还应包括人类生产的物品。语出《尚书·武成》：“今商王受（纣）无道，暴殄天物，害虐烝民。”

[2]“细茹”：少食。“取微足”：小饱即满足。“此其术”：这是此书（指《内经》）所说的卫生的方法。

[3]“是铭”句：应将此节食之言铭刻于筷子和羹匙上，以便提醒餐者。“况”：何况。“衰疾”：衰老和生病。

[4]“胡为”：为何，为什么。“冒所戒”：冒犯所当避免的禁戒。“一卧”句：违背多食之戒，结果卧病十天。

[5]“恙病”句：任何疾病都不是凭空发生的。“恙（yàng）”，病。“自口实”，来自口实，原因就在口中饮食。

[6]“大嚼”：大吃大喝。“健武”：刚强勇武。“蒲柳质”：像蒲柳那样衰弱的体质。“蒲柳”，即水杨树，一入秋就凋零。南朝·宋·刘义庆《世说新语·言语》：“蒲柳之姿，望秋而落；松柏之质，经霜弥茂。”后因以比喻未老先衰，或体质衰弱。

[7]“逾”:超过。“知命”:知天命,即五十岁。语出《论语·为政》:“五十而知天命。”谓懂得事物生灭变化都由天命决定的道理。“历世”:经历世事。“纤悉”:细致详尽。

[8]“山肤”:即石耳,多产于悬崖石壁上,可供食用和药用。此指山上所产的美味食品。“水豢”:水中所产的美味食品。明·王志坚《表异录·饮食》:“饮之美曰泉液、露英;食之美曰山肤、水豢。”“几十七”:接近十分之七。

[9]“梦酣”句:在酣梦之中还不忘这些美味。“颐”:口腔的下部。《周易》有《颐》卦,卦辞曰:“观颐,自求口实。”郑玄曰:“颐,养也。”“终吉”:最终吉利。诗人引此,意在指明人们只知贪恋美味,以求颐养,而“昧”于如何才能获得“终吉”。

[10]“四凶”:相传为尧时四个恶名昭彰的部族首领,即浑敦、穷奇、梼杌、饕餮。事见《左传·文公十八年》和《尚书·舜典》。后世多以比喻凶狠贪婪的朝臣。“饕餮(tāo tiè)”,除为尧时四凶之一外,还传说是一种贪残的怪物,后世多用以比喻贪残、贪婪吞食。这里正是用其后一意义。

[11]“辟谷翁”:不食五谷的老头。道家提倡这种修炼方法。辟谷时,仍食药物,并进行导引等。“汉良弼”:辅佐汉高祖刘邦的良臣,指张良。据《史记·留侯世家》:张良隐退后,跟随黄石公(赤松子)游,“学辟谷道(导)引轻身”。

【简析】

此诗描写节食的感受,并申述其理由:一是医经、书经均有所诫;二是自己犯戒患病,“一卧复十日”,其原因就是“一一自口实”;三是年逾知天命,已尝味甚多,却昧于“终吉”;四是昔人害怕多食,视“饕餮”为四凶之一,汉初名臣张良曾通过辟谷,进行养生。可见,诗人倡导节食,既有理论根据,又有正、反两方面的经验教训,故有较强的感染力和说服力。但道理易明,践履甚难。不经多食之害,体会不深,实行不力。希读者果决。

多藏厚味生祸殃

——谁能有欲皆求得

人生无不有欲，无欲之人是不能存活的。但并非人人所欲均有客观根据和实现条件。即使个别极度之欲得以实现，如大富大贵，也并非就是福气，到头来往往竟成祸殃，反倒缺乏寻常贫贱者之安乐。南宋诗人王炎有诗曰：

薄薄酒

宋・王炎

薄酒可成礼，何必饮上尊？[1]
丑妇可成室，何必求丽人？[2]
人生有欲皆求得，谁能有得终无失？[3]
多藏未免诲穿窬，厚味亦能生疾病。[4]
青鞋缓步可当车，不用驷马黄金羁。[5]
茅檐之下庇风雨，不用丹碧文榱题。[6]
缊袍布衾亦自暖，不用狐裘蒙锦衣。[7]
菜羹脱粟亦自饱，不用五鼎羞鲜肥。[8]
月盈不偿阙，物盛必有衰。[9]
逐客可相亦可夷，饿隶为王又为菹。[10]
欲从意满神所忌，吉凶反覆相乘除。[11]
吾闻猩猩骂人非不智，以醉就擒犹惜屦[12]
鼋鼍窟穴深又深，卒为人得由贪饵。[13]
古来达识照其几，外物观之双弊屣。[14]
於陵辞聘宁灌畦，御寇辞粟宁忍饥。[15]
逃荣无辱二疏去，今是昨非陶令归。[16]
请君莫嫌薄酒薄，瓦瓮匏尊任斟酌。[17]
请君莫嫌丑妇丑，荆钗布襦与偕老。[18]

天宽地大得自由，如此足矣何所求！[19]

【题解】

此诗选自《全宋诗》第四十八册，卷二五五九。原题《薄薄酒》，其义参见前黄庭坚同题诗【题解】及【注释】之[1]。

作者王炎(1138—1218)，字晦叔，号双溪，婺源(今江西省上饶地区婺源县)人。乾道五年(1169)进士，调崇阳县主簿，历任绍兴府曹参军，知临湘县，潭州教授，通判临江军，太学博士，秘书郎，实录院检讨，著作佐郎，军器少监，知饶州、湖州。有《双溪文集》等传世。《新安文献志》卷六九有其传。

【注释】

[1]"薄酒"：淡酒，菲薄的酒。"成礼"：(对客人)尽到礼节。"上尊(樽)"：高贵的酒杯，此指上等酒。

[2]"成室"：成家。"丽人"：美丽的人，美女。

[3]"终无失"：最终不失掉。

[4]"多藏(cáng)"：藏储很多(财宝)。"穿窬"：指挖墙洞或翻墙入室偷窃的行为。"厚味"：美味

[5]"青鞋"：粗布做的鞋，亦指草鞋。泛指下层民众穿的鞋。"当车"：当作代步的车子，即以步行代乘车。"驷马"：驾一车之驷马，亦指四匹马拉动的车。在古代，只有富贵者才能乘这样的车。"黄金羁"：用黄金做的马嚼口，置于马口中，两端有绳子引出，抓在骑者或驭车者手中，以控制马的行为。

[6]"茅檐"：茅草房的檐下。"庇(bì)"：遮蔽，覆盖。"丹碧"：用丹砂或朱砂制成的颜料。"碧"：青绿色。"文"：文饰，美化。"榱题"：屋檐下的椽子头。椽子是放在檩上托瓦的木条，檩则是屋梁上承重的横木。

[7]"缊袍"：以乱麻为絮做成的袍子，是贫者御寒之服。"布衾(qīn)"：用粗布做成的被子。古代的"布"，是用麻、葛、丝、毛等纤维纺织而成的。如以麻、葛为原料，加之技术原始，其制成品非常粗糙。"狐裘"：以狐狸的皮毛做成的外衣。"锦衣"：用锦做成的精美华丽的衣服。锦是有彩色花纹的丝织品。《诗·秦风·终南》："君子至止，锦衣狐裘。"朱熹集传："锦衣狐裘，诸侯之服也。"

[8]"菜羹"：菜汤。"脱粟"：糙米。《史记·平津侯主父列传》："食一肉脱粟之饭。"司马贞索引："脱粟，才脱壳而已，言不精凿也。"即只去皮壳，不加精制的

米，贫者所食。“五鼎”：古代举行祭礼时，大夫用五个鼎分别盛羊、豕、肤（切肉）、鱼、腊五种供品。“五鼎食”，列五鼎而食，形容高官贵族的豪奢生活。“羞”：珍馐，美食。

[9]“月盈”：满月，阴历十五、十六的月亮。“不偿阙”：不能弥补其亏阙。意即指月有盈必有阙。下句之义仿此。

[10]“逐客”：驱逐来客。指战国时秦国曾下令驱逐来自他国的游说之士，丞相李斯上书谏止。见《史记·李斯列传》。“可相”：拜为丞相。“可夷”：可以伤害，诛杀。“饿隶”：挨饿之仆役。“为王”：称王。“菹（zū）”：腌菜；肉酱。古代一种酷刑，把人剁成肉酱。《汉书·刑法志》：“枭其首，菹其骨肉于市。”颜师古注：“菹谓醢也。”汉初韩信曾为饿隶，后为齐王，终被杀。见《史记·淮阴侯列传》及《汉书·韩信传》。

[11]“神所忌”：为神所忌妒。“相乘除”：相互利用、相互代替。

[12]“猩猩”：灵长动物，有萌芽阶段的意识。“屦（jù）”：古代的一种鞋子，多以麻、葛、皮制成。

[13]“鼋鼍”：“鼋”，大鳖，俗称癞头鼋。“鼍”，即“鼍”，猪婆龙，体长丈余，爬行动物。

[14]“达识”：富有才干、识见之人。“照其几”：察知其中的隐微、奥秘。“弊屣（xǐ）”：破旧的鞋子。

[15]“於（yú）陵”：地名，借指战国隐士陈仲子，因居于陵，故称。楚王曾聘其为相，不许。《史记·鲁仲连邹阳列传》：“於陵子仲辞三公，为人灌园。”另见《孟子·滕文公下》。“御寇”：盖指列御寇，战国诸子之一。《庄子》中有《列御寇》篇。今本《列子》一书，有学者认为是魏晋托名之作。

[16]“逃荣无辱”：盖指晋·陶潜。据《晋书》卷九十四《陶潜传》：其为彭泽令期间，郡遣督邮至县，吏应束带见之，潜叹曰：“吾不能为五斗米折腰，拳拳事乡里小人邪（耶）！”刺史王弘慕其名，亲造访，潜称疾不见。语人曰：“我性不狎世，因疾守闲，幸非洁志慕声，岂敢王公纡轸（yū zhěn）为荣哉！”终留疏离职。“今是昨非”：陶潜《归去来辞》：“实迷途其未远，觉今是而昨非。”

[17]“瓦瓮”：陶制的小口大腹之容器。“匏（páo）尊”：用葫芦的外壳做成的酒樽，即饮酒之具。“任斟酌”：随意斟酒和饮酒。

[18]“荆钗”：用荆枝制作的固定发髻的钗子。古代贫家妇女常用之。“布襦（rú）”：布制的短衣。

[19]“何所求”：还求什么，即什么也不求。

【简析】

此诗的思想内容与前黄庭坚的同题诗有相似之处，都是乐于贫贱而淡泊富贵。认为薄酒可成礼，丑妇可成室，缓步可当车，茅檐庇风雨，缊袍布衾自暖，菜羹脱粟自饱，而不必饮则要上樽，娶则求丽人，驷马黄金羁，丹碧文椽题，狐裘蒙锦衣，五鼎羞鲜肥。但此诗仍有特色，主要就是从事物发展的角度，指出“月盈不偿阙，物盛必有衰”。贫贱和富贵、吉与凶也会相互转化。如“逐客可相亦可夷，饿隶为王又为菹”，不要一时富贵就骄奢淫逸，否则不会有好的结果。作者还告诫世人，不要贪得无厌。猩猩之所以就擒，就因其贪酒、惜履，鼋鼍之所以卒为人得，亦由其贪饵。人亦如此。所以古来有许多智者，“达识照其几”，视“外物”如“弊屣”。如“於陵辞聘”，“御寇辞粟”，“陶令”辞官等。都是为了自由，而舍弃了富贵。诗人最后说：“请君莫嫌薄酒薄，瓦瓮匏尊任斟酌。请君莫嫌丑妇丑，荆钗布襦与偕老。天宽地大得自由，如此足矣何所求！”意谓温饱、自由的生活比富贵更值得珍惜。在这样的条件下养生，更能取得积极效果。

吾性之仁万善首

——欲绵修龄须深究

古代各个学派都有其养生主张。孔子创立的儒家，在政治上提倡仁政，在养生上认为“仁者寿”。实际上，是强调仁爱之德对于养生的重要性。儒家后学继承并发扬了这一思想。如南宋理学家真德秀之诗曰：

志道生日为诗勉之

宋·真得秀

我闻洙泗言，唯仁静而寿。[1]

汝欲绵修龄，斯义盖深究。[2]
越从开辟来，新故更禅受。[3]
巍巍独山岳，屹立镇宇宙。[4]
其体固而安，其形博而厚。[5]
蓄呵云雾兴，涵煦草木茂。[6]
皆由一静功，变化生万有。[7]
千古无动摇，两仪等悠久。[8]
吁嗟人心危，六凿互攻斗。[9]
眇焉方寸微，怵彼群物诱。[10]
扰扰无宁期，得不易衰朽。[11]
汝今志于学，一念贵操守。[12]
天真浚其源，人伪窒其窦。[13]
冶容命之斧，妖声性之寇。[14]
腊毒由厚味，乱德本醇酎。[15]
当知御雠敌，岂但恶恶臭。[16]
敛然肃襟灵，神物森左右。[17]
融融湛虚明，役役息纷揉。[18]
还吾性之仁，万善此其首。[19]
但存达德三，可卜与龄九。[20]
不胜玉女心，持用荐杯酒。[21]

【题解】

此诗选自《全宋诗》第五十五册，卷二九二一，原题中“志道”，当指陈宁祖，字志道，福建长溪（今福建省宁德地区霞浦县）人，寄居温州瑞安县。善治书，年五十三登宝祐四年（1256）进士。此诗作者在世时，陈氏年幼好学，故在其生日写诗勉励之。

作者真德秀（1178—1235），字景元，一字希元，号西山。浦城（今福建省南平市浦城县）人。庆元五年（1199）进士。嘉定元年（1208）召为太学博士。仕途坎坷，历任起居舍人兼太常少卿、江东转运副使、湖南安抚使兼知潭州、中书舍人、礼部侍郎、知泉州、知福州、户部尚书、翰林学士、知制诰、参知政事等。卒后谥文忠。真氏为朱熹二传弟子，是继承“朱子学”的代表人物之一，慨然以斯文自任，对当时和后世影响较大。有《西山先生真文忠公文集》传世。《宋史》卷四三七有其传。

【注释】

[1]“洙泗”：洙水和泗水。古时此二水自今山东省泗水县北合流而下，至曲阜北，又分为二水：洙水在北，泗水在南。春秋时属鲁国地。孔子在洙、泗之间聚徒讲学。后世遂以“洙泗”代称孔子及儒家。“仁静而寿”：语出《论语·雍也》：“子曰：知者乐水，仁者乐山。知者动，仁者静。知者乐，仁者寿。”

[2]“绵”：绵长，绵延。“修龄”：长寿。“绵修龄”：此指延年益寿之意。“斯义”：这个意思，指“仁静而寿”。

[3]“越”：发语词。“开辟”：开天辟地；亦指社会、事业的开始。“禅（shàn）受”：同“禅授”，“禅让”，古代帝王将帝位和平地传于他人。这是最高统治权力转移的一种方式。如传说中尧、舜、禹以次禅让。“新故更禅受”，指旧事物让位于新事物。

[4]“巍巍”：山峰高大的样子。“山岳”：高大的山。“屹立”：高耸而稳固地站着，喻不可动摇。“宇宙”：时间和空间及其内容的总称，概指一切客观存在。

[5]“其体”：指山岳。“固而安”：牢固而安静。“博而厚”：广博而富厚。

[6]“嘘呵”：吐气。“涵煦”：包容温养，滋润哺育。

[7]“静功”：沉静的功夫。“万有”：各种各样的事物，包括前述“云雾兴”、“草木茂”。

[8]“千古”：长远的年代。“两仪”：天地。“等悠久”：与两仪一样悠久。

[9]“吁嗟”：可叹啊。“人心危”：语出《尚书·大禹谟》：“人心惟危，道心惟微。惟精惟一，允执厥中。”即人心包藏险恶。“六凿”：指耳、目、鼻、口及前、后阴等六孔窍。语出《庄子·外物》：“心无天游，则六凿相攘。”成玄英疏：“凿，孔也。”一说犹六情，喜、怒、哀、乐、爱、恶。“互攻斗”：互相攻击、斗争。

[10]“眇焉”：藐小；微小。“方寸”：人的心。“怵”：害怕。

[11]“扰扰”：纷乱、烦乱的样子。“无宁期”：没有安定的时候。“得不”：岂不，怎么不，难道不。反问语，实为肯定。

[12]“汝”：你。“志于学”：立志为学。语出《论语·为政》：“子曰：吾十有五而志于学”。“操守”：在思想行为上始终坚守已确立的品行志节。

[13]“天真”：未被礼俗改变的人的天然品性和面目。“浚”：深挖，疏通。“人伪”：人为。《荀子·性恶》：“人之性恶，其善者伪也。”“不可学、不可事而在人者谓之性，可学而能、可事而成之在人者谓之伪。”“窒”：阻塞。“窦”：孔窍，洞。

[14]“冶容”：女子妖媚的容貌；亦指艳丽的女子。“命之斧”：砍伐生命的斧头。语出《吕氏春秋·本生》：“靡曼皓齿，郑卫之音，务以自乐，命之曰伐性之斧。”汉·枚乘《七发》：“皓齿蛾眉，命曰伐性之斧。”“妖声”：淫靡、放荡的声音。“性之寇”：人们本性的敌寇。

[15]“腊毒”：极毒。“厚味”：美味。“乱德”：扰乱、破坏人们的道德原则。“醇酎(zhòu)”：反复多次酿成的醇酒。《礼记·月令》：“天子饮酎。”郑玄注：“酎之言醇也，谓重酿之酒也。”

[16]“雠”：仇。“恶(wù)”：憎恨。“恶(è)臭”：污秽发臭之物，令人难耐的臭气。“恶恶臭”，厌恶、痛恨(那些)丑恶的臭东西。

[17]“敛然”：自我约束的样子。“肃襟灵”：整饬、肃清(自己的)襟怀和心灵。“神物”：神明。“森左右”：森然罗列在左右。

[18]“融融”：和悦、明媚的样子。“湛虚明”；沉浸在清虚纯洁的状态。“役役”：劳苦不息、努力从事的样子。“纷揉”：即“纷糅”，众多而杂乱。“息纷糅”，使纷乱的思想情绪得以止息。

[19]“还吾”句：回到本性之仁上。

[20]“达德”：通行不变的道德。语出《礼记·中庸》：“知、仁、勇三者，天下之达德。”郑玄注：“达者，百王所不变也。”“龄九”：长寿。语出《礼记·文王世子》：“文王谓武王曰：‘女何梦矣耶？’武王对曰：‘梦帝与我九龄。’”后世遂用“九龄”或“龄九”、“龄梦”指寿命、长寿。

[21]“玉女”：即“玉汝”，乃“玉汝于成”之义。语出宋·张载《正蒙·乾称篇》：“富贵福泽，将厚吾之生也；贫贱忧戚，庸玉汝于成也。”意谓助之使成，即成全之义。

【简析】

此诗启示后生志道，养生的思想前提是深究并认真践履孔子“仁者静而寿”的教诲。诗人认为，能“静”才能“悠久”，“仁”为万善之首。如山岳，静而博厚，“化生万有”。这里的“静”，主要指思想意志的坚定，即“一念贵操守”，而非行为上的静止。能仁能静，才能抵御外物的诱惑。作者特别指出：“冶容命之斧，妖声性之寇。腊毒由厚味,乱德本醇酎。当知御雠敌,岂但恶恶臭。”这些都是养生的大敌,如果让其“扰扰无宁期,得不易衰朽”?说到底,“仁”是养生的根本。能仁能静,才能长寿。这一看法启示养生者,必须注重思想道德修养,否则不能抵御伤生的外物。

菜羹淡薄斯尽道

——膏粱厚味腊毒深

世人喜欢厚味美食,甚至不惜重金,以满足口腹之欲。这是本能的体现,不足为奇。若以理性思考,厚味美食不一定能够促进健康,如不加节制,反而损伤身心。应当以是否有利于健康为标准选择食物。宋人姜特立有诗曰:

菜　羹

宋·姜特立

凡物贵适口,何必费橐金![1]
蓴羹与菰菜,千里起归心。[2]
野人美芹献,重意有所临。[3]
淡薄斯尽道,厚味腊毒深。[4]
彼哉膏粱徒,藜藿非知音。[5]

【题解】

此诗选自《全宋诗》第三八册,卷二一四八。原题意在提倡饮食淡薄,反对厚味。

【注释】

[1]“橐金”:囊中之金钱。

[2]“蓴(chún)”:蓴菜,即莼菜,又名凫葵。多年生水草。嫩叶可做汤菜,即所谓“蓴羹”。“菰”:多年生草本植物,生长在池沼里。其地下茎白色,膨大,即平

时食用的所谓茭白。据《晋书·文苑传·张翰》:"翰因见秋风起,乃思吴中菰菜、蓴羹、鲈鱼脍,曰:'人生贵得适志,何能羁官数千里以要名乎!'遂命驾而归。"后因以"蓴羹与鲈脍"为思乡辞官的典故。

[3]"野人":农夫。"美芹献":以芹为美味,欲献之他人(君主,权贵)。语出《列子·杨朱》。后世喻以微物献给他人。亦以"献芹"为礼品菲薄或建议浅陋的谦辞。"重意":深情厚意。

[4]"腊(xī)毒":极毒。《国语·郑语》:"毒之酋腊者,其杀也滋速。"韦昭注:"腊,极也。"

[5]"膏粱":肥美的食物,亦借指富贵人家及其后嗣。"藜藿":藜即藜灰菜,一年生草本植物,嫩叶可食,其老茎可为杖。藿即豆叶,嫩时可食。藜和藿,泛指粗劣的饭菜,贫贱者之所食。

【简析】

此诗也是欣赏普通蔬菜而淡泊膏粱厚味的。作者认为,食物的好坏,不能以其市场价格高低为标准,而是看它适合食用的程度。"蓴羹与菰菜",均为江南普通的蔬菜,但它足令在外做官者"千里起归心"。芹菜也不值钱,但野人却将它作为重要礼物献给位尊者。"厚味腊毒深。彼哉膏粱徒,藜藿非知音。"相比之下,富贵者不知,他们所食用的厚味,则包含极毒。诗人得出的结论就是"淡薄斯尽道"。此语亦可适用于今天。

饮酒有度不可醉

——一旦致醉几于死

朋辈饮酒,往往喜说"一醉方休",表示赤诚相见,开怀畅饮,不计后果。及至真的大醉,肢体、精神上的痛苦,是未曾醉酒者难以了解的。宋、元之际诗人方回(1227—1307),对醉酒之痛苦深有体验,其诗曰:

病酒良苦

宋·方回

一醉几于死，人疑呕出肝。[1]
渴烧唇舌破，毒搅胃肠酸。[2]
寝不知雷响，愁偏怯春寒。[3]
狎徒闻必哂，医叟疗应难。[4]
冰水差能咽，糜羹屡废餐。[5]
从今对花处，止可啜茶看。[6]

【题解】

此诗选自《全宋诗》第六十六册，卷三四八四。原题中“病酒”，病于酒，因醉酒而病。“良苦”，实在痛苦。此处“良”为副词，意为甚、很、确实。此诗即描写醉酒后痛苦的情景，可为世人之戒。

作者方回，字万里，一字渊府，号虚谷，别号紫阳山人。歙(shè)县(今安徽省黄山市歙县)人。早年有诗名。宋理宗景定三年(1262)进士，廷试原为甲科第一，被奸相贾似道抑置乙科首，调随州教授。后历任江淮都大司干官、沿江制干、通判安吉州、太常簿、知建德府。恭帝德祐二年(1276)，元兵至建德，出降，改授建德路总管兼府尹，七年后，罢。此后不再任官职，以诗游食于元朝新贵之间二十余年，也与宋遗民往还，长期寓居钱塘。著书甚多，有《桐江集》六十五卷，已佚。又有《桐江续集》二十卷，《续古今考》三十七卷，《瀛奎律髓》四十九卷，《诗评》四卷，《虚谷闲抄》一卷等。方氏的人品不可称道，但也不必因其人而废其诗。其咏医诗及诗中的养生思想，有可取之处。

【注释】

[1]“几于死”：几乎接近死亡。“呕出肝”：醉后狂吐，似乎将肝脏也吐出来了。

[2]“渴烧”：醉后很渴，犹如火烧。“毒搅”句：酒毒把胃酸也破坏了。

[3]“寝不”句：醉后睡得很死，连响雷也听不到。“愁偏”句：令人发愁的是，醉后先发热，醒后则身冷。

[4]“狎(xiá)徒”:指陪主人嬉戏凑趣之人。“哂”:微笑,讥笑。“医叟”:为人诊治疾病的老头,老医生。

[5]“糜羹”:稀粥和菜汤。“废餐”:不能食。

[6]“对花”:面对花,看花,赏花。“止可”:只可以。“啜茶”:饮茶。

【简析】

作者现身说法,具体、生动地描写出醉酒后的感受。凡曾醉酒者应有同感,这个滋味实在难受。

“几于死”,这是难受的程度。呕吐不休,“人疑呕出肝”;口渴如火烧,以致“唇舌破”;酒毒肆虐,破坏了“胃肠酸”;昏迷不省人事,以至“不知雷响”;燥热难耐后,忽又“怯春寒”:这些则是具体症状。

醉后的社会反映是:酒友们不但不同情,反而嘲笑;医家也要摇首,表示难以施治。至于家人的责怪和担心,诗人未写,但读者可以想见。

如此醉酒对身体的近期伤害是:只能少咽“冰水”,不能享用“糜羹”。其对今后生活习惯的影响是:赏花饮酒的雅兴成为过去,“从今对花处,止可啜茶看”。只能以茶代酒了。如此醉酒的结果足可为世人之戒。

酒损真元消眉寿

——不如不饮修九九

元代兴起的全真道派,从其教义出发,也反对饮酒,特别是醉酒。创始人王喆(zhē)亦以诗的形式揭示醉酒的危害性。认为还是不饮为好。这一看法与当今科学的养生观大体一致。其诗曰:

酒

金·王喆

酒,酒,恶唇赃口。[1]

性多昏，神不秀。[2]
损败真元，消磨眉寿。[3]
半酣愁腑肠，大醉摧心首。[4]
于己唯恣猖狂，对人更没惭忸。[5]
不如不饮永醒醒，无害无灾修九九。[6]

【题解】

此诗选自山西古籍出版社1999年出版的阎凤梧、康金声主编的《全辽金诗》上册。原题《酒》，揭示酒的危害，让世人警醒。

作者王喆(1113—1170)，全真道派的创立者。原名中孚，字允卿；改名世雄，字威得，入道后改名喆，字知名，号重阳子。京兆咸阳(今陕西省咸阳市)人，迁终南(今陕西省周至县)刘蒋村。正隆四年(1159)，弃妻女而去。三年后返刘蒋村，寻又烧庵东行。大定七年(1167)抵宁海(山东省烟台市牟平区)，遇马钰(宜甫)，指鹤起之处名曰“全真”，从此始有教名。三年后嘱马钰以后事，留诗颂而卒。一生云游四方，广收门徒，传播教义，被奉为全真祖师。至元六年(1169)，谥“重阳全真开化真君”。有《重阳子真集》、《重阳教化集》、《重阳分梨十化集》，今存。

【注释】

[1]“恶(ě)唇赃口”：使人呕吐，弄赃唇口。

[2]“多昏”：酒性使人经常处于昏沉状态。“神不秀”：使人的神态不美。

[3]“真元”：人的元气。“眉寿”：长寿。《诗·豳风·七月》：“为此春酒，以介眉寿。”孔颖达疏：“人年老必有豪眉秀出者。”高亨注：“眉寿，长寿也。”

[4]“半酣”句：饮酒半醉之时，容易引起内心的忧愁。人在忧愁的情绪下，内脏往往不适，故曰“愁腑肠”，亦为避免与下句中“心”重复。“大醉”句：饮酒大醉，摧残人的心脏和头脑。

[5]“惟恣猖狂”：只知放纵自己，得意忘形，无所顾忌，为所欲为。“恣(zì)”：放纵，放肆。“惭忸(niǔ)”：惭愧，退缩。

[6]“九九”：长寿。九月九日为重阳节，是老人之节。故以“九九”代老年。九个九为八十一。人届八十一岁，为耄耋(mào dié)之年，堪称高寿。“九九”，亦指九十九，近天年。

【简析】

此诗也是劝人戒酒的。作者明确指出酒的危害有：一是损害口腔，“恶唇赃口”；二是损伤精神，使人“性多昏，神不秀”；三是摧折生命根本，“损败真元，消磨眉寿”；四是伤害内脏特别是胃和肠、心和脑，“半酣愁腑肠，大醉摧心首”；五是败坏道德，“于己唯恣猖狂，对人更没惭忸”。诗人最后得出的结论就是，“不如不饮永醒醒，无害无灾修九九”。这样的劝诫也很有说服力。

贪色损精消福寿

——不如不做永绵绵

贪色也是世人自戕健康的重要方式之一，尤以帝王公侯富豪为最，历来受到医家、养生家的劝诫。有一道派，主张男女互补，末流沦为淫乱，受到广泛谴责。有的道派提倡禁欲。元代王重阳的全真教，当属此派。有诗曰：

色

金·王喆

色，色，多祸消福。[1]
损金精，伤玉液。[2]
摧残气神，败坏仁德。[3]
会使三田空，能令五脏惑。[4]
亡损一性灵明，绝尽四肢筋力。[5]
不如不做永绵绵，无害无灾长得得。[6]

【题解】

此诗出处、作者与上诗同。原题《色》，指女色，也包括男色，意在提醒世人纵欲害己。

【注释】

[1]“多祸消福”：引起很多祸害，消除原有的福气。

[2]“金精”：指水精，即人的精液。按五行说，金生水。故称。“玉液”：口中津液，被美称为玉液、仙液。

[3]“气神”：道家认为精、气、神为人身三宝。前句讲酒损精，此句则说摧残气、神。“气”为人身的本原和物质、动力基础，神为生命体的机能及其存在的标志和主导因素。“仁德”：仁爱之道德。隋唐以后，儒家的仁爱思想亦为道教、道家所接受。

[4]“三田”：下、中、上三丹田，分别位于脐下、心中、脑中。详见前《身安寿永大有为》诗【注释】之[16]。“五脏”：指人的心、肝、脾、胃、肾。古代医家认为五脏藏五神。“五脏惑”，即人的精神意识处于惑乱的状态。

[5]“一性灵明”：当指所谓“元神”，即根本的生命机能和意识。“四肢”：上下肢体，这里实指整个身体。

[6]“永绵绵”：长久不断。《诗·王风·葛藟》：“绵绵葛藟，在河之浒。”毛传：“绵绵，长不绝貌。”“长得得”：长久地任情自得。语本《庄子·骈拇》：“夫不自见而见彼，不自得而得彼者，是得人之得而不自得其得也。”

【简析】

此诗是劝人戒绝女色即性欲的。其总的危害是：“多祸消福”，即带来许多祸害，消除本有的福分。具体危害有：一是“损金精，伤玉液”，即耗损人的精液，此乃生命“三宝（精、气、神）”之首；二是“摧残气神，败坏仁德”，即摧残人的精神意识，败坏道德品质；三是“会使三田空，能令五脏惑”，即破坏人的内脏器官及其蕴蓄，削弱生命活动的根基；四是“亡损一性灵明 绝尽四肢筋力”，即损害人体生命机能。可见，“色”的危害是全面的，根本性的。诗人由此得出的总结论就是“不如不做永绵绵，无害无灾长得得”，意谓不如彻底戒绝色欲，才可能无灾无害，健康长寿，逍遥自在。

在道教中，有的派别视“房中”为成仙的重要途径。他们研究房中术，实为性医学的开创者。但滥用房中术的结果，走上淫邪之路，伤风败俗，损寿害命，为社会所不齿。也有一派主张断绝男女性关系，类似佛教禁淫欲。此诗作者当属此派。纵欲无度，无疑是伤身害命的，此诗所言并不为过。如有节制而合情、合理、合法，可以无害而有益。今人仍当慎思谨行。

醉豪年来病稍侵

——摄生无功便可止

文人往往爱饮酒，明初杰出青年诗人高启即是。结果非但未能取得养生功效，反而招来疾病缠身。痛定思痛，觉得还是不饮为好。于是下定决心，从此止酒。显然这一决定是无可奈何的，但却是积极的。其诗曰：

因病不饮

明·高启

我昔无所求，但愁酒杯空。
引满先四座，醉豪压春风。
年来病稍侵，积忧复相攻。
举觞不能吞，若有物梗胸。[1]
岁宴风雨多，拥炉坐窗中。
酒徒散去尽，欢呼与谁同。
三杯即颓然，憔颜映灯红。[2]
后老当奈何，即今已如翁。
斯味禹所恶，摄生笑无功。[3]
从此便可止，赋诗继陶公。[4]

【题解】

此诗选自语石山房删补、清·乾隆七年(1742)刻印的《全明诗》卷一。原题意谓因患病不再饮酒。

【注释】

[1]“觞”：古代酒器，相当于今之酒杯。“梗”：梗阻，阻塞。

[2]“颓然”：萎靡不振的样子。“憔颜”句：憔悴的容颜在灯光的照映下泛出

红晕。此为醉态。

[3]“斯味”句：酒的味道为传说中的大禹所厌恶。详见前《酒祸贼人猛于秦》诗【注释】之[10]。

[4]“陶公”：指陶渊明，其《止酒》诗云：“始觉止为善，今朝真止矣。”

【简析】

从高启诗中可知，他早年好饮，“引满先四座，醉豪压春风”，可谓豪气冲天。其结果则是疾病缠身，想饮而不能饮。诗人不禁想到，目前尚未老，“即今已如翁”；如果继续饮下去，“后老当奈何？”此令诗人不寒而栗。其实，早在大禹之时，已经认识到酒的危害性，“斯味禹所恶，摄生笑无功”。好在亡羊补牢，犹未为晚。决心学习陶渊明，立即止酒。“从此便可止，赋诗继陶公”。这是明智、正确的选择。

通观全诗，作者通过自己的亲身体验，得出止酒的结论和决定，大有劝诫作用，较有说服力和感染力。

大嚼深杯今伏枕

——口爽生灾肉生疾

有的人平时无酒可饮，无肉可食，身体虽然干枯消瘦，但无疾病。一旦出现饮酒食肉的机会，往往失控，遂大嚼肉块，深杯豪饮，口爽腹饱，心满意足。不料病灾找上门来。明代诗人王慎中就有这样的经历，其词曰：

临江仙·饮罢归来得病自嘲

明·王慎中

山泽臞儒枯到骨，
何曾大嚼深杯？[1]

今朝伏枕不须猜，
蛇悬弓壁上，[2]
羊过菜园来。[3]

掩袂自讥还自解，
亦知口爽生灾。[4]
故人高会喜追陪，
疾多宁为肉？[5]
病至不关醅！[6]

【题解】

此词选自清·道光元年(1821)修补的康熙五十年(1711)重刊本《王遵岩先生诗文集》卷之十四。“临江仙”，词牌名。题目“饮罢归来得病自嘲”，意谓自己原本无病，外出饮酒回家后得了病。这是自作之病，故自嘲，自己嘲笑自己。

作者王慎中(1509—1559)，字道思，初号遵岩居士，后号南江。晋江(今为福建省晋江市)人。四岁能诵诗。嘉靖五年(1526)十八岁，举进士，授户部主事，寻改礼部祠祭司。十一年(1532)移吏部员外郎。遭谗谪常州通判，又迁户部主事，礼部员外郎，江西参议，河南参政侍郎。后落职。慎中为文，初主秦汉，后师北宋曾巩。与唐顺之齐名，时人称“王唐”。家居问业者踵至，年五十而卒。有《王遵岩先生诗文集》四十二卷传世。《明史》卷二百八十五有其传。

【注释】

[1]“山泽”：山林与川泽，泛指山野，亦指民间。“臞儒”：清瘦的儒者。含有隐居不仕之意。语本《汉书·司马相如传下》：“相如以为列仙之儒居山泽间，形容甚臞，此非帝王之仙意也。”“枯到骨”：干枯、消瘦到皮包骨头。“大嚼”：大块吃肉。“深杯”：满杯饮酒。

[2]“蛇悬弓壁”：盖指“蛇影杯弓”或“杯弓蛇影”，把酒杯中的弓影当成了蛇。汉·应劭《风俗通·怪神·世间多有见怪惊怖以自伤者》记：汲县(今河南省卫辉市有汲城)主簿杜宣，饮于令家。时北壁上有悬赤弩，照于杯，形如蛇。宣畏恶之，又不敢不饮。其日便得胸腹痛切，妨损饮食。攻治万端，不为愈。后令因事过至宣家，问其变故。返回后，思维良久，顾见悬弩，必是也。则使门下吏扶辇载

宣，于故处设酒，杯中复有蛇。因谓宣："此壁上弩影耳，非有他怪。"宣遂解，由是瘳平。宣官至尚书，历四郡，有威名。

[3]"羊过菜园"：据三国·魏·邯郸淳《笑林》："有人常食蔬茹，忽食羊肉，梦五脏神曰：'羊踏破菜园！'"后以喻惯吃蔬菜的人偶食荤腥美食。

[4]"袂"：衣袖。"自讥"：自己讥笑自己。"自解"：自我解嘲。"口爽生灾"：可口的菜肴往往产生病灾。"爽"，清爽；又指伤。《广雅》："爽，伤也。"《老子》十二章："五味令人口爽。"王弼注："爽，差失也。失口之用，故谓之口爽。"

[5]"故人"：老朋友。"高会"：盛大宴会。常作为与人会面的客气语。"追陪"：赶往作陪。"疾多"句：生病多岂是单因多吃肉。

[6]"病至"句：病来与酒没有关系。"醅(pēi)"：未滤去糟的酒，亦泛指酒。

【简析】

此词也是描写饮酒食肉的体验的，从中可以引出两点认识：一是平常粗茶淡饭者，一旦饮酒食肉，容易生病；二是饮酒食肉是否生病，关键在于主观因素。"疾多宁为肉？病至不关醅！"似乎否定酒肉的致病作用。实际上，意谓酒肉本身并不一定使人生病，而是人饮食过量才生病。诗人强调自己的认识和自控能力薄弱，其所以自嘲的原因就在这里。此亦启迪后人。

人生快意多伏悲

——纨绔子弟乐不支

富贵之家，拥有所需一切。其子弟即世谓纨绔子，以意为师，为所欲为，吃喝玩乐，享用不尽，乐不可支。孰知未有节制的享乐必须付出沉重的代价，其健康日益透支，最终"鬼伯"来追命，难免早衰而亡。明代著名诗人王世贞有诗警之，曰：

应侍中璩百一

明·王世贞

羲魄尚高春，天命未我离。[1]
云何纨绔子，往往意为师。[2]
阿阁连曲房，深沉不可窥。[3]
齐醴腐其觞，伐性有蛾眉。[4]
姬姜奏新声，欢多乐不支。[5]
药石为仇雠，美疢日以滋。[6]
东岱添新籍，鬼伯来见追。[7]
仰与高堂别，俯与亲爱辞。[8]
宗祀日萧条，涕泪如绠縻。[9]
人生非金石，快意多伏悲。[10]

【题解】

此诗选自清·光绪三十三年(1907)刊刻的《弇州诗集》卷之七。这是一首拟古诗，即仿照古人之诗而作。题中“应侍中璩”，即应璩，官职为侍中。“百一”，指应璩的《百一诗》。

【注释】

[1]“羲魄”：日体。“羲”，羲和，驾驶太阳之车的神，这里指太阳。“魄”，本指人的身体，这里指太阳自身。“尚高春”：处于春天位置。喻指青壮年。“天命”：天的意旨。儒家认为世界万物及人均由天命安排，任何人不能违背。“未我离”：未离开我。

[2]“纨绔”：亦作“纨裤”，细绢作的裤子。古代贵族子弟所服。后因以指富贵人家子弟，含贬义。即出身富贵家庭，但不务正业。“意为师”：以意为师，随心所欲，为所欲为。

[3]“阿阁”：四面都有檐霤的楼阁。“曲房”：内室，密室。

[4]“齐醴(lǐ)”：甜酒。“觞”：饮酒器具。“伐性”：砍伐人的性命。“蛾眉”：蚕蛾触须细长而弯曲，因以比喻女子美丽的眉毛，亦借指女子容貌的美丽，或作

为美女的代称。

[5]“姬姜”：西周及春秋时，周王姓姬，齐国国君姓姜，二姓常通婚姻，因以之为贵族妇女的代称，亦泛指美女。“奏新声”：演奏新的歌曲。“乐不支”：乐得不可支持，形容快乐到了极点。

[6]“药石”：药物和砭石，古代医家治病的物质手段。“仇雠”：仇人；冤家对头。“美疢(chèn)”：好的疾病。《左传》襄公二十三年：“季孙之爱我，美疢也；孟孙之恶我，药石也。美疢不如恶石。夫石，犹生我；疢之美，其毒滋多。”后将溺爱、姑息称为美疢。

[7]“东岱”：泰山。因泰山为五岳中的东岳。“岱”，为其别名，故称。“新籍”：新的入籍者，指新坟。“籍”，人名簿或门籍，一种书有当事人姓名的小牌子。“鬼伯”：犹鬼王，指阴间阎王。

[8]“高堂”：厅堂之高者，多为父母居住的正堂，故代指父母。“亲爱”：妻子、儿女。

[9]“宗祀”：谓祭祀祖宗；亦泛指各种祭祀。“绠縻”：绳索。

[10]“金石”：金属、石头，不易损坏、长期存在之物。“快意”：谓恣意所欲。亦指心情爽快舒适。

【简析】

这首拟古诗，是警世之作。作者描写纨绔子弟穷奢极欲，导致身死为鬼。启示世人，节欲爱身。

这些纨绔子，依仗身家富贵，“往往意为师”，恣意所为。他们住在“深沉不可窥”的“阿阁连曲房”内，美酒腐其肠胃，蛾眉伐其性命，淫歌艳舞盈其耳目，“欢多乐不支”，岂知“美疢日以滋”，病魔渐渐袭来。而这些人又视药石为仇雠，讳疾忌医。以致抛弃父母和妻儿，魂归地府，身入新坟。“宗祀日萧条，涕泪如绠縻”。诗人最后的结论是：“人生非金石，快意多伏悲。”提醒世人从中汲取教训。

嗜酒贪官令人死

——钱氏自省为世鉴

美酒和权位，都是世人追求和贪恋的目标。无数事实证明，倘若不知节制和收手，就可能带来灾难性的后果。明末清初著名文人钱谦益（1582—1664），既爱美酒、美人，又贪官位，竟能自我反省，其诗曰：

饮　酒

清·钱谦益

世多爱官者，不复知酒旨。[1]
亦有爱酒者，不暇计官美。[2]
爱酒令人狂，爱官令人鄙。[3]
肠烂饮不休，漏尽官不止。[4]
嗜酒与贪官，皆可令人死。[5]
我本爱官人，侍郎不为庳。[6]
我亦爱酒人，致酒每盈几。[7]
今年命大缪，官罢酒亦耻。[8]
长啸谢都门，斯可以去矣。[9]

【题解】

此诗选自上海文明书局宣统二年（1910）版《钱牧斋全集》卷七。原题《饮酒》，题下有诗七首，此为其五。描述爱酒、爱官的体会和感受。

作者钱谦益，字受之，号牧斋，又号蒙叟，常熟（今江苏省常熟市）人。明万历三十八年（1610）进士，官至历部侍郎。坐事，削籍归。南明福王时，召授礼部尚书。后降清，授礼部右侍郎。为名妓柳如是所恋，仕清不久即归里，与如是唱和、校勘为乐。家有藏书楼曰绛云，其中藏有不少宋刻孤本，后尽毁于火。论者谓绛云一炬，实为江左图书之一厄。钱氏虽降清，然颇为清帝所轻，其诗文集《初学》、

《有学》二集，被禁，毁板。凡有钱氏序文或列名、校勘之书，均被禁。其诗文与吴伟业、龚鼎孳并称江左三大家。又尝辑明人诗为《列朝诗集》，当时亦遭禁。《清史稿》卷四百八十五有其传。钱氏的人格不值得称道，但其文学成就不应抹杀。

【注释】

[1]“酒旨”：饮酒的意趣。

[2]“不暇”：无暇，没有空余时间。

[3]“狂”：发狂，言行失常，不能或不愿自我控制。“鄙”：卑鄙，无耻。

[4]“肠烂”：一种清美醇酒，久含令人齿动，若大醉不摇荡，使人肝肠烂，俗谓之销肠酒。亦泛指酒肉烂肠。《吕氏春秋·本生》：“肥肉厚酒，务以自强，命之曰烂肠之食。”“漏尽”：刻漏已尽，谓夜深或将晓。古人用漏壶计时，即视漏水多寡计量时间。常以“漏尽钟鸣”比喻人的生命已到尽头。

[5]“嗜酒”：嗜好饮酒。“贪官”：贪图、贪恋官位。

[6]“侍郎”：官名。秦汉时为郎中令属官，隋唐以后为诸部长官之副，相当于现今中央政府各部副部长。“庳(bì)”：低下。

[7]“盈几”：摆满桌案。

[8]“缪”：纰缪(pī miù)，错误，荒谬。

[9]“长啸”：拉长声音鸣叫。“谢”：辞别。“都门”：京都之门，此指北京。“斯”：于是；就。“去”：离开。

【简析】

此诗作于崇祯二年(1629)，诗人坐事丢官。

作者在诗中坦言自己爱酒又爱官，可谓直率。并指出二者的危害：“爱酒令人狂”，即精神上失去自控能力，什么事都能干出来；“爱官令人鄙”，即使人卑鄙无耻，因为爱官者为了升官，往往不择手段，什么卑鄙的事都能做出来。如果爱酒者饮而不止，“肠烂”亦不休；爱官者贪恋权位，不愿适时离去，最终都会丧命。这是警告自己，也是提醒世人。可惜，钱氏未能接受教训，后来降清，又做了礼部右侍郎，成了“令人鄙”的“贪官”。但时间不长，又丢官为民。最后享年82岁而终。其言其行，可为后人之鉴。

有口好味当节之

——诗人袁枚不饮酒

古代诗人爱饮酒，但北宋的苏轼和清代的袁枚是诗人中的另类。其实，苏、袁也有不同。苏轼只是反对滥饮，自己有时也饮，并且不惜一醉。袁枚虽然性不饮酒，但认为"好饮"是天性，只是不可纵之，应加以"调停"。其诗曰：

陶渊明有饮酒诗二十首 余天性不饮故反之作不饮酒二十首[1]

清·袁枚

有目必好色，有口必好味。[2]
戒之使不然，口目成虚器。[3]
纵之使无涯，我又为渠累。[4]
圣人善调停，君子素其位。[5]

【题解】

此诗选自上海古籍出版社1988年版《小仓山房诗文集》卷十五。原有二十首，此为其五。

【注释】

[1]"天性"：先天之性能、品性，与生俱来，不学而有。"反之"：反陶诗喜欢饮酒之意。

[2]"好色"：嗜好美色。"好味"：嗜好美味。

[3]"不然"：不这样，指目不好色，口不好味。"虚器"：设置而不用的器物，即没有实际用处的摆设。

[4]"纵之"：放纵它。"无涯"：没有边界，不加限制。"渠"：他，它。

[5]"调停"：本指在各方之间进行调和，化解矛盾，平息争端，这里指调节偏

好与生理机能之间的矛盾。《随园诗话》卷十引诗:"笑余三月裘还着,只为调停病起身。""素位":指平素所处的地位。语出《礼记·中庸》:"君子素其位而行,不愿乎其外。"意谓在其所居之位上,行其所当行之事,而不行其位外之事。

【简析】

诗人在此提出一个观点:好色、好味是人的感官的天职,即与生俱来的功能。如果使之不好,岂不成为虚有其器的摆设?这个意思实际上不是作者的发明,而是先秦荀子、孟子的思想。《荀子·天论》指出:耳、目、鼻、口、形谓"天官",其功能是"天职"。《孟子·告子上》:"告子曰:食、色,性也。"意谓饮食、男女,乃人的先天之性,是不可禁绝的。诗人则认为,既不可禁绝,也不可放纵,因为"纵之使无涯,我又为渠累"。如何对待这些感官之欲呢?就是要善于"调停":"圣人善调停,君子素其位。"要运用精神、思想的力量,对好色、好味之欲进行调控,既在一定程度上满足其需要,又不使之放纵,让其无限泛滥为害。此说比较允当。

既贵忘贱不可久

——岂可于乐无不受

在历史上和现实中,总有从社会下层升至上层者,此即古人所谓由贱而贵。其中有人贵不忘贱,严格约束自己享受欲望;有的则一旦贵显,就忘乎所以,肆无忌惮进行贪腐。清代著名诗人蒋士铨警告这些新贵,曰:

杂　诗

清·蒋士铨

既贵而忘贱,其贵宁可久?[1]
况以易尽身,于乐无不受![2]
聚敛亦太劳,但为耗者诱。[3]

心忧日中昃，及时聊鼓缶。[4]
德败失所强，何物听防守。[5]
无骄为至乐，寡欲则常寿。[6]
当身营石椁，不如死速朽。[7]

【题解】

此诗选自清·嘉庆丁丑(1817)重镌《忠雅堂诗集》卷七，原题《杂诗》，抒发随机感想的诗。题下共有四首，此为其二。

【注释】

[1]“贵”：居高官。“贱”：为下民。“宁”：岂，难道，怎么。

[2]“易尽身”：容易消磨净尽的身体。“于乐”：对于快乐、享受。

[3]“聚敛”：运用各种方法特别是赋税搜刮财货。“耗”：损耗。旧时官府征收钱粮时，以弥补损耗为名，在正额外，例有附加部分，称“耗”、“耗羡”。往往成为地方官员进行聚敛的合法途径。“诱”：引诱，吸引。

[4]“昃(zè)”：偏，此指太阳偏西。“鼓缶”：敲奏一种瓦质乐器，以自乐消灾。《易·离·九三》：“日昃之离，不鼓缶而歌，则大耋之嗟，凶。”

[5]“德败”句：道德败坏就失去了优势。“何物”句：什么东西还可以随意用来防御灾祸的袭击？

[6]“无骄”：不骄奢淫逸。“至乐”：最高境界的快乐。“寡欲”：少有欲望。“常寿”：往往长寿。

[7]“当身”句：一个人活着的时候，就为自己营造石质的外椁。古人下葬，有内棺、外椁。富贵之人崇尚厚葬，故营石椁。“不如”句：不如死后让尸体尽快朽烂。《礼记·檀弓上》：“昔者夫子居于宋，见桓司马自为石椁，三年而不成。夫子曰：‘若是其靡(糜费)也，死不如速朽之愈也。’”

【简析】

此诗指出由贱而贵者，应当注重节欲。其理由有：

一是不可“忘贱”，否则“其贵宁可久”。“不忘贱”，就是要节俭，不可纵欲糜费。

二是“易尽身”，不能享受无限之乐。因为嗜欲之乐是伤身的。

三是纵欲必须“聚敛”，而“聚敛”太劳，巧立名目，不但害民，也害己，劳神伤身。

四是“聚敛”败坏官德，官德一败即“失所强”，就难以保证官位了。应当“心忧日中昃”，“及时”敲敲警钟。

五是骄奢淫逸不是幸福，“无骄”才是“至乐”，“寡欲”常常获得高寿。

六是不必“当身营石椁”，不如生前清廉，死后薄葬、速朽为好。这一看法甚为难得。

以上六条理由从肉体到精神，从生前到死后，无不表明为官者应当节欲。为官者如能节欲，不但可以保官位，更重要的是有利于养生，延年益寿。

五、赏物乐游

人们养心健体，不仅需要内在工夫，还必须借助外在美好事物的作用。特别是美景，包括自然风物和人文景观，往往能够激发人们的联想，在心灵深处留下良好印记，引起思想感情的愉悦和变化。所以自古以来，凡有条件的人们，大都喜欢饱览风物，欣赏美景。看遍了近处的风物美景，就到远处去，甚至不惜金钱，不远千里、万里，此即现今所谓旅游。

在我国，旅游传统源远流长。可以说自文明社会以来就有旅游活动。孔子有所谓"知(智)者乐水，仁者乐山"。孟子曾言："孔子登东山而小鲁，登泰山而小天下"。除学者、诗人如司马迁、李白、杜甫的"壮游"外，还有专业旅游者，如徐宏祖(霞客)。他们饱览名山大川，体验各地风土人情，留下美丽的诗篇和翔实记录，是传统文化遗产中的瑰宝，值得今人深入挖掘。其中有一部分诗作，具有重要的养生意义。如归纳起来，大致有以下几个方面：

一是丰富、娱乐精神。人们在外出游览时，集中思想观物赏景，不仅增长见识，开扩胸襟，还可将生活中的各种矛盾和精神压力、郁闷情绪暂时放下，代之以轻松愉快的心境。诸如"一遣樊笼累，唯余松桂心"，"山水本自佳，游人已忘虑"，等等，从美景中获得了快乐和满足。这是积极的学习、休息方式。

二是锻炼、强健体魄。游览是饶有趣味的体育运动，是对身体的全面锻炼。特别是长期伏案工作的人，尤其需要旅游。诗人袁枚"习静三十年，忽然爱山游"，就是总结教训后的正确选择。以至七十多岁还"腰脚轻"。

三是预防、治疗某些疾病。心乐体健，必然增强抗病能力。"病除一事还堪笑，脚力轻松倍去年。"所以诗人赵翼也得出结论："与其枯坐不如游。"

新岁山茂梅桃荣

——春日景美宜出游

经过一冬严寒的束缚，一旦进入温暖花开的春天，宅居的人们，特别是青壮年，谁不要走出家门，亲身领略春天的气息和美景！在这一方面，古今人心是一致的。南朝刘宋著名诗人鲍照有诗曰：

代春日行　三章

南朝·宋·鲍照

献岁发，吾将行。[1]
春山茂，春日明。[2]
园中鸟，多嘉声。[3]
梅始发，桃始荣。[4]

汎舟舻，齐櫂惊，[5]
奏采菱，歌鹿鸣。[6]
风微起，波微生。
弦亦发，酒亦倾。

入莲池，折桂枝。[7]
芳袖动，芬叶披。[8]
两相思，两不知。[9]

【题解】

此诗选自《先秦汉魏晋南北朝诗》中册《宋诗》卷七，原题中"春日行"是乐府曲调名。"行"，表示体裁，一种诗歌形式。后发展为歌行体，以五、七言为主，可插入三、四、六、八、九乃至十言以上。句数、平仄不限，比较自由。"代"，以此代彼(原诗)。

作者鲍照(约415—466),字明远,东海(今江苏省东海县)人。一生不得志,只作过几任小官。元嘉(424—453)中,临川王刘义庆以之为国侍郎。孝武帝(454—464在位)时,为太学博士、中书舍人。孝武帝以文章自高,颇多忌,由是鲍照赋述不敢尽其才。出为秣陵令,转永嘉令,除临海王子顼前军参军,故后世称为鲍参军。泰始二年(466),子顼起兵作乱,照为乱兵所杀,时年仅五十余。有诗文集十卷。其诗气骨劲健,语言精炼,词采华美,杜甫曾以"俊逸"二字评之,对盛唐诗歌的发展影响较大。尤长于乐府。此诗描绘春天风物之美,游兴之高,令人心旷神怡,有益于养生。

【注释】

[1]"献岁":进入新的一年;亦指岁首正月。

[2]"茂":繁茂,草木滋长。

[3]"嘉声":美妙的声音。

[4]"梅始发":梅花开始发放。"桃始荣":桃树开始欣欣向荣。"桃"一作"柳","荣"一作"青",即柳树开始返青。在时间上,此与"梅始发"一致。

[5]"舟舻":船。"櫂(zhuō)":同"棹",船桨。亦指船或划船。

[6]"采菱":乐府清曲名,又称《采菱歌》、《采菱曲》。"鹿鸣":古代君王宴饷群臣、嘉宾所用的乐章名,源于《诗·小雅·鹿鸣》。此乐曲汉魏尚存,后即失传。

[7]"莲池":生长莲花的池塘。此时无莲花。"折桂枝":犹折桂。《晋书·郤诜传》:武帝(司马炎)于东堂(偏殿)接见郤诜等臣下,问诜曰:"'卿自以为如何?'诜对曰:'臣举贤良对策,为天下第一,犹桂林之一枝,昆山之片玉。'"后世因以"折桂"谓科举及第。

[8]"芳袖":散发芳香的衣袖。当指青年女子之袖。"芬叶披":拨开芬香的枝叶。"芬",香;香气。"披",打开,拨开。

[9]"两相"二句:(青年男女)相互思慕,但又互不知心思。

【简析】

这首三言古诗,共三章(节)。首章言初春时节,自然界欣欣向荣景象。此时山茂,日明,鸟鸣,梅发,桃荣,一派生机勃勃,令人心动神迷,故欲外行。次章言泛舟春水,兴高采烈。由"齐櫂"可知,非止作者一人有此兴致,而是有准备的一次亲朋雅聚。大家乘兴泛舟，边挥桨，边歌唱："奏采菱，歌鹿鸣"。此时"风微起，波微生"，游兴正浓，加之以美酒，"弦亦发，酒亦倾"，大家举杯，共享明媚春光，好不欢畅。最后一章，诗人发挥想象，由现实联想到美好的未来。"入莲池，折桂枝；芳袖动，芬叶披。"意谓通过策试而入仕，并赢得意中人的芳心。但目前则是"两相思，两不知"，互不知对方的心思。这无疑暗示，意中人就在同一舟中。综观全诗，情景交融，引人入胜。如此春游，必然有利于身心健康。

物外何处不宜春

——登城赏春心境新

唐初著名青年诗人王勃(647—675)，才华横溢，但仕途受阻，命运多舛，胸中难免郁积闷气。但他一旦登城望远，饱览春景，立即眼明胸阔，精神振奋，情不自禁吟诗一首，抒发情怀，曰：

登城春望

唐·王勃

物外山川近，晴初景霭新。[1]
芳郊花柳遍，何处不宜春！[2]

【题解】

此诗选自《全唐诗》卷五十六。题中"登城"：登上城楼。"春望"：望春。题意为：登高望远，观赏春日美景。

作者王勃，字子安。绛州龙门(今山西省河津县)人，隋唐大儒文中子王通之孙。六岁善文词。未冠，应举及第，授朝散郎，数献颂阙下。沛王李贤闻其名，召为修撰。是时诸王好斗鸡，勃为沛王写一篇檄文，对英王之鸡进行挑战，高宗(650—684在位)李治斥其挑拨诸王关系，将他逐出王府，由此被废。后补虢州参军，又复除名。勃父福畤，受其牵连，被贬为交趾令。上元二年(675)，勃往交趾省父，因渡海溺水而卒，时年仅有二十八岁。勃好读书，善为文。作文前，先磨墨数升，引被覆面而卧，然后忽起疾书，一气呵成，不易一字。时人谓之腹稿。

在诗歌创作上，王勃反对浮艳，以自己的创作实践突破南朝齐、梁诗风，开拓了新的内容。王勃留下的诗不多，但清新流畅，朴实自然。他与杨炯、卢照邻、骆宾王，号称初唐诗坛“四杰”。在此“四杰”中，他的成就最高，特别对五言律诗的发展，起过积极的作用。有诗文集三十卷。《旧唐书》卷一百九十上、《新唐书》二百二有其传。

【注释】

[1]“物外”：尘世之外。此指城外。“景霭(ǎi)”：景色云光。

[2]“芳郊”：芬芳的城郊。

【简析】

这是一首五言绝句，描写诗人观赏春光的感受。全诗仅有四句二十个字，但蕴含丰富。诗人视野开阔，感受新奇、愉快而深刻。

首句一个“近”字，第二句一个“新”字，把内心的喜悦展示出来。生活于尘世中的诗人，一旦登上高处，犹如置身物外，烦恼一扫而光。平日不得饱览的山川，此时尽收眼底，似乎近在咫尺，伸手可及。加之雨后初晴，云天、山川、风物，焕然一新。可谓景物新，心境新。

第三句继续从宏观上描绘城郊的春景。花柳遍地，芬芳盈野，好一幅美丽的春光图！其中虽未及人，而人在其中。可以想见，赏春者非止诗人一人而已。城中士女，结伴踏青，其乐融融。目睹这一景象，诗人情不自禁地发出感慨：“何处不宜春”！天涯何处无芳草，何必一定要立身于朝廷之上！此句凝聚着作者多年的坎坷经历和辛酸，表明他已走出苦闷的心境，对前途持乐观态度。不幸，溺水早逝，令人扼腕。

从养生角度来看，观赏美景可以消除忧愁，促进身心健康，增强生活信心。王勃此诗，不言养生，而养生之理就在其中。值得细细品味。

山村一遣樊笼累

——胸内唯余松桂心

长期活动于城内官府的公务人士，犹如笼中之鸟。一旦出城游览，来到风光秀丽的山村，接触朴实的村民，顿觉返朴归真。唐初诗坛“四杰”之一骆宾王有一诗，就抒发这种感受，曰：

夏日游山家同夏少府

唐·骆宾王

返照下层岑，物外狎招寻。[1]
兰径薰幽珮，槐庭落暗金。[2]
谷静风声彻，山空月色深。[3]
一遣樊笼累，唯余松桂心。[4]

【题解】

此诗选自《全唐诗》卷七十八，描写夏日游览山村的情景。题中“夏少府”，是诗人的朋友，其名字、生平不详。少府是县尉的别称。

作者骆宾王(约680前后)，婺州义乌(今浙江省义乌市)人。七岁能属文，犹妙于五言诗。曾作《帝京》篇，当时以为绝唱。早年为道王李元庆属官，后为武功、长安主簿，迁侍御史。武后时被贬为临海县丞，怏怏失志，弃官而去。徐敬业在扬州举兵讨伐武则天，起之为掾属。曾代徐作《讨武曌檄》。徐氏兵败后，骆宾王被通缉，不知其所终。骆宾王擅于长篇歌行，亦能写五言律诗。留有《骆临海集》。《旧唐书》卷一百九十上、《新唐书》卷二百一有其传。

【注释】

[1]“返照”：光线反射。从本诗第六句“山空月色深”来看，“返照”乃指月光。“下层岑”：月光撒在层层山岭上。“物外”：尘世之外。“狎”：亲近而随便。“招

寻”：邀约来的朋友。

[2]“兰径”：两傍长满兰花的小路。“薰幽珮”：兰花的清香薰袭幽暗中的玉珮，实指兰花的香味薰袭玉珮的主人。“槐庭”：植有槐树的庭院。“落暗金”：月光透过槐叶的罅隙，射到暗幽幽的地面上，就像散落着的金块。

[3]“彻”：贯通，通达。“深”：指月光射入谷底。

[4]“遣”：消除。“樊笼”：关鸟兽的笼子，此处比喻尘世，特指官场。“松桂心”：像松、桂一样坚贞高洁的思想品质。

【简析】

这首五言律诗，描绘一幅迷人的山村月夜图，其中有人有物，有形有色，有声有味，使人的各种感官都能得到刺激和享受。全诗的思想内容可分三个层次：

第一、二句为第一层次，概观月光照耀下的山村景物，点出时间及游人的心境。

第三、四、五、六句为第二层次，具体描绘月下山村的景物。曲径通幽，兰香薰人，庭院槐荫，罅光如金，静谷风声，空山明月。真是如梦，如诗，如画。

第七、八句为第三层次。置身此境，诗人摆脱了尘世樊笼的束缚和俗事的劳累，顿觉无比自由和舒畅。如此才能保持坚贞、高洁的人格。

此诗纯粹是写景抒情之作，未有一句言及养生。实际上，养生之理就在其中。既然置身此境的诗人摆脱了束缚和劳累，获得轻松和愉快，这就是无意养生的养生。

登高始觉柳条新

——暂若升腾出嚣尘

有些世人多愁善感，思想情绪容易波动。如果平素又很少与外界交通，生活在自己的世界里，也不知社会发生了什么变化，这是不利于养生的。只有走出自己的小天地，投入大自然的怀抱，才能改变这一状况。唐代诗人乔侃有诗曰：

人日登高

唐·乔侃

仆本多悲者，年来不悟春。[1]
登高一游目，始觉柳条新。[2]
杜陵犹识汉，桃源不辨秦。[3]
暂若升云雾，还似出嚣尘。[4]
赖得烟霞气，淹留攀桂人。[5]

【题解】

此诗选自《全唐诗》卷八十一，原题中"人日"，民俗以农历正月初七为人日。是日以七种菜为羹，剪綵为人，或镂金为人，以贴屏风，亦戴之头鬓，并登高赋诗。

作者乔侃，同州冯翌（今陕西省渭南地区大荔县）人。以文词知名。开元（713—741）中，为兖州都督。存诗一首。

【注释】

[1]"仆"：乃自称的谦辞。"多悲"：多愁善感。"不悟春"：不能领略春天的美好。

[2]"游目"：举目浏览。"柳条新"：经冬的柳树焕然一新。

[3]"杜陵"：地名，在今陕西省西安市东南。古为杜伯国，秦置杜县，汉宣帝筑陵于东原上，因名杜陵，并改杜县为杜陵县。唐代大诗人杜甫自称杜陵布衣，因此又为杜甫代称。"桃源"：晋诗人陶渊明著《桃花源记》一文，其中述秦人避乱，隐居于深山，不与外界交通，不知有汉、魏、晋诸朝。

[4]"暂若"：暂时就像。"嚣尘"：喧闹、纷扰的尘世。

[5]"烟霞气"：日光照射、云烟笼罩下的山水清润气息。"淹留"：羁留；逗留。"攀桂"：攀援桂枝。语本淮南小山《招隐士》："攀援桂枝兮聊淹留。"杜甫《八月十五日夜》诗："攀桂仰天高。"此桂指月中桂。后世亦喻指科举登第。

【简析】

诗人通过人日登高赏春，始觉耳目一新。"登高一游目，始觉柳条新"，心胸为之一振。杜陵人尚且知道汉朝以后的历史演变，何必要做一个“不辨秦”的“桃源”人呢？置身于春光之中，“暂若升云雾，还似出嚣尘”，就像乘云驾雾一样，暂时离开喧嚣的尘世。多年来“攀桂”的烦恼也就消失了。诗人的这一真切感受无疑启示人们，投身大自然的环抱，就会产生好心情。

别有天地非人间

——诗人李白栖碧山

唐代浪漫大诗人李白，一生追求自由，热爱自然。不仅喜欢游览名山大川，甚至长时住在山中，做个山里人。世俗之人颇不理解，常有人问他，为什么要住在与世隔绝的山里呢？他笑而不言，写一首短诗作答，曰：

山中问答

唐·李白

问余何意栖碧山，笑而不答心自闲。[1]
桃花流水窅然去，别有天地非人间。[2]

【题解】

此诗选自《全唐诗》卷一百七十八。原题关于为何住在山中的回答。

【注释】

[1]“何意”：又作“何事”。“心自闲”：内心悠然自得。

[2]“窅(yāo)然”：怅然，失意的样子。此句意谓：连桃花流水也恋恋不舍地离开这里。因为这里别有天地，非人间可比。

【简析】

此诗与南朝·梁·陶弘景《诏问山中何所有赋诗以答》(见后),有异曲同工之妙。诗仅四句,二十八个字,一问一答。问者因为不理解;答者胸有成竹,悠闲自得,虽未明言,实际上是有现成答案的,即已经由桃花流水回答了。请看,连它们也很不情愿地离开这里,因为这里是人间所无的一片天地。在此,诗人采取拟人化的方法回答问题,创造了一种只可意会,难以言传的境界,令人回味无穷。从而表明诗人是多么欣赏山水、留恋自然!此与其从政失败的经历是分不开的。诗人厌恶污秽的官场,追求心灵的自由。这样的生活方式和心态,也是有利于养生的。

山我相看两不厌

——主客互换意无限

由大诗人李白的众多山水诗,可知美妙的自然山水往往令他陶醉其中,留连忘返,甚至不知不觉将自己融入其中。这无疑启示人们,游览自然山水,不仅用眼、用身,更要用心、用情。若能达到这一境界,必能健身怡心。其诗曰:

独坐敬亭山

唐·李白

众鸟高飞尽,孤云独去闲。[1]
相看两不厌,只有敬亭山。[2]

【题解】

此诗选自《全唐诗》卷一百八十二,原题中"敬亭山",位于今安徽省宣州市西北,原名昭亭山,又名查山。山上旧有敬亭,传说南齐著名诗人谢朓,曾于此处吟咏,后世即称敬亭山。

【注解】

[1]“高飞尽”：全部凌空飞去。“独去闲”：独自悠闲地飘浮。这两句是说鸟去云闲，境界幽旷。

[2]“两不厌”：我看山，山看我。将山拟人化。我与山互看，故称“两”。

【简析】

这首小诗描绘出一种耐人寻味的意境。诗人置身于“众鸟高飞尽，孤云独去闲”的高远、广阔境况中，其注意力完全被敬亭山所吸引，并在不知不觉中将客体（山）主体化，主体（诗人）客体化，二者相互转换，相互观赏，相互交融，已经分不清谁是客体，谁是主体；是我在看山，还是山在看我。如此物我互为主体又互为客体、两忘又两不忘的情景，表明诗人此时已经摆脱尘世的烦恼，完全沉醉、融合于自然之中。果能如此，确是有益于身心的。

山水自佳人不去

——互动互融已忘虑

人们游览自然山水，大体可分为两种情况：一是主观欣赏性的游览，山水映入人的眼帘，产生美感，如写生、摄影；二是互动式的游览，游览者与山水相互作用，产生欢娱，如羽觞游戏。两相比较，以互动收效最巨。中唐著名诗人韦应物有诗曰：

游龙门香山泉

唐·韦应物

山水本自佳，游人已忘虑。[1]
碧泉更幽绝，赏爱未能去。[2]
潺湲写幽磴，缭绕带嘉树。[3]

激转忽殊流，归泓又同注。[4]
羽觞自成玩，永日亦延趣。[5]
灵草有时香，仙源不知处。[6]
还当候圆月，携手重游寓。[7]

【题解】

此诗选自《全唐诗》卷一百九十二，原题中“龙门香山泉”，位于今河南省洛阳市南。香山和龙门山隔伊河对峙，伊水北流，远望如门阙，故称伊阙，是著名风景名胜。

作者韦应物（约735—830），京兆长安（今陕西省西安市）人。少以三卫郎事玄宗李隆基，晚则折节读书。历任京兆功曹、洛阳丞、栎阳令、滁州刺史、左司郎中、苏州刺史等。后世称“韦苏州”。享年九十余。应物性高洁，所在焚香扫地而坐。唯顾况、刘长卿、丹丘、秦系、皎然之俦，为其宾客，与之酬唱。其诗闲澹简远，人比陶潜，合称“陶韦”。有集十卷。今《全唐诗》亦编其诗为十卷。

【注释】

[1]“本自佳”：本来就美。“忘虑“：停止思虑。眼前的山水非常优美，使人忘掉一切心事。

[2]“碧泉”：清彻的泉水。“幽绝”：幽深绝妙。“赏爱”：欣赏、喜爱。“去”：离开。

[3]“潺湲”：水流动的样子。“写”：泻。“幽磴”：隐蔽的石磴。“缭绕”：环绕，围绕。“带”：布带，绸带。“佳树”：美的树木。潺潺的泉水从隐蔽之处流出，泻到幽暗的石磴上，又像飘带一样，环绕美丽的树林。

[4]“激转”：快速流转。“殊流”：分开流淌。“归泓”：归入深池。“同注”：一同泻入。泉水经过激湍地分流转折后，又合而为一，一同泻入深池。由此可知，“缭绕带佳树”的景象，是由“殊流”“又同注”造成的。

[5]“羽觞”：插上羽毛的酒杯。古代文人、士大夫饮酒取乐的一种方式。即将酒杯放在环流的水溪中，酒杯停在谁的面前，谁就饮酒。“自成玩”：这是自然造成的环流，可以进行羽觞游戏。“永日”：终日，或天天。“延趣”：趣味不尽。即使一天到晚在此进行羽觞游戏，也趣味不尽。

[6]“灵草”：灵异的仙草。“仙源”：神仙之所在。有时能闻到仙草的香味，但

不知神仙在哪里。

[7]“候”：等待。“游寓”：游玩，并融入其中。

【简析】

这也是一首欣赏、热爱乃至全身心融入自然的诗。

全诗可分四个层次：一是第一、二句，概括龙门香山之美，使游人“忘虑”。二是第三至十句，突出此处山水之特点，在于“碧泉更幽绝”。一个“更”字，不仅把“碧泉”从山水总体中凸显出来，而且意味着它胜过其他山泉，所以才使游人欣赏不已，留连忘返。第五、六、七、八句，则具体描绘“碧泉”如何“幽绝”。它从山石中渗出，倾泻到隐蔽的石蹬上，然后分开流淌，就像鲜亮的飘带一样环绕葱郁的树林。及至注入深池之前，又合而为一，从而形成一个自然环流，是进行羽觞游戏的好去处，令人趣味无穷。这样的游戏是人与山水互动的方式和过程，产生无限欢乐，“永日亦延趣”，令人不愿离去。三是第十一、十二句，揭示美景之中隐藏的神秘性。此处时有仙草的异香飘来，但不知其源在何处。四是第十三、十四句，诗人游览后不禁产生一个期盼：“还当候圆月，携手重游寓”。即在圆月之时，与友人携手重游此地，定当更有情趣。

总起来看，全诗既有总体概括，又有具体描绘。有景有情，情景交融。抒发诗人欣赏山水、热爱自然的思想情怀。如此全身心地融入自然，是有益于身心健康的。

玩云思月驻童颜

——道士修真求长生

道教以长生成仙为宗旨，养生是道士一生的功课。至于如何养生，各个道派主张不一。有的重丹药，有的重功法，有的重修真，即爱护生命本真，避免、排除尘世干扰，玩赏自然景物。唐代道士吴子来有诗曰：

留观中诗

唐·吴子来

终日草堂间，清风常往返。[1]
耳无尘事扰，心有玩云闲。[2]
对酒唯思月，餐松不厌山。[3]
时时吟内景，自合驻童颜。[4]

【题解】

此诗选自《全唐诗》卷八百五十二，原题下有诗二首，此为其一。题中“留”，留下，写在。“观”即道观。

作者吴子来，唐代大中(847—859)末道士，止于成都双流县兴唐观中，养气绝粒，时亦饮酒，他无所营。一日写真，并诗二章，留道观中，莫知其终。

【注释】

[1]“草堂”：草盖的房屋。

[2]“尘事”：世俗事务。“玩云”：欣赏云彩的变幻。

[3]“餐松”：亦作“餐松啖柏”。以松柏的叶实充饥。形容修仙学道者超凡脱俗的生活。

[4]“内景”：道教语。据《黄庭内景经》：人体内有十三神，分别主司人体五脏六腑七窍。因其在人体之内，故曰内神，或内景。“自合”：自应，本该，自然契合。“驻童颜”：使青春的面颜停止变化，即保持青春。

【简析】

作者为道士，其志趣就是修真养性，希求长生成仙。从此诗来看，其养生的方式、方法，包括远离尘事，贴近自然，时时内视等。特别是玩赏自然景物，对今人更具可行性。住“草堂”，享“清风”，“玩云闲”，对明月，“不厌山”等，均有益于延年益寿。由于时代不同，生活条件有差异，今人不可能事事仿效，只能领会和把握其既逍遥闲适又积极养生的心态。至于“餐松”，不必实行；饮酒，也只能适可而止；住草堂，也要看客观条件；“耳无尘事扰”，亦很难做到，但可尽力而为。

总之，心神清静，形体闲中有动。能如此，“自合驻童颜”。

四季有景供玩赏

——健体娱心在其中

诗人喜欢游览观赏，邵雍亦不例外。可能他无力外出远游，乃就地取材，游览洛阳近郊的风景名胜，这是适当的选择。因为这里也是古都，名胜甚多，四季皆有可观之处，付出少而收获大。其诗曰：

闲适吟

宋·邵雍

春看洛城花，秋玩天津月。[1]
夏披嵩岑风，冬赏龙山雪。[2]

【题解】

此诗选自《全宋诗》第七册，卷三七二，原题中“闲适”，闲暇，适意，自由自在。

【注释】

[1]“洛城”：洛阳城，作者中年后定居于此城内。此地牡丹花驰名天下。“天津”：本指银河上的渡口，这里指流经洛阳城南的洛水。其上有桥称“天津桥”，赏月佳处，故址在今洛阳市西南。隋炀帝大业元年(605)，以洛水贯都，有天汉津梁的气象，因建此桥。隋末为李密烧毁，唐宋屡次改建加固，金以后毁废。

[2]“嵩岑”：即嵩山。在今河南省登封县北，为五岳之中岳。古称外方，太室，又名嵩高。其峰有三：东曰太室山，中为峻极山，西为少室山。“龙山”：当指洛阳市郊区的龙门山，现为国家级风景名胜区。

【简析】

此诗吟咏一年四季分别玩赏不同的自然景物，表现作者的闲适心态。"洛城花"，"天津月"，"嵩岑风"，"龙山雪"，分别是洛阳当地春、秋、夏、冬四季的美丽景观。作为儒生、学者、诗人，作者每年都要光顾这些名胜，玩赏这些美景，既增长社会历史和自然知识，又锻炼身体，休息心神。这是一种积极的养生方式，效果显著，值得今人仿效。

傍花随柳过前川

——忙里偷闲学少年

宋代程朱理学的首创者之一程颢(1032—1085)，在世人的心目中，是一个循规蹈矩、表情严肃、不苟言笑的道学家，但由其传世诗作，可见他也有偷闲寻乐、傍花随柳的行为，与平常人毫无二致。其诗曰：

偶　成

宋·程颢

云淡风轻近午天，傍花随柳过前川。[1]
时人不知余心乐，将谓偷闲学少年。[2]

【题解】

此诗选自《全宋诗》第一二册，卷七一五。《千家诗》以此诗为首篇，题曰《春日偶成》。

作者程颢，字伯淳，学者称为明道先生。河南洛阳人。嘉祐二年(1057)进士，历官鄠(hù)县、上元主簿，晋城令，太子中允，权监察御史里行，镇宁军节度判官，监西京洛河抽税竹木务，知扶沟县，监汝州酒税等。卒年五十四。他是宋代著名理学家，与其弟程颐，并称"二程"。著《明道先生文集》，后人编入《二程全书》。《宋史》卷四二七有其传。

【注释】

[1]“傍花”：紧靠花。“傍”，一作“望”。

[2]“时人”：当时之人。“时”一作“旁”。

【简析】

此诗作于鄠县主簿任上。作者在公务之间隙，忙中偷闲，走出官衙，“傍花随柳过前川”，投入大自然之怀抱。时当正午，阳光融融，云淡风轻，水绿山青，花红柳新，气息宜人。此时徜徉于花柳之间，凭眺于山川之际，怎能不蹈之、舞之、歌之！时人难能理解，笑我老大之人，反学少年不务正业，偷懒游荡。他们哪里体会我心之乐也。正是这一“乐”，对于养生十分宝贵。

身闲爱物谐心赏

——东郊水乐春山响

北宋程颐(1033—1107)也是程朱理学的首创者之一，与其兄程颢并称“二程”。他亦是一位不甘寂寞、喜欢游览赏景寻乐之人，并非心中只有“理”而无物、无欲。其诗曰：

陆浑乐游

宋·程颐

东郊渐微绿，驱马欣独往。[1]
舟系野渡时，水乐春山响。[2]
身闲爱物外，趣逸谐心赏。[3]
归途逐樵歌，落日寒山上。[4]

【题解】

此诗选自《全宋诗》第九册，卷七二四。原题意即快乐地游览陆浑山。“陆浑”，地名，原指今甘肃敦煌一带。春秋时，秦晋二国将居于其地之“允姓之戎”迁居河南伊川，并以陆浑名之。汉置县，五代废。故城在今河南省嵩县北。洛阳有陆浑山。

作者程颐，字正叔，学者称伊川先生，河南洛阳人。嘉祐四年(1059)廷试报罢，遂不复试。大臣屡荐皆不起。元祐元年(1086)，奉诏赴阙，授通直郎，崇正殿说书。次年出，管勾西京国子监。绍圣四年(1097)，因元祐党人案，被削籍，遣涪州。后遇赦还洛，寻复通直郎，权判西京国子监。崇宁五年(1106)致仕，大观元年(1107)卒。其一生主要从事学术教学活动。著有《伊川易传》、《伊川文集》等。《宋史》卷四二七有其传。

【注释】

[1]“渐微绿”：指初春天气转暖，草木开始发芽，渐渐泛出绿色。“欣”：欣然，内心高兴。

[2]“野渡”：野外的渡口。“春山响”：春天的山泉潺潺流淌，发出响声。

[3]“物外”：社会生活之外，指大自然。“趣逸”：兴趣超逸。“谐心”：与心相和谐。

[4]“樵歌”：打柴人唱的歌。“寒山”：寒天之山；冷落寂寞之山。

【简析】

这首五言律诗围绕和表达一个“乐”字。首联揭示“乐”之所起，乃因客观春景。时值冬去春来，万物复苏，“东郊渐微绿”，正是寻春踏青的好时机，此时不游何时游？诗人禁不住“驱马欣独往”。这一“欣”字乃“驱马独往”的内在动力。颔联则叙写山乐水亦乐。由于内在有此之“欣”，就觉得水也“乐”，山也“响”。诗人在此采取拟人化的方法，让山水与人共乐。颈联二句将主观和客观融合起来。诗人用一个“爱”字，把主观之情引向客观；又用一个“谐”字，将主、客观沟通起来，即物我和谐，内外皆乐。尾联则给这次春游画上一个完满的句号。由“逐樵歌”，可见诗人乐到何等程度，并且乐者非止一人，是游者共乐。进行这样一次春游，无疑有益于身心。

种药春畦有近功

——病去自知非往日

世人健体养生活动，应因人而异。平日进行体力劳作之人，应当利用闲暇时间，采取静态的方式进行休息，如适度延长睡觉时间，或读书、聊天等；平素俯案读写之人，应当适度开展体育运动，或进行小劳。朱熹对小劳很有体会。其诗曰：

药　圃

宋·朱熹

种药春畦有近功，不辞耘耔谩劳躬。[1]
渐看杞菊充庖下，即见芝英入笼中。[2]
病去自知非往日，身轻何必御冷风。[3]
出门会有儿童笑，不是当年植杖翁。[4]

【题解】

此诗选自清·乾隆戊辰(1748)新刻《朱子大全集》卷三。原题意即种植草药的园子。诗人通过种植草药，使身体康复，故有感而为此诗。

作者朱熹(1130—1200)，字元晦，一字仲晦，号晦庵、晦翁、考亭先生、云谷老人等。建阳(今福建省建阳县)人，祖籍徽州婺源(今江西省上饶地区婺源县)。宋高宗绍兴十八年(1148)进士，授泉州同安主簿。官至湖南路安抚使、焕章阁待制兼侍讲。庆元六年(1200)卒。朱熹登第五十载，但为官时间不多，任地方官仅七年，立朝时间更短。一生主要从事著述和讲学。他是宋代理学的集大成者，是中国历史上著作最多、影响最大的学者之一。《宋史》卷四百二十九有其传。

【注释】

[1]“春畦”：春天的田畦。“有近功”：不久就获得功效。“耘耔(yún zǐ)”：锄

草和培土。“谩”：姑且。“劳躬”：劳动身体。

[2]“杞菊”：枸杞和菊，都是药物，也是菜蔬。“充庖下”：满足厨房的需要，即做菜肴。“芝英”：灵芝。

[3]“非往日”：非以前（病弱）可比。“御冷风”：语出《庄子·逍遥游》：“列子御风而行，泠然善也。……此虽免乎行，犹有所待者也。”

[4]“植杖”：依杖、扶杖。《论语·微子》：“（丈人）植其杖而芸。”晋·陶潜《癸卯岁始春怀古田舍》诗之一：“是以植杖翁，悠然不复返。”

【简析】

这是一首七言律诗。诗人描写和总结了“种药春畦”的多方面收获：一是物质成果，生产出新鲜的保健蔬菜。“渐看杞菊充庖下，即见芝英入笼中”。二是身体健康，病愈身轻，步履矫健，非往日可比。“病去自知非往日，身轻何必御冷风。出门会有儿童笑，不是当年植杖翁。”三是愉快的心境，字里行间洋溢着自得、自在、自由的情感。通观全诗，实为作者现身说法，向人们介绍养生的一种有效途径和经验体会：这就是适当从事种植药物的劳动。这是一举多得的事情，值得人们效法。

脚力轻松倍去年

——病除出游暮春天

暮春三月，江南草长，杂花生树，风和日丽，正是外出游览的绝佳季节，故古有踏青的习惯。许多病后颐养的人们，也兴致勃勃地走出家门，投入春天的怀抱。南宋诗人俞德邻一诗表明，春游有利于康复。其诗曰：

病愈出游

宋·俞得邻

桐帽棕鞋破晓烟，落花飞絮暮春天。[1]

风檐转日噪乾鹊，云树隔溪啼杜鹃。[2]
客引茅亭沽旧酒，僧邀竹院话枯禅。[3]
病除一事还堪笑，脚力轻松倍去年。[4]

【题解】

此诗选自《全宋诗》第六七册，卷三五四八。原题意谓病愈后外出游览。从“游”的效果来看，作用很好。故有感而发，作此诗。

作者俞德邻（1232—1293），字宗大，自号太玉山人。原籍永嘉平阳（今浙江省温州市平阳县）人，侨居京口（今江苏省镇江市）。由宋入元，屡受辟荐，皆不应。名其斋为“佩韦”。遗著由其子辑为《佩韦斋文集》十六卷，于皇庆元年（1312）刊行。另有《佩韦斋辑闻》四卷。

【注释】

[1]“桐帽”：以桐木为骨子做成的幞（fú）头。幞头，相传始于北周，用软帛垂脚，至隋始以桐木为骨子，使顶高成形，唐以后延用之。“椶鞋”：用椶丝编织而成的鞋。“椶（zōng）”，棕，棕榈树。其干上有毛，可用于编织。“暮春”：春季的末期，即阴历三月。

[2]“风簷”：亦作“风檐”：指风中的屋檐。“转日”：日转，太阳东升西落，即从早到晚。“乾鹊”：即喜鹊。其性好晴，其音清亮。俗以之为报喜之鸟。“杜鹃”：鸟名，又称杜宇，子规。相传为古蜀王杜宇之魂所化。春末夏初，常昼夜啼鸣。

[3]“茅亭”：用草缮顶的亭子。“枯禅”：枯坐参禅。

[4]“病除”：疾病被除掉，即治愈。“脚力”：行走的能力。

【简析】

这是一首记述病愈后进行春游的七言律诗。首联描写出行的装束和季节、时间。诗人戴着桐帽，穿上棕鞋，在落花飞絮漫天飘舞的暮春早晨出发了。由“破晓烟”之“破”，可见诗人起得很早，此游的积极性甚高。颔联概述途中所见风物。春风中屋檐上鸣噪的喜鹊，溪水对岸的云树及在其中啼叫的杜鹃，有静有动，有色有声，构成一幅暮春动画图，让人赏心悦目。颈联则叙写途中人际交往。先为店家引至茅亭，畅饮陈酿老酒；后被僧人请到竹院，谈论坐禅体会。尾联喜言春游两大效果，并与题目呼应：一是疾病彻底痊愈；二是体力大增，浑身轻松，倍于去年。读诗至此，真令人跃跃欲试！

不爱名利爱山水

——卜筑西岩居之安

世人志趣不同，爱好必异，表现于方方面面。例如有条件选择居住之地的人们，有的爱闹市，有的喜静幽；有的趋富贵，有的近平民，等等。金朝诗人刘汲卜居于“千古无人看”的“西岩地”，且自得其乐。其诗曰：

题西岩

金·刘汲

人爱名与利，我爱水与山。
人乐纷而竞，我乐静而闲。[1]
所以西岩地，千古无人看。
虽看亦不爱，虽赏亦不欢。
欣然会予心，卜筑于其间。[2]
有石极峭屼，有泉极清寒。[3]
流觞与祓禊，终日堪盘桓。[4]
此乐为我设，信哉居之安。

【题解】

此诗选自金·元好问编、汲古阁本《中州集》卷第三。原题《题西岩》，即题写西岩的诗。“西岩”，地名，似为山。具体位置待考。

作者刘汲，字伯深，自号西岩老人。生卒年不详。浑源（今山西省大同市浑源县）人。天德三年（1151）进士，除庆州军事判官，入翰林为供奉。工诗，好禅理。有《西岩集》传世。此集之序曰："比读刘西岩诗，质而不野，清而不寒，简而有理，淡而有味。盖学乐天而酷似之。观其为人，必傲世而自重者。""能道退居之乐，皆诗人之自得，不为后世议论所夺，真豪杰之士也。"

【注释】

[1]"纷而竞"：繁杂，竞争。"静而闲"：清静，闲适。

[2]"会予心"：与我的心意相契合。

[3]"峭屼(qiào wù)"：陡峭的山峰，高峻突兀。

[4]"流觞"：又称"羽觞"，古代文人雅集趣饮的一种方式，详见前《山水自佳人不去》诗【注释】之[5]。"祓禊(fú xì)"：古人祓除不祥的祭祀活动。通常在春季三月三日、秋季七月十四日，临水洗濯，祓除不祥。"盘桓"：徘徊；逗留。

【简析】

此诗直抒喜爱山水的情怀。可大致分为两节：一是前八句，揭示西岩不为人爱而为我喜的原因。这就是志趣不同，他人爱名利、乐纷竞，而我喜水山，乐静闲。西岩正好地处偏僻，虽有好山水，也只能为我所欢。二是后八句，描写西岩之美和居之之乐。西岩总体上符合我的志趣，故"欣然会予心，卜筑于其间"。其石"极峭屼"，其泉"极清寒"，可以在此举办流觞与祓禊活动，终日盘桓而不厌。似乎此乐专为我所设，所以居此心安理得。

如果现实中确能获得这样一块住处，堪称养生修性逸老的风水宝地。

清晨感物畅我情

——俛仰万类气机生

古人提倡"黎明即起"。此时东方生辉，阳气滋生，万物复苏，空气清新。或开始劳作，或练功键身，或读书吟咏，均能取得较佳效果。元代诗人陈樵有一诗，描写春天清晨感物之乐，亦值得今人借鉴。其诗曰：

悦心亭

元·陈樵

清晨揽衣起，感物畅我情。[1]
春风从何来，草木忽已荣。[2]
深池跃游鲦，乔木迁鸣莺。[3]
俛仰极万类，气机足生生。[4]
哲人贵冥会，悠然竟何营。[5]
此乐难具述，酒至且复倾。[6]

【题解】

此诗选自康熙年间顾氏秀野草堂刊本《元诗选》初集。亭名“悦心”，使心悦。

作者陈樵，生卒年不详，字居采，婺州东阳（今浙江省东阳市）人。负经济之才，遭乱不仕，隐居圁（yín）谷间，衣鹿皮，自号鹿皮子。当政者荐之不起，专意著述，尤长于说经，与同郡黄俊卿辈友善，谆谆以文章相勉励。所著曰《鹿皮子集》。好为古赋，组织绵丽，有魏晋人遗风。其诗题咏为多。属对精巧，时有奇气。

【注释】

[1]“揽衣”：取、穿衣服。“感物”：被物景唤起情感。

[2]“荣”：欣欣向荣。

[3]“游鲦（tiáo）”：鱼名。《庄子·秋水》：“鲦鱼出游从容，是鱼之乐也。”“莺”：黄莺，又称黄鹂、仓庚等。体型小如麻雀，羽毛多为黑褐色。主食昆虫，是益鸟。其鸣叫声悦耳。

[4]“俛仰”：即俯仰，弯腰低头和仰身抬头，比喻一举一动。“极万类”：（运用感官）穷尽各种物类。“气机”：自然现象的转换机制。“生生”：滋生不绝，繁衍不已。语出《易·系辞上》：“生生之谓易。”亦指养生、生活。《老子》五十章：“以其生生之厚”。此“生生”意为重视生命。

[5]“哲人”：学识渊博的聪明人。“冥会”：暗合；心领神会。“悠然”：闲适自得的样子。“何营”：营造什么。

[6]“难具述”：难以具体描述。“倾”：倾倒，指斟酒，饮酒。

【简析】

此诗抒发清晨感物之乐。首二句概叙诗人春晓早起览物畅怀。他来到悦心亭上，观览周围万物，呼吸新鲜空气，活动身体，振奋精神。次四句饱览欣欣向荣的物象。此时清风徐来，草木繁茂；深池中的儵鱼在欢快游动，不时跃出水面；树林中的黄莺飞来飞去，尽情歌唱。再次四句抒发此时的主观感受。在此情况下，禁不住仰观俯察，搜索这里的一切事物，力图体认生生不息的规律。最后两句概括此时的总体心境是"乐"得难以用语言表述出来，只能借酒畅怀，并与题目中的"悦"字相呼应。至此始悟此亭何以叫"悦心亭"了。常来悦心亭，必然促进身心健康。

菊扬清芬岚气新

——俯菊仰云乐无伦

晋代大诗人陶渊明有"采菊东篱下"之句；南朝陶弘景有"岭上多白云"之句，这对后世影响甚大。元代诗人梅实，取二陶诗句之意境，作《菊山诗》，抒发邱园生活的乐趣。此乐亦是有利于养生的。其诗曰：

菊山诗

元·梅实

端坐绝尘想，邱园日相亲。[1]
俯采东篱菊，仰视山中云。[2]
既喜晚香淡，亦爱岚气新。[3]
维时风露交，菊始扬清芬。[4]
薄暮浮云归，青山长对门。[5]
陶然乐其门，此意谁与论。[6]
物理正如此，且酌林下尊。[7]

【题解】

此诗选自康熙年间顾氏秀野草堂刊本《元诗选》三集。原题意谓咏菊与山之诗。

作者梅实,生平不详。

【注释】

[1]"绝尘想":断绝尘世之想,即打消追逐富贵的念头。"邱园":故乡家园。

[2]"东篱菊":暗引陶渊明《饮酒诗》"采菊东篱下"句。"山中云":暗引陶弘景答"诏问"诗"山中何所有？岭上多白云"句。

[3]"岚气":山中的雾气。

[4]"维":通"惟",语助词,无实义,发语作用,多用在年、月、日等之前。"风露交":风和露交织。此指深秋的气候。"扬清芬":散发清香之气。

[5]"薄暮":傍晚。

[6]"陶然":快乐的样子。"谁与论":与谁谈论。

[7]"物理":事物变化的道理,与今"物理学"之"物理"有广、狭之别。"林下尊";在树林下饮酒。"尊"通"樽",酒杯。

【简析】

此诗紧扣"菊"和"山",抒发诗人陶醉于邱园的快乐心境。首二句概述自己与邱园"日相亲"的心情。只要端坐于其中,往往能够断绝有关现实社会的一切想法,即完全沉浸在邱园的景致之中。第三、五、七、八与四、六、九、十句,分别描写菊和山之美及诗人喜爱之情。作者将陶渊明的东篱菊和陶弘景的山中云糅合在一起,建构了一个清新、美妙的境界。俯仰、出入、呼吸于其间,身心轻松而愉快。最后四句,抒发感受。面对此菊此山,诗人"陶然"乐其中,慢酌于林下,细细品味其中的情趣和事物变化规律。这是未曾身临其境者难以领会的。

纵然老健亦难恃

——脚轻缘于爱山游

清代雍乾年间大诗人袁枚，早年读书、为官，以习静为主，少运动。年过花甲后，一场疾病，身体瘦弱下来，始悟活动之必要。于是毅然摆脱各方面的阻挠，开始外出游览山水。并且游出兴趣，游而不休。其诗曰：

舟中遣怀

清·袁枚

习静三十年，忽然爱山游。[1]
一年得游趣，三年游不休。[2]
戚里笑我老，摇首止白头。[3]
妻妾怜我老，亦复相遮留。[4]
我意大不然，人生本浮沤。[5]
倘为利名出，未免心烦忧。[6]
专为山水行，何处非虚舟！[7]
老健纵难恃，观空便无愁。[8]
况且腰脚轻，或者前生修。[9]

【题解】

此诗选自上海古籍出版社1988年版《小仓山房诗文集》卷三十，原题中“遣怀”，犹遣兴，抒发情怀，解闷散心。

【注释】

[1]“习静”：习惯于安静，清静。

[2]“游趣”：旅游的兴趣，意趣。“休”：止。

[3]“戚里”：亲戚，邻里。“摇首”：摇头，不赞同。

[4]“怜”:爱。“遮留”:阻拦,挽留。

[5]“不然”:不以为然,不赞同。“浮沤”:水面上的泡沫,常用以比喻变化无常的世事和短暂的生命。

[6]“倘”:假若。“烦忧”:烦恼,忧愁。

[7]“虚舟”:无人驾驶的船只。语本《庄子·山木》:“方舟而济于河,有虚船来触舟,虽有惼(biǎn)心之人不怒。”比喻胸怀恬淡旷达。

[8]“恃”:依赖,依仗。“观空”:佛教语,谓观照诸法的空相。即看到诸法(各种事物)虚无之本质,内外并寂。详见《仁王经·观空品》。

[9]“前生修”:前世修好积德(的结果)。迷信说法,人身死而灵魂不死,可以转托来世。故每一现世之人均有前世、来世。“前生”,即前世。

【简析】

此诗作于乾隆四十九年(1784),叙写由“习静”到“爱山游”的转变。诗人此时六十八岁,“一年得游趣,三年游不休”,但却遭“戚里”、“妻妾”的反对。他们共同的理由就是“我老”。而诗人仍坚持自己的看法和选择。但他不为“利名出”,“专为山水行”,通过游山玩水,开阔心胸,祛除“烦忧”,则是值得今人借鉴的。临近老年之时,趁腰脚尚轻健,适当出游,无疑是积极养生的正确选择。

行年七十走天涯

——旅游之乐自心知

人生七十古来稀。按惯例,古稀老人应当安心静居,颐养天年,不必外出旅游劳身了。况且古代交通不便,基本靠步行,舟车亦须依赖人力或畜力推拉,速度很慢。但清代大诗人袁枚偏要外出远游。其诗曰:

新正十一日还山

清·袁枚

自觉山人胆足夸，行年七十走天涯。[1]
公然一万三千里，听水听风笑到家。[2]

【题解】

此诗出处同上诗。“新正十一日”，即农历新年正月十一日。“还山”，回到隐居之山，即江宁（南京）小仓山。

【注释】

[1]“自觉”：自己有所认识和觉悟。“胆足夸”：胆量之大，值得称赞。“天涯”：犹天边，极远的地方。语出汉代《古诗十九首·行行重行行》：“相去万余里，各在天一涯。”

[2]“公然”：竟然，出乎意料或常情常理之外。

【简析】

从思想内容看，此诗实为前诗的续篇。作于乾隆五十年(1785)，诗人时年七十岁（传统算法），还在游山玩水，并且直到正月十一日才还家，出乎常情之外。

诗仅四句，二十八个字，却将这次旅游的“自觉”、“胆大”特点生动地表现出来。一是旅游者年纪大，“行年七十走天涯”，常人难以实行和理解；二是行程长，“公然一万三千里”，超出常人的想象；三是心情愉快，“听水听风笑到家”，难能可贵。这对当今老人，当有振奋和启发作用。老年人，只要身体、经济条件允许，不妨适当外出旅游，大有益于身心。

观赏外物生趣浓

——朝光在眼病何妨

人们患病后，当然应该求医诊治。但持有什么心态，亦很重要。如果悲观消极，唉声叹气，势必加重病情。倘若信心满怀，积极治疗，必然有利于康复。清代著名诗人蒋士铨体弱多病，但他病中仍然欣赏外物，增强生趣。其诗曰：

生　　趣

清・蒋士铨

闲居遣意病终日，永昼共眠书半床。[1]
门外市声宜众耳，树头生趣媚朝光。[2]
倦眼喜开新雨后，深夜疑在古人傍。[3]
风铃不语帘垂地，起嗅瓶花无限香。[4]

【题解】

此诗选自清・嘉庆丁丑(1817)重镌《忠雅堂诗集》卷七。原题意谓生命的意趣，趣味。

【注释】

[1]"遣意"：作文、说话时的构思立意。"永昼"：漫长的白天。"共眠"：与半床书一同睡眠。

[2]"市声"：市场上的嘈杂声。"宜"：同"宜"，适宜。"媚"：取悦；喜爱。"朝光"：早晨的阳光。

[3]"倦眼"：疲倦的眼睛。

[4]"风铃"：殿阁塔檐上的悬铃，被风吹而发出响声，故称。"不语"：指此时无风，故风铃不响。"瓶花"：瓶中之花。

【简析】

这是一首七言律诗。首联概括自己的生活状态：闲居，长期患病，但诗人仍在孜孜不倦地读书和构思诗文，享受生命的乐趣。以下领、颈、尾三联即描写生趣的客观体现及其引起的主观感受。门外“宜众耳”的“市声”，“媚朝光”的“树头”，“深夜”（书中）出现的“古人”，不语的“风铃”，“垂地”的竹帘，“无限香”的“瓶花”等，都使诗人感到生命的愉悦。由此启示人们：欣赏外在景物，实质是热爱生命的表现；无论在何种情况下，都可以从外在景物中获取生命的意趣和力量。

与其枯坐不如游

——赵翼晚年喜春游

人到老年，往往懒动喜静。坐下就不愿起来，更别提外出游览了。这对健康当然不利。清代著名诗人、学者赵翼，却与众不同，年过古稀仍然喜欢游览，尤其是春游。他有一首七言律诗，曰：

野　步

清・赵翼

同此光阴似水流，与其枯坐不如游。[1]
野花昼暖香迷蝶，古树年深大蔽牛。[2]
不着胭脂春自丽，但闻鸡犬境逾幽。[3]
只惭卖酒人家笑，此老无钱挂杖头。[4]

【题解】

此诗选自清・嘉庆壬申（1812）刻板《瓯北集》卷四十五。原题意即到野外散步。

【注释】

[1]“枯坐”：默默、长时、无趣呆坐。

[2]“香迷蝶”：花香使蝴蝶迷恋。

[3]“胭脂”：一种用以化装和绘画的红色颜料，亦泛指鲜艳的红色。“境逾幽”：环境更加幽静，美妙。

[4]“惭”：惭愧。“杖”：拐杖，助老人行走的工具。

【简析】

这首七言律诗描写春日野外散步的感受，形象生动，富有情趣。作于嘉庆八年(1803)，诗人时年七十六岁。从首联看，他此前可能走动甚少，很多时光就在静坐中悄悄地逝去了，如同流水一样，去而不返。于是调整一下行为方式，“与其枯坐不如游”。从颔联、颈联看，春游过程，野趣盎然。飘香的野花，飞舞的蝴蝶，参天的古树，暂在浓荫下休息的耕牛，不时传来的鸡鸣犬吠之声，这些事物构成一幅美丽、动态的春意图。“不着胭脂春自丽”，置身于此境，怎能不令人心情舒畅！但这次春游也有美中不足，即尾联所谓“只惭卖酒人家笑，此老无钱挂杖头”。其实诗人已经陶醉于春景中，并不在乎有酒无酒。

六、逍遥闲适

在古代，逍遥闲适的生活基本上是富贵之人的专利。只有他们，衣食无忧，才能逍遥起来。除此之外，也有一部分学者、诗人、医家、宗教信徒等，从防病愈疾、延年益寿的的角度考虑问题，也提倡逍遥闲适。他们在此方面留下不少诗篇，值得今人研究和借鉴。

现今社会与古代不可同日而语。由于劳动生产率的大幅度提高，物质产品日益丰富，为大多数社会成员提供了越来越多的闲暇时间：每日工作八小时，每周工作五天，女五十五岁、男六十岁退休。在此劳动制度下，逍遥闲适的生活方式开始进入大多数寻常百姓之家，从而打破了为极少数富贵之人所专有和垄断的局面。因此，现时谈论逍遥闲适生活，是历史进步、发展的结果和需要，具有广泛、深远的社会历史意义。

《庄子·大宗师》有言："夫大块(天地自然)载我以形，劳我以生，佚(逸)我以老，息我以死。"现代社会普遍实行休息和退休制度，不仅保证老年人得以颐养天年，而且可以让在职的青壮年人也有成块的休息时间。如果有人放弃休息，把工作看作最好的休息，或不得已而继续工作，只能算作特例，另当别论。在一般情况下，应该而且能够休息而不休息，仍然拼命工作，自找苦吃，就违背了生命规律，缩短寿命。

至于如何休息，因每个人的劳动方式、体质、爱好千差万别，应有各式各样的选择。如体力劳动者可以选择精神上的学习娱乐活动，以恢复体力；脑力劳动者不妨选择肢体上的锻炼活动，以恢复脑力，等等。总的原则应当尽量放松身心，自由自在，情绪愉快，在谈笑风生、惬意愉悦中度过清闲的时日，这应是享受生命和幸福的途径和方式。凡有条件的人们，不可轻易放过这样的权利和机遇。

清可濯缨浊濯足

——不为清浊自烦恼

人与客观条件密切相关，而客观条件处在不断变化之中。因而人必须学会灵活应对和利用客观条件的变化，以求得生存空间，实现理想。不可因客观环境的变化，就丧失活下去的意愿和勇气。有古歌曰：

孺子歌

周·佚名

沧浪之水清兮，可以濯我缨。[1]
沧浪之水浊兮，可以濯我足。[2]

【题解】

此歌最早见于《孟子·离娄上》。其中说："孟子曰：不仁者可与言哉？安其危而利其菑，乐其所以亡者，不仁；而可与言，则何亡国败家之有！有孺子歌曰"云云。并引孔子曰："小子听之：清斯濯缨，浊斯濯足矣。自取之也。"楚辞《渔父》将此歌作渔父歌。其中说："渔父莞尔而笑，鼓枻（yì，桨）而去。乃歌曰：'沧浪之水清兮，可以濯吾缨；沧浪之水浊兮，可以濯吾足。'遂去，不复与（屈原）言。"将《孟子》的《孺子歌》与《渔父》的《渔父歌》相比较，在文字上，仅有"我"与"吾"之别。此处不言其政治、伦理上的寓意，仅取其修性、养生方面的作用。

原题中"孺子"即指儿童；"孺子歌"，儿歌。

【注释】

[1]"沧浪（cāng láng）"：古水名，有指汉水、汉水别流、汉水下流、夏水诸说。据后魏郦道元《水经注》：武当县北有洲曰沧浪洲，水曰沧浪水。"濯"：洗涤，清除。"缨"：一指系冠的带子，以二组系于冠，结在颔下；一指用丝或毛等编织成的穗状饰物。

[2]"濯足":洗脚。

【简析】

此歌表现的是顺应外物的平和心态。沧浪之水有清的时候,也有浊的时候。清水有清水的用处,浊水有浊水的用处,关键在于取用得当。不必为水的清浊变化而烦恼。对待客观外在的一切事物,均应如此,随遇而安。这样,才能逍遥自如、身心轻松地度过一生。

达人出处因时资

——潜耀保心守道安

人生不如意事,常常十之八九。如果一遇到不如意事,就耿耿于怀,寝食难安,那就无法生活下去。所以应当学会适应和放下,至少应该暂时放下,求得休息时间。魏晋之际的嵇喜,曾写诗劝诫其弟嵇康,曰:

答嵇康诗

晋·嵇喜

达人与物化,无俗不可安。[1]
都邑可优游,何必栖山原?[2]
孔父策良驷,不云世路难。[3]
出处因时资,潜耀无常端。[4]
保心守道居,睹变安能迁![5]

【题解】

此诗选自《先秦汉魏晋南北朝诗》上册《晋诗》卷一。诗人对其弟嵇康的生活态度提出规劝。题下原有四首,此为其三。

此诗作者嵇喜，乃嵇康之兄，生卒年不详。字公穆，为魏卫军司马。入晋，为扬州刺史，迁太仆宗正。有诗文集二卷。

【注释】

[1]“达人”：通达事理之人；亦指豁达豪放之人。“物化”：事物的变化；亦指死亡。

[2]“都邑”：京城，亦泛指城市。“山原”：山陵与原野。

[3]“孔父”：古代善驾者。“策”：原指马鞭，此处为驱动、驾驶之义。“良驷”：优良的四马车，即快捷、安稳之车。

[4]“出处”：出来为官或退居家园。“因时资”：顺应社会形势的变化。“潜耀”：隐藏光辉。亦以此比喻怀才不遇。“无常端”：没有固定的规则。

[5]“保心”：保持自己的心性思想不受侵害。“守道”：遵循天地社会大道，坚持某种道德规范。“睹变”：观察（事物）变化。“安能迁”：怎么可以（随外物）改变自己（道德原则）呢？

【简析】

这是一首哲理诗。作者启发其弟嵇康，不要愤世疾俗。认为明理旷达之人，能够适应事物的变化，在任何境况下，都可以悠然自在，在繁华的都市里亦可优游，不必要到山林里隐居。此即所谓大隐隐于俗。好比善驾车的人，并不抱怨世路艰难。关键在于适应社会的变化，隐藏锋芒，而坚持自己的人生原则，不可随外物而变化。这样的生活态度，在政治上有时是缺陷，但对养生有益。可以保持逍遥闲适的心态，有利于健康。

既耕已种读我书

——俯仰宇宙乐何如

大诗人陶渊明辞官返乡后，躬亲耕种，自食其力。农忙余暇，则不忘读书。

这种生活，使他摆脱了官场上的送往迎来的繁文缛节，不必看上级长官的脸色行事，感到无比自由和快乐。情不自禁地发而为诗，曰：

读山海经

晋·陶渊明

孟夏草木长，绕屋树扶疏。[1]
众鸟欣有托，吾亦爱吾庐。[2]
既耕亦已种，时还读我书。[3]
穷巷隔深辙，颇回故人车。[4]
欢言酌春酒，摘我园中疏。[5]
微雨从东来，好风与之俱。[6]
泛览周王传，流观山海图。[7]
俯仰终宇宙，不乐复何如！[8]

【题解】

此诗选自《先秦汉魏晋南北朝诗集》上册《晋诗》卷十七，原题下共有十三首，此为其一。《山海经》是流传至今的先秦典籍，记述当时的地理、物产、医药、气候及神话传说等。成书年代难于确考，约在西周前期至战国初年。编著者佚名。汉·刘歆校定，晋·郭璞注释、图赞。

【注释】

[1]“孟夏”：初夏。“扶疏”：枝叶繁茂。

[2]“欣有托”：欣喜自己有了依托。即指草木繁茂，是鸟类良好的生活环境。这是拟人化的说法。

[3]“既耕”二句：诗人归隐后亲自耕种，又不忘读书。

[4]“深辙”：大车过后留下很深的辙沟。“故人车”：老朋友所乘坐的车。此二句言作者住在穷巷之中，来访朋友之车难以入巷，有的掉头而回。

[5]“欢言”：欢快谈论。

[6]“微雨”：小雨。“与之俱”：（好风）与微雨一起来。

[7]“周王传”：即《穆天子传》。记述周穆王驾驶八骏西游的神话故事。“山

海图”：即指《山海经图》。

[8]“俯仰”：俯身，仰首。形容动作简单，所用时间极短。“终宇宙”：（通过读《山海经》）遍游宇宙。

【简析】

此诗描写耕读之乐。一开头就绘出一幅令人神往的孟夏幽居图。林木掩屋，枝叶繁茂，浓阴铺地，鸟雀鸣叫。真是物我一体，人鸟同乐。“众鸟欣有托，吾亦爱吾庐。”接下诗人自述在“既耕亦已种”的劳作之余，不忘读书。通过读书，增长知识，获得内心的充实和快乐。并且微雨东来，凉风送爽。此时与故老酌饮家酿，摘食园蔬，谈笑风生，好不欢快！“俯仰终宇宙，不乐复何如！”难得一个贯穿全诗的“乐”字，这对养生极为宝贵。

居荣本当自知足

——养病岂可不归闲

《老子》知足常乐的哲理，影响深远。有些身居高位的人，也联系自己，考虑进退。如杨素（？—606），原仕北周，官至大都督仪同三司，先后助隋文帝杨坚受禅和炀帝夺位，功高权重，位极人臣，患病后想起了老子之言。其诗曰：

赠薛播州诗

隋·杨素

养病愿归闲，居荣在知足。[1]
栖迟茂陵下，优游沧海曲。[2]
古人情可见，今人尊路躅。[3]
荒居接野穷，心物俱非俗。[4]
桂树芳丛生，山幽竟何欲！[5]

【题解】

此诗选自《先秦汉魏晋南北朝诗》下册《隋诗》卷四。原题下共十四章，此为其第十一章。题中薛播州，《隋书》杨、薛本传作“番州”，即时任播州刺史的薛道衡。杨素赠薛五言诗七百字，词气颖拔，风韵秀上，为一时盛作。

杨素，字处道，弘农华阴（今陕西省渭南地区华阴县）人。北周时历官中外记室、礼曹、汴州刺史、徐州总管，迁荆州总管，进位柱国，封清河郡公等。隋文帝加素上柱国，拜信州总管，迁荆州总管，进封郧阳国公，改封越国公，掌朝政。寻拜纳言，转内史令，进尚书右仆射。炀帝（605—618 在位）登基后，迁尚书令，拜太子太师，改封楚国公。大业二年（606）卒。谥景武。有诗文集十卷。《隋书》卷四十八有其传。

【注释】

[1]“养病”：颐养身心以愈疾。“归闲”：离开权位，回归平民的清闲生活。“居荣”：处于荣耀的地位。“知足”：知道满足。语出《老子》四十六章：“知足之足，常足矣。”

[2]“栖迟”：滞留、漂泊。“茂陵”：陵墓名，指汉武帝刘彻的陵墓。据《汉书·武帝纪》，茂陵在长安西北八十里，即今陕西省兴平县东北。“优游”：悠闲自得。“沧海曲”：大海的边角。“曲”，偏僻的处所。

[3]“尊”：遵。“路躅（zhuó）”：足迹；踪迹；道路。亦喻人的行为。

[4]“荒居”：荒僻的住处。亦用作自己住处的谦词。“野穷”：空旷的荒野。

[5]“桂树”：桂花树，亦称金桂、丹桂，为珍贵的观赏植物。秋季开花，极芳香。“芳丛”：丛生的繁花。“山幽”：山地的幽静。

【简析】

此诗表达养病时的心情。诗人认为，身居官位之时要知足；一旦患病，就要回归闲适，以逸养身心。或者逗留于名胜，或者优游于海滨，或者安居于荒村山野，都要保持非同流俗的心性。古人就是这样做的，值得今人仿效。“桂树芳丛生，山幽竟何欲！”观赏幽静山村中丛生的桂树，闻其芳香，就不再有什么奢望了。若能如此，无疑是有益于养病康复的。

语笑为乐达此生

——诗人王维表心声

唐代大诗人王维(701—761),经历安史之乱后,已无仕进之心,实际上已经处于半隐居状态,并信奉佛教。在生活态度上,注重修养、娱乐身心,这也是其诗歌创作的主要思想内容。其诗曰:

与卢象集朱家

唐·王维

主人能爱客,终日有逢迎。[1]
贳得新丰酒,复闻秦女筝。[2]
柳条疏客舍,槐叶下秋城。[3]
语笑且为乐,吾将达此生。[4]

【题解】

此诗选自《全唐诗》卷一百二十五。原题意思是:与卢象到朱家聚会。

"卢象",字纬卿,始以章句振起于开元(713—741)中,历秘书省校书郎、右卫仓曹掾、左布阙河南府司录司勋员外郎,左迁齐、汾、郑三郡司马,入为膳部员外郎。被谪果州长史,又贬永州司马,移吉州长史。后征拜为主客员外郎。道病,留武昌,遂不起。在诗文上,卢象与王维、崔颢齐名于时。主人"朱家",不详,似是店家。

作者王维(701—761),字摩诘,太原祁(今山西省祁县)人。其父处廉,一生为官,最后官为汾州司马。移家至蒲(今山西省永济县)。少年王维即显现文才,开元九年(721)进士及第,作大乐丞,时年二十岁。后历济州司仓参军、右拾遗、监察御史、左补阙、库部郎中、文部郎中、吏部郎中、给事中诸职。安史之乱时,未及撤出长安,为叛军所俘。维服药称疾,但仍被委以伪官。朝廷返都后,陷贼官三等定罪,特原谅维,授其太子中允,迁中庶子、中书舍人。复拜给事中,转尚书右丞。故世称王右丞。王维以诗名盛于开元、天宝间。四十岁以后半官半隐，并笃于奉佛。其蓝田辋川别墅，山水绝胜，风景优美。与道友裴迪，浮舟往来，弹琴赋诗作画。后世评其诗中有画，画中有诗。晚年长斋禅颂。上元二年(761)卒。其弟王缙集维诗六卷，文四卷。《旧唐书》卷一百九十下、《新唐书》卷二百二有其传。

【注释】

[1]"爱客"：好客。"终日"：经常，一天到晚。"逢迎"：迎接客人。主人好客，所以经常有客前来。

[2]"贳"(shì)：赊。"新丰酒"：前代传下来的名酒。南朝梁元帝(552—554在位)萧绎有诗曰："试酌新丰酒，遥劝阳台人。""秦女筝"：秦朝女子弹奏的筝。筝，古代弦乐器，最初为五弦，后加至十三弦。诗人称之为"秦女筝"，不一定确为秦朝之筝，只是表明它是一种古筝，创造诗的意境。诗友聚会，饮的是前代名酒，听的是古筝，令人心旷神怡。

[3]"柳条疏客舍"：柳条扶疏，掩映客舍。"槐叶下秋城"：槐叶飘落于秋天的城市。

[4]"达此生"：通晓、领略这一生；或曰度过此生。

【简析】

这是一首五言律诗，描述诗友欢聚情景，此亦是诗人闲适生活的一个侧面。首联称道客舍主人好客，这是欢聚的有利条件。颔联叙写诗友们饮名酒，听古乐，这是感官和心灵享受。颈联描绘欢聚之地的自然环境。柳条扶疏，槐叶飘落，秋高气爽，令人心情舒畅。尾联则畅言意愿，即要终生如此谈笑欢乐。这样的场景、心态，无疑是有益于身心健康的。

无恋无厌逍遥人

——有恋有厌难逍遥

自庄子《逍遥游》传世后，“逍遥”成为时髦。如何才能逍遥呢？人们甚少考虑。实际上，“逍遥”是有条件的。如客观上具备基本物质条件，主观上摆脱身心负担等。唐代大诗人白居易对此颇有体会，其诗曰：

逍遥咏

唐·白居易

亦莫恋此身，亦莫厌此身。[1]
此身何足恋？万劫烦恼根。[2]
此身何足厌？一聚虚空尘。[3]
无恋亦无厌，始是逍遥人。[4]

【题解】

此诗选自《全唐诗》卷四百三十四。原题即咏逍遥。“逍遥”，自由自在，无拘无束。

【注释】

[1]“恋此身”：道教追求肉体成仙不死，是恋此身。“厌此身”：佛教追求脱离生死轮回，故厌此身。

[2]“烦恼根”：佛教认为人的肉身是灵魂的桎梏，是经历万劫而不能解脱各种烦恼的根源。《老子》十三章亦有言：“吾所以有大患者，为吾有身。及吾无身，吾有何患？”也含有厌身思想。“万劫”：佛教说法，见前《白日百年苦易满》【注释】之[2]。

[3]“一聚”句：儒家、道家都认为，人身乃气聚而成。人为万物之灵，生命宝贵，应爱身而不能厌身。

[4]"无恋亦无厌":对此身既不恋,也不厌,才能逍遥自在。

【简析】

如何对待自己的身体、生命,这是一个严肃而重要的问题。各家各派都有一定的见解。诗人在此申述了自己的看法。他认为,既不要恋此身,也不要厌此身。虽然不曾详说理由,但从所引佛、道二教的观点来看,一味地恋、厌,都是不可取的。厌此身固然不利于生命,过分地恋此身,也会成为精神负担,亦有害于生命。如有人非常害怕死亡,反倒速死;有人并不畏惧死亡,反而长寿。不恋亦不厌,才能轻轻松松,愉愉快快,逍遥自在。这一观点,颇有辩证法的意味。

闲中有乐自在天

——更无忙苦吟闲乐

在封建社会中,作为朝廷命官,一旦被贬或落职,总是心中不快,忧郁寡欢。而白居易在此情况下,非但没有忧愁之感,反而感到快乐。这是"乐天"心性与一般官吏的区别。由下诗可见一斑。

闲　乐

唐·白居易

坐安卧稳舆平肩,倚杖披衫绕四边。[1]
空腹三杯卯后酒,曲肱一觉醉中眠。[2]
更无忙苦吟闲乐,恐是人间自在天。[3]

【题解】

此诗选自《全唐诗》卷四百五十八。原题意即闲适之乐,以闲为乐,闲中有乐。这是诗人不任要职时的作品。

【注释】

[1]“坐安卧稳”：坐或躺在车中很安稳。“舆平肩”：车子平妥行进，不颠簸，所以两肩端平。“舆”也可解作轿子，亦通。“绕四边”：围绕中心（住地）行进。

[2]“卯后”：卯时之后。“卯”即早晨七八点钟。

[3]“更无忙苦”：并且没有繁忙和辛苦。“吟闲乐”：有工夫写诗，吟咏闲适之乐。“人间自在天”：人世中自由自在的时光。

【简析】

此诗仅有六句，中间两句对仗，每句基本符合格律，故《白香山集》把它归入律诗。第一、二句描写乘车出游和拄杖散步的安适之态。第三、四句描写随意饮酒醉卧的情形。第五、六句进一步概括闲适自在之乐。诗人何以在闲适中有快乐的心情呢？一是拥有基本的生活保障。作为官吏，虽居闲职，俸禄还是足够消费的，有房，有车，有酒，有闲暇，无繁忙、辛劳，这是乐的先决条件；二是能够看淡被贬和失权。如果为此愤懑不已，长吁短叹，纵有优越的物质生活条件，也乐不起来。本诗作者白居易号乐天，在常人乐不起来的情况下，他都能找出乐的理由，从而乐而不已。这样的襟怀才是乐的内在根据。

心足为富闲乃贵

——如此富贵胜高位

在封建社会的官场中，官大禄厚者，往往气宇轩昂，盛气凌人；位低禄薄者，往往自惭形秽，低人一等。特别是被贬失权者，更是垂头丧气。白居易不是如此。他认为“身闲”比“高位”为好。其诗曰：

闲　居

唐·白居易

空腹一盏粥，饥食有余味。[1]

南檐半床日，暖卧自成睡。[2]
绵袍拥两膝，竹儿支双臂。[3]
从旦直到昏，身心一无事。[4]
心足即为富，身闲乃当贵。[5]
富贵在此中，何必居高位？[6]
君看裴相国，金紫光照地。[7]
心苦头尽白，年才四十四。[8]
乃知高盖车，乘者多忧畏。[9]

【题解】

此诗选自《全唐诗》卷四百二十九。原题意谓没有政事在身，过着清闲的生活。此诗在《白香山集》中，被列入古调诗，作于元和六年(811)，作者时年四十岁。

【注释】

[1]“盏”：杯类容器。“余味”：有回味。粥是极普通的食品，饥时食用，则有滋有味。正如民谚所说：饥时糠如蜜。

[2]“南檐”二句：临窗置床，半床阳光，暖洋洋地易于入睡。诗人有《闲眠》一诗，其第一、二句说：“暖床斜卧日曛腰，一觉闲眠百病消。”与此二句所言境界相同。

[3]“绵袍”：用丝绵做成的御寒长袍。“竹儿”：用竹子制作的器具。

[4]“从旦”二句：此二句是对前述清闲生活的总结：从早到晚，身闲心亦闲。

[5]“心足”：从内心满足现有的生活状态，这就是“富”了。“身闲”：身体清闲，没有政务带来的烦恼，这就是“贵”了。

[6]以上四句是从清闲生活中悟出的对富贵新的认识和体验。即心足为富，身闲为贵，并不一定拥有大量财富、居于高位，才算富贵。

[7]“裴相国”：指裴垍，字弘中，河东闻喜(今山西闻喜县)人。贞元(785—804)中，制举贤良极谏，对策第一，授监察御史。元和三年(808)冬，拜中书侍郎，同平章事。卒于元和六年(811)。《旧唐书》卷一四八有其传。“金紫”：高官的标志。汉制，丞相、太尉皆金印紫绶，唐以金紫光禄大夫、银紫光禄大夫为官阶。后以“金紫”为尊官高位的代称。

[8]“心苦”：内心辛苦。指位居高位，劳心忧思。

[9]“高盖车”：高官所乘的宽敞高大的马车。由裴相国短寿，悟出居高位多忧畏，不利于养生。

【简析】

此诗大致可分两个部分：

前十二句为第一部分，抒写自己的闲适生活和心情。作者当时失去权位，处于赋闲状态。但他能够以平静之心处之，不但没有强烈的失落感，像一般官吏那样愤愤不平，或忧愁郁闷，而是在清闲生活中自得其乐。这是一种思想境界，为官者鲜能达到，故为可贵。不仅如此，诗人还据此体验，对富贵进行新解释：“心足即为富，身闲乃当贵。”这一饱含哲理的结论，可为世人养生的座右铭。

此诗的后六句是第二部分，以裴相国为例，指出高位者多忧畏。裴相国位高寿短，虽是个例，却有一定的普遍意义。世人羡慕和向往高官厚禄，岂不知高官厚禄者“多忧畏”，往往早逝。

至此，诗人未有一句谈及养生，但却句句不离养生。通过第一、二部分正反两方面的对比，诗人揭示了逆境下养生的基本原则和方法，即养心。如心不平静，任何方法也不能奏效。由此可见白氏的闲适诗，似是描写平淡无奇的生活，实则深含人生哲理。

得所得时一何幸

——知足才有幸福感

大诗人白居易的仕途，并非一帆风顺，多次被贬、外放，在朝时间不多，官位亦不甚高，并提前于58岁致仕(退休)。但他从未抱怨，在任何情况下都能自得其乐，安享其福。他的快乐感、幸福感从何而来？由下三诗可以窥见其内心之一二。

春日闲居　三首

唐·白居易

陶云爱吾庐，吾亦爱吾屋。[1]
屋中有琴书，聊以慰幽独。
是时三月半，花落庭芜绿。
舍上晨鸠鸣，窗间春睡足。
睡足起闲坐，景晏方栉沐。
今日非十斋，庖童馈鱼肉。[2]
饥来恣餐歠，冷热随所欲。[3]
饱竟快搔爬，筋骸无检束。
岂徒畅肢体，兼欲遗耳目。
便可傲松乔，何暇杯中渌！[4]

广池春水平，群鱼恣游泳。
新林绿阴成，众鸟欣相鸣。
时我亦潇洒，适无累与病。
鱼鸟人则殊，同归于遂性。
缅思山梁雉，时哉感孔圣。
圣人不得所，慨然叹时命。[5]
我今对鳞羽，取乐成谣咏。
得所仍得时，吾生一何幸！

劳者不觉歌，歌其劳苦事。
逸者不觉歌，歌其逸乐事。[6]
问我逸如何？闲居多兴味。
问我乐如何？闲官少忧累。
又问俸厚薄？百千随月至。
又问年几何？七十行欠二。
所得皆过望，省躬良可愧。

马闲无羁绊，鹤老有禄位。
设自为化工，优饶只如是。
安得不歌咏，默默受天赐？[7]

【题解】

这三首诗选自《全唐诗》卷四百五十九，被《白香山集》列入半格诗，即不完全符合格律。比较自由地抒发情怀。

【注释】

[1]“陶云”：晋代诗人陶渊明归隐后曾言爱其庐。

[2]“十斋”：佛教规定，在家居士每月中应有十日行斋戒，即：一、八、十四、十五、十八、二十三、二十四、二十八、二十九、三十日。在这十日内不食肉，谓之“十斋”。“庖童”：厨工。

[3]“餐歠(chuò)：食饮。

[4]“松乔“：传说中的仙人赤松子、王子乔，见刘向《列仙传》。“渌”：水清。

[5]“缅思”：缅怀，怀想。“山梁”：山涧上的桥；亦指山脊。“雉”：野鸡。“圣人”：孔子。《论语·乡党》：“山梁雌雉，时哉时哉！”意谓孔子就山梁的雌雉而发出不得其时的感叹。朱熹《四书集注》认为此句有缺文，与下“子路共之，三臭而作”不连贯。

[6]以上四句表述诗人对“歌”的看法。认为“歌”乃情感的自然流露，有其真情实感而歌。

[7]以上十六句申述自己“歌咏”的理由。诗人自列为“逸者”。所受逸乐甚多，不得不歌。“鹤老”：喻指自己年已老仍然有位有禄。“化工”：造化之工，即创造世界的力量。

【简析】

这三首诗，写尽春日闲居之“闲”。在内容上，则各有侧重。第一首重在起居食饮之闲。诗人拥有可爱的屋舍，春睡迟起，食有鱼肉，饱后搔爬，筋骸无束。真是神仙一样的生活。第二首重在与鱼鸟同乐。广池鱼游，新林鸟鸣，鱼鸟与我，各得其所，各遂其性。第三首重在总结闲居兴味之原由：一是官闲少忧累，二是俸禄随月至，三是享年近七十。即有闲，有钱，有寿。诗人深感满足，以致“不得不歌咏”。今天看来，在离、退休人员中，拥有白氏这些条件者大有人在。关键在于应有白氏的满足感、幸运感，才能愉快养老，延年益寿。

资身给足勿烦费

——若比箪瓢太富贵

世人养生，固然需要一定的物质条件，但并非耗费越多，养生效果越好。若运用不当，优越的物质条件反倒害生。只要能够满足生理上的需要，就不必再耗费。大诗人白居易深明此理，由下诗就得出这一结论，曰：

夏日闲放

唐·白居易

时暑不出门，亦无宾客至。[1]
静室深下帘，小庭新扫地。[2]
褰裳复岸帻，闲傲得自恣。[3]
朝景枕簟清，乘凉一觉睡。[4]
午餐何所有？鱼肉一两味。[5]
夏服一无多，蕉纱三五事。[6]
资身既给足，长物徒烦费。[7]
若比箪瓢人，吾今太富贵。[8]

【题解】

此诗选自《全唐诗》卷四百五十九，原题中“闲放”，意谓在清闲中放松自己，自由自在，无拘无束。

【注释】

[1]“时暑”：时当暑热季节，即农历六月份。

[2]“帘”：垂挂于房门的帘帐，既能隔开内外，又能使房内透气。夏季常用之。

[3]“褰(qiān)裳”：撩起下裳。“褰”，用手撩起，提起。“岸帻”：推起头巾，露出前额。这是天气暖热时的动作。也表示此时不再保持严整的外在形象，形象洒脱，衣着不拘形式。“闲傲”：在闲散中显示自信。“自恣”：自我放松。

[4]“朝(cháo)景”：面向、面对景物。“簟(diàn)”：供坐卧铺垫用的竹席或苇席。

[5]“何所有”：有什么。

[6]“蕉纱”：即蕉布。用芭蕉茎、皮的纤维作为原料制作成的纺织品，可做夏服。“三五事”：三五件。

[7]“资身”：供自身消费的物品。“给足”：供给充足。“长(cháng)物”：多余的东西。长，亦读 zhàng。

[8]“箪(dān)瓢人”：指孔子弟子颜回。《论语·雍也》记孔子曰：“贤哉，回也！一箪食，一瓢饮，在陋巷，人不堪其忧，回也不改其乐。”“箪”：古代盛食物的圆形竹器。

【简析】

此诗描写夏日之闲放自恣，抒发知足感。在既不出门，也无宾客至的暑夏之时，着装随便，形体自恣，枕簟乘凉，欣赏风景。午餐有鱼肉，夏服有蕉纱，量虽无多，足以资身，若多“徒烦费”。作为朝廷命官，如此生活，不算奢侈。但作者却将自己与颜回比较，深感“吾今太富贵”。此即知足常乐了。有此心态，是有益于养生的。

百事尽除适情性

——切莫胸中残是非

老年养生，心态平和非常重要。与人相处几十年，经历许多是是非非，难免有些残留于心中。如果不能忘掉或彻底放弃这些是非，纠缠于过去的怨恨，势必造成精神负担和心理压力。还谈何养生？大诗人白居易的态度值得借鉴。其诗曰：

对酒闲吟赠同老者

唐・白居易

人生七十稀，我年幸过之。
远行将尽路，春梦欲觉时。[1]
家事口不问，世名心不思。
老既不足叹，病亦不足治。
扶持仰婢仆，将养信妻儿。
饥饱进退食，寒暄加减衣。
声妓放郑卫，裘马脱轻肥。[2]
百事尽除去，尚余酒与诗。
兴来吟一篇，吟罢酒一卮。
不独适情性，兼用扶衰羸。
云液洒六腑，阳和生四肢。[3]
于中我自乐，此外吾不知。
寄问同老者，舍此将安归？
莫学蓬心叟，胸中残是非。[4]

【题解】

此诗选自《全唐诗》卷四百五十九，原题中“对酒闲吟”，意谓在饮酒之时作此诗。“同老者”，与自己一样已到老年的人。白氏时年已过七十。

【注释】

[1]“远行”二句：比喻人生将至终点。

[2]“声妓”：卖唱的女子。“放”：放弃。“郑、卫”：春秋时的郑国和卫国。这两国的音乐不正，多淫邪之声，故古人往往以“郑、卫”代表不正之音。“裘马”：轻暖的皮衣和肥壮的快马，这是古代富贵之人的外在标志，也是一些世人的追求。此二句意谓：自己年老，不再欣赏郑卫淫邪之音，也不再贪图轻裘宝马。这些东西对于养生并不一定有多大作用。

[3]“云液”：犹言天降之甘露。“六腑”：人体内与心、肝、脾、肺、肾对应的小肠、胆、胃、大肠、膀胱和三焦。此处之六腑实指内脏器官。“阳和”：阳和之气。此二句是说，适当饮酒，能够使血脉通畅，肢体机能健旺。

[4]“蓬心叟”：《庄子·逍遥游》：“今子有五石之瓠，何不虑以为大樽而浮乎江湖，而忧其瓠落无所容？则夫子（指惠子）犹有蓬之心也夫！”唐·成玄英疏曰：“蓬，草名，拳曲不直也。……言惠子既有蓬心，未能直达玄理。”比喻知识浅薄，不能通事达理。后亦常作谦词，自喻浅陋。

【简析】

此诗是诗人晚年之作。古人平均寿命短，年过七十，很不容易，故谓“古稀”。历来知足的诗人，享此高寿已很满意，所以在诗中对生命的终结已有思想准备。主要就是口不问家事，心不思世名，耳不听郑卫之音，身不求轻裘宝马等。即将事务减到最少，把享受降到最低。“百事尽除去，尚余酒与诗”。吟诗和饮酒，这是作者需求的底线，终生乐在其中。“不独适情性，兼用扶衰羸。云液洒六腑，阳和生四肢。于中我自乐，此外吾不知。”今天看来，适当吟诗、饮酒，确实有益养老；但要适度。白氏若不饮或少饮酒，或许还能多活几年。

新米粥美绵袍温

——闲事完毕向阳眠

人到老年，仍须面对家庭、亲戚的一些琐事。应尽快处理完毕，让自己身心轻松，真正进入无忧无虑的状态。否则，很难取得养生效果。在此方面，大诗人白居易的做法和态度，亦值得现今中老年人借鉴。其诗曰：

自咏老身示诸家属

唐·白居易

寿及七十五，俸霑五十千。[1]
夫妻皆老日，甥侄聚居年。
粥美尝新米，袍温换故绵。
家居虽濩落，眷属幸团圆。[2]
置榻素屏下，移炉青帐前。[3]
书听孙子读，汤看侍儿煎。
走笔还诗债，抽衣当药钱。
支分闲事了，爬背向阳眠。[4]

【题解】

此诗选自《全唐诗》卷四百六十，原题中“自咏老身”：歌咏自己的老年生活。“示诸家属”：给自己的亲属看。

【注释】

[1]首二句交待写此诗时的年寿和薪俸。白氏此时早已致仕即退休。年“七十五”，指虚龄。“五十千”，即五万（盖指铜钱）。“霑”：即沾，这里是谦词，沾光之义。

[2]“濩（huò）落”：水势陡落。

[3]“榻”:床。“素屏”:无彩绘的屏彰。“青帐”:青黑色的帏帐。这里的素屏、青帐,表明此时作者由高官回归平民,生活朴素无华。

[4]“支分”:处理,分配。“爬背”:搔痒。古代文人名士往往以扪虱搔背为雅趣。这二句是说,把自己的家庭琐事分配完毕之后,就悠闲地晒太阳了。

【简析】

这是一首五言排律。

诗人自述最后一年的家庭生活。由于已经致仕即退休十多年,家道开始濩落,但尚有年俸五十千,可用新米煮粥,穿上新绵温袍,即保饱暖。如果患病,就要“抽衣当药钱”。可喜在于夫妻偕老,甥侄聚居,听孙读书,眷属团圆。诗人对此已很知足。唯一的事情就是“走笔还诗债”,除此则“爬背向阳眠”。如此对待生活和生命,可谓达观。

心不忧病是医王

——止足悠闲安生理

患病请医诊治,这是常情、常态。但隋唐大医孙思邈认为,“求己”胜过“求医”,“惟须求之于己,不可一仰医药也”。大诗人白居易也有这样的体会和认识,强调“自医”。其诗曰:

斋居偶作

唐·白居易

童子装炉火,行添一炷香。
老翁持麈尾,坐拂半张床。[1]
卷缦看天色,移斋近日阳。[2]
甘鲜新饼果,稳暖旧衣裳。

止足安生理，悠闲乐性场。[3]
是非一以遣，动静百无妨。
岂有物相累，兼无情可忘。[4]
不须忧老病，心是自医王。[5]

【题解】

此诗选自《全唐诗》卷四百六十，原题中“斋居”，吃斋期间的生活。作者晚年信佛，号称居士，故吃斋。

【注释】

[1]“麈(zhǔ)尾”：拂掸灰尘的工具。“坐拂半张床”：坐在床边，用麈尾把床上的灰尘掸掉。

[2]“移斋近日阳”：把斋饭移到靠近阳光的地方。

[3]“止足”二句：引用老子知足知止思想，认为在衣食上止于满足生理需要，在精神上则要达到悠闲、愉快的境界。

[4]“岂有”二句：不被物和情所累。

[5]“不须”二句：佛教称佛为大医王。真心向佛，心就是医治自己老病的医王。强调养心的重要。

【简析】

此诗反映作者吃斋期间的生活。从行为到心理，非常悠闲、安详。因时值冬天，故要在室内“装炉火”，还要“移斋近日阳”。诗人于此室内起居，燃香，掸尘，观书，吟诗，吃斋，“甘鲜新饼果，稳暖旧衣裳”，生理和心理都得到满足，故言“止足安生理，悠闲乐性场”。此时不须判断人间是非，动静无所妨碍，不为物累，不为情牵，真是优哉悠哉。最后两句“不须忧老病，心是自医王”，是诗人多年来奉佛吃斋的深切体会，表明知足知止的心态非常重要，对今人尤有启迪作用。

人呼刘白二狂翁

——老有好友心不老

老年养生，除老本（财力保障）、老窝（住所）、老伴（配偶）外，老友亦非常重要。大诗人白居易与刘禹锡致仕（退休）后，均定居于洛阳城。二人诗酒往来，过从甚密，共同度过美好的桑榆晚景。白氏之诗曰：

赠梦得

唐·白居易

年颜老少与君同，眼未全昏耳未聋。[1]
放歌卧为春日伴，趁欢行入少年丛。[2]
寻花借马烦川守，弄水偷船恼令公。[3]
闻道洛城人尽怪，呼为刘白二狂翁。[4]

【题解】

此诗选自《全唐诗》卷四百五十六。原题即赠诗人刘禹锡。禹锡字梦得。

【注释】

[1]"年颜"句：白居易与刘禹锡同年，身体健康状况也差不多，故如此说。

[2]"放歌"：放开情怀歌唱，亦指写诗。"歌"又作"醉"，亦通。"少年丛"：聚集在一起的青年人。

[3]"川守"：川吏，掌管水路的官吏。"令公"：本为对中书令的尊称。中唐以后，节度使多加中书令头衔，使用渐滥，遂为节度使之称。"偷船"：私自用船。"偷"，戏言。

[4]"狂翁"：疯癫的老头。

【简析】

作者前面几首诗所吟咏的闲适生活,均为自闲、自娱,基本属于静态;此诗所反映的生活则是与朋友同游,同乐,当属动态。

白居易与刘禹锡晚年定居于洛阳,留下一段美丽的佳话。这首七言律诗就是这段佳话的生动记录。

首联概述二人年龄、健康状况之同,加之都是著名诗人,这是十分少见的。颔联、颈联描写他们游乐忘老的情形。春日相伴放歌,趁欢走入少年行列中,为寻花借马而麻烦川守,为弄水偷船而气恼令公。尾联则记述有关舆论。由于这些行为不符合他们的身份,所以"洛城人尽怪",呼之为"刘白二狂翁"。由此可见他们何等开心!

刘白二人仕途均较坎坷,但他们始终情绪乐观,善于自我调节,特别是致仕(退休)后,亦发旷达和潇洒。他们之所以均能享逾古稀之年,与此不无关系。当今离退休的老年人,可由"刘白二狂翁"身上得到启示:应尽量淡化和忘掉在职期间的荣辱、矛盾和恩怨,轻松愉快地度过余日不多的晚年时光。

当歌自放酒相劝

——刘白友谊千载香

人到老年仍然拥有志趣相合的老友,乃人生之大幸。大诗人白居易与刘禹锡的友谊,令千载之下的今人,羡慕不已。这样的友谊,不仅能够去孤独,添欢乐,还能抗疾病,益年寿。白氏还有与前首同题之诗,曰:

赠梦得

唐·白居易

前日君家饮,昨日王家宴。[1]
今日过我庐,三日三会面。[2]

当歌聊自放，对酒交相劝。[3]
为我尽一杯，与君发三愿：[4]
一愿世清平，二愿身强健，[5]
三愿临老头，数与君相见。[6]

【题解】

此诗选自《全唐诗》卷四百五十九，仍为诗人晚年定居洛阳期间与刘氏的唱和之作。

【注释】

[1]“前日”二句：作者与刘禹锡等人交往频繁，以诗酒取乐。“王”：盖指王起。刘、白、王有联句，见《全唐诗》卷七百九十。

[2]“庐”：房舍。

[3]“自放”：放开喉咙歌唱，不受拘束。

[4]“三愿”：三个美好的心愿。

[5]“世清平”：社会安定和平，即没有战乱、灾荒等现象。

[6]“临老头”：临近衰老的尽头，即生命结束之前。“老头”，一作“白头”，亦通。

【简析】

前诗重在游乐，此诗则突出友情。

刘、白晚年经常会面，相互宴请，友情与日俱增。“当歌聊自放，对酒交相劝。”真是其乐融融。“为我尽一杯，与君发三愿。”就所发“三愿”的内容而言，除“一愿”有政治倾向外，“二愿”、“三愿”都是祝福朋友和自己。其实，“一愿”也包含这一内容。因为“世清平”是“身强健”、常“相见”的基本社会条件。白氏意即愿与老朋友携手走向生命的终点。这是真挚情感的流露。

老而有友，这是养老的重要条件之一。刘、白在此方面值得后人借鉴。老朋友之间经常往来和交流，互相关心和爱护，这是防病愈疾的良药。作者曾在《病中友人相访》一诗中写道：“偶逢故人至，便当一逢迎。”“闲谈胜服药，稍觉有心情。”在《得钱舍人书问眼疾》一诗中，又言：“春来眼暗少心情，点尽黄连尚未平。唯得君书胜得药，开缄未读眼光明。”诗圣杜甫亦曾在《漫成二首》之一中描写朋友来访时的喜悦心情："眼前无俗物，多病也身轻。"可见友情对于养生愈疾何等重要！

闲身自有闲消处

——未死何妨乐咏吟

世人珍爱生命，如何面对自己已经老病、必然死亡的生命？有人期望得到最有力的救治，即使倾注自家全部财力、物力、人力，也在所不惜；有人主张不必浪费医药，实行安乐死，等等。五代僧人齐己一诗曰：

遣　怀

唐·齐己

诗病相兼老病深，世医徒更费千金。[1]
余生岂必虚抛掷，未死何妨乐咏吟。[2]
流水不回休叹息，白云无迹莫追寻。[3]
闲身自有闲消处，黄叶清风蝉一林。[4]

【题解】

此诗选自《全唐诗》卷八百四十六。原题意即抒发怀抱，表达自己对人生最后阶段的看法。

作者齐己，名得生，姓胡氏，活动于唐末五代，益阳（今湖南省益阳市）人。出家大沩山同庆寺，复棲衡岳东林。后欲入蜀，经江陵，南平王高从海留为僧正，居之龙兴寺，自号衡岳沙门。有《白莲集》十卷，外编一卷。

【注释】

[1]"诗病相兼"：在患病之时仍写诗。"老病深"：衰老和疾病益发严重。"世

医”：世上的医人。

[2]“余生”：残余的生命，指活着的时日已经不多。“虚抛掷”：白白地浪费掉。“乐咏吟”：乐于歌咏作诗。

[3]“流水不回”：流水不倒流，比喻时间一去不复还。“白云无迹”：飘动的白云不留下任何痕迹，比喻逝去的事物、生命。

[4]“闲身”：清闲的人。“黄叶清风”：枯黄的树叶在清风中飘落。“清风”一作“秋风”，更能表现诗意。“蝉一林”：秋蝉的鸣叫响彻树林。寓意生命快到终点。

【简析】

此诗抒发生命临近终结时的思想情怀。世人临终前往往畏惧死亡，徒增痛苦。作为僧人，作者对自己生命看得很淡，既然已经“老病深”，世医无能为力了，就不必再耗费药资。但他也反对“虚抛掷”，而是主张“未死何妨乐咏吟”，即在有限的“余生”中，活得愉快而有意义。并且不必叹息时光逝而不回，追寻生命留下痕迹。就像黄叶随风飘落和秋蝉鸣唱于树林一样，应让自己在清闲、平静和愉悦中走向终点。诗人如此对待生命的态度，也是一种逍遥和潇洒，可以避免许多不必要的思想痛苦，值得世人借鉴。

万事去心闲偃仰

——我任舒伸康济身

人到老年，体力衰弱，思维迟钝，记忆减退，行动缓慢，较之青壮年，确实没有什么大用处了。但也不是无一用处。至少可以尽力管好自己的身心，以便活得自在、舒适。北宋理学家邵雍对此很有自信。其诗曰：

林下吟

宋·邵雍

老年躯体素温存，安乐窝中别有春。[1]
万事去心闲偃仰，四肢由我任舒伸。[2]
庭花盛处凉铺簟，檐雪飞时软布裀。[3]
谁道山翁拙于用，也能康济自家身。[4]

【题解】

此诗选自《全宋诗》第七册，卷三六八。原题中“林下”，指田野、山林等幽静之地，适宜隐居之处。这里指作者的住处。“吟”，此指吟咏闲雅生活的诗，原有五首，此为其二。

【注释】

[1]“温存”：本指抚慰、体贴，这里则为保暖、休息、舒适之意。

[2]“去心”：离开心，即不考虑（万事）。“偃仰”：仰面而卧，意谓安居、游乐。“舒伸”：舒放、伸展。

[3]“庭花”：庭院里栽植的花木。“簟（diàn）”：古代供坐卧铺垫用的竹席或苇席。“檐雪”：在屋檐边飞舞的雪花。“裀”：裀褥，冬天坐卧的垫具。

[4]“谁（一作尽）道”：哪一个人说。“拙于用”：不善于处理具体事务。“康济”：安抚、救助，这里指保养。

【简析】

这首七言律诗抒发平素休闲养性的情怀。

首联概括老年家居的舒适之感。诗人很满足“安乐窝”中的生活。颔联、颈联则具体描写无拘无束的情景。心不想万事，故无忧无虑，可以自由地俯仰躯体，舒展四肢；夏天则躺在凉席上欣赏盛开的庭花，冬天则卧于软布裀上观看飞舞的檐雪。尾联指出如此生活，可以康济自家身。不是像有人所说的那样，“拙于用”。

全诗通俗流畅，未用一典，直抒胸臆，是难得的修性养生之诗作。

和气均平四时春

——虽无鼓吹乐难伦

人生有动有静。一般而言，青壮年偏于动，老年偏于静。动有动之乐，静有静之乐。关键在于胸有和气，只要和气均平，时时都是温暖的春天，动静都有快乐。北宋邵雍对于静之乐，体会甚深。其诗曰：

静乐吟

宋·邵雍

和气四时均，何时不是春？[1]
都将无事乐，变作有形春。[2]
静把诗评物，闲将理告人。[3]
虽然无鼓吹，此乐世难伦。[4]

【题解】

此诗选自《全宋诗》第七册，卷三七一，原题中“静乐”，乃指清闲、安定生活的快乐。一作“乐静”，意近似。

【注释】

[1]“和气”：本指天地间阴气与阳气相互冲和而形成的一种气，万物皆由阴、阳、和三气而生。语出《老子》第四十二章：“万物负阴而抱阳，冲气以为和。”后引申为祥瑞、吉利之气；亦指人的温和的态度，和睦融洽的气氛；还指人体内的元气、中气。这里乃指心情温和，与环境特别是人际关系融洽。

[2]“无事乐”：清闲的快乐。“有形春”：有形的春天，即可以直观感受的春天。

[3]“把诗评物”：以诗评论事物。“将理告人”：将事物中包含的理揭示出来，告诉别人。

［4］“鼓吹”：各种乐器合奏。“世难伦”：世上难有同类（音乐）可比。

【简析】

在达官贵人看来，无权无势的闲适生活未免无聊，但诗人却活得有滋有味，关键是自己的心情。只要心平气和，不为外物干扰，一年四季，时时刻刻都是美好的春天。

但这并非主张要做一个饱食终日的懒人。邵氏这里所谓“无事”之“事”实指政治事务。且不论其对当时朝政的态度，他作为一个学者，纵无政务，应当有事可做。“静把诗评物，闲将理告人。”前一句是说，静观世事万物，并以诗句加以品评，表明他是一个惯于观察的诗人。后一句是说，一有机会，就将其中的道理告诉别人，表明他是一个精于思考的理学家和乐于诲人的教师。写诗和宣扬理学，是邵氏终生从事的事业。他亦乐在其中，“虽然无鼓吹，此乐世难伦”。不像社会上运用各种乐器合奏那样，发出响亮的声音，此乐乃无声之乐，是“无弦琴”弹出的音乐，能使人出自内心的愉悦，这才是无与伦比之乐，只有身心均在其中，才能体验到的快乐。

拥有如此快乐心境，如无意外，理应延年益寿。

清闲才是长生药

——荣贵并非不死方

两宋之际的抗金名将韩世忠，早年驰骋沙场，戎马倥偬，为救国救民而置个人生死于不顾。及至晚年，功成名就，虽想养生益寿，但为时已晚。回首一生，他告诫世人，荣华富贵不能使人长生，只有清闲，才能延年益寿。其词曰：

临江仙

宋·韩世忠

冬看山林萧疏净，春来地润花浓。[1]

少年衰老与山同。[2]
世间争名利，富贵与贫穷。

荣贵非关长生药，清闲是不死门风。[3]
劝君识取主人公。[4]
单方只一味，尽在不言中。[5]

【题解】

此词选自唐圭璋编纂、王仲闻参订、孔凡礼补辑的中华书局1999年版《全宋词》第二册。原题《临江仙》，词牌名。题目缺。

作者韩世忠(1089—1151)，字良臣，晚号清凉居士，延安(今陕西省延安市)人，是与岳飞齐名的抗金将领。南渡后，历太保，封英国公，兼河北诸路招讨使。兵权被秦桧夺去后，拜枢密使，连疏乞骸，罢为醴泉观使、奉朝请，进封福国公，改封咸安郡王。进太师，通义郡王。卒年六十二。孝宗(1163—1189在位)时追封蕲王，谥武忠。

【注释】

[1]“萧疏”：萧瑟冷落，稀稀落落。

[2]“少年”句：少年人的衰老与山林的萧疏一样，是必然的趋势。

[3]“非关长生药”：与长生之药没有关系，意即不能使人长生。“门风”：一个家庭或家族世代相传的为人处世的原则或方法。

[4]“主人公”：当家作主之人。此指方中主药。

[5]“单方”：流传于民间，由一、二味药构成的方剂，专治某种病症，用药简单，疗效显著。

【简析】

此词表达作者对人生的感受。上阕以自然界的冬天萧疏和春天花浓，比喻人生从少年走向衰老的必然变化。而世人似不理会这种必然性，却一味争取名利富贵。下阕则指出，荣贵与长生之间并不存在必然联系，意即富贵者不一定长生，只有清闲才是有利于长生的。“不死”是道教的说法，这里仅为借用。诗人规劝读者要作生命的主人。并仿效医家的语言，开出治疗世人通病的单方：“单方只一味，尽在不言中”。这味药就是“清闲”。很显然，这是作者晚年的思想。早年想清闲而不得。到了晚年，想清闲了，但为时已晚。可以视此词为作者对世人的忠告和提醒。

山林得闲一何乐

——风光佳处先倘徉

两宋之际的诗人曹勋(1098—1174)，早年从政，饱经忧患；晚年告老致仕，归隐山林。亲躬劳作，艺竹、植花、种稻，收获丰美。余暇则游览赏景，待客访友。并时常情不自禁地赋诗吟咏，抒发情怀，自娱自乐。其诗曰：

山居杂诗　五首

宋·曹勋

小园艺花竹，春末已繁秀。[1]
土脉得锄斸，枝叶易秀茂。[2]
久已告老病，未免闭圭窦。[3]
相望无芥蒂，一二约亲旧。[4]

闲里心情拙，还知兴自嘉。[5]
饥鸦时立槛，野蝶自寻花。[6]
客至聊从容，僧来不厌茶。[7]
晚烟时竚立，列岫映余霞。[8]

小园养春色，乘时不可缓。[9]
翌锄常于干，成趣须旦旦。[10]
花摘去年种，喜供一时玩。[11]

举杯付歌儿，野服更萧散。[12]

雅意老山林，每作山林趣。[13]
引领山林景，赋咏山林句。[14]
岚光增日夕，林风度朝暮。[15]
时时携筇归，群山送归户。[16]

得闲一何乐，佳处先徜徉。[17]
每扣隐逸士，屡进清静坊。[18]
地僻干戈远，年丰禾稻香。[19]
访我亦何所，南涧与东冈。[20]

【题解】

此诗选自《全宋诗》第三三册，卷一八九七。原题下，共"九十首"，现选录五首，即其六、八、三十七、五十七、八十一。

作者曹勋，字公显，一作功显，阳翟（今河南省禹州市）人。始以恩补承信郎。政和五年（1123）赐同进士出身，仍为武官。靖康之变（1126）从徽宗北迁，至燕山，受密旨间行诣康王。高宗建炎元年（1127）至南京，以建言忤执政，出于外。绍兴十一年（1141），以副使使金，中途还，又充馆伴副使。未几，为报谢副使使金，得请迁梓宫及太后。二十九年，再为称谢副使使金。三十五年提举万寿观。乾道七年（1171）提举皇城司。淳熙元年（1174）卒，享年七十六。遗著由其子辑为《松隐集》传世。

【注释】

[1]"艺花竹"：种植花木和竹子。此"艺"，还有园艺之义，即把花木和竹子当作艺术品一样，进行修剪、控制，使之艺术化。"繁秀"：茂盛，美丽。

[2]"斸(zhú)"：掘，挖。

[3]"圭窦"：形状如圭的墙洞，亦借指微贱之家的门户。

[4]"芥蒂"：细小的梗塞物，比喻积存在胸中的怨恨、不满或不快。"亲旧"：犹亲故，即亲属和老相识、老朋友。

[5]"拙"：质朴，自然。"兴自嘉"：兴致自在美好。

[6]“槛(kǎn)”:门槛,门限。

[7]“从容”:悠闲舒缓,不慌不忙的样子。“不厌茶”:不厌烦饮茶,即喜饮茶。

[8]“竚立”:久立,等待。“列岫”:群山峰峦。

[9]“乘时”:及时,按时,抓紧时机。

[10]“翌锄”:“翌”通“翼”。翼锄,以锄为翼,即挥舞锄头进行劳作。“于于”:自得的样子。“成趣”:养成兴趣。“旦旦”:天天,经常。

[11]“去年种”:上一年种的花。或用上年的种子培育的花。

[12]“付歌儿”:(将自己的快乐心境)交付给歌唱者,即以歌助兴。“野服”:村野平民的服装。“萧散”:犹潇洒,形容举止、神情、风度等,自然舒适,无拘无束。

[13]“雅意”:高雅的意趣。“老山林”:老于山林之中,即在山林之中度过晚年。

[14]“引领”句:提前来到即将出现山林美景的地方。“赋咏”句:以诗词描写山林美景,抒发感受。

[15]“岚光”二句:在欣赏山光、林风中度过朝朝暮暮。

[16]“携筇(qióng)”:拄着竹杖。

[17]“得闲”:获得清闲。“一何乐”:是一件多么快乐的事啊。“徜徉”:留连,欣赏,不忍离去。

[18]“每扣”句:经常造访隐逸之士。“坊”:场所,地方。

[19]“干戈远”:离战场较远。“年丰”:丰收之年。

[20]“何所”:什么所在,地方。“南涧”:南面的山涧。“东风”:东面的山风。

【简析】

这是诗人退隐山林之后的作品,记述轻松、恬淡、清静、闲适的生活情趣。据诗中所述,作者“久已告老病”,已无政务,其兴趣在于“艺花竹”,“翌锄常于于”,亲自进行劳作,如掘土,锄草,浇水,施肥等。其收获就是“繁秀”的“小园”,“秀茂”的“枝叶”,“花摘去年种,喜供一时玩”,“年丰禾稻香”。除此之外,还可以亲近自然,欣赏美丽景物:“得闲一何乐,佳处先徜徉”,“饥鸦时立槛,野蝶自寻花”,“晚烟时竚立,列岫映余霞”,“岚光增日夕,林风度朝暮”,“时时携筇归,群山送归户”。生活、劳作在这样的环境中,精神上受到陶冶,难免发之为诗:“闲里心情拙,还知兴自嘉”,“雅意老山林,每作山林趣”,“引领山林景,赋咏山林句”。并且时有客人来访，虽不是高朋贵客，却谈论投机：“相望无芥蒂，一二约亲旧”，“客至聊从容，僧来不厌茶”，“访我亦何所，南涧与东冈”。有时也外出访友：“每扣隐逸士，屡进清静坊”。这样的生活环境、生活方式，无疑是有益于延年益寿的。可惜现代社会条件下，难有这样的境况了。今人只能从中领略和借鉴其心态、兴趣，也是有益的。

占尽世间闲事业

——任渠千载笑迂疏

陆游年老致仕归隐后，非常注重养生防病，延年益寿。曾作多首同题诗，记录方法，书写体会，并分别侧重不同的方面。如养心、日常饮食起居、效法自然等等。他还结合老年自身情况，强调清闲。其诗曰：

养　生

宋·陆游

西游曾受养生书，晚爱烟波结草庐。[1]
两眦神光穿夜户，一头胎发入晨梳。[2]
邀云作伴远忘返，与鹤分窠宽有余。[3]
占尽世间闲事业，任渠千载笑迂疏。[4]

【题解】

此诗选自《全宋诗》第四〇册，卷二二〇八，抒写养生体会。

【注释】

[1]“西游”：作者曾任职于四川。“曾受养生书”：曾经接受别人的或向人学习过养生的书籍。“烟波”：云烟弥漫的水面。“草庐”：以草缮顶的房屋，贫者

所居。

[2]"两眦":两眼。"眦(zì)",眼角。"神光":神采奕奕的光芒。"夜户":夜晚黑暗的门窗。"胎发":初生婴儿未剃过的头发,一般稀疏、柔软,不黑。此为比喻老年之发。

[3]"邀云"句:在云烟中远行,乐而忘返。"与鹤"句:与鹤为友,同宿一室,和谐相处,宽绰有余。

[4]"闲事业":清闲的生活。"任渠":听任后世的人们。渠:它、他,他们。"迂疏":迂远疏阔。即脱离实际,不近人情。

【简析】

这是诗人致仕后隐居山村之作。意在描述养生的做法和体会。从此诗看,他主要就是在清闲中亲近自然。这是实践道家的养生思想,表明"西游曾受养生书"之书,就是道家或奉道的医家之作。"晚爱烟波结草庐",是由官场回归自然,返朴归真。"两眦神光穿夜户,一头胎发入晨梳",是说此时身体健康,精神旺盛,目光炯炯有神,满头自然之发。具备了上述思想和身体条件,诗人才能积极地拥抱自然。"邀云作伴远忘返,与鹤分窠宽有余",是说登山远游,乐而忘返;与鹤同住一处,不嫌空间狭窄。在此,诗人采取拟人化的方法,以云为"伴",以鹤为友。既突出山之高,又体现自然之亲。诚如张载在《正蒙·乾称篇》中所说"物吾与也"。诗人认为这些行为都是"闲事业",可能要被人嘲笑。正是如此之"闲",对养生是有益的。故题曰"养生"。

但得有书时到眼

——正令无酒亦忘忧

陆游青壮年时,胸怀雄心壮志,西行万里觅封侯,气吞如虎,极力主张抗金北伐,收复失地。但壮志未酬身已老,不得已致仕归隐。此后便将有限的精力用在"闲事业"即养生上,改变心态,知足寻乐,读书忘忧。其诗曰:

戏遣老怀

宋·陆游

本意归来老故丘，闭门饭足尚何求。[1]
闲云一片自舒卷，幽鸟数声相应酬。[2]
但得有书时到眼，正令无酒亦忘忧。[3]
东篱偪仄才寻丈，已敌征西万户侯。[4]

【题解】

此诗选自《全宋诗》第四〇册，卷二二一八，原题中“戏”，非郑重、开玩笑之意。“遣老怀”：排遣老来不快的情绪。此题下原有五首，此为其五。

【注释】

[1]“老故丘”：老死于故乡的土地上。“丘”，小山，小土堆。“故丘”，故乡的山丘，亦指故乡。丘，亦作邱。

[2]“闲云”：自由飘动的云彩。“幽鸟”：幽静山林中的鸟。“相应酬”：相互唱和，彼此呼应。

[3]“忘忧”：忘掉忧愁。

[4]“东篱”：暗引晋·陶渊明的诗意：“采菊东篱下，悠然见南山。”“偪（逼）仄”：狭窄。“才寻丈”：才有寻丈长短。“寻”，古代长度单位，八尺为寻。“丈”，亦为长度单位，十尺为丈。这里“寻丈”，形容地面狭小。“敌”：相当。“万户侯”：食邑万户的侯爵封君。

【简析】

此诗抒发归隐后的自足心态。作者不再怀有脱离实际的奢望。从诗中看，他的要求很低：“闭门饭足”，即有饭吃；“闲云一片自舒卷”，即行动自由；“幽鸟数声相应酬”，即亲近、欣赏自然；“但得有书时到眼”，即有书读；“东篱偪仄才寻丈”，即有个小花园。即使无酒，也就乐而忘忧，堪比征西万户侯了。可见作者仅求自存、自由而已。这样的心态对于养老非常重要。诗人之所以享有高寿，与此不无关系。

年垂九十身犹健

——耳聪神清路不迷

陆游老年致力于“闲事业”即养生，收效甚巨。直到耄耋之年，仍然身心健康。当时社会上人均寿命很低，只有三十多岁。年过七十者非常稀少，故称“古稀”。陆游的养生实践表明，寿命在“天”(自然)也在人。其诗曰：

老　　健

宋・陆游

年垂九十身犹健，竹屋荆扉不厌低。[1]
挈榼自沽深巷酒，拥衾遥听别村鸡。[2]
家添豚栅还堪赋，路认牛栏每不迷。[3]
惟恨穷秋开霁少，晚来小雨又成泥。[4]

【题解】

此诗选自《全宋诗》第四一册，卷二二二六。原题意谓老来身体仍然健康。

【注释】

[1]“垂”：接近。“竹屋荆扉”：用竹子搭建的房屋，荆条编制的门。表明居者贫穷。“不厌低”：不嫌(屋门)很低，因竹屋不牢固，低矮一些为好。

[2]“挈榼(qì kē)”：携带盛酒的容器。“拥衾”：围着被子。

[3]“豚栅”：猪圈的栅栏。“还堪赋”：还值得写首诗。“牛栏”：牛圈的围栏。

[4]“穷秋”：整个秋天。“霁”：雨后天晴。

【简析】

诗人在这首七言律诗中，描述自己“奔九”时的健康情况。

按传统算法，陆游享寿八十六岁，故此诗开头一句说“年垂九十”；此时自觉身体尚好，故曰“身犹健”。这是总的概括。以下七句则具体描述此时的行为能力和精神状态。“竹屋荆扉不厌低”，意谓他可以俯仰腰身，肢体比较灵活；“挈榼自沽深巷酒”，此时尚能饮酒，并亲自前往“深巷”沽取，生活上可以自理；“拥衾遥听别村鸡”，表明听觉比较灵敏；“家添豚栅还堪赋”，仍然诗兴不减，连一件小事都能写出诗意来；“路认牛栏每不迷”，目力尚好，精神健旺，可以辨别方向和事物，远未“痴呆”；“惟恨穷秋开霁少，晚来小雨又成泥”，因为阴雨妨碍出行，所以“恨”之。表明他晚年仍然喜欢外出活动，大约这是陆游享有高寿的重要原因之一。

兹焉山水毕暮景

——人生何必营菟裘

朱熹(1130—1200)是两宋理学的集大成者，也不时吟诵，有诗集传世。他在晚年亦注重养生。由其诗可知其志趣。他不尚奢华，向往淳朴；不喜嘈杂，期盼静幽，特别钟情于山水之乐。其诗曰：

卜 居

宋·朱熹

卜居屏山下，俯仰三十秋。[1]
终然村墟近，未惬心期幽。[2]
近阅西山西，深谷开平畴。[3]
茅茨十数家，清川可行舟。[4]
风俗颇淳朴，旷土非难求。[5]
誓捐三径资，往遂一壑谋。[6]
伐木南山颠，结庐北山头。[7]
耕田东溪畔，濯足西溪流。[8]

朋来即共欢，客去成孤游。[9]
静有山水乐，而无身世忧。[10]
著书俟来哲，补过希前修。[11]
兹焉毕暮景，何必营菟裘。[12]

【题解】

此诗选自《全宋诗》卷二三八六。原题本谓以占卜选择风水宝地，以建房舍。这里乃借指选择新居地点。

【注释】

[1]"屏山"：福建崇安县（今宁德地区屏南县）的一座山。朱熹老师之一刘子翚（huī）居此，学者称"屏山先生"，其有《屏山集》二十卷传世。"俯仰"：低头和抬头，泛指一举一动。这里指生活中的一切行为。

[2]"村墟"：许多人家聚居的村落，或乡村集市。"惬（qiè）"：满足。"心期幽"：期盼幽静。

[3]"西山西"：今福建省建阳县有朱熹晚年讲学的竹林精舍。"平畴"：平坦的田地。

[4]"茅茨"：用茅草或芦苇盖的房子，即茅屋。引申为简陋居室或平民里巷。"清川"：清澈的小河。

[5]"旷土"：荒芜的土地。《礼记·王制》："无旷土，无游民，食节事时，民咸安其居。"

[6]"三径"：亦称"三迳"。晋·赵岐《三辅决录·逃名》："蒋诩归乡里，荆棘塞门，舍中有三径，不出，唯求仲、羊仲从之游。"后因以"三径"指归隐者的家园。晋·陶渊明《归去来辞》言："三径就荒，松竹犹存。""壑"：山谷；坑洼之地。

[7]"山颠"；山顶，山头。"结庐"：建造简陋的房舍。

[8]"濯足"：洗脚。诗中"南"、"北"、"东"、"西"，不一定是确指。

[9]"共欢"：一起欢乐。"孤游"：独自游玩。

[10]"山水乐"：欣赏自然山水的乐趣。"身世忧"：经历世事艰难的忧愁。

[11]"俟"：等待。"来哲"：未来智慧卓越之人。"前修"：前贤，此前贤明之人。学习前修，可以补己之过。

[12]"暮景"：傍晚的景象，喻人的老年。"菟裘"：地名，在今山东省泗水县。

《左传·隐公十年》："羽父请杀桓公，以求大宰。公曰：'为其少故也，吾将授之矣。'使营菟裘，吾将老焉。"后因以称告老归隐的居处。陆游《暮秋遣兴》诗："买屋数间聊作戏，岂知真用作菟裘。"

【简析】

此诗自述希求幽静、闲适生活的愿望及其实现。可大致分为三个部分：一是开头四句，直言"心期幽"。此前三十年的住宅不符合这一要求。二是接下的十句，诗人卜居西山西这一幽静处所。其特点是深谷平畴，清川行舟，人家较少，风俗淳朴，旷土易求，所以下决心在此建舍。三是最后十句，描写新居的快乐。在此耕田、待客，"静有山水乐，而无身世忧"。心愿已足，无须他求。全诗未言养生，实际上诗人所追求的这种居住环境和恬淡、闲适的生活方式，是有利于修身养性的。

老来何以度光阴

——琴棋诗禅怡身心

人到老年，都会面临如何度过余下岁月的问题。因时代不同，个人条件相互差异，对这个问题的回答不可能千篇一律。但也存在共性。除适当衣食外，各种活动应该是轻松愉快的。南宋楼鑰(yuè)有诗曰：

老　来

宋·楼鑰

老来何以度光阴，只有围棋与鼓琴。[1]
棋为心劳疏对局，琴因臂弱倦调音。[2]
曲肱时复同尼户，面壁何妨学少林。[3]
习气未除只自笑，又还弄笔动微吟。[4]

【题解】

此诗选自《全宋诗》第四七册，卷二五四六。原题《老来》，意谓进入老年以后的志趣和心态。

作者楼钥(1137—1213)，字大防，又启伯，号攻媿(kuì)主人。明州鄞县(今浙江省宁波市鄞县)人。隆兴元年(1163)进士，调温州教授。历官知温州、考功郎、国子司业、中书舍人兼直学士院给事中、吏部尚书、提举江州太平兴国宫、翰林学士、参知政事等。卒赠少师，谥宣献。有《攻媿集》一百二十卷、《范文正公年谱》等。《宋史》卷三百九十五有其传。

【注释】

[1]“何以”：以何，用什么，怎样。“度光阴”：度过以后的岁月。“围棋”：棋类的一种。春秋战国时已有之。隋唐时传入日本，近代传至欧美各国。棋盘上有纵横各十九道直线，交错成三百六十一位。对弈双方分别运用黑白棋子，互相围攻，吃掉对方棋子，占据其位。占位多者为胜，故名曰围棋。“鼓琴”：弹琴。

[2]“心劳”：劳心，动脑筋，费思虑。“调音”：在弹琴前，要把琴弦调整到合乎规定的相当音阶。

[3]“曲肱”：弯曲胳臂当枕。《论语·述而》：“饭疏食，饮水，曲肱而枕之，乐亦在其中矣。”“尼户”：当为尼父，亦称尼甫，对孔子的尊称。孔子名丘，字仲尼，故称。“面壁”：佛教语。《五灯会元·东土大师·菩提达磨大师》：“当魏孝明帝孝昌三年(527)也，寓止于嵩山少林寺，面壁而坐，终日默然。人莫之测，谓之壁观婆罗门。”后因以称坐禅，谓面向墙壁，端坐静修。“少林”：少林寺，佛教禅宗和少林派拳术的发源地。位于河南省登封县西少室山北麓，后魏太和二年(478)建。现寺右有面壁石，西北有面壁庵，相传即达磨面壁九年处。

[4]“习气”：长期形成的习惯。“微吟”：作小诗。

【简析】

这首七言律诗，首句提出如何养老的问题，以下七句则予以具体回答。作为那个社会的官吏和文人，无非就是以围棋和鼓琴自娱，只是技术生疏了；欲眠则曲肱而眠，有时也学少林工夫，面壁而坐；再就是写诗的习气尚未消除，时而“弄笔动微吟”。这几项活动，即下围棋、弹琴、坐禅、写诗等，均适合于老年人，只是不要过分，适可而止。同时，还应进行肢体活动，如闲步，五禽戏等，促进气血流畅，增强机体功能，有益于延年益寿。

浴罢顿觉气体和

——暂卧胡床闻花香

古往今来，人类都有洗浴的要求和习惯。这既是本能的表现，也是理性认识的结果。对于老人，洗浴的重要性是不言而喻的。不仅可以去垢清身，还可以防病延年。在一定程度上也是一种享受。南宋洪咨夔（kuí）有诗曰：

浴罢气体和

宋·洪咨夔

浴罢气体和，坐睡便胡床。[1]
首敧如汲瓶，数俯辄一昂。[2]
瞢腾复瞢腾，欲泯想亦忘。[3]
乾坤孰高下，今古谁兴旺。[4]
矍然瞠两眼，疏窗半斜阳。[5]
窗下樱桃花，无风自吹香。[6]

【题解】

此诗选自《全宋诗》第五十五册，卷二八九六。原题中“浴罢”，乃洗浴之后。“气体和”，指全身气息通畅，内外调和。这是舒适的主观感觉，也是身心健康的表现。

作者洪咨夔（1176—1236），字舜俞，号平斋。于潜（今浙江省杭州市临安县）人。嘉泰二年（1202）进士。授如皋簿。此后历任饶州教授、通判成都府、知龙州、秘书郎、礼部员外郎、监察御史、殿中侍御史、给事中、刑部尚书、翰林学士、知制诰等。卒后谥文忠。有《平斋文集》三十二卷。《宋史》卷四〇六有其传。

【注释】

[1]“胡床”：一种可以折叠的轻便坐具。因其自“胡人”即古代北方民族传来，故称。清·赵翼《饭余》诗：“携得胡床临水坐，柳阴深处看荷花。”

[2]“攲”：倾斜。通“倚”，斜倚，斜靠。

[3]“瞢(méng)腾”：模模糊糊，神志似清非清的状态。“泯”：泯灭，消失

[4]“乾坤”：天地。“兴亡”：兴起，灭亡。

[5]“矍(jué)然”：惊惧的样子。“瞠(chēng)”：吃惊而视的样子。“疏窗”：格子稀疏或破损的窗。“半斜阳”：有一半窗格被傍晚的太阳照射。

[6]“自吹香”；自己散发清香。

【简析】

这是一首描写浴后舒适感觉的诗。从中可以看出，诗人有洗浴的卫生习惯，并且浴后常常半躺在胡床上，俯仰腰身，止息思虑。此时迷迷糊糊，头脑中一切想法全部泯灭了，天地和人物，历史和现实，似乎均已隐去。醒来后，只看到“疏窗半斜阳”，闻到窗下“樱花自吹香”。通过洗浴，身和心均得到休息。这是平素养生不可缺少的环节，也是良性的爱好和习惯。

老年兄弟共怡怡

——老人尤需天伦乐

人到老年，最怕孤独。不仅生活难于自理，需要帮助；还有心灵、情感上的渴望，所以亲情尤为可贵。夫妻情、父母子女情、兄弟姐妹情等等，都能给晚年带来莫大慰藉。南宋王景云有一诗描写老年兄弟的天伦乐，令人羡慕和向往。其诗曰：

怡怡亭

宋·王景云

老年常聚首，兄弟共怡怡。[1]
并坐闲挥麈，交斟醒设卮。[2]
双声频检韵，让道更敲棋。[3]
自是天伦乐，嬉游似少时。[4]

【题解】

此诗选自《全宋诗》第六九册，卷三六一三。原题中"怡怡"，和和顺顺、安适自得的样子。《论语·子路》："切切偲偲（sī），怡怡如也。"何晏集解："怡怡，和顺之貌。"亦特指兄弟和睦的样子。"亭"：有顶无墙的建筑物，供休息之用，或作景观。这里"怡怡"是特定之"亭"的名称，表明建筑者的用意。

作者王景云，字仲长，溧水（今江苏省南京市溧水区）人。咸淳（1265—1274）间以荐授清流簿。与其弟景华捐资建怡怡亭。事见清·光绪（1875—1908）年间《溧水县志》。

【注释】

[1]"聚首"：见面，相会。

[2]"挥麈"：挥动麈尾，拂尘之具。魏晋人清谈时，常挥动麈尾，以为谈助。"交斟"：相互交叉斟酒。"卮"；酒器。

[3]"双声"：两个汉字构成的词，声母相同，称双声，如"大道"、"宽阔"等。"频检韵"：频繁地翻检韵书。古人作诗，讲究平仄、押韵，往往需要翻检韵书。"让道"：这里指让棋子，棋技强者让弱者，表示友好，不在乎输赢。

[4]"天伦"：指人与人之间存在的天然的血缘关系及由此产生的情感、伦理关系，如父母与子女及兄弟姐妹等。"嬉游"：嬉笑，游戏。

【简析】

这首五言律诗以"怡怡亭"为题，实际上是抒发兄弟间的情谊。他们"老年常聚首，兄弟共怡怡"，这是十分宝贵的亲情。老兄弟之间并坐谈天，交斟饮酒，检韵作诗，对弈敲棋。“自是天伦乐，嬉游似少时。”拥有这样的亲情加友情，必然心胸舒畅，情感愉悦，延年益寿。

终日自在乐逍遥

——行道自然得交泰

道教以长生成仙为宗旨。至于如何实现，则主张非一，因而历史上形成不同派别，如外丹派、内丹派、房中派、符箓派、全真派等等。名列全真派“七真”之一的马钰，坚持清修苦节，极力宣传无为行道思想。其诗曰：

无为吟

金・马钰

求法我不会，打坐我不爱。[1]
终日乐逍遥，终日占自在。[2]
观天行大道，自然得交泰。[3]
本师传口诀，无为功最大。[4]

【题解】

此诗选自《全辽金诗》上册。原题《无为吟》，抒发无为修炼的感受。

【注释】

[1]“法”：本为佛教语，是梵文 dharma 的意译，指事物及其现象，亦特指佛教修炼的理论、戒律、方法。隋唐以后被道教借用。“打坐”：佛、道修炼方法的一种。闭目，盘腿，正身，两手置于一定位置，断除妄想。亦泛指静坐。

[2]“逍遥”：不受限制，自由自在，语出《庄子・逍遥游》。“占自在”：处于自在的状态。“占”，占有，把握。

[3]“观天”：观察、研究天地自然万物。“大道”；世界的最基本规律。“交泰”：天地之气相交而平安大吉。语出《易·泰》。此卦下天(☰)上地(☷)构成(䷊)，按照天、地之气的本性，必然进行相对运动，交换其位置，从而达到“天地交而万物通”的结果。这是大吉大利之卦。后人引此，多取其交感、平安之义。

[4]“本师”：指自己。作者此时传道，故称。“无为功最大”：在所有功法中，“无为”的功效最大。

【简析】

此诗作者为全真教七真之一，其教旨与两晋以来的金丹道派大异其趣。由此诗可见，他不求法，不打坐，只主张逍遥自在，顺应自然大道。认为这样就可以取得天地交泰即身心健康乃至成仙的结果。而他所谓“仙”，并非灵与肉永不分离，而只是精神上的不死。这一逍遥自在、顺应自然的修炼方法，值得今人借鉴。

营造方外清幽境

——亲朋欢洽闲戏耍

封建社会的读书人，共同的梦想是科举登第，谋取一官半职，耀祖光宗。但成功者较少，落第者甚多。在落第者中，有的出家为僧道，有的愤世疾俗，有的从医救人，有的专注养生，等等。元代宋方壶以小令自述落第后的生活，曰：

闲　居

元·宋方壶

功名梦不成，富贵心勾罢。[1]
青山绿水间，茅舍疏篱下。[2]
广种邵平瓜，细焙玉川茶，[3]

遍插渊明柳，多种潘令花。[4]
清佳，寻方外清幽话；[5]
欢洽，与亲朋闲戏耍。[6]

【题解】

这首小令选自陈乃乾辑、古典文学出版社1958年版《元人小令集》。原题意即闲居生活和心境。

作者宋方壶，其里居、生卒年及事迹均不详，约活动于延祐(1314—1321)前后。工曲，有散曲见于《太平乐府》等曲选集中，数量颇多。

【注释】

[1]“功名”：功业和名声。多指封建社会通过科举取得的称号及官职、名位。“勾罢”：勾断，勾消，表示到此为止。

[2]“青山绿水”二句：意指优美的自然环境和淳朴的居住条件。

[3]“邵平瓜”：邵平是秦朝东陵侯，秦亡后为布衣，种瓜于长安青门外，瓜味甜美，时人谓之“东陵瓜”。后世因以“东陵瓜”或“邵平瓜”美称退官之人所种之瓜。“焙(bèi)”：用微火烘烤。“玉川”：本为井名，在河南济源县。唐·卢仝喜饮茶，尝汲井泉煎烹，自号玉川子。韩愈《寄卢仝》诗：“玉川先生洛城里，破屋数间而已矣。”后世诗文中常以“玉川”代茶。

[4]“渊明柳”：晋·陶潜，字渊明。其《五柳先生传》一文曰：“先生不知何许人也，亦不详其姓字。宅边有五柳树，因以为号焉。”后世诗文中因称“渊明柳”。“潘令花”：晋·文学家潘岳曾为河阳令，故称“潘令”。据其《闲居赋》载：他在职期间，于县中种满桃李。后因以“潘花”为典，形容花美。

[5]“清佳”：清雅，美妙。“方外”：世外，指仙境或僧道的生活环境。

[6]“欢洽”：欢乐，融洽。“戏耍”：游戏，玩耍。

【简析】

这首小令虽用了四典，但并不难懂。语言朴实流畅，直抒胸怀，非常坦诚。

在封建社会里，一般读书人难免追求功名富贵，但除少数人外，大都不能达到目的。他们生活于民间，有的郁郁寡欢，过早衰亡。这首小令作者认为，应将功名富贵丢在一边，逍遥自在地度过一生。“青山绿水间，茅舍疏篱下”，自有其美妙之处。如果再能“广种邵平瓜，细焙玉川茶，遍插渊明柳，多种潘令花”，意谓适当劳作，营造一个美妙、清幽、舒适的的生活环境，在此“与亲朋闲戏耍”，情绪“欢洽”，简直赛过神仙。

这对今人，特别是离退休的老年人，当有一定启发。不妨借鉴小令作者的这一生活态度，彻底淡化权位名利，珍惜亲情、友情，尽可能亲近自然，适度劳动，无疑这是有利于健康长寿的。

适意行动安心坐

——山僧野叟闲吟和

元代关汉卿，早年从医，后为剧作大家，也是一位未曾获得功名、官位的民间文人。故他对于此类文人的生活情况和心理状态甚为了解，将他们的形象也刻画得非常逼真、鲜活。其小令二首曰：

闲　适

元·关汉卿

适意行，安心坐，
渴时饮，饥时餐，醉时歌，
困来时就向莎茵卧。[1]
日月长，天地阔，
闲快活。

旧酒投，新醅泼，[2]
老瓦盆边笑呵呵。[3]
共山僧野叟闲吟和，
他出一只鸡，我出一只鹅，

闲快活。

【题解】

这两首小令出处与前首同。原题意即闲居生活和愉快心境。

关汉卿，号已斋叟，汉卿乃其字。生卒年不详，由金入元。大都(今北京市)人。曾为太医院尹。后为元代曲家巨擘，与郑德辉、马致远、白朴并称为"元曲四大家"，实为其首。所著杂剧六十五种，今存十八种。散曲亦富。

【注释】

[1]"莎茵卧"：睡在莎草上。"莎"，莎草；"茵"，衬垫，垫褥子。

[2]"投"：又作"没"，语意较通顺。一作"酘(dòu)"，旧俗，头日饮酒过量不适，次日再饮，此即以酒解酒，谓之"酘"。"醅(pēi)"：未滤去糟的酒，亦泛指酒。"泼"：倾倒酒。

[3]"瓦盆"：用泥土烧制的瓦器，用以盛水、食品等。这是下层劳动者使用的器皿。

【简析】

这二首小令也是描写逍遥自在的闲适生活的。作者未用一典，语言通俗活泼，雅俗共赏。

前一首重在突出个人自由自在的生活方式，不受陈俗陋规的拘束。"适意行，安心坐"，一切随意、安心，根据身体所需随时饮、餐、歌、卧。如此生活，自然觉得时空宽裕，清闲快活。

第二首重在描写同类人群的闲快活。大家闲中聚会，饮酒说笑。虽然聚会者并非什么"鸿儒"、名士，只是"山僧野叟"；所饮之酒和所用的酒器均较粗劣，但大家饮得高兴，"老瓦盆边笑呵呵"。并且没有宾主之分，"他出一只鸡，我出一只鹅"，采取俗谓"抬石头"的方法，分摊共享，为的是凑热闹，乐得闲快活。

这二首小令或许是作者在政治上被压抑的消极表现。如果撇开政治而不论，小令中反映的生活情趣确实是有利于养生的。特别是老年人，应持这样乐观、自由的生活态度。

灌园即境多所欢

——樊生千载信为贤

老年退休后的生活，富有闲暇。除了必要、适当的体育活动外，还应小劳，即参加一些力所能及的劳动。如洒扫庭除、锄草灌园等。元末明初著名文人戴良(1317—1383)曾一度隐居，颇有小劳的感受。其诗曰：

治　圃

明・戴良

长夏罕人事，斋居有余闲。[1]
北窗多悴物，且遂灌吾园。[2]
攒根既舒达，积叶亦蒽芊。[3]
瓜瓞绕畦长，新葵应节鲜。[4]
抱瓮一回视，生意盈化先。[5]
在我岂不劳，即境多所欢。[6]
悠悠千载间，樊生信为贤。[7]

【题解】

此诗选自清・同治九年(1869)重刻的《九灵山房集》附《九灵山房遗稿》卷四，原题中的“圃(pǔ)”，是种植蔬菜、花卉、瓜果的园子。“治圃”，从诗的内容来看，即整治菜园。此题下原有四首，此为其二。

戴良，字叔能，号九灵山人，浦江(今属浙江省金华市)人。少通经史、百家及医卜、释老之学。朱元璋初定金华，曾任其为学政，命与宋濂等训诸生。后弃职去，元顺帝授之江北儒学提举。戴见事不可为，避地吴中，依张士诚。见士诚将败，挈家北上。洪武六年(1373)始南返。变姓名隐居四明山中。朱元璋物色得之，十五年(1382)召至京师，欲官之，以老疾固辞，忤旨。次年四月暴卒于寓所，盖自裁也。有《九灵山房集》传世。《明史》卷二百八十五有其传。

【注释】

[1]"长夏":按古代五行说,一年分为五个季节,"长夏"是介于夏秋之间的一个季节。亦可指漫长的夏天。"罕人事":因此时炎热,人们少有往来。"斋居":本指斋戒别居,即在参加祭祀之类活动之前,沐浴更衣,素食,独处一室,以示虔诚。《孟子·离娄下》:"虽有恶人,斋戒沐浴,则可以祀上帝。"后世亦指家居,闲居。佛教居士亦讲斋居。

[2]"悴物":憔悴、枯萎之物。"且遂":暂且,就。

[3]"攒根":聚集起来的根。"舒达":舒展,通达。"蒽芊(cōng gān)":青翠,茂盛。

[4]"瓜瓞(dié)":大瓜和小瓜。近根之瓜常小,其蔓不绝,离根较远之瓜反大。"葵":蔬菜名,古代重要菜蔬之一。

[5]"瓮(wèng)":陶制盛器,小口大腹。"生意":生机。"盈":充满,洋溢。"化先":四时变化之始。

[6]"即境":处于某种境界之中。

[7]"樊生":盖指孔子弟子樊迟。《论语·子路》载:"樊迟请学稼,子曰:'吾不如老农。'请学为圃,曰:'吾不如老圃。'樊迟出,子曰:'小人哉,樊迟也!'"诗人引此,对樊迟持赞赏态度,在当时是难得的新意。

【简析】

诗人闲中找忙,利用长夏斋居期间的清闲,灌园种菜。既活动了筋骨,又取得丰硕的物质收获,情绪上也"多所欢",真是一举多得。由此可见,闲适之"闲"是相对的,不是绝对的无所事事。孙思邈在《备急千金要方》卷二十七《道林养性》中说:"养性之道,常欲小劳,但莫大疲及强所不能堪耳。且流水不腐,户枢不蠹,以其运动故也。"要忙中有闲,闲中有忙,闲忙适度,即有劳有逸,劳逸适度,劳逸结合,才符合人的生理规律。

只应双足能强健

——着屐登山未要扶

人到老年，发白容衰，已非当年颜面。有人因此在心理上也萎缩下去，失去了积极生活的勇气。明代著名文人文征明(1469—1559)，人老心不老，仍然弈棋、写诗不辍，并且不废肢体锻炼。其诗曰：

素　发

明·文征明

素发丝丝不满梳，衰容览镜已非吾。[1]
萧条暮景看篱菊，次第秋风到井梧。[2]
物外机心聊奕旨，老来多事坐诗逋。[3]
只应双足能强健，着屐登山未要扶。[4]

【题解】

此诗选自清刻《文翰林甫田集》卷第十四。原题《素发》，即白发。诗人有感于白发稀疏，衰容非旧，而作此诗。

作者文征明(1469—1559)，长洲(今江苏省苏州市吴县)人。初名壁，字征明，以字行，后更字征仲，别号衡山。幼不慧，稍长，颖异挺发。学文于吴宽，学书于李应祯，学画于沈周，此三者均为其父之友。又与祝允明、唐寅、徐祯卿辈相切磋，名日益著。正德(1506—1521)末，荐为翰林待诏，预修武宗实录。在朝难得意，连岁乞归，乃获致仕。四方乞诗文书画者，接踵于道，而富贵人不易得其片纸，尤不肯与王府及宦官、权臣交往。外国使者道吴门，望里肃拜，以不获见为恨。文笔遍天下，赝作甚多，征明亦不禁。主风雅数十年。卒年九十，是古代著名文人中享寿最高者之一。其诗文辑为《文翰林甫田集》三十六卷，与其书、画，并行于世。《明史》卷二百八十七有其传。

【注释】

[1]“不满梳”：由于头发稀疏，梳理时发丝已不能充满梳齿之间的缝隙。“已非吾”：已经不是原来的我。

[2]“萧条”：寂寞冷落，没有生气。“暮景”：这里当指秋冬之际的景象。“篱菊”：篱边的菊花，暗引陶渊明“采菊东篱下，悠然见南山”之诗句。“井梧”：井边梧桐树。唐·白居易《早秋独夜》诗：“井梧凉叶动，邻杵秋声发。”

[3]“机心”：巧诈、机巧功利之心。语出《庄子·天地》：“吾闻之吾师，有机械者必有机事，有机事者必有机心。机心存于胸中，则纯白不备。”“奕旨”：弈棋的意义。“奕”通“弈”。“坐诗逋”：因诗债。“逋”，拖欠，积欠。作者有《闲兴》诗：“催诗逋似催租欠，胥吏在门何处逃。”

[4]“只应”：只应当。“着屐”：脚上穿着木鞋。

【简析】

这首七言律诗感叹老境衰容。稀疏的白发，衰老的容颜，已非当年之吾。就像萧条暮景中的篱菊，又像萧瑟秋风中的井梧。读诗至此，不免有惨淡之感。但老诗人并未因此而消沉颓废，他仍然与人对弈，兴致勃勃地偿还“诗债”。特别令人惊异的是他还要登山：“只应双足能强健，着屐登山未要扶。”看来老诗人是深知静动结合、脑体兼炼的道理的，并且特别注重锻炼腿脚。他之所以享有高寿，与此不无关系。

上界最悭清闲福

——神仙亦盼有此乐

人类社会的产生、发展，离不开劳动。一旦停止劳动，社会就没有存在的根基。人的个体亦然。在社会生产力水平很低的情况下，人的个体难有清闲。清代著名诗人、学者赵翼，曾在诗中假借天神之语，揭示世人清闲之难得。其诗曰：

古　诗

清・赵翼

陋巷有一士，每夕露祷天。[1]
天神悯其诚，来问所欲言。[2]
士也叩头语，所愿残戋戋。[3]
不求拾青紫，不求拥金钱。[4]
但期衣食足，了无尘事牵。[5]
朝则茅檐曝，夕则布被眠。[6]
泛舟水之涯，倚杖山之颠。[7]
天神忽大笑，此乐惟真仙。[8]
青紫或可觊，金钱亦可权，[9]
独余清闲福，上界所最悭。[10]
世果有此乐，吾亦来世间。[11]

【题解】

此诗选自清・嘉庆壬申(1812)刻板《瓯北集》卷一。原题“古诗二十首”，此为其五。古体诗有别于近体格律诗。详见本书《绪言》。

【注释】

[1]“陋巷”：狭窄、残破的街道，指贫寒民众聚居之处。“祷(dǎo)天”：向天神祷告，祈求福寿或消灾。

[2]“悯”：怜悯，同情。

[3]“残戋戋(jiān)”：简单，浅少。

[4]“青紫”：借指功名，官职。详见前《寄语友人多自爱》诗【注释】之[2]。

[5]“尘事牵”：社会上世俗事务的牵挂。

[6]“茅檐曝”：在茅屋的檐下晒太阳。

[7]“涯”：水边。“颠”：山顶。

[8]“真仙”：真人，仙人。“真人”，按《黄帝内经・素问・上古天真论》：“上古有真人，提挈天地，把握阴阳，呼吸精气，独立守神，肌肉若一，故能寿蔽天地，无

有终时，此其道生。”

[9]“觊”：觊觎(jì yú)，企图获得本不应为己所有的东西。“权”：权变，通融。

[10]“上界”：神仙所在的天上世界。“悭(qiān)”：悭吝，吝啬。

[11]“世间”：世俗社会。

【简析】

此诗构思精巧别致。作者通过一士与天神的对话，并借天神之口，指出世间清闲的少有和宝贵。此士自以为要求不高，既不求升官，亦不要发财，仅仅期望衣食饱暖和清闲自在，以为天神一定能够允诺。岂知这个要求很高，“此乐惟真仙”，连一般的天神也难以获得。“独余清闲福，上界所最悭。世果有此乐，吾亦来世间。”

读诗至此，不禁联想到当今社会。如果说历史上“清闲福”是少数富贵者的专利，那么当今的中国社会则使之越来越广泛地进入寻常百姓之家。大多数的离退休的老年人，就是衣食无忧、拥有清闲的人们。应当珍惜这一社会发展成果，福中知福，借以延年益寿，充分享受生命的美好。

七、道法自然

《老子》二十五章言："人法地，地法天，天法道，道法自然。"就养生而论，"道法自然"至少包含以下几层意思：

一是必须顺应生命的自然规律。虽然人有主观意志，但其生命规律是客观的，不依主观意志为转移。任何养生功法都不能违背自然规律。倘若有意无意地违背生命存在的自然规律，无论主观愿望如何美好，结果并不能延年益寿。《庄子·德充符》提醒世人要"不以好恶内伤其身"，应当"常因自然而不益生也"。如在物质、精神上过度厚待生命，往往过早夭亡。

二是不能期盼、强求生命达到其不能达到的目标。此即《庄子·达生》所谓"不劳生之所无以为"。如强求生命不死，乃其"所无以为"即做不到的。在此方面，先秦以来的教训是很多的，残酷的。秦始皇、汉武帝为了永享帝王富贵，不遗余力地追求长生不死，成为神仙，不惜耗费巨大人力、物力、财力，千方百计寻求仙人仙药，结果一无所获，与平常人一样无可奈何地死去，贻笑千载。但后代的一些道士乃至帝王仍然前赴后继，死于服食丹药。现时还有一些邪教，利用人们企求长寿的心理，宣传某种功法具有超自然的神力，可为人祛疾消灾。诸如可发外气治疗千里之外的患者，阻止地球爆炸等。一派胡言，竟有人上其当。

三是贴近自然，与自然万物友好相处。宋代唯物主义哲学家张载在名著《正蒙·乾称篇》中说："乾称父，坤称母，予则藐焉，乃混然中处。故天地之塞，吾其体；天地之帅，吾其性。民吾同胞，物吾与也。"离开天地自然，人们无以存在和发展。故没有理由不爱护自然，从中获取力量和快乐。

四是平静地对待死亡。"万物兴歇皆自然"。有生就有死，人们应当敢于正视生命的这一结局。畏惧死亡，死亡往往来得更早。《老子》七章曰："外其身而身存"，不如视死如常，反而迟死。

青青之麦任自然

——人死何必含珠为

在古代，人们不理解生与死的界限和灵魂的本质，出于对亲人的留恋之情及对死亡的畏惧，往往尽可能地厚葬死者，希望他们尸体不腐，灵魂愉快。如陪葬金玉财物，在死者口中放置珠宝等。但也有人懂得厚葬无益。

逸　诗

周・佚名

青青之麦，生于陵陂。[1]
生不布施，死何含珠为？[2]

【题解】

此诗为《庄子・外物》所引逸诗，原本无题。作者佚名。

【注释】

[1]“陵陂”：山坡，亦指地势较高的田地。

[2]“布施”：施舍，谓施恩惠于人。佛教传入中国后，亦将梵文 Dana（檀那）意译为汉文“布施”，并大力加以推行，特指向僧人施舍财物或斋食。“含珠”：口中含有珠玉。古代风俗，在死者的口中放置珠玉等，这是葬礼的要求。其目的是防腐，或作为阴间的财物。

【简析】

这首逸诗，采取比兴的手法，揭示生命自然之理。“青青之麦，生于陵陂”，在无人干预的情况下，只要风调雨顺，就会茁壮生长下去。并且，生长到一定时候，就会结子、成熟、枯萎。即使人们干预它，也不能使之永远“青青”下去。以此视人，亦不例外。人的寿命有限，必有终止之时。人死之后，尸体也要腐烂，气化。

即使让尸体含上宝珠，也不能阻止其这一进程。何况生前未对他人和社会作出贡献，保存尸体又有什么意义呢？不如顺其自然，死后速朽归虚为好。

大钧无私物自著

——纵浪大化勿喜惧

人生观的重要方面是如何对待生死的问题。古往今来，世人大多惜生惧死。但越是惧死，死则不可避免，甚至提前。晋代著名大诗人陶渊明有感于此，写诗三首并序，表达其生死观。其诗及序曰：

形影神诗　并序

晋·陶渊明

贵贱贤愚，莫不营营以惜生，斯甚惑焉。[1]故极陈形影之苦，言神辨自然以释之。[2]好事君子，共取其心焉。[3]

形赠影

天地长不没，山川无改时。[4]
草木得常理，霜露荣悴之。[5]
谓人最灵智，独復不如兹？[6]
适见在世中，奄去靡归期。[7]
奚觉无一人，亲识岂相思。[8]
但余平生物，举目情悽洏。[9]
我无腾化术，必尔不復疑。[10]
愿君取吾言，得酒莫苟辞。[11]

影答形

存生不可言，卫生每苦拙。[12]
诚愿游昆华，邈然兹道绝。[13]
与子相遇来，未尝异悲悦。[14]
憩荫若暂乖，止日终不别。[15]
此同既难常，黯尔俱时灭。[16]
身没名亦尽，念之五情热。[17]
立善有遗爱，胡可不自竭。[18]
酒云能消忧，方此讵不劣！[19]

神　释

大钧无私力，万物自森著。[20]
人为三才中，岂不以我故。[21]
与君虽异物，生而相依附。[22]
结托既喜同，安得不相语！[23]
三皇大圣人，今復在何处？[24]
彭祖爱永年，欲留不得住。[25]
老少同一死，贤愚无復数。[26]
日醉或能忘，将非促龄具？[27]
立善常所欣，谁当为汝誉？[28]
甚念伤吾生，正宜委运去。[29]
纵浪大化中，不喜亦不惧。[30]
应尽便须尽，无復独多虑。[31]

【题解】

此诗选自《先秦汉魏晋南北朝诗》中册《晋诗》卷十七。原题中“形”，指人身；“影”，人身的影子；“神”，人的精神意识。此三首诗，“实为三章”（见逯钦立为此诗所写的案语）。

【注释】

[1]“营营”句：为了爱惜、延长自己的生命，千方百计地进行谋求、经营。“斯甚惑焉”：这是很迷惑的表现。

[2]“极陈”句：非常详尽地陈述形体及其影子的痛苦。“言神”句：阐述神用自然的道理。

[3]“好事君子”：关心此事的人们。“共取其心”：都来从中获取作者之心思即此诗的深意。

[4]“不没”：不消失。“无改时”：没有变更的时候。“改”，亦作“故”，“无故时”，即不断改变面貌，亦通。

[5]“得常理”：按照惯常、自然之理。“荣悴之”：(雨露)使之欣欣向荣，(霜雪)使之枯萎凋零。

[6]“灵智”：聪明、智慧。“不如兹”：不如此，即不像山川草木那样遵循自然规律。

[7]“适见”二句：刚才看见(人)还活在人世中，却忽然离开人世，并且没有归期。

[8]“奚觉”：哪里会觉得。“亲识”：亲友及认识者。

[9]“但余”：仅仅留下。“平生物”：平生使用过的东西。“情凄洏(ér)”：情绪悲凄，流泪。

[10]“腾化术”：道教所说的长生成仙、羽化腾云之术。“必尔”：必定要这样(死去不复生)。“不复疑”：对此不要怀疑。

[11]“取吾言”：听信我的话。“莫苟辞”：不要随便推辞。

[12]“存生”：使生命长存。“不可言”：不必谈论。“苦拙”：苦于没有办法。

[13]“昆华”：昆仑山、华山。“邈然”：辽远，渺茫。“兹道绝”：通往仙山的道路是没有的。

[14]“子”：您，影对形的尊称。“异悲悦”：不一致的悲伤和喜悦。

[15]“憩荫”二句：在树荫里休憩，(影和形)好像暂时分离；停留在日光里，至终不会分别。

[16]“此同”：指形与影不离。“黯(àn)尔”：黯然，惨淡失色。“俱时灭”：到一定时候，一起消亡。

[17]“五情热”：情绪激动。“五情”：喜、怒、哀、乐、恐。

[18]“立善”：生前做善事，包括立德、立功、立言。“自竭”：竭尽自己的能力。

[19]“消忧”:消除忧愁。“方此”:仿效此(饮酒消忧)。“讵不劣”:难道不显得低下吗?“讵(jù)”,岂,难道。

[20]“大钧”:大自然,宇宙。“森著”:繁盛,显著。

[21]“三才中”:人为三才之一,即在天、地之间。“以我故”:由于我(神)的缘故。

[22]“异物”:不是同类之物。“相依附”:相互依赖。

[23]“结托”:相互联结和依托。“相语”:相互交谈。“语”一作“与”。

[24]“三皇”:传说中的伏羲、神农、黄帝。一说是燧人氏、伏羲氏、神农氏。

[25]“彭祖”:传说中的长寿者,活了八百岁。“爱”,一作“寿”。

[26]“无复数”:没有不同的定数。“复”一作“足”。

[27]“促龄具”:促人短寿的东西,指酒。

[28]“为汝誉”:为你传播荣誉。“立”一作“至”。

[29]“甚念”:思虑太多。“委运”:任其自然变化。

[30]“纵浪”:放浪。“大化”:大自然的演化。

[31]“尽”:结束。“多虑”:多加思虑。

【简析】

这是一首寓言诗。作者将形、影、神拟人化,通过形影赠答和神的阐释,揭示三者特别是形与神之间的相互关系,明确申述对待生命的基本态度。

诗人从哲理的高度,看待形、影、神三者的关系及人的寿命。“大钧无私力,万物自森著。”他认为生命是自然演化现象,天地并不特别关照人类。“与君虽异物,生而相依附。”有形才有影、有神,影、神依附形。但有了神,人在自然万物中的地位就被凸显出来了,不同于一般的自然物:“人为三才中,岂不以我故!”人之所以成为“三才”之一、万物之灵,就在于有“神”。可见诗人既强调“形”对“神”的物质基础的决定作用,又承认“神”对“形”的主导意义。这一思想无疑具有唯物论和辩证法的色彩。据此可知,无“形”则无‘神“;无“神”则“形”死。万物皆有终结之时,人亦不能例外。“此同既难常,黯尔俱时灭。”人的“形”一死,不但“影”灭,“神”亦灭。这一“形死神灭”的思想,比南朝齐梁范缜(450—510)著名《神灭论》还早近百年,对批判当时的有神论具有重大意义。灵魂不灭、长生不死思想均违背自然规律。诗人陶渊明则以生命自然的态度对待自己的生死,并不千方百计地追求不可能达到的长寿。“纵浪大化中,不喜亦不惧。应尽便须尽,无復独多虑。”这一态度似乎积极性不足，实际上是有利于养生的。

山中唯有多白云

——只能自赏难送君

南朝齐梁著名道教理论家、医药学家陶弘景，早年从政，亲身体验了官场的政治黑暗，感到厌烦。毅然挂冠辞官，投身大自然，归隐句容茅山。但齐、梁两朝皇帝与之有旧，均未忘记他，下诏劝其返朝。他以诗明心，曰：

诏问山中何所有赋诗以答

南朝·梁·陶弘景

山中何所有？岭上多白云。[1]
只可自怡悦，不堪持送君。[2]

【题解】

此诗选自《先秦汉魏晋南北朝诗》中册《梁诗》卷十五。这首著名的小诗乃为回答齐高帝(479—482在位)萧道成的诏书而作。

【注释】

[1]“何所有”：有什么。

[2]“君”：您，指萧道成。

【简析】

此诗一问一答。问有明确目的，答有言外之意。问者以当权者的眼光审视山中的生活，认为那里无官无势，无富无贵，目的是劝其入朝为官。答者明白诏问之目的所在，但避而不言，仅答以“岭上多白云”。此语既形象生动，又具有丰富的内涵。大意是说：虽然山中没有朝中的荣华富贵，但有像白云那样脱俗高洁的情怀和无羁无绊的自由，这是世人所不能体味的。所以这里的白云，“只可自怡悦”，即只能供自己欣赏、玩味，从中获得启迪和享受，而不能把这些白云赠送于您。这无疑是婉言谢绝了出山之请。据贾嵩所撰《华阳陶隐居传》：陶氏依《庄子·让王》之旨意，画二牛，一在野，甚自得；一衣以文绣，有人扣刀执绳以随（见《道藏》第五册，文物出版社 1988 年版）。他以此画婉拒梁武帝（502—549 在位）萧衍的礼聘，亦可作为此诗的形象注脚。

此诗构思精巧，语言凝炼，品味甚高，故传颂千古。诗中展示了作者的思想情愫和生活态度，这也是有益于健康的。

万物兴歇皆自然

——溟涬浩然吾同科

人类从自然界分化出来以后，曾在很长时间内，并不能认清自己与自然界的真正关系，由此创造出许多神话。为了延长寿命，总期望太阳神放慢或停止运行。唐代浪漫派大诗人李白，对此很不以为然，其诗曰：

日出行

唐·李白

日出东南隈，似从地底来。[1]
历天又历海，六龙所舍安在哉？[2]
其始与终古不息，
人非元气，安能与之久裴回？[3]
草不谢荣于春风，木不怨落于秋天。[4]
谁挥鞭策驱四运？万物兴歇皆自然。[5]
羲和羲和，汝奚汩没于荒淫之波？[6]

鲁阳何德，驻景挥戈。[7]
逆道违天，矫诬实多。[8]
吾将囊括大块，浩然与溟涬同科！[9]

【题解】

此诗选自《全唐诗》卷十九。原题《日出行》，乃汉乐府的曲调名。此诗共十九句，每句长短不一，有四、五、六、七、八、九言之别。押韵也有变化，并非一韵到底。这种歌行体，便于自由抒发思想感情。

【注释】

[1]“隈(wēi)”：山或水弯曲之处。“似从地底来”：好像由地里面冒出来。

[2]“历天又历海”：从天上、海里经过。“六龙”：传说为太阳神拉车的六条龙。“所舍”：住宿的地方。“安在哉”：如今在什么地方。

[3]“其始与终古不息”：此句一作“其行终古不休息”。意思是说太阳不断地运行，从来没有休息过。“人非元气”：人是元气生化的结果，并非元气本身。人有生有死，元气不生不灭。这是古代朴素唯物主义的思想。“安能”：怎么可以？“裴回”：即徘徊。意思是说，人不能像元气那样永恒存在。

[4]“谢荣”句：草不感谢春风使自己荣华焕发。“怨落”句：树木不怨恨秋天使自己叶黄飘落。此二句意谓，草木应荣则荣，当落则落，这是自然而然过程，既不必感谢谁，也不要怨恨谁。

[5]“驱四运”：驱动四季的运行。“兴歇”：产生、发展，衰落、灭亡。“自然”：自然而然。自然界的万物自己运动变化，没有任何超自然的力量、意志进行操纵。此乃唯物主义无神论思想。

[6]“羲和”：神话传说中为太阳神驾车的人。“汝”：你。“奚”：疑问词，为什么。“汩没”：浮沉，淹没。“荒淫”：荒唐淫乱，指贪恋酒色。

[7]“鲁阳何德”：鲁阳有何德能？“鲁阳”，鲁阳公，战国时楚国鲁阳邑公，又称鲁阳子。传说此人曾挥戈使太阳返回。诗人对此说提出质疑。

[8]“逆道”二句：诗人认为，鲁阳挥戈阻止太阳运行，是违背天道自然，乃造作不实之说。

[9]“大块”：天地自然。“溟涬(xìng)”：“溟”本指海，“涬”自然之气。“溟涬”意为无边元气。“同科”：同一，统一。

【简析】

诗人发挥巨大的想象力，对古代有关阻止或迟缓太阳运行的神话传说提出质疑。认为羲和、鲁阳的行为，既“逆道违天，矫诬实多”，也不能达到目的。“谁挥鞭策驱四运？万物兴歇皆自然”，任何意志都不能支配和改变四时季节运行的规律，万物的兴起和衰落都是自然而然的。人亦如此。“人非元气，安能与之久裴回？草不谢荣于春风，木不怨落于秋天。”人非元气，不可能永远存在。就像草木有荣有枯一样，人亦有生有死。所以诗人最后说：“吾将囊括大块，浩然与溟涬同科！”如此对待生命，可免除诸多恐惧、忧愁，既现实合理，又潇洒愉快。

不饵休丹罢药畦

——美丽仙女住云溪

道士追求长生成仙，采取各种方法和手段，如炼制、服饵金丹，寻求、种植神药等。但有的道派，既不炼丹，也不种植、寻觅神药，而是融入自然。虽不能成仙，但可以延缓青春年寿。如唐代诗人秦系笔下的女道士即是。其诗曰：

题女道士居

唐·秦系

不饵住云溪，休丹罢药畦。[1]
杏花虚结子，石髓任成泥。[2]
扫地青牛卧，栽松白鹤栖。[3]
共知仙女丽，莫是阮郎妻？[4]

【题解】

此诗选自《全唐诗》卷二百六十，原题中“女道士”，姓名、生平不详。“居”，住地，居室。

作者秦系，字公绪，会稽（今浙江绍兴）人。天宝末避乱剡溪。建中（780—783）初，客泉州（今福建泉州）。南安有九日山，有大松百余年，俗传东晋所植。系结庐其上，穴石为砚，注《老子》。弥年不出。曾有留守薛兼训、节度使张建封等荐其为官，俱不就。自号“东海钓客”。与诗人刘长卿友善，以诗相赠答。长于五言诗。虽老益壮，年八十卒。南安人思之，号其山为高士峰。留诗一卷。

【注释】

[1]“不饵”：不服食（丹药）。“云溪”：云雾缭绕的溪谷。“休丹”：停止炼制、服食丹药。“罢”：罢休，不再继续，即停止。“药畦（qí）”：种植草药的田块。

[2]“虚结子”：徒然长出果实，意即无人食用。“石髓”：即石钟乳。杏仁、石钟乳均入药，道教认为服食此二物，可以长生。

[3]“青牛”：青黑色的牛。传说中的神仙，往往骑青牛，故其有神秘色彩。“白鹤”：白色之鹤，长颈，长腿，传说中的神鸟。

[4]“仙女”：女神仙。“阮郎”：阮肇。据《太平御览》卷四一引南朝宋·刘义庆《幽明录》：汉明帝永明五年（62），会稽郡剡县人刘晨、阮肇共入天台山采药，遇两丽质仙女，被邀至家中，并招为婿。

【简析】

这是一首五言律诗，赞赏女道士特殊的修炼方式。她住在高山上的溪水边，不服饵任何所谓丹药，药畦也废弃不理。题后原有注曰：“不饵术芝四十余年。”杏、石髓这些现成的“仙药”，也让其自生自灭。但她却“扫地青牛卧，栽松白鹤棲”，即与这些动物友好相处。奇怪的是，她异常年轻美丽，人们不理解她何以如此，就认为她就是传说中天台山仙女即阮肇之妻。诗人明白，今天的读者更清楚，她实际上就是效法自然，进行修炼。其所选择的住地和善待的动物，构成美好的环境。这种环境有利于人的健康长寿。

选得幽居惬野情

——练得身形似鹤形

道教和佛教的宗旨不同，但在修行养生方面也有相同或相似之处。道士致力养生，和尚也注重炼身；道士喜欢清幽，和尚也远离喧闹；道士置身于物外，和尚也投身于自然。唐代李翱诗中的高僧惟俨的修炼方式与上诗中的女道士几无差别。其诗曰：

赠药山高僧惟俨　二首

唐·李翱

练得身形似鹤形，千株松下两函经。[1]
我来问道无余说，云在青霄水在瓶。[2]

选得幽居惬野情，终年无送亦无迎。[3]
有时直上孤峰顶，月下披云啸一声。[4]

【题解】

此诗选自《全唐诗》卷三百六十九。原题中“惟俨”，唐僧，即弘道大师，住持药山寺。“药山”，在今湖南省沅江市内。一本无“二首”二字；第二首题云“再赠”。

作者李翱（？—886），字习之，赵郡（今河北省石家庄市赵县）人。贞元（785—805）中举进士。元和（806—820）初为国子博士，史馆修撰，迁考功员外郎，除朗、庐二州刺史。入为谏议大夫，知制诰，改中书舍人。会昌（841—846）中，为山南东道节度史。翱始服韩愈为文章，辞致浑厚，为当时所重。有文集十卷，又有《论语笔解》、《五本经》等传世。此诗作于朗州刺史任上。《旧唐书》卷一百六十、《新唐书》卷一百七十七有其传。

【注释】

[1]“鹤形”：像鹤一样的形态，形容人的形体精瘦。古人认为，这是长生的形体。“两函经”：两部装在匣子或封套中的经典。“函”：匣子；封套。

[2]“余说”：其他说法。“青霄”：青天；天空。

[3]“幽居”：隐居，居住在远离社会公众生活的地方。“惬”(qiè)：舒心满足；称心如意。“野情”：欣赏、顺应自然的意趣、情调。“无送无迎”：与人无往来。

[4]“孤峰”：孤立高耸的山峰。“披云”：置身于云雾中，云雾像衣服一样罩在身上。“啸(xiào)”：撮口发出悠长而尖利、响亮的声音，借以宣泄情绪。

【简析】

这是两首七言绝句，赞赏高僧惟俨的修炼方式。诗句极为含蓄，须深入体会才能明白其旨意。

开头第一句即以“像鹤形”比喻高僧惟俨的体形，这是其修炼的结果，预示长寿。至于他是如何修炼的，未有明说，只言“千株松下两函经”，意谓惟俨就是根据“两函经”进行修炼的。“我来问道无余说”，除此之外，再也没有其他的说法，仅指出“云在青霄水在瓶”，意即顺应自然，自然而然，并不改变自然的本性。这就是惟俨修炼的奥秘所在。第二首则比较具体描写惟俨自然而然的修炼方式。他选择一个幽静的居所，与自然万物相互融洽，和谐。“终年无送亦无迎”，不与世人往来，没有世俗事务的干扰。其宣泄内在情感的对象也是自然，“有时直上孤峰顶，月下披云啸一声”，表明他与自然已经息息相通，以致其体形也与自然物“鹤形”一样。

惟俨高僧的这种修炼方式无疑有利于长寿，但今人只能领会其精神，不必处处仿效其具体做法。

求道学仙慕灵异

——孰若平素守寻常

先秦以降，方士、道士不遗余力地宣传神仙实有，平凡之人通过一定途径和方法可以学习、修炼成仙，从而掀起了一波又一波求仙、寻仙浪潮。不知有多少人为此献出了宝贵的生命。唐代诗人张籍有一诗就记录了学仙的悲剧。其诗曰：

学　仙

唐·张籍

楼观开朱门，树木连房廊。[1]
中有学仙人，少年休谷粮。[2]
高冠如芙蓉，霞月被衣裳。[3]
六时朝上清，佩玉纷锵锵。[4]
自言天老书，秘覆云锦囊。[5]
百年度一人，妄泄有灾殃。[6]
每占有仙相，然后传此方。[7]
先生坐中堂，弟子跪四厢。[8]
金刀截身发，结誓焚灵香。[9]
弟子得其诀，清斋入空房。[10]
守神保元气，动息随天罡。[11]
炉烧丹砂尽，昼夜候火光。[12]
药成即服食，计日乘鸾凰。[13]
虚空无灵应，终岁安所望！[14]
勤劳不能成，疑虑积心肠。[15]
虚羸生疾疹，寿命多夭伤。[16]
身殁惧人见，夜埋山谷傍。[17]

求道慕灵异，不如守寻常。[18]

先王知其非，戒之在国章。[19]

【题解】

此诗选自《全唐诗》卷三百八十三。原题意即通过学习、修炼而成为长生不死的神仙。

作者张籍（约765—830），字文昌，吴（今属江苏省苏州市）人，或曰和州乌江（今安徽省和州）人。贞元十五年（799）登进士第，授太常寺太祝。久之，迁秘书郎。韩愈荐为国子博士。后历水部员外郎、主客郎中等。当时朝野知名之士皆与之游，而愈尤贤重之。白居易尝赠以诗《读张籍古乐府》。称籍"业文三十春，尤工乐府诗，举代少其伦"，"读君学仙诗，可讽放佚君"。籍为诗长于乐府，多警句。仕终国子司业。有诗集七卷。《旧唐书》卷一百六十、《新唐书》卷一百七十六有其传。

【注释】

[1]"朱门"：红漆大门，指富贵之家。"房廊"：连接房屋之间的走廊，这里泛指楼宇、屋舍。

[2]"学仙人"：企图通过学习、修炼而成为神仙的人。按照晋·葛洪的说法，神仙并非天生，可以学得。"休谷粮"：停止食用谷物一类的饭菜，即所谓辟谷。这是道士进行修炼的一种方法和途径。

[3]"高冠"：高高的帽子。"芙蓉"：莲花的别名。"霞月"：云霞掩映月亮，美丽神秘的朦胧境界，这里比喻衣裳之美。

[4]"六时"：古代分一昼夜为十二时，昼夜分言则为六时。"朝上清"：朝拜天神。"上清"，道教所谓三清境之一，即玉清、上清、太清，乃神仙活动的境界。"佩玉"：佩带的玉器。"锵锵"：佩玉互碰发出的铿锵悦耳的声音。道士亦视玉为仙物。

[5]"天老"：传说中的黄帝辅臣。"秘覆云锦囊"：隐藏于云锦囊之中。"云锦"，织有云纹图案的丝织品。"囊"，袋子。

[6]"度"：此指引导凡人变为神仙。"妄泄"：随便泄露（书中的奥秘）。

[7]"占"：占卜，预测吉凶的一种巫术。"仙相"：能够成为神仙的面相。"传此方"：传授这种方术。

[8]“中堂”:坐北朝南的正房、正厅。“四厢”:围绕正堂的偏房。这里指弟子跪在先生的周围。

[9]“截身发”:截断头发。“结誓”:发誓,立下履约誓言,如违禁,将受到何种惩罚。

[10]“诀”:口诀要领。“清斋”:净身、禁欲、清心。这是宗教徒举行祭祀或典礼前的一种准备活动,表示诚敬。

[11]“守神”:守护心神,即调控精神活动,排除一切杂念。“保元气”:保护元气,实即保护人的生命根本机能。“天罡”:北斗星的柄。道教称北斗丛星中三十六星之神为“天罡”。

[12]“丹砂”:道士用以炼制丹药的材料,即自然状态下的硫化汞,其中含有杂质。经鼎炉冶炼,分解为硫和汞,并可再化合为硫化汞,道士称为还丹,可令人长生不死。实际上服食者中毒致死。“候火光”:等待丹成的火候。

[13]“鸾凰”:凤凰一类,传说中的瑞鸟、神鸟,其出现时意味天下太平,常用以比喻贤君、淑女。这里指神仙所乘的车。

[14]“灵应”:神奇,灵验,即鸾凰之车如期出现。

[15]“疑虑”:怀疑,焦虑。

[16]“虚羸”:虚弱消瘦,疲惫无力。“疾疹”:疾病、疮疹。“疹(zhěn)”,皮肤上出现的小疙瘩,如丘疹,疱疹。此指身体虚羸后,内外皆病。“夭伤”:本指未成年而伤亡,此处指不应伤亡而伤亡,即非正常死亡。

[17]“殁(mò)”:死亡。

[18]“灵异”:神奇,按照通常道理、知识不能解释的奇异现象。指道教所说的长生不死等。

[19]“先王”:先世的君王。“国章”:国法,典章,制度。

【简析】

这首五言古诗,记述学仙者的一生经历和结局。他们从少年起,就开始辟谷,穿戴仙人之衣冠,按照天老之书进行修炼,截发,焚香,清斋,烧丹。“药成即服食,计日乘鸾凰。”服下仙丹后,计算时日等待乘上鸾凰之车,飞升上天,而成为神仙。岂不知,非但未能等来鸾凰之车,反而因中毒和身体虚羸而生疾疹,“寿命多夭伤,身殁惧人见,夜埋山谷傍”。这是历史上一再重复的故事。从先秦至明清,特别是从魏晋至隋唐,都有人前赴后继为了成仙而中毒早死,包括一些帝王。

如唐太宗李世民等英明皇帝都热衷于服食丹药。诗人以此揭露神仙方术的虚妄，并警醒世人："求道慕灵异，不如守寻常。"所谓"灵异"之道是最不"灵异"的；顺应自然的"寻常"之道，反而可以取得不"寻常"的效果，即有益于生命的进程。

汉皇欲作飞仙子

——空向离宫祠太乙

在历史上，汉武帝刘彻(前140—前87在位)是著名的神仙发烧友。在位期间，利用皇帝的权势，不惜耗费大量民脂民膏，进行寻仙、求仙活动。企图成为长生不死的神仙，以便永享威福。唐人张籍有诗讽之曰：

求仙行

唐·张籍

汉皇欲作飞仙子，年年采药东海里。[1]
蓬莱无路海无边，方士舟中相枕死。[2]
招摇在天回白日，甘泉玉树无仙实。[3]
九皇真人终不下，空向离宫祠太乙。[4]
丹田有气凝素华，君能保之升绛霞。[5]

【题解】

此诗选自《全唐诗》卷三百八十二，以乐府歌行体，揭示求仙的虚妄。

【注释】

[1]"汉皇"：指汉武帝。他与秦始皇一样，热中于求仙长生。"飞仙子"：会飞的仙人。据《海内十洲记·方丈洲》："(蓬莱山)周回五千里，别有圆海绕山。圆海水正黑，而谓之冥海也。无风而洪波百丈，不可得往来……唯飞仙有能到其处

耳。""东海":海名。所指具体海域因时代而异。先秦多指今之渤海、黄海,秦汉以后兼指今之渤海、黄海、东海。明以后所指始与今相当,即北起长江口,南至广东省南澳岛。有时,亦泛称东方的大海。

[2]"蓬莱":蓬莱山,古代传说中的海中神山。亦泛指海中仙境。"方士":研究、追求长生乃至成为神仙之道的人。据《史记·封禅书》,秦始皇、汉武帝多次派方士到海中寻求仙人和仙药,死者众多。

[3]"招摇":故意炫耀、张扬。"回白日":将白天拉回来,意即留驻、延长白天。盖指夜晚灯火通明,如同白昼。"甘泉":甘泉宫。本为秦宫,汉武帝增筑扩建,在此朝诸王侯、飨外国客,夏日亦作避暑之地。故址在今陕西淳化西北甘泉山。"玉树":神话中的仙树。此指用珍宝制作的树木,故"不结实"。据《汉武故事》:"上于是宫外起神明殿九间……前庭植玉树。植玉树之法:茸珊瑚为枝,以碧玉为叶,花子或青或赤,悉以珠玉为之。"

[4]"九皇":传说中的九个帝王。《史记·孝武本纪》:"高世比德于九皇。"裴骃集解引韦昭曰:"上古人皇者九人也。"《鹖冠子·天则》及其原注亦有"九皇"之说。"真人":仙人。"离宫":正宫之外,供帝王出巡时居住的宫室。唐·颜师古注《汉书·贾山传》:"凡言离宫者,皆谓于别处置之,非常所居也。""太乙":亦作"泰一"。传说中的天神名,即至上神。

[5]"丹田":道家认为,人的生命之根本所在。有下、中、上三丹田,详见前《身安寿永大有为》【注释】之[16]。"素华":亦作"素花",即白色的花或光华。"绛霞":深红色的云彩,赤色霞光。传说天帝所在,常有红云拥之。这里比喻神仙境界。

【简析】

此诗揭露、嘲讽汉武帝刘彻迷信神仙方术的愚蠢思想和行为。他听信方士之言,为满足一己之私,幻想长生不老,永享帝王之威福,不惜花费巨大的财力、物力、人力,派人入海采取仙药、寻找仙人;并在离宫中以珊瑚、珠玉等为材料,人工制造玉树,营造仙境,企求天仙下降,结果均一无所获,免不了像常人一样,无可挽回地死去。"九皇真人终不下,空向离宫祠太乙"。表明生命自有其生灭规律,不依任何人的意志为转移。

古今何曾有长生

——李耳孔丘安在哉

方士、道士及一些帝王，幻想长生不死，成为神仙，为此不遗余力。究竟有无成功的可能？唐代诗人刘叉，对此提出质疑。他认为，如果有可能，应当有先例。可是自古至今，何曾见到一个长生之人？其诗曰：

自古无长生

唐·刘叉

奉子一杯酒，为子照颜色。[1]
但愿腮上红，莫管颏下白。[2]
自古无长生，生者何戚戚。[3]
登山忽厌高，四望都无极。[4]
丘陇逐日多，天地为我窄。[5]
只见李耳书，对之空脉脉。[6]
何曾见天上，著得刘安宅。[7]
若问长生人，昭昭孔丘籍。[8]

【题解】

此诗选自《全唐诗》卷三百九十五。原题取自第五句，标明全诗的主旨。还有一副题，为“劝姚合酒”。姚合，其字及生卒年不详。陕州硖石(今河南省三门峡市陕县硖石乡)人，宰相姚崇曾孙，登元和十一年(816)进士。初授武功主簿，故称“姚武功”。此后历任县尉、监察御使、户部员外郎、州刺史、观察使等，终于秘书监。有诗名，与贾岛合称“姚贾”。著有诗集十卷，《诗例》一卷，并传于世。其生平事迹见于《唐才子传》。

作者刘叉，唐代元和(806—820)前后人。少任侠，因酒杀人，亡命，会赦出。由此折节读书，能为歌诗。闻当时文宗韩愈爱才，接待天下贤士，徒步归之。作

《冰柱》、《雪车》二诗。后因与人争语，相持不下，遂持愈金数斤而去，曰："此谀墓中人得耳，不若与刘君为寿。"后归齐鲁，不知所终。现存诗一卷。

【注释】

[1]"奉"：捧着，进献。这里为劝人饮酒的敬词。"颜色"：面容，气色。

[2]"腮"：两颊的下半部。"腮上红"：腮上红润。这是健康的表现。"莫管"：不要理会。"颏(kē)"：下巴。"颏下白"，胡须变白，意味年老。

[3]"自古"句：从古至今(当时)，没有一个长生不死的人。这是历史事实，也是有生必有死的规律的体现。"何戚戚"：何必为此(人生有死)而忧愁、悲哀呢？

[4]"厌高"：厌恶(山)高。"无极"：没有边际。

[5]"丘陇"：丘垄，土堆；田间土埂，这里指坟墓。"天地"句：天地之间因为坟墓日增而显得狭窄了。

[6]"李耳书"：老子的《道德经》，亦称《老子》。"脉脉"：满含情感地凝视。

[7]"何曾"：反问语气，表示不曾，从未有过。"天上"：道教认为，天上是仙境，是神仙居住的地方。"刘安"：汉高祖刘邦之孙，被封为淮南王。后因谋反，发动七国叛乱，失败后自杀。他好道，追求长生不老之术。组织编写《淮南子》一书，是汉代道家名著之一。传说死后升天，成为神仙。这里所谓"刘安宅"，即他在天上的居所。诗人在此极力否认这一说法。

[8]"若问"句：这是设问，意谓，假如有谁要询问长生不死之人。"若问"一作"自古"，亦通。"昭昭"句：孔丘(一作孟)的书籍里写得明明白白。这是对上句设问的回答。"籍"，亦可理解为人名簿。意谓孔子及其门弟子无一长生不死。

【简析】

此诗劝人以理性对待生死。诗人认为，自古至今，活着的人们，只见地上的坟墓逐日增多，从未看到长生不死之人。《道德经》的作者李耳，传说他长寿，并被道士看作不死的神仙，名为太上老君。孔丘及其众多弟子们，无一人活到现在。道士说，汉朝的刘安升天为仙，可是天上也没有刘安的住宅。所以现在还活着的人们，不必为未来的死亡而忧愁、悲哀。应"但愿腮上红，莫管颏下白"。出现白须也没有关系，只要健康就好。

寿翁忘情学草木

——顺其所然自修育

在历史上和现实中，世人的寿命总是有长短，不可能完全一致。即使先天禀赋大致相同，其寿命也会有差别。无疑，这是后天的境遇和各自主观取向造成的。唐代诗人元结(723—772)有一诗启示人们，主观取向何等重要！其诗曰：

寿翁兴

唐·元结

借问多寿翁，何方自修育？[1]
惟云顺所然，忘情学草木。[2]
始知世上术，劳苦化金玉。[3]
不见充所求，空闻恣耽欲。[4]
清和存王母，潜濩无乱黩。[5]
谁正好长生，此言堪佩服。[6]

【题解】

此诗选自《全唐诗》卷二百四十。原题意谓高寿老人的出现、成功。此诗为《系乐府》辞十二首之八。作者序曰："天宝(742—756)中，元子将前世尝可称叹者，为诗十二篇，引其义以名之，总命曰《系乐府》。"

作者元结(723—772)，字次山，河南人，少不羁。十七岁乃折节问学。国子司业苏源明荐之。结上时议三篇，擢右金吾兵曹参军，摄监察御史，为山南西道节度参谋。以讨贼功，迁监察御史里行。代宗(762—779)立，授著作郎。久之，拜道州刺史。为民营舍给田，免徭役，流亡归者万人。后罢还京师。卒年五十。赠礼部侍郎。著有《元子》十卷，文编十卷，《琦玕子》一卷，并传于世。

【注释】

[1]“借问”:讯问;请问。表敬词。古诗中常见的假设问句,下句即问题。“何方”:(用)什么方法。“修育”:修炼、保养。

[2]“顺所然”:顺应事物发展的自然规律。“忘情”句:排除主观上其他情绪的干扰,一心一意地学习草木(的生长规律)。

[3]“始知”:开始知道,才懂得。“世上术”:人世间的(长生)方术。“劳苦”句:(企图)通过辛苦劳作,把金玉化为(仙丹)。

[4]“充所求”:满足自己的要求。“肆耽欲”:放纵自己,沉溺在欲望的满足之中。“肆”,一作“恣”,意近。

[5]“清和”:清静和平,此指人的性情和生活态度。“王母”:神话传说中的地位崇高的女神,俗称西王母,住于昆仑山仙境。“潜濩(huò)”:深流。此处当指涵养深厚。“乱黩(dú)”:亵慢不敬。“黩”,亵渎;玷污。“无乱黩(dú)”:不会受到玷污、污染,即伤害。

[6]“正”:真正。“此言”:指前二句“清和存王母,潜濩无乱黩”。“堪”:能,可以,足以。“佩服”:本义佩带,佩挂,使人可以时刻看到,铭记在心。引申为发自内心的赞赏和钦敬,自觉自愿地遵循。

【简析】

诗人通过与多寿翁的问对,揭示养生的基本原则是“顺所然”,即遵循生命的规律,就像草木有其规律一样。并由此想到世上流传的长生方术,硬要通过辛苦劳作,把金玉炼成仙丹,幻想使生命像金玉一样永远不朽,以满足各种欲望。结果不但不能达到目的,反而使生命早夭。上述两种主观养生取向,导致截然不同的结果。诗人由此得出结论:“清和存王母,潜濩无乱黩。”意谓保持生命的清静和平状态,才能获得长生高寿;抑制贪欲,才能避免伤害。真正追求长生者,应将这两句话作为座右铭。很显然,诗人在此是以先秦汉初黄老的养生思想批判魏晋以来的神仙方术的,提倡“顺所然”,即顺应生命之自然,不可违背生命的规律。值得今人鉴之。

成仙一梦误一生

——无据梦幻终不成

世人一生中，均会经历许多美梦。有的美梦，经过努力，可以变为现实；有的美梦，无论怎样努力，也不能实现。如梦见自己成为不死的神仙。大诗人白居易一诗，就给人以这样的启示。其诗曰：

梦　仙

唐・白居易

人有梦仙者，梦身升上清。[1]
坐乘一白鹤，前引双红旌。[2]
羽衣忽飘飘，玉鸾俄锵锵。[3]
半空直下视，人世尘冥冥。[4]
渐失乡国处，才分山水形。[5]
东海一片白，列岳五点青。[6]
须臾群仙来，相引朝玉京。[7]
安期羡门辈，列侍如公卿。[8]
仰谒玉皇帝，稽首前致诚。[9]
帝言汝仙才，努力勿自轻。[10]
却后十五年，期汝不死庭。[11]
再拜受斯言，既寤喜且惊。[12]
秘之不敢泄，誓志居岩扃。[13]
恩爱舍骨肉，饮食断膻腥。[14]
朝餐云母散，夜吸沆瀣精。[15]
空山三十载，日望辎軿迎。[16]
前期过已久，鸾鹤无来声。[17]
齿发日衰白，耳目减聪明。[18]

一朝同物化，身与粪壤并。[19]
神仙信有之，俗力非可营。[20]
苟无金骨相，不列丹台名。[21]
徒传辟谷法，虚受烧丹经。[22]
只自取勤苦，百年终不成。[23]
悲哉梦仙人，一梦误一生。[24]

【题解】

这首古调诗，选自《全唐诗》卷四百二十四。原题《梦仙》，即梦里成为仙人。

【注释】

[1]“上清”：高空。神仙生活的境界。详见前《求道学仙慕灵异》诗【注释】之[4]。

[2]“旌”：古代的一种旗子，旗杆上用羽毛做装饰。“红旌”，即红旗。

[3]“羽衣”：道教谓人成仙后能羽化飞升。“鸾”：传说中凤凰一类的神鸟，这里指神仙所乘的车。“玉鸾”：车铃的美称。这里代车。“俄”：突然间。“铮铮”：象声词，多指金玉的声音。

[4]“下视”：从半空向下俯视。“冥冥”：昏暗不明。

[5]“渐失”二句：故乡渐渐看不到了，此时才（从宏观上）看出大地上山水的轮廓。

[6]“东海”：唐时“东海”相当于今之渤海、黄海、东海，即东方的大海。“列岳五点青”：从高空仙境下视地面，巨大的五岳，仅为五个青黑色的点。“五岳”：指东岳泰山、西岳华山、南岳衡山、北岳恒山和中岳嵩山。

[7]“须臾”：极短的时间，片刻。“玉京”：玉皇大帝所驻的京城。

[8]“安期、羡门”：传说中的仙人，见《史记》的《秦始皇本纪》、《孝武本纪》。“列侍”：列队待命。“公卿”：古代高级官爵。

[9]“玉皇帝”：即玉皇大帝。“稽首”：叩头。“致诚”：表达诚敬之意。

[10]“帝言”：玉皇大帝说。“仙才”：神仙的资质。“自轻”：轻视自己。

[11]“不死庭”：长生不死的仙人会聚之所。

[12]“斯言”：上述玉皇大帝所说的话。“既寤”：醒来之后。

[13]“秘之”：保守这一秘密。“泄”：泄露。“岩扃”：岩洞的门，指岩洞。

[14]“舍骨肉”：舍弃自己的亲人。“断羶腥”：断绝肉食。

[15]“朝餐”句：早晨服食云母散（药）。“夜吸”句：夜晚呼吸雾露水气的精华。

[16]“辎軿”(zi ping)：古代富贵之人所乘的有帏屏之车。

[17]“鸾、鹤”：两种神鸟，传说是神仙的坐骑。

[18]“齿发”句：牙齿日益衰老，头发越来越白。“耳目”句：耳朵听力日弱，眼睛视力日衰。

[19]“物化”：（身体）化为异物，即死亡。“身与”句：身体朽烂，与粪土一样。

[20]“信有之”：确实存在。“俗力”：世俗的力量。

[21]“苟无”：假如没有。“金骨相”：一种长生的面相。“不列”句：名字不列于仙籍之上。即没有长生不死的可能。道教的一种说法，人能否成仙，与其骨骼长相有关，无仙人金骨相，就不能名列仙籍，即使进行辟谷、烧（炼）丹也无济于事。

[22]“徒传”：徒然传授。“辟谷法”：不食五谷的一种养生方法。“虚受”：空受，即受而无用。“烧丹经”：炼制金丹的经典著作，道士视为秘籍。

[23]“只自”句：只是自找勤劳辛苦，意即不能取得任何功效。所以下句说“百年终不成”，即使苦炼百年，也不会取得成功。

[24]“悲哉”：可悲啊。“梦仙人”：梦中成仙之人。“误一生”：误导一生。

【简析】

此诗通过梦仙者的悲剧一生，揭露神仙之说的虚妄和害人，启示人们正确对待自己的生命。前二十四句，描述梦仙者的梦中见闻。他所看见的上清仙境、仙人和地面山水之形及听到的玉帝之语，其实都是平日朝思暮想的结果，尤其是玉帝之语，本来就是幻觉，但这位神仙发烧友却看作实际经历。接下十四句，描述这位神仙迷的一生追求。他以虚幻为真实，在自己几十年的生命过程中，孜孜以求成仙不死。不但割断了亲情，还舍弃了正常人的衣食住行。结果仍然逃脱不了衰老和死亡。最后十句，是诗人对神仙之说的评论。限于时代，他未能彻底否定神仙迷信，但明确指出辟谷、炼丹等仙术无助于长生成仙，只能自找苦吃，百年无成。最后得出的结论就是“悲哉梦仙人，一梦误一生”。诗人以此痛斥神仙方术，并唤醒那些仍在做神仙梦的人们，不要贻误自己一生！

溪翁岁种一顷田

——安适自足无营欲

晋代大诗人陶渊明厌恶官场，辞官返乡，躬亲耕种，自食其力。由前《既耕已种读我书》等诗可知，他非常自足、愉快。唐代大诗人白居易虽未辞官，但也赞赏淳朴自然的生活方式。其诗曰：

宿溪翁

唐·白居易

众心爱金玉，众口贪酒肉。[1]
何如此溪翁，饮瓢亦自足。[2]
溪南刈薪草，溪北修墙屋。[2]
岁种一顷田，春驱两黄犊。[4]
于中甚安适，此外无营欲。[5]
溪畔偶相逢，庵中遂同宿。[6]
溪翁向朝市，问我何官禄？[7]
虚言笑杀翁，郎官应列宿。[8]

【题解】

此诗选自《全唐诗》卷四百三十四。原题意为：宿于溪翁之家，与溪翁同宿。题下原注："时初除郎官赴朝。"可知这是白居易赴任途中所写的诗。

【注释】

[1]"众"：一般人，世俗之人。

[2]"何如此溪翁"句又作"何此溪上翁"。"饮瓢"：即"一瓢饮，一箪食"之意。《论语·雍也》记孔子赞扬其爱徒颜回之语："贤哉回也！一箪食，一瓢饮，在陋巷，人不堪其忧，回也不改其乐。"作者在此暗引这一语意，赞赏溪翁的生活态度。

[3]“刈(yì)薪草”:割取柴草,用来烧饭或修盖茅屋。

[4]“一顷”:土地面积单位,一百亩为顷。唐时一顷比现时要小。“两黄犊”:两头黄牛犊。“犊”是幼牛,不能耕田。这里用此字乃为押韵。

[5]“营欲”:经营、追求的欲望。

[6]“庵”:茅草屋,即前所说的刈草修墙屋之屋。

[7]“官禄”:官爵、俸禄。

[8]“虚言”:不实之词。这里有夸大其词之意,即戏言,开玩笑。“应列宿”:与天上的星对应。旧时迷信说法:地面上的显要人物都有相应的星。

【简析】

此诗开始四句,把众人即一般世人的欲望、爱好与溪翁进行比较。前者“爱金玉”、“贪酒肉”,而溪翁则“瓢饮亦自足”,二者反差较大。

接下六句,具体描述溪翁的勤俭劳动生活。自己刈草烧饭、修屋,种田自食,并且乐于其中,没有其他贪欲。这种自然俭朴、自足自乐的生活方式和生活情趣,令诗人羡慕不已。

最后六句,叙写诗人与溪翁的沟通。“溪畔偶相遇,庵中遂同宿。”表明他们具有共同语言,所以一见如故。由此可见溪翁的善良、淳朴,留宿路人,解人之难;亦可见诗人没有士大夫的阶级眼和官架子,平等、友好地对待溪翁。他们同宿茅庵,相互交谈,十分融洽,乃至可以开玩笑。诗人并不相信世人与星宿对应之说,只是以此取笑而已。

从养生的角度审视此诗,其中流露出的思想倾向性十分鲜明,即赞赏溪翁的生活方式和生活态度,而否定世人对富贵、物欲的贪图和追求。这一思想,既有道法自然之意,也符合节制嗜欲的主张。对今人仍有启迪作用。

暮齿服食求不死

——徼福成灾药误多

历史上的服石之风起始甚早，先秦汉初已有之。据《史记》，扁鹊秦越人已指出服食五色石的危害。但道教产生后，特别是葛洪的金丹理论，助长了服石之风。虽然服石者死伤甚多，仍然前服后继。大诗人白居易多次写诗警醒世人。如下诗曰：

戒　药

唐·白居易

促促急景中，蠢蠢微尘里。[1]
生涯有分限，爱恋无终已。[2]
早夭羡中年，中年羡暮齿。[3]
暮齿又贪生，服食求不死。[4]
朝吞太阳精，夕食秋石髓。[5]
徼福反成灾，药误者多矣。[6]
以之资嗜欲，又望延甲子。[7]
天人阴骘间，亦恐无此理。[8]
域中有真道，所说不如此。[9]
后身始身存，吾闻诸老氏。[10]

【题解】

此诗选自《全唐诗》卷四百五十九。意在劝说正在服食和将要服食仙药者，应由此诗吸取教训，戒服秋石等所谓“仙药”。

【注释】

[1]“促促”：短暂，匆匆而过。“急景”：急驰的时光。“蠢蠢”：众多而杂乱的

样子。“微尘”：佛教语。极细微的物体、尘埃。喻指卑微不足道的事物，包括人。

[2]“生涯”：语本《庄子·养生主》：“吾生也有涯”。谓生命有边际、限度。“分(fèn)限”：应有的限度。意谓每一生命个体都有其存在的限度。“无终已”：没有结束、停止之时。

[3]“早夭”：未成年而死。“暮齿”：老年。

[4]“贪生”：留恋、贪图生命。“服食”：此处特指吃“仙药”。

[5]“朝吞”句：早晨吞食太阳的精气。实为早晨迎着太阳呼吸清新空气。这是道家炼养身体的一种功法，当属气功的一种。“夕食”句：晚上服食秋石的精髓。“秋石”，丹药名。白居易《思旧》诗：“微之(元稹)炼秋石，未老身溘然。”明·李时珍《本草纲目·人·秋石》：“淮南子丹成，号曰秋石，言其色白质坚也。近人以人中白炼成，白质，亦名秋石，言其亦出于精气之余也。”

[6]“徼(yáo)福”：企福，求福。“药误”：为丹药所误，受其危害。

[7]“以之”句：用它(秋石一类丹药)来满足自己的嗜好、贪欲。“又望”句：又盼望延长自己的年龄。“甲子”：古人以天干(甲、乙、丙、丁、戊、己、庚、辛、壬、癸)与地支(子、丑、寅、卯、辰、巳、午、未、申、酉、戌、亥)排列组合，构成六十周期，以此计日、计年。故可用“甲子”代称年龄。人年六十，即过了一甲子。

[8]“天人”句：天上、人世、阴间。“阴骘”：冥冥之中的排定。“无此理”：没有这个道理(指服秋石一类丹药，延长甲子)。

[9]“域中”：世界上。“真道”：诗人晚年向佛，称佛理为真道，即真理。

[10]“后身”句：不要特别在意其身，其身反而继续存在。“闻诸老氏”：闻之于老子。“后身”之说见于《老子》六十六章：“欲先人，以其身后之。”七十五章：“夫唯无以生为者，是贤于贵生。”

【简析】

此诗揭示服食丹药之害人。世人多有长寿的愿望和要求：“早夭羡中年，中年羡暮齿，暮齿又贪生”，这并没有错。但错在企图通过“服食”丹药而“求不死”：“朝吞太阳精，夕食秋石髓”。“秋石髓”是所谓“仙药”，实则含有巨毒。所以服食的结果与愿望相反：“徼福反成灾，药误者多矣。”丹药既不能“资嗜欲”，又不能“延甲子”。无论天上、人世以及阴间，“亦恐无此理”。诗人早年曾研究道家思想，晚年向佛，认为佛教没有这样的说法；老子则主张“后身始身存”，亦无“不死”之说。所以诗人反对服食丹药。事实表明，服食丹药违背人的生理规律，危害人的机体。所以不能益生反而损生。下一首《思旧》诗，也揭露丹药害人之事实，触目惊心，足以让世人警醒。

未老服食身溘然

——予不服食老命延

前诗只是概括指出丹药之害人，尚未涉及具体被害之人。白居易《思旧》一诗，则列举被害者的名字及其死因。这些人才华出众，均与作者有交集，关系比较密切。他们服食暴夭，令诗人震惊，不能忘怀，情不自禁而诉诸诗，曰：

思　旧

唐·白居易

间日一思旧，旧游如目前。[1]
再思今何在？零落归下泉。[2]
退之服硫磺，一病讫不痊。[3]
微之炼秋石，未老身溘然。[4]
杜子得丹诀，终日断腥膻。[5]
崔君夸药力，终冬不衣绵。[6]
或疾或暴夭，悉不过中年。[7]
唯予不服食，老年命迟延。[8]
况在少壮时，亦为嗜欲牵。[9]
但耽荤与血，不识汞与铅。[10]
饥来吞热物，渴来饮寒泉。[11]
诗役五藏神，酒汩三丹田。[12]
随日合破坏，至今粗完全。[13]
齿牙未缺落，肢体尚轻便。[14]

已开第七秩，饱食仍安眠。[15]

且尽杯中物，其余皆付天。[16]

【题解】

此诗选自《全唐诗》卷四百五十二。原题意即思念老朋友。从诗中所提及的人名来看，均是作者诗友、同僚。这些人均已过世，作者时常怀念他们。并由他们的早逝，悟出养生的道理。

【注释】

[1]“间日”：隔一天，此意经常。“间”一作“闲”。“旧游”：过去与自己交往的人，即老朋友。“如目前”：好像仍在眼前一样。

[2]“下泉”：九泉。旧时人死土葬，埋入地下。

[3]“退之”：诗人、学者韩愈字退之。他反佛教，但相信道教长生之说，服食硫磺，以致“讫(qì)不痊”，不治而亡。

[4]“微之”：诗人元稹，字微之。白、元关系密切，相互唱和较多，历来合称“元白”。“炼秋石”：南北朝以来盛行服五石之风，诗人元稹亦受其影响，热中于服石。秋石即五石之一。历史事实表明，服石对身体健康固然有一定的积极作用，但伤害极大，往往致残，乃至死亡。晋代著名学者、针灸学家皇甫谧，早年因服石而留下终身残疾，几乎丧命。此风延续到隋唐，元稹竟受影响，以致英年(53岁)早逝。

[5]“杜子”：指杜元颖，《旧唐书》卷一六三、《新唐书》卷九六有其传。

[6]“崔君”：指崔玄亮，字晦叔。白氏《感事诗》：“服气崔常侍，烧丹郑舍人。常期生羽翼，那忽化灰尘。”《旧唐书》卷一百六十五崔玄亮传，亦言其“好道术”。

[7]“或疾”二句：这是对前述四人命运的总结。他们本求长生，结果却或疾病缠身，或暴夭而亡，均不过中年。

[8]“服食”：指服食金石之类的药物。

[9]“亦为”句：也曾被嗜欲所累，意谓也纵情嗜欲。

[10]“耽”：喜好，沉溺。“荤与血”：指动物类食物。“汞与铅”：炼丹的原材料，代丹药。

[11]“热物”：热的食物。“物”一作“面”。“寒泉”：冷水。过热、过冷对人体均不利。

[12]“诗役五藏神”：写诗要役使、消耗五藏之神。按《素问·阴阳应象大论》：“人有五藏化五气，以生喜、怒、悲、忧、恐。”再加思、惊，称七情。喜伤心，怒伤肝，悲、忧伤肺，思伤脾，惊、恐伤肾。“酒汩三丹田”：古代诗人多饮酒，白氏亦不例外。“汩”：水流，这里是灌注之意。“三丹田”：道家、道教说法，人有上、中、下三丹田，分别在脑、胸、腹中，乃人生命根本之所在。白氏借用此说，承认饮酒亦伤身。

[13]“随日合破坏”：总结以上所述生活习惯，即指贪嗜欲、食肉、吞热物、饮寒泉、作诗等，时间长了，对生命健康都有破坏作用。但尚未造成大害。

[14]“齿牙”二句：年至古稀，牙齿完好，肢体轻便，这是健康的体现。

[15]“已开第七秩”：年过六十，开始第七秩。一秩十年。“饱食”：谓胃口好，消化能力强。“安眠”：休息好，易于消除身心疲劳。老人能如此，意味着长寿。“进”一作“尽”。

[16]“杯中物”：指酒。“付天”：付于天，听任自然。

【简析】

此诗亦是揭露神仙方术害人的，可与前诗参看。

可将此诗大致分为前十四句、后十八句两部分。第一部分追思旧游，分析他们早逝的原因是盲目追求长生，炼服金石之药，或不适当地服气，违背了生命的自然规律，结果走向愿望的反面：非但未能长生，反而早夭。这使诗人极为沉痛和惋惜。反思自己，何以能够年近古稀还相当健康呢？就生活习惯而言，自己少壮之时也有一些习惯不利于健康，但未造成大的伤害。特别是不盲目追求长生，不炼石服气，基本上顺应生命的自然规律，所以年老命延。两相对比，诗人得出一个结论：“且尽杯中物，其余皆付天。”尽兴饮酒吧，其他的事情都要顺应自然。以当今的眼光来看，诗人的这一结论是基本正确的。只是饮酒要适度。适度饮酒有利于健康，如果过量则伤害身体。从诗中看，白氏已明白这一道理，只是积习难改。

人生适时即为好

——顺之吉寿违凶夭

人是自然界之一物，虽然具备其它生物所无的社会性，但其生命过程仍然必须遵循自然规律。这是古代许多思想家和医家的共识。大诗人白居易对此亦表赞同，极力反对长生成仙之说，主张人应“适时”即遵循自然规律。其诗曰：

逸　老

唐·白居易

白日下骎骎，青天高浩浩。[1]
人生在其中，适时即为好。[2]
劳我以少壮，息我以衰老[3]
顺之多吉寿，违之或凶夭。[4]
我初五十八，息老虽非早。[5]
一闲十三年，所得亦不少。[6]
况加禄仕后，衣食常温饱。[7]
又从风疾来，女嫁男婚了。[8]
胸中一无事，浩气凝襟抱。[9]
飘若云信风，乐于鱼在藻。[10]
桑榆坐已暮，钟漏行将晓。[11]
皤然七十翁，亦足称寿考。[12]
筋骸本非实，一束芭蕉草。[13]
眷属偶相依，一夕同栖鸟。[14]
去何有顾恋，住亦无忧恼。[15]
生死尚复然，其余安足道。[16]
是故临老心，冥然合玄造。[17]

【题解】

此诗选自《全唐诗》卷四百五十九。原题意谓老而安逸，养老。题下原有注："庄子曰：劳我以生，逸我以老，息我以死也。"此语出自《庄子·大宗师》。原文为："夫大块载我以形，劳我以生，佚我以老，息我以死。"这里"大块"，指天地自然。"逸"、"佚"相通。

【注释】

[1]"骎骎(qīn)"：马急速奔驰的样子。这里形容光阴飞逝。"浩浩"：广大无边的样子。此二句分别描写时间和空间。

[2]"其中"：时间和空间中，即天地自然及其变化过程中。"适时"：适应事物变化。

[3]"劳我"句；使我少壮之时经受辛苦劳累。"息我"句：让我衰老之时得以休息。此二句引述庄子之意。

[4]"顺之"二句：能够顺应这一必经的生命过程，大多吉祥、高寿；违背这一过程，就可能遭遇凶险乃至过早夭亡。

[5]"我初"二句：诗人在五十八岁时就致仕(退休)了，故有此说。

[6]"一闲"句：已经清闲十三年。据此可知，诗人七十一岁写此诗。"所得"：指清闲中获得的愉悦。

[7]"况加"二句：况且加上出仕后，所得俸禄足以保证穿衣吃饭，维持温饱生活。"禄仕"：为食俸禄而居官。

[8]"又从"二句：自从患过风疾以来，女儿、儿子业已相继完成嫁、娶大事。"风疾"，泛指由风寒湿侵袭而引起的肢节疼痛或麻木的病症。即所谓风痹。《左传》昭公元年："天生六气……风淫末疾"。此处"风淫末疾"即由风寒湿引起的手、足、颠(头顶)疾患。诗人曾患足疾。

[9]"无事"：没有需要牵挂之事。"浩气"：浩然之正气，这里当指潇洒、豪放的情绪和气度。"襟抱"：胸襟、怀抱。

[10]"云信风"：随时令的变化，定期而至的风和云。"藻"(zǎo)：植物名，这里当指水藻，含叶绿素及其它辅助色素的低等植物，是许多鱼类的食物。

[11]"桑榆"：桑树和榆树。原指太阳西落，挂在树端，喻人之老年。"钟漏"：古人用滴水的方法计时，到一定时辰则敲钟报时。"晓"：破晓，早晨。

[12]"皤(pó)然"：白的样子。多形容须发。"寿考"：年高，长寿。

[13]“筋骸”:筋键和骸骨,指人体框架。“芭蕉”:多年生草本植物,叶长而宽大,花白色,果实跟香蕉相似,但不能食用,是观赏植物。诗人将自己的身体比作芭蕉草,意谓很不坚实,随时可能枯萎。

[14]“眷属”:妻妾。“偶相依”:偶然走到一起,相互依靠。“一夕”:一个晚上,比喻时间很短。“同栖鸟”:共同歇息的鸟。此二句以“同栖鸟”比喻夫妻关系的偶然性、短暂性。

[15]“顾恋”:顾虑、爱恋。“忧恼”:忧愁、烦恼。

[16]“尚复然”:尚且如此。“安足道”:还有什么值得一说的呢?

[17]“临老心”:已经接近生命终点的心境。“冥然”句:暗中符合自然变化的道理。“玄造”:玄妙的造化,指大自然万物的生生不息。

【简析】

此诗抒发老年无忧无虑的情怀。诗人引述庄子之意,认为人到老年应当休息。“顺之多吉寿,违之或凶夭。”此时应将一切牵挂放开,如能做到“胸中一无事”,自然就会“浩气凝襟抱”,“飘若云信风,乐于鱼在藻”。要对生和死泰然处之,“去何有顾恋,住亦无忧恼,生死尚复然,其余安足道”。这一态度,“冥然合玄造”,意即符合生命的自然规律。诗人这一体会和认识,是有利于老年养生的。

无为礼乐利名拘

——不如含德反婴儿

人类社会形成后,为了维护社会的安定和发展,有必要规范人们的言行,逐渐创建一系列制度,制订许多规章。这些制度和规章,有的忽视甚至违背人的自然本性,不利于养生。古代有些养生家对此已有察觉。如唐人有诗曰:

临川逢陈百年

唐·李咸用

麻姑山下逢真士，玄肤碧眼方瞳子。[1]
自言混沌凿不死，大笑彭老非久视。[2]
强争龙虎是狂人，不保元和虚叩齿。[3]
桃花雨过春光腻，劝我一杯灵液味。[4]
教我无为礼乐拘，利路名场多忌讳。[5]
不如含德反婴儿，金玉满堂真可贵。[6]

【题解】

此诗选自《全唐诗》卷六百四十四，原题中“临川”，地名，今江西省临川市。“逢”，碰到。“陈百年”，当时修真之士，生平不详。

作者李咸用，约活动于唐懿、僖(860—888)前后，工诗，举进士不第。尝应辟为推官。有《披沙集》六卷。

【注释】

[1]“麻姑”：神话传说中的仙女名。见晋·葛洪《神仙传·王远》。“麻姑山”：山名，所指非一。一在今安徽省宣州市区东面；一在江西省南城县南。唐·颜真卿有《麻姑仙坛记》。“真士”：有操守、才能之士。这里乃指对修真有独到见解的人。“玄肤”：赤黑色的皮肤。“碧眼”：青绿色的眼睛。“方瞳”：方形的瞳孔，古代以为长寿之相。晋·王嘉《拾遗记·周灵王》：“老聃在周之末，居反景日之山，与世隔绝，有黄发老叟五人，……瞳子皆方，面色玉洁，手握青筠之杖，与聃共谈天地之数。”唐·李白《游泰山》诗之二：“山际逢羽人，方瞳好容颜。”王琦注：“按仙经云：八百岁人瞳子方也。”这里形容陈百年的长寿相。

[2]“混沌”：古代传说中的世界开辟前元气未分、模糊一团的状态。又传说中央之帝名曰混沌，又称浑沌，生无七窍，日凿一窍，七日凿成而死。比喻自然淳朴的状态。此指后一传说。“老、彭”：老子(聃)，彭祖。老子被后世神化为不死之仙人。彭祖是传说中活了八百岁的人。“久视”：长生。

[3]“龙虎”：龙与虎。道教借以指水与火。宋·朱熹《〈周易参同契〉考异》指

出："坎离、水火、龙虎、铅汞之属，只是互换其名，其实只是精气二者而已。精，水也，坎也，龙也，汞也；气，火也，离也，虎也，铅也。"此说精当。"狂人"：精神失控的人，即疯子。"元和"：元气冲和，暗引《老子》四十二章"负阴而抱阳，冲气以为和"之义，实指自身阴阳调和，机能完好的状态。"叩齿"：牙齿上下碰击，古代的一种养生方法。北齐颜之推《颜氏家训·养生》言："吾尝患齿，摇动欲落，饮食热冷皆苦疼痛。《抱朴子》有叩齿之法，早朝叩齿三百下为良，行之数日，即便平愈。"唐·白居易《晚起闲行》诗："起来无可作，闭目闲叩齿。"道家尤其提倡叩齿。

[4]"桃花雨"：指暮春飘落的桃花。唐·李贺《将进酒》诗："况是青春日将暮，桃花乱落如红雨。"亦指春雨。"春光腻"：人们经春已久，感到厌烦。"灵液"：本指滋润万物的雨露，仙液，或指唾液。这里比喻美酒。

[5]"无为礼乐拘"：不要受礼乐的约束。"无"，勿。"礼"，礼节，封建社会中人际关系的各种规范、制度。"乐"，音乐，封建社会教化手段之一。"礼乐"属于上层建筑。古代帝王常通过兴礼乐，以求达到尊卑有序、远近和合的统治目的。"利路"：逐利之道路。"名场"：求名之场所。"忌讳"：因顾忌而隐讳。由于风俗、习惯或迷信、政治等原因，某些事物或名称、语言，必须回避，不可谈及。如帝王的名字和死、不吉利之语等。

[6]"含德"：隐匿意旨，秘而不宣；怀藏道德。"婴儿"：初生幼儿。"反婴儿"：回到婴儿的状态。《老子》七十五章"含德之厚，比于赤子。"意谓返朴归真。"金玉满堂"：语出《老子》九章："金玉满堂，莫之能守。"极言财富之多。可引申为才富学博。

【简析】

这首七言古诗，记述"真士"的养生思想和方法。

从外貌看，这位真士"玄肤碧眼方瞳子"，是长寿之相。其养生见解更是非同寻常，"自言混沌凿不死"，主张自然而然，反对违背自然的说法和做法。"大笑彭老非久视"，认为彭祖、老聃不死的传说是违背事实的，他们也与一般人一样有生有死，并非长生久视；企图将铅汞冶炼成仙丹，简直就是疯狂之人；如果不能保持元气平和而一味叩齿，也是本末倒置的；既要养生，就不能完全被礼乐所约束；对利路名场也要保持距离，远远地回避；金玉满堂固然可贵，但追求的过程及其结果，往往有害于生命；甚至远未达到目的，就提前丧命。

总而言之，"不如含德反婴儿"，即返朴归真，顺应自然规律。这些见解，具有一定的合理性、积极性，可补世人认识之不足。

世上俗骨本含真

——海中仙山也是尘

历史上的帝王，大约从战国燕昭王、齐威王开始，迷信长生成仙之说，屡派方士入海寻找仙山和仙药。逮至秦始皇、汉武帝时达到高潮。他们并未因此而长生，仍然与平常人一样无可奈何地死去，贻笑千古。后人讥之曰：

喻　道

唐·李咸用

汉武秦皇漫苦辛，那思俗骨本含真。[1]
不知流水潜催老，未悟三山也是尘。[2]
牢落沙丘终古恨，寂寥函谷万年春。[3]
长生客待仙桃饵，月里婵娟笑煞人。[4]

【题解】

此诗选自《全唐诗》卷六百四十六。原题意谓让人明白(养生)大道。这也是一首嘲讽秦始皇、汉武帝寻仙的诗。

【注释】

[1]“汉武”：汉武帝。“秦皇”：秦始皇。“漫苦辛”：徒然苦辛，白辛苦。“俗骨”：世俗人的身体。“含真”：含有大道。

[2]“流水”：流逝之水，喻不断逝去的事物。“潜催老”：暗中催人衰老。“三山”：传说东海中有三座仙山，即蓬莱、方丈、瀛州，仙人居之，其上有仙药，可令人长生成仙。参见《史记》之《秦始皇本纪》、《封禅书》及《汉书·武帝纪》。“也是

尘”：也是尘土。

[3]“牢落”：犹寥落，稀疏，零落，荒芜；孤寂。“沙丘”：古地名，在今河北省广宗县西北大平台。秦始皇三十七年（前210）东巡途中，病逝于沙丘平台。“寂寥”：寂寞；空旷。“函谷”：古关隘名，军事要地，战国秦置，在今河南省灵宝县境。因路在谷中，深险如函，故名。汉武帝元鼎三年（前114）移至今河南省新安县境，去故关三百里。

[4]“长生客”：追求长生成仙的人们。“待”：等待。“仙桃”：神话传说中供西王母等神仙食用的桃；或禁苑中的桃；亦泛指桃树或桃实。“月里婵娟”：指神话传说中的月中美人，即嫦娥。或泛指姿态美好的女子。亦指代明月、月光。宋·苏轼《水调歌头》词：“但愿人长久，千里共婵娟。”

【简析】

此诗讥讽秦始皇、汉武帝，他们寻仙的结果丝毫无助于长生，也与俗人一样免不了死亡。他们不懂得“真”即生命之道就存在于俗骨之中。生命的衰老和死亡如同流逝之水一样，是不可逆转的；传说海中有三神山，其实也是尘土而已；盼饵仙桃，也要被月中的嫦娥耻笑，因为根本就不存在什么“仙桃”。由此可见秦始皇、汉武帝的愚蠢可笑。诗人以此警醒“长生客”乃至所有世人：自然之道不可违。故此诗题曰“喻道”，意谓告诉人们什么是真正的养生大道。

秦皇汉武命不长

——骊岳茂陵草茫茫

据《史记》，秦始皇、汉武帝的求仙活动，达到疯狂的程度。其耗费之大，范围之广，涉及人员之多，堪称历史之最。终其一生，却一无所获。充分显示了封建帝王的自私、愚昧和骄横。连后世的僧人也按捺不住，予以嘲讽。如唐代寒山之诗曰：

无　题

唐·寒山

常闻汉武帝，爰及秦始皇。[1]
俱好神仙术，延年竟不长。[2]
金台既摧折，沙丘遂灭亡。[3]
茂陵与骊岳，今日草茫茫。[4]

【题解】

此诗选自《全唐诗》卷八百六。原诗无题。

作者寒山，唐代僧人。其生卒年、俗姓氏、籍贯均未详。居唐兴县寒岩，时往返国清寺。以桦皮为冠，布裘弊履，人莫识之。与国清寺僧拾得交友、唱和。或长廊吟咏，或村野放啸。尝书其诗于竹木、石壁、土墙之上，约三百余首。后人将其诗编为《寒山集》传世，今存。

【注释】

[1]“常闻”：经常听说。“爰”：助词，无义，有调节语气的作用。“及”：到。“常”一作“尝”。

[2]“神仙术”：使人长生不死，成为神仙的方术。战国秦汉方士及后世道士追求和宣扬这种方术。

[3]“金台”：黄金砌成的高台；亦泛称华美之台。传说神仙居之。南朝宋·刘义庆《幽明录》言：“海中有金台，出水百丈，结构巧丽，穷尽神功。”寒山此处“金台”，盖指汉武帝听信方士之言，建高台二十余丈，以侯神人降临。“沙丘”：秦始皇病逝处，见前《世上俗骨本含真》诗【注释】之[3]。

[4]“茂陵”：陵墓名，即汉武帝刘彻的陵墓。《汉书·武帝纪》：茂陵在长安西北八十里。即今陕西省兴平县东北。“骊岳”：秦始皇的陵墓，位于今陕西省临潼县东南的骊山下，故称。因古骊戎居此而得名。是著名的游览、休养胜地。据《汉书·刘向传》：“秦始皇葬于骊山之阿，下固三泉，上崇山坟。其高五十余丈，周曰五里有余。”

【简析】

此诗语言通俗，意义明晰，直截了当地揭露、讥讽秦始皇、汉武帝的愚蠢思想和行为。他们迷恋神仙方术，不惜利用帝王的权势，动用巨大的人力、物力、财力，寻求仙人仙药，结果却未能达到目的："延年竟不长"，仍然与黎民百姓一样，不免一死。"金台既摧折，沙丘遂灭亡"。埋葬他们的坟墓"茂陵与骊岳，今日草茫茫"。他们君临天下，却非常无知、愚昧，违背常识，不懂生命规律，贻笑千古。这表明，生命的规律是不依任何人的意志为转移的。

深根固蒂可长生

——何须百计劳神用

世人要养生，首先就要明白生命大道在何处，才能抓住它。关于这个问题，道家、道教就有两种主张：一是从身外抓住大道，借外物以自固，如外丹说；二是认为大道就在自身内，无须外求，如内丹说。传说八仙之一的吕岩是力主内丹说的。其词曰：

沁园春

唐·吕岩

大道无名，大音希声，大器晚成。[1]
笑迷人管见，不言便了；[2]
似钻冰取火，纽石为绳。[3]
使尽精神，虚劳神用，缘木求鱼甚日烹？[4]
愚痴辈，磨砖作镜，怎觏光明！[5]

何须百计经营，守朴朴淳淳绝爱憎。[6]
澄虚心实腹，谷神不死；[7]

深根固蒂，久视长生。[8]

湛湛澄澄，先天先地，一炁寥寥混杳冥。[9]

希夷理，这一皎月，无缺无盈。[10]

【题解】

此词选自《全唐五代词》卷八《仙鬼词》。原题《沁园春》，词牌名。在此词牌下共有二十首，此为其六。

【注释】

[1]“大道无名”：贯穿一切的最普遍之道是没有名称的。《老子》一章：“道可道，非常道；名可名，非常名。”三十二章：“道常无名。”强调道不可说，不可名，可说、可名之道，就不是常道即大道。“大音希声，大器晚成”：见于《老子》四十一章：“大器晚成，大音希声。”无所不到的音是没有声响的。能胜任大事的杰出才能，往往是较晚形成的。

[2]“迷人”：痴迷之人。“管见”：通过管中窥物而形成的看法，即狭隘的见解。

[3]“钻冰取火”：原始人类钻木取火。钻冰取火是不可能的。“纽石为绳”：扭结石头，使之成为绳索，这也是不可能的。

[4]“精神”：精、气、神，道家认为这是构成人身的三宝。“神用”：人的精神意识的运用。“缘木求鱼”：爬到树上去找鱼。比喻途径和方法错误。语出《孟子·梁惠王上》：“以若(你)所为，求若所欲，犹缘木而求鱼也。”“甚日烹”：什么时候才得烹食?

[5]“愚痴辈”：愚蠢而痴迷不悟的人们。“磨砖作镜”：古用铜镜，须常磨光，方能照影。将砖头磨成镜子，喻不可能。据《景德传灯录·慧能大师》：“开元(713—741)中，有沙门道一住传法院，常日坐禅，师知是法器。往问曰：‘大德坐禅图什么?’一曰：‘图作佛。’师乃取一砖于彼庵前石上磨。一曰：‘师作什么?’师曰：‘磨作镜。’一曰：‘磨砖岂得成镜邪(耶)?’师曰：‘坐禅岂得作佛邪(耶)?’”后即用作比喻事情没有成功可能性之典。“怎睹光明”：怎么能感知光明。“睹”，通“睹”，看，此指从镜子里看到物象。

[6]“何须”：何必要。“百计经营”：千方百计进行谋划和操作。“守”：坚守，保持。“朴朴淳淳”：未加修饰的事物本来状态。此由《老子》十九章所谓“见素抱

朴”、二十八章“复归于朴，朴散则为器”、三十二章“朴虽小，天下不敢臣”、三十七章“无名之朴”、五十八章“其名淳淳”等意思化来的。“绝爱憎”：断绝爱和憎。此亦是据《老子》五章所谓“圣人不仁，以百姓为刍狗”、十九章“绝圣弃智”“绝仁弃义”、二十章“绝学无忧”等意思化出来的。

[7]“澄”：澄清，使液体中杂质沉淀下去。此处乃实实在在之意。“虚心实腹”：使心虚，使腹实。语出《老子》三章：“不尚贤，使民不争；不贵难得之货，使民不为盗；不见可欲，使心不乱。是以圣人之治，虚其心，实其腹”。“谷神不死”：产生天地万物的大道是永远存在的。语出《老子》六章：“谷神不死，是谓玄牝。玄牝之门，是谓天地之根。”

[8]“深根固蒂，久视长生”：语出《老子》五十九章：“治人事天莫如啬……是谓深根固蒂，长生久视之道。”“深根”，使根深深扎下；“固蒂”，使花蒂坚固结实。“蒂”一作“柢”，根基。

[9]“湛湛澄澄”：作为世界本原的道，既深邃又澄清（纯粹无杂质）。此亦是《老子》之义。其四章言：“道冲而用之，或不盈；渊兮似万物之宗。……湛兮似或存。”“先天先地”：（道）先于天地而存在。“一炁”：（道）产生一炁（气）。《老子》四十二章：“道生一，一生二，二生三，三生万物。万物负阴而抱阳，冲气以为和。”“寥寥混杳冥”：《老子》二十一章：“道之为物，唯恍唯惚。惚兮，恍兮，其中有象；恍兮，惚兮，其中有物；窈兮，冥兮，其中有精”。二十五章：“有物混成，先天地生；寂兮寥兮，独立而不改，周行而不殆。”

[10]“希夷”：“道”的状态。《老子》十四章：“视之（道）不见，名曰希；听之不闻，名曰夷；抟之不得，名曰微。此三者，不可致诘，故混而为一。其上不皦，其下不昧，绳绳兮不可名，复归于无物。是谓无物之状，无物之象，是谓恍惚。迎之，不见其首；随之，不见其后；执古之道，以御今之有。”老子认为，人凭借感官无法感知“道”的存在。但它无时不在支配一切。“希夷理”，即上述不可感知的微妙之道。“这一皎月，无缺无盈”：不论人的感觉如何，“道”这一皎洁的月亮，从来都是无所谓“残缺”和“满盈”的。人的感觉上的“残缺”，并非月亮实体上真的“残缺”。

【简析】

此词运用比喻，引述老子思想，指出什么是道，如何求道。

上阕指出世上一些“迷人”即“愚痴辈”的错误理解和做法。老子曾明白告诉人们：大道无名，大音希声，大器晚成。但迷人管见却违背这一思想，硬要抓住“无名”之“道”、“希声”之“大音”、“晚成”之“大器”。他们的想法和做法无异于“钻冰取火”、“纽（扭）石为绳”、“缘木求鱼”、“磨砖作镜”，这是不可能达到目的的。

下阕则告诉世人，如何把握“大道”。不必“百计经营”，只要“守朴朴淳淳绝爱憎”，就能体认“大道”。意谓去掉附加在“大道”上的各种特殊性，剩下的就是普遍存在的“先天先地”的“大道”了。这个“希夷理”，犹如“皎月”，本来“无缺无盈”，其“缺”、其“盈”只是人们的感觉。透过感觉到的现象，再巧用神思，才能抓住真正的“皎月”即大道本身。

诗人在此所说的大道，实指生命的根本规律。人能按照生命的根本规律进行养生，就能长生久视。但具体如何操作，仍要人们进行探索。

莫染莫镊勿忧愁

——任从白发生满头

人到中年，黑发中出现白丝，犹如初秋的一片黄叶，显示生理上开始衰落了。这是人生必经的阶段。有人对此忧心忡忡，千方百计，或拔或染，务必除之而后快。唐末五代诗僧齐己对此非常淡定，泰然处之。其诗曰：

白　发

唐·齐己

莫染亦莫镊，任从伊满头。[1]
白虽无耐药，黑亦不禁秋。[2]
静枕听蝉卧，闲垂看水流。[3]
浮生未达此，多为尔为愁。[4]

【题解】

此诗选自《全唐诗》卷八百三十八。

【注释】

[1]“莫染”：不要(将白发)染(成黑发)。“莫镊”：不要用镊子(将白发)拔掉。“伊”：彼，它。

[2]“无耐药”：经不住药物的作用。“不禁秋”：禁不住秋天的摧残。指人的黑发禁不住生命的衰老，总要变白。

[3]“静枕”句：伏枕而卧，静静地听着蝉鸣。“闲垂”：悠闲地垂钓。

[4]“浮生”：人生在世，虚浮不定，因称为浮生。语本《庄子·刻意》：“其生若浮，其死若休。”

【简析】

中年生白发，这是人的个体开始衰老的标志。有人为此发愁，染之，镊之，千方百计，必欲掩之、除之而后快。诗人认为，既不要将白发染成黑发，也不要将白发拔掉。因为黑发变白，这是生命进程中的必然趋势，不可阻挡。虽然可将白发染黑，也只是暂时、表面地改变了白发的颜色，实际上白发还是长出来。所以诗人主张顺应这一趋势，“莫染亦莫镊，任从伊满头”。不要强迫生理现象服从自己的意志。既来之，则安之，以悠然自得的心态对待生理上的变化，“静枕听蝉卧，闲垂看水流”。何必为白发而发愁？这一态度是可取的。

堪笑修仙觅大还

——消息只在寂寥关

道教金丹派违背生理规律的炼丹、服丹活动，不但受到教内其他派别的反对，还有来自佛教的批判。撇开教派之争而不论，仅就实践结果而论，佛教的批判是有其一定合理性的。如齐己诗曰：

读参同契

唐·齐己

堪笑修仙侣，烧金觅大还。[1]
不知消息火，只在寂寥关。[2]
鬓白炉中术，魂飞海上山[3]。
悲哉五千字，无用在人间。[4]

【题解】

此诗选自《全唐诗》卷八百四十二，是作者读《参同契》有感而发。《参同契》是东汉魏伯阳所作的炼丹之书，被后世称为“万古丹经王”。作者否认炼丹成仙的可能性。

【注释】

[1]“堪笑”：足以让人觉得可笑。“修仙侣”：企图通过修炼而成为神仙的人们，指道士。“烧金”：烧炼黄金及其它金属。“觅”：寻找。“大还”：大还丹，道教的丹药名，又称九还金丹。据称人服食后，就可成为长生不死的神仙。

[2]“消息火”：显示金丹炼成的火候。“寂寥关”：空寂无形的关口即大道。《老子》二十五章：“有物混成，先天地生；寂兮寥兮，独立而不改，周行而不殆。”意谓人的生命是由这样的大道决定的。

[3]“鬓白”句：在探索和实践炼丹术的过程中，鬓发变白了。“魂飞”句：在寻求海上仙山的过程中，魂消魄散，即死亡了。

[4]“悲哉”：多么可悲啊。“五千字”：指《参同契》，此书约五千字。“无用”句：对世上的人们是没有什么实际用处的。

【简析】

《周易参同契》一书，魏晋以来被誉为万古丹经王。许多道士按照此书中所言，炼制金丹。但服丹者，非但不能益寿延年，长生成仙，反而中毒暴亡。诗僧齐己有感于此，发为此诗，否定《参同契》：“悲哉五千字，无用在人间。”提醒世人特别是有志炼丹、服丹者不要迷信此书。今天看来，其指导炼丹的作用确实害人；

但其中的一些养生思想和化学经验知识，还是有积极意义的，不可完全抹杀。

百岁王姥未服药

——老来天与健精神

据《黄帝内经》，人的个体之“天年”为一百岁。但由于后天受到各种因素的伤害，鲜有享寿百岁者。有人为此吃美食，服丹药，练功法，千方百计，均难达到目的。而宋代一个民妇，未尝服药而寿至天年，令人惊奇、羡慕。诗人赞曰：

百岁王姥自云未尝服药

宋·郭祥正

不服丹砂不养真，老来天与健精神。[1]
自怜五十头垂雪，始见人间百岁人。[2]

【题解】

此诗选自《全宋诗》第一三册，卷七五九。原题中“王姥(mǔ)”，王姓老年妇女，今称王老奶奶、王老太太，其生平不详。“自云”，自己说。“未尝服药”，从来没有吃过药物，意谓：从未生过大病；生小病不服药而自愈。

作者郭祥正(1035—1113)，字功父(甫)，自号醉吟居士、谢公山人、漳南浪士，当涂(今安徽省马鞍山市当涂县)人。约于宋神宗皇祐五年(1053)举进士，为德化尉。此后历任权邵州防御判官、太子中舍、桐城令、签书保信军节度判官、摄守漳州、知端州等。卒年七十九。有《青山集》三十卷。《宋史》卷四四四有其传。

【注释】

[1]“丹砂”：矿物，主要成分为硫化汞，是古代道士炼丹的主要原料。此代指丹药。“养真”：道家的养生方法之一，即有意养护自身的天真元气。“天与健精

神”：大自然帮助她精神健旺。

[2]“自怜”：自我怜惜。“五十头垂雪”：五十岁时满头白发。此句乃作者自谓。

【简析】

此诗所记王姥从不服药，也不自觉“养真”，而寿至百岁。完全依靠自身的免疫力防病愈疾，这是一个奇迹，值得今人思考。其实，王姥一定有其合理的生活规则和良好习惯，是不刻意养生的养生。只是诗人未能具体了解或虽了解而未反映出来而已。

万物死生如一途

——世人浪说驻童颜

道士的寻仙炼丹活动，除被佛教嘲笑外，还遭到儒家的抨击。儒家虽然受“天命”思想的束缚，对鬼神迷信不能彻底否定，但对寻仙炼丹活动，是坚决予以批判的。北宋著名历史学家、政治家司马光(1019—1086)有诗曰：

示道人

宋・司马光

天覆地载如洪炉，万物死生如一途。[1]
其中松柏与龟鹤，得年稍久终摧枯。[2]
借令真有蓬莱山，未免亦居天地间。[3]
君不见太上老君头似雪，
世人浪说驻童颜。[4]

【题解】

此诗选自《全宋诗》第八册，卷五百一。原题意为写给道人看。“道人”，这里指道士，追求长生成仙的道教徒。

司马光，字君实，号迂夫，晚号迂叟。陕州夏县（今山西省运城地区夏县）涑[sù]水乡人，世称涑水先生。景祐五年（1038）进士，历官苏州签判，武成军签判，馆阁校勘，并州通判，开封府推官，知制诰，天章阁待制，知谏院，龙图阁直学士，翰林学士，知永兴军，西京留守御使台，主编《资治通鉴》。哲宗即位，召主国政。元祐元年（1086）拜左仆射兼门下侍郎。卒后赠温国公，谥文正。有文集十八卷，杂著多种。《宋史》卷三三六有其传。

【注释】

[1]“洪炉”：陶冶、铸造万物的大火炉。“一途”：走同样的道路。

[2]“摧枯”：摧枯拉朽，摧折枯枝与朽木。

[3]“借令”：假使，假如。“蓬莱山”：传说中的海里仙山。

[4]“太上老君”：被道教奉为教主的老子。“头似雪”：满头披着白发，就像白雪一样。“浪说”：妄说；漫说。

【简析】

此诗明白告诉道士，他们追求的长生成仙的目的是不能实现的。其理由有：一是世界万物皆有生有死，这是共同的命运，概莫例外。二是寿命长短虽有区别，但无有不死。如“松柏与龟鹤”，活得时间长一点，仍免不了一死。三是没有所谓仙境，如有蓬莱山，也在天地之间。四是没有不老、不死的仙人，如传说中的老君“头似雪”，表明他也要老，有老就有死。世人浪说他“驻童颜”，是违背事实的。此诗对今人也有启迪。

还童无术衰乃宜

——人老何必暗伤悲

人到老年，生理状况无不日渐衰弱，行为、思维能力退化，乃至越来越困难，诸事心有余而力不足。有人因此暗自悲伤，这样的心理状态又加重了生理上的衰老进程。南宋诗人姜特立提醒老人，应感幸运，不必伤悲。其诗曰：

伤　老

宋·姜特立

老翁足力弱，踉跄如小儿。[1]
须杖乃能行，动步忧攲危。[2]
发秃生细毛，正似出胎时。[3]
忽复长儿齿，辅车两相依。[4]
还童既无术，衰谢乃其宜。[5]
载念天地间，八十者几稀！[6]
如我真幸民，何必暗伤悲。[7]
且饮北海酒，自吟东老诗。[8]

【题解】

此诗选自《全宋诗》第三八册，卷二一四三。原题《伤老》，感伤自己的衰老，实际表达的意思却是反此意，启迪老人们正确对待生命的衰老和死亡。

【注释】

[1]“踉跄（liàng qiàng）”：行动不稳，跌跌撞撞，歪斜迟滞的样子。

[2]“攲危”：歪斜欲倒的样子。

[3]“发秃”二句：头发脱落净尽，光秃秃的头皮上生出纤细的毛发，就像刚出生婴儿的胎毛一样。

[4]“辅车”：古代车轮外的两条直木，用以增强车辐的承载力。引申为人的颊辅与牙床。往往用以比喻事物之间互为依存的利害关系。《左传》僖公五年：“辅车相依，唇亡齿寒。”

[5]“还童”：从老年回到童年。“衰谢”：衰老凋谢。

[6]“载念”：犹载心，心里思考，表达心意。

[7]“幸民”：幸运的老百姓。

[8]“北海酒”：即孔融酒。汉末孔融为北海相，时称孔北海。据《后汉书》卷七十《孔融传》：融性宽容少忌，好士，喜诱掖后进。及退闲职，宾客日盈其门。常叹曰：“坐上客恒满，樽中酒不空。吾无忧矣。”后世常以“北海樽”、“北海酒”为典，喻主人之好客。“东老”：指宋・沈思。思隐于浙江东林山，自号“东老”。据宋・赵令畤《侯鲭录》卷四：“熙宁(1068—1077)中，有道人过沈东老饮酒，用石榴皮写绝句于壁，……赋云：‘西邻已富忧不足，东老虽贫乐有余。白酒酿来缘好客，黄金散尽为收书。’七年，坡(苏轼)过晋陵，见东老之子，能道其事。时东老已殁三年矣。坡为和其诗。”轼之和诗题云：“东老，沈氏之老自谓也，湖人因以名之。”

【简析】

此诗前八句描写老人的衰老情景。足力软弱，动步攲危，须借助手杖才能行走。头秃毛细，齿落复生，辅车相依。这种情形未免令人感叹和悲凉。

后八句是诗人对此情形的看法。上述衰老状况，实为诗人自道。别人暗悲伤，而老人却认为自己是“真幸民”。因为“还童既无术，衰谢乃其宜”，世上之人，能活到八十者极少。应该感到庆幸，何必悲伤？可见作者将人的生、长、壮、老、已看作客观规律，没有必要为老、已悲伤，“且饮北海酒，自吟东老诗”，应当愉快地生活，直到生命终点。作者如此对待生命的衰老现象，可谓达观。

寿考难得如富贵

——万事自然惟当学

自原始社会终结以至于今，富贵乃绝大多数人从小就产生的愿望，但只有极少数人能够实现。至于寿考，青壮年们很少顾及，只有年老或不幸罹患将死，才深切感知其可贵，但为时已晚。大诗人陆游就有这样的经历和感受。其诗曰：

寿考如富贵

宋·陆游

寿考如富贵，初亦不自知。[1]
邂逅偶不死，亦或至期颐。[2]
予少多疾恙，五十已遽衰。[3]
齿摇颔须白，萧然蒲柳姿。[4]
俛仰忽二纪，卧病实半之。[5]
富贵不可求，寿亦岂汝私。[6]
万事付自然，孰为乐与悲。[7]
惟当老益学，易箦以为期。[8]

【题解】

此诗选自《全宋诗》第四〇册，卷二一九一。原题中的"寿考"，乃指人的年高，长寿；亦指寿数，寿命。"考"，即老。《汉书·元帝纪》："黎庶康宁，考终厥命。"颜师古注："考，老也。言得寿考，终其天命。"此题将"寿考"与"富贵"进行比较，考量二者究竟孰轻孰重。

【注释】

[1]"寿考"二句：诗人认为，寿考如同富贵。但早先并未认识到这一点。

[2]"邂逅"：偶然碰到。"期颐"：百岁，亦泛指老年，高寿。语本《礼记·曲礼

上》:“百年曰期颐。”郑玄注:“期,犹要也;颐,养也。不知衣服食味,孝子要尽养道而已。”

[3]“遽(jù)衰”:迅速衰老。

[4]“颔须白”:腮颊上的毛发变白。“萧然”:衰败萧条的样子。“蒲柳姿”:比喻早衰的容颜,或体质衰弱。“蒲柳”即水杨,一种刚入秋就凋零的树木。

[5]“俛(俯)仰”:弯腰、低头和直身、抬头,此处形容时间很短。“纪”:纪年的单位。若干年循环一次为一纪。如十二年、六十年等。这里的“二纪”,当指超过六十岁。“半之”:有一半时间(卧病)。

[6]“汝私”:偏爱你。

[7]“付自然”:听任自然。

[8]“老益学”:年老了,要加紧学习。“易箦(zé)”:病重将死,更换寝席。“箦”,用竹片或芦苇编成的席垫子,亦指席子。

【简析】

此诗申述“寿考”观。

前十句叙写“寿考”观的转变过程。作者早先只知“富贵”之难得,而不知“寿考”之可贵。因为那时年轻,壮怀激烈,万里觅封侯。及至五十岁时,身体遽衰,“齿摇颔须白,萧然蒲柳姿”,才知“寿考如富贵”。及至年过六十,有一半时间卧病,益发珍惜“寿考”。后六句则表达如何度过余下的岁月。总的态度是“万事付自然,孰为乐与悲”,即顺其自然,不乐亦不悲。“惟当老益学,易箦以为期”,抓紧余下的时间进行学习,直到生命的结束。这一积极的养老态度令人感动和景仰。诗人所说的“老益学”,其实就是工作。他在老年,创作力仍然旺盛,写下大量诗篇。在历代著名诗人中,陆游享有高寿,且留诗近万首,与此积极的“寿考”观大有关系。

养生妙理本平平

——未可常谈笑老生

实践出真知。养生理论和方法，是从日常防病养生实践中积累和总结出来的，它本来毫不玄妙，但却被人为地披上一层神秘的面纱。如果有人揭开这层神秘面纱，还其本来面目，反倒被人视为老生常谈。大诗人陆游就此以诗感慨曰：

舟中口占

宋·陆游

养生妙理本平平，未可常谈笑老生。[1]
业力顿消知学进，人情愈薄喜身轻。[2]
鹤雏日长丹砂顶，岩溜时闻玉佩声。[3]
最是扁舟暮归处，一川风月远相迎。[4]

【题解】

此诗选自《全宋诗》第四〇册，卷二二一二，原题中“口占”，口里吟诗。即在行船的过程中，有感而发。

【注释】

[1]“妙理”：奥妙的道理。“平平”：一般，平常。“常谈笑老生”：笑（我）老生常谈。

[2]“业力”：佛教说法。人的身、口、意造下“业”，包括善业和恶业，决定人的今世和来世的命运。善业决定好运，恶业决定坏运。“业力顿消”：诗人并不相信“业力”之说，只是借用。“人情”句：人们相互之间的情意愈淡薄，承担的义务越小，所以感到全身轻松。

[3]“鹤雏”：雏鹤，幼鹤。“丹砂顶”：红色的顶冠。丹砂，主要成分为硫化汞，红色，是道士炼丹的主要原料。“岩溜”：从岩壁上泻下的水流发出像玉佩那样铿

锵悦耳的声音。

[4]“扁舟”：一叶小船。“暮归处”：晚上投宿的地方。“风月”：此指清风，明月。

【简析】

这是一首七言律诗。诗人认为，养生妙理本来平平常常，故往往被人看作老生常谈。但要切实践履，却很不容易。“业力顿消知学进，人情愈薄喜身轻”，意谓不要相信什么“业力”，而要通过学习、研究和思考，了解生命的规律。在社会关系方面，要尽量减轻人情往来的负担，使身心轻松。“鹤雏日长丹砂顶，岩溜时闻玉佩声”，意即要以喜悦的心情、欣赏的态度观察自然，从诸如“鹤雏日长”、“岩溜时闻”的现象中获得快乐。特别是要置身于自然，驾一叶扁舟，融进一川风月之中，放松身心。大约这是诗人养生的经验之谈。概言之：淡化一些思想负担和社会关系，尽力贴近和欣赏自然。这确是平平常常的养生妙理。

寒燠随时不用拘

——老年自有老规模

人到老年，生活节奏和习惯应该有所变化，以适应生理和心理的新状况。不能延续青壮年的习性。如秋冻，就不能适用于老年人。因为老年人已不能适应“冻”了。与陆游同时的著名诗人范成大，就此赋诗曰：

老　态

宋・范成大

浮生自有老规模，寒燠随时不用拘。[1]
未尽九秋先挟纩，犹赊十月已开炉。[2]
一心定后冥欣厌，四大安时适惨舒。[3]

若使强迫年少乐，直成赤手缚於菟。[4]

【题解】

此诗选自《全宋诗》第四一册，卷二二四二。原题《老态》，意谓人的衰老之态。

作者范成大(1126—1193)，字至能，号石湖居士，吴(今江苏省苏州市)人。绍兴二十四年(1154)进士，历任徽州司户参军，监太平惠民和剂局，知处州，礼部员外郎兼崇政殿说书，国史馆编修官，中书舍人，知静江府兼广西经略安抚使，四川安抚制置使，权礼部尚书，参知政事，知建康府等。有《后湖大全集》一百三十六卷，已佚。今传《石湖居士诗集》三十四卷及《吴郡志》、《揽辔录》、《骖鸾录》、《吴船录》等。《宋史》卷三八六有其传。

【注释】

[1]"规模"：人物的才具、气概。"寒燠(yù)"：冷暖。"拘"：拘束，限制。

[2]"九秋"；九月的深秋。按农历，九月底秋尽，天气转寒。"挟纩(kuàng)"：披上丝绵衣。"赊"：赊欠。"犹赊十月"：尚未过十月。此二句意谓先寒而防之。

[3]"一心定后"：一心安定后。"冥欣厌"：淡化喜好和厌恶的情绪。"冥"，昏暗，糊涂。"四大"：从古印度传来的哲学思想，认为世界是由水、火、地、风构成。此说对隋唐及其以后医家有一定影响。如孙思邈屡言"四大"。"惨舒"：犹忧乐、宽严、盛衰。

[4]"年少乐"：年轻人的快乐。"缚於菟"：缚老虎。古代楚人称虎为"於菟(wū tú)"。

【简析】

这首七言律诗介绍养老的经验。

首联概括养老的基本原则，即老年之人要自觉适应自然季节、天气的变化，而不要受其他一些约束。领联则具体描述，应先寒凉而预防之。九月未尽就要"挟纩"，十月未尽就要"开炉"。因为老年人血气衰弱，御寒能力较差，等到寒凉到来时就晚了。其他季节可类推。颈联概括老年应有的心境。"一心定后冥欣厌，四大安时适惨舒"，意谓思想情绪要稳定，淡化欢欣和憎恶；构成身体的各种要素相互谐和，就能适应外界的变化。尾联则提醒老年人要服老，不可硬要追求少年人的欢乐，否则等于赤手捕捉老虎。

总之，老年人有其特殊情况，一切养生方法都应由此出发，灵活变通，切勿墨守成规。

古圣优游道为体

——服食呼吸享太和

秦始皇、汉武帝的寻仙行径，在历史上树立了愚蠢、荒唐的榜样。后世许多道士乃至帝王热中于效法他们，迷恋于寻仙、炼丹，希图由此通往长生成仙之路。而历代有识之士，则起而痛加批判。元末明初著名儒士王祎有诗曰：

长安杂诗

明·王祎

秦皇并六国，汉武开西方。[1]
兵威如雷电，灭戮皆暴强。[2]
功成无所欲，但欲年寿长。[3]
楼船往东海，仙剂求扶桑。[4]
金盘出云表，沆瀣承天浆。[5]
盼睐蓬莱药，睒眒瑶池觞。[6]
终然乖所觊，日夕徒遑遑。[7]
欲火既已炽，反使情内伤。[8]
神仙不可得，寿龄亦寻常。[9]
我闻古神圣，与天同运行。[10]
服食享太和，呼吸调阴阳。[11]
跻世为寿域，使民咸乐康。[12]

优游道为体，凋落后三光。[13]
曾是弗能效，安得命无疆！[14]

【题解】

此诗选自清·嘉庆己巳年(1809)重刊的《王忠文公文集》卷之二，原题中"长安"，即今陕西省西安市，是历史上汉、唐等王朝的京都，后世往往作为首都的代称。诗人以此为题而怀古，实为针砭现实。此题下原有十首，此为其二。

【注释】

[1]"秦皇"句：指秦国国王嬴政(前246年亲政)并吞东方燕、韩、赵、魏、楚、齐六国，建立统一的中央集权的国家，并自称"始皇帝"(前221—前210)。"汉武"句：指汉武帝(前140—前85年在位)与当时西域诸国交通，开疆拓土。

[2]"兵威"二句：以雷电比喻秦皇、汉武的军力强大，声威震天，无可阻挡，消灭了残暴、强悍的敌人。"灭戮"，消灭、杀戮。

[3]"功成"二句：指秦皇、汉武在军事、政治上实现目的后，就不再有所作为，一心只想益寿延年。

[4]"楼船"：有楼的大船，古代多指战船或游船。"东海"：秦汉时泛指东方的大海，包括现在的渤海、黄海、东海。"仙剂"：使人不死成仙的药方、药物。"扶桑"：传说日出之处。详见前《白日百年苦易满》诗【注释】之[5]。

[5]"金盘"二句：汉武帝迷信神仙，于建章宫筑神明台，立铜人舒掌持金盘，承接上天降下的甘露，冀以延年。后三国魏明帝于芳林园置承露盘。"沆瀣(hàng xiè)"：本指夜间的水气、露水。这里指天降之甘露。

[6]"盼睐"：期盼、青睐。"蓬莱"：传说海中仙山，上有仙人、仙药。"啖䑙(tàn tiàn)"：亦作"䑙啖"，本为吐吞貌，这里则指大口饮酒。"瑶池觞"：仙境的酒杯，这里指仙酒。

[7]"终然"句：最终未能达到所觊觎的目标。"乖所觊"：与其非分的希望相反。"徒遑遑"：徒然忙忙碌碌。此指秦始皇、汉武帝不遗余力地求神寻仙活动。

[8]"欲火"：不死成仙的强烈欲望之火。"炽"：炽热，燃烧。"情内伤"：内在情感受到伤害。根据古代医学理论，反常的七情是致病的内因。

[9]"神仙"句：秦皇、汉武的求仙活动一无所得，寿命与常人一样。

[10]"古神圣"：古代神圣之人。"与天"句：遵循自然规律。

[11]"服食":此指穿衣、饮食。"太和":气的演化之道。语出《易·乾·象辞》:"保合太和,乃利贞。"北宋张载在其《正蒙·太和》中说:"太和所谓道"。太和就是"气"的变化或阴阳相互推移的极其和谐的过程。"呼吸"句:通过呼吸调节体内阴阳。

[12]"跻世":使社会成为高寿之世。"跻",登,上升。"寿域":盛世,长寿社会。这是儒家的理想。"咸":皆,都。

[13]"优游"二句:悠闲的生活符合天地自然规律。"道为体":以道为本体,根本。"凋落"句:生命之花后于日、月、星三光而凋落,意即寿命比日月星还长。

[14]"曾是"二句:曾经肯定这种思想态度,但却不能效法,怎么可以获得无限的生命呢?"无疆":没有界限,即无穷。

【简析】

此诗前十八句,描述秦始皇、汉武帝实现军事、政治目标后,致力于寻求仙人和仙药。结果非但未能达到目的,"反使情内伤","寿龄亦寻常"。后十句是诗人的有关感想。"我闻古神圣,与天同运行"。这是借助"古神圣"批评秦始皇、汉武帝违背天道即自然规律,表达自己的观点。"服食享太和,呼吸调阴阳",意谓人的衣食、呼吸都要顺应自然规律,使内外和谐。这样,才能进入高寿社会,使人民咸享快乐、健康。

吾惟淡定任自然

——对死不迎亦不拒

人到老年,都会考虑必然到来的死亡问题,任何人均不能例外。但态度不同,精神面貌必有差异。大诗人白居易和陆游,晚年都在诗中表示不畏死,而清代大诗人赵翼则批评他们实质上正是畏死,并表白自己对死的态度有别于他们。赵诗曰:

偶　书

清·赵翼

香山与放翁，晚岁澹容与。[1]
语语不畏死，正是畏死语。[2]
死者谁不畏，岂真去得所。[3]
吾惟任自然，不迎亦不拒。[4]
食不恣老饕，眠不厌独处。[5]
虽非辟鬼符，或是降魔杵。[6]
住则乐爽鸠，行则舍逆旅。[7]

【题解】

此诗选自清·嘉庆壬申(1812)刻板《瓯北集》卷四十二。原题意即偶有所感，即写下此诗。

【注释】

[1]“香山”二句：唐代大诗人白居易和南宋大诗人陆游，晚年对待生死的态度游移不定。“澹(dàn)”：动摇。“容与”：徘徊犹豫。

[2]“畏死”：害怕自己死亡。

[3]“得所”：得到合适的处所或位置。此谓死得其所。语出《孟子·万章》：“昔者有馈生鱼于郑子产，子产使校人蓄之池。校人烹之，反命曰：‘始舍之，圉圉(yǔ)焉；少则洋洋焉；悠然而逝。’子产曰：‘得其所哉！得其所哉！’”

[4]“任自然”：顺应自然，不强求。“不迎”：不提前接近死亡。“不拒”：不企图抗拒死亡。

[5]“老饕”：大吃大喝，极能饮食。饕餮，古代传说中贪残的怪兽；尧时“四凶”之一。“独处”：独处一室，独睡一床。

[6]“辟鬼符”：辟除鬼怪邪祟的符箓。“符箓”，是道士、巫师用神秘化的文字绘制的图形，声称是天神给予的符信、凭证，传说能役使鬼神，祛除病邪。“降魔杵(chǔ)”：佛教法器，金刚神像所执的降伏魔怪的一种棒状武器，又称降魔棍。

[7]“住”：家居，或指住世，活着。“爽鸠”：鸟名，鹰类。“行”：外出，或指离

世。"逆旅":客舍,旅馆。

【简析】

此诗开头批评白居易和陆游晚年都有畏死的情绪。作者认为,畏死乃人之常情,但贵在死得其所。对必然到来的死亡,应持不迎不拒的态度。"吾惟任自然,不迎亦不拒"。这一态度比较理性和现实,是有益于养生的。其具体养生方法,也是积极的。"食不恣老饕,眠不厌独处",即适度控制饮食,防止因过量而伤害自身;夜晚独处,禁欲闭精,颐养身心。"住则乐爽鸠,行则舍逆旅",意谓:平素家居要像爽鸠一样快乐;一旦离世,就要像外出旅行一样,当行则行,不必留恋旅店。如此态度,积极、乐观而无痛苦。作者享有古代诗人难得的高寿,与其对待死亡的态度和日常生活习惯,大有关系。

气散则归原顺事

——不必借参买命长

"孝"为百善之首,尽孝是为人子者应尽的义务,此乃古今之通则。但尽孝也应合情合理,量力而行。作为父母亦应体谅儿女的心情和实际能力,不可要求过高、过分。在此方面,大诗人赵翼堪称为人父母者之榜样。其诗曰:

俊儿以我年迈强进参剂 其价四百八十换此岂吾辈所宜[1]

清·赵翼

鲤庭奉我养生方,一掷千金付药囊。[2]
少日已甘三韭菜,晚年翻饮独参汤。[3]
固知毛里关心切,直借刀圭买命长。[4]
气散则归原顺事,老夫心早契蒙庄。[5]

【题解】

此诗选自清·嘉庆壬申(1812)刻板《瓯北集》卷五十。

【注释】

[1]“俊”:作者长子之名。“强进参剂”:硬要作者服食人参汤。“四百八十换此”:用四百八十两白银买来的人参。“岂吾辈所宜”:如此高价之参,哪里是我这样的人可以服用的?

[2]“鲤庭”:《论语·季氏》载:孔子之子孔鲤“趋而过庭”,遇见孔子,孔子教训他要学诗、学礼。后因以“鲤庭”为子受父训之典。这里指代儿子。“奉”:进献。“养生方”:保养身体的药方、方法。“一掷千金”:原指赌博时一次下注就花掉千两黄金或白银。后用以形容挥霍无度,或出手阔绰。“千金”,极言财多、富有或贵重。这里则指儿辈尽孝不惜金钱。“药囊”:盛药的袋子。

[3]“少日”:青少年时。“已甘三韭菜”:曾以三韭菜为甘,即美食。“三韭菜”,盖指韭菜之白(黄)、茎、花。“翻”,反。“独参汤”:用人参一味药熬制成的汤药。

[4]“毛里”:喻父母。语本《诗·小雅·小弁》:“不属于毛,不离于里。”毛亨传:“毛在外,阳,为父;里在内,阴,为母。”这里显然指儿辈关心父母的迫切之情。“刀圭”:古代两种形状的玉质货币,这里代金银。

[5]“气散”:《庄子·知北游》:“人之生,气之聚也;聚则为生,散则为死。”“归”:回归本原之气的状态。“契蒙庄”:与庄子之心意相契合。据《史记·老子韩非列传》:庄子名周,蒙(今安徽省阜阳地区蒙城县)人,故称“蒙庄”。

【简析】

这首七言律诗申述了作者对待衰老和死亡的理性态度。儿辈不惜重金买参尽孝,期盼老父延年益寿。诗人“固知毛里关心切”,但并不赞成“直借刀圭买命长”。因为“少日已甘三韭菜,晚年翻饮独参汤”,为此花费巨资,于心不忍,实无必要。诗人在此诗中明确表示,他对衰老和死亡采取庄子的观点,“老夫心早契蒙庄”,认为生为气之聚,死为气之散。“气散则归原顺事”,死亡是生命过程的必然趋势,顺理成章之事。持有这一态度的八十多岁的老诗人,当然不愿儿辈花费巨资为己“买命长”。如果儿辈为此而破家,即使自己延长了几月或几年的生命,又有何意义?不如顺其自然为好。这一态度可谓情深意切、理性达观。

两古稀年并一身

——千有余年见此人

古人平均寿命很短，从未达到四十岁；耄耋老人极其稀少，百岁老人更属凤毛麟角。但也有个别高寿超出一般人的想象。如唐代李元爽一百三十六岁，清代粤西宜山县民蓝祥，年一百四十二岁。大诗人赵翼为此赋诗曰：

阅邸报 有粤西宜山县民蓝祥 年一百四十二岁 圣恩赏给六品顶戴 银币 御制诗章 匾额 并建坊 恭记盛事[1]

清·赵翼

两古稀年并一身，升平人瑞有耆民。[2]
直从九老香山会，千有余年见此人。[3]

人生谁不慕高年，百岁光阴已似仙。[4]
到得添寿添破格，教人不敢想随肩。[5]

【题解】

此诗选自清·嘉庆壬申(1812)刻板《瓯北集》卷五十三。

【注释】

[1]“邸报”：中国古代报纸的通称。地方长官在京城设邸，邸中传抄诏令、奏章等。唐已有，宋始称“邸报”。后世亦泛称朝廷官报，清代称“京报”。明·崇祯年间始有活字印刷。“粤西”：今广西。广东、广西古为百粤人居住之地，故称两粤。“宜山县”：今广西壮族自治州宜州市。县治附近有一小丘名宜山，以此得名。“圣恩”：帝王的恩宠。“六品”：官员的等级。汉魏后设正、从九品，即十八个

等级。低于从九品者，唐称“流外”，明、清称“未入流”。正六品属第十一等，高于县令，相当于州知府。“顶戴”：清代官员的帽饰，以顶珠品质、颜色的不同以区别官员等级。亦称“顶子”、“顶带”。“银币”：银质货币，银圆。此词原在“建坊”下，与上下文不连贯，故移置于此。“御制”：帝王所作诗文、书画、乐曲等。“匾额”：挂在厅堂、轩斋、亭榭上的题字横额。“坊”：牌坊，古代用以表彰忠孝节义、寿考等的建筑物。清朝定例：凡民寿登百岁者，由本省督抚题请恩赏，奉旨给匾建坊，以昭人瑞。“人瑞”，有德行或年寿特高者，是社会的吉祥征兆。

[2]“升平”：太平。“耆(qí)民”：年高有德之民。

[3]“九老香山会”；白居易曾于会昌五年(845)组织九老聚会于香山，其中李元爽一百三十六岁，僧如满九十五岁，平均九十点二二岁。有诗记其事，见《全唐诗》卷四百六十二。

[4]“似仙”：好像神仙。

[5]“随肩”：《礼记·曲礼上》：“十年以长，则兄视之；五年以长，则肩随之。”郑玄注：“肩随者，与之并行差退。”后用以表示追随左右，形影不离。亦作客套话，犹言附骥(良马)尾，忝(辱)陪末列。

【简析】

普通百姓蓝祥竟能享寿一百四十二岁，比唐代李元爽还大六岁，真是亘古罕见。诗中未能披露其养生诀窍，致令后人无从仿效。但可以肯定，他不是依靠吃人参、服丹药而获此高寿的。作为“民”，实际上只能顺其自然而已。作者对此高龄除了惊异外，还表示“不敢想随肩”，意即他虽“慕高年”，“百岁”已经满足，不愿自己以及更多的人都活到这样大的岁数。其理由未说，可能担心带来许多新的社会问题。

此二诗给予今人的启示至少有三：一是“天年”百岁不是人的寿命的最后界限，可以超越；二是历史上的高寿者基本上是顺其自然的结果，不是依靠特殊药物而获得的；三是人的个体普遍享有高寿的时代，定会出现许多新的社会问题，人类对此应有思想准备。

后 记

编撰一本有关贵生、养生诗词的书稿，是我多年前的一大心愿，但却有此心而无此力。直到退休后，没有硬性任务，才有精力开始这一工作。

为何要编撰此稿？一是因为现实社会广泛需要。当前我国政通人和，经济持续高速发展，无论物质生活还是精神生活的水平，均迅速提高，人们空前贵生、重生、尊生、爱生、养生，无不希望提高生命的质量，了解和把握有关养生的思想、知识、途径和方法。二是笔者也已进入老年，亦须补上养生这一课。除了学习有关医药科学知识外，也要研究古人的养生理念和方式、方法。虽然已经太晚，但亡羊补牢总比不补为好。三是因为我国这方面的历史积淀甚厚。在丰富的文学遗产中，有一部分关于贵生、养生的诗词，以生动、凝练的语言，记录和总结了历代养生防病的心得体会，其中不乏科学意义和思想价值，可以为今人提供一些有益的启迪和借鉴，值得认真研究，尽可能地发挥其固有的积极作用。故不揣浅陋，奋力编撰此书，目的是让更多的人士，在欣赏诗词的同时，分享和体认古人的生命观及其养生的经验教训，以满足当前各阶层人士，特别是离退休中老年人延年益寿的需要。

但要编成此书，并非易事。一则编撰者的思想、学术水平和阅读范围有限；二则由于历代诗词作品十分丰富，可谓汗牛充栋，即使翻检一遍，也不是一年半载所能做到的。其中涉医、贵生诗词又甚为分散，若要将其集中起来，并加以精选、注释和解析，颇费时日和工夫。我采取最笨的方法，即一本一本、一篇一篇地翻阅历史上留传至今的诗词和有关纪传。发现咏医、贵生的作品和有关史料，就一字一字地抄录，然后进行筛选、校勘、训诂、解读，并分别归类，输入电脑，十易寒暑，终于编成两本薄薄的书稿，即《历代良医礼赞》和《贵生诗词巡礼》。前稿已由江苏人民出版社出版，后稿即将面世，也算是如愿以偿了。

我之所以能够如愿以偿，是与方方面面的支持分不开的。南京图书馆古籍部、南京中医药大学图书馆古籍部的工作人员，为我的阅读给予极大的方便，特别是提供宝贵的线装古籍。一些同事、师友，对这项工作提出了宝贵的意见，破解了诸多具体难题。尤其是南京中医药大学人文学院院长张宗明教授，对此项工作积极支持，帮助更巨。东南大学出版社编审刘庆楚先生，则为此书的出版付出了很多心血。没有上述这些支持、帮助，是很难撰成此书的。在此一并深表衷心感谢。还有我的家人免除了本应由我承担的家务，并直接参与这项工作。老伴闫长云、女儿薛霁晖帮助输入电脑，儿子薛漫天帮助校对，承担了不少工作量。

但由于编撰者学识浅薄，阅读范围狭窄，工夫远远不足，此书的缺憾和谬误，在所难免。还有一些相关诗词未能选入。对所选作品的注释、解析尚欠准确、完备，甚至误读。恳请有关专家和广大读者不吝赐正。

南京中医药大学薛公忱，2008 年 12 月草成于

清凉门大街杏聚村寓所，2015 年 12 月修补